Voodoo wider Willen

Eine Psychiatriegeschichte mit Voodoo
– oder umgekehrt

Für Elise

VOODOO WIDER WILLEN

ein
absurd-heiterer Roman
von

Alisha Pilenko

Chaospony Verlag

Mehr über unsere Autoren und Bücher:
Chaospony-Verlag.de

Chaospony Verlag, Sandra Lina Jakob, Goethestraße 1, 55218 Ingelheim

Lektorat: Anke Schlachter
Korrektorat: Josephine Awgustow
Umschlaggestaltung: Sandra Lina Jakob
Bild Voodoopuppe: Rufus Kahn
Satz: Josephine Awgustow, Sandra Lina Jakob

Printed in Germany

ISBN: 978-3-947682-09-6

Am Anfang …

Blitze zuckten vom Himmel herab. Faserige Wolken umhüllten einen bleichen Mond, während der Donner über die dunklen, regengepeitschten Straßen rollte.

Die Nacht war stürmisch und rau.

Es handelte sich um eine jener Nächte, in denen Raben in den Baumwipfeln kreischen, Geister durch die Lüfte jagen und der Wind von nahendem Unheil singt. Eine Nacht, in der man das Schicksal nicht warten lässt.

Das alte Haus knarrte und ächzte unter der Last des Unwetters. Im Inneren herrschte Finsternis, nur unregelmäßig durchbrochen vom flackernden Schein der Kerzen. Der Geruch von Räucherwerk erfüllte die Luft und verwob sich mit dem treibenden Rhythmus der Trommel und dem Klang ritueller Gesänge. Starr fielen die Blicke okkulter Götterstatuen auf die Gestalt am Kopfende des Tisches.

»Ich sehe Schatten, wo zuvor Licht regierte«, erklang die Stimme der Voodoopriesterin. »Eine Bedrohung, die das Gleichgewicht ins Wanken bringt.« Sie beugte sich tiefer über die Orakelschale. Ihre Augen folgten dem Muster verschlungener Schicksalsfäden, das sich in der Flüssigkeit zu formen begann. »Die Loas sind in Aufruhr«, wisperte sie. »Denn die dunklen Zwillinge werden emporsteigen, um den Thron Dahomes für sich zu beanspruchen.«

Um sie herum wogte der Gesang auf und ab wie die Wellen des Ewigen Wassers. Das Dröhnen der Trommel schwoll an, wurde lauter und lauter.

»Die Zukunft der diesseitigen und der jenseitigen Sphäre wird sich neu entscheiden. Und es beginnt …« Sie unterbrach sich. »Es beginnt …«

Ein Blitz flackerte grell auf. Entsetzen stand in den schwarzen Augen der Mambo, und die Welt schien zu beben, als sie kreischend ihre Stimme erhob: »… in *Castrop-Rauxel*?!«

Kapitel 1

»Die Arbeit ist etwas Unnatürliches.
Die Faulheit allein ist göttlich.«

Anatole France

Man sagt, es gibt Momente im Leben, da steht die Welt für einen Augenblick still. Und wenn sie sich dann weiterdreht, wird nichts mehr so sein wie zuvor.

Dies hier war keiner davon.

Genauer gesagt war es ein ziemlich gewöhnlicher Moment. Andere Momente hätten sich nicht einmal auf der Straße nach ihm umgedreht.

In Castrop-Rauxel hatte der Sommer Einzug gehalten. Was bedeutet: Es regnete. Dunstige Nebelschwaden krochen wie Agavendicksaft über die morgendlichen Wiesen. Gänseblümchen reckten zaghaft ihre Köpfe in die Höhe und zogen sich gekränkt wieder in den Schoß der Erde zurück. In den Wäldern fielen die ersten Blätter von den Bäumen. Eichhörnchen begannen, sich nervös nach Nüssen umzusehen, während ein hoch motivierter Igel kurzerhand in den Winterschlaf fiel.

Die Sonne machte sich rar – sie hatte sich bereits im Mai für ein paar Tage blicken lassen und dachte ernsthaft darüber nach, bis Anfang August im Bett zu bleiben.

Der Regen hingegen war zufrieden mit sich selbst. Er machte seine Sache wirklich gut. In der vergangenen Nacht hatte er sich in unzähligen gewittrigen Wolkenbrüchen über die Felder ergossen, hatte hier und da einen Trampelpfad überflutet und sich große Mühe mit der Kreation schlammiger Pfützen gegeben. Bei Dämmerung hatte er sich zu einem imposanten Schauer gesteigert und beschloss nun, im Laufe des Tages in ein feines Nieseln überzugehen. Eben jene Art von Nieseln, die jeden vernünftigen Menschen dazu veranlasst hätte, den Kragen höher zu schlagen, sich mit missmutiger Miene unter einen Schirm zu ducken und allgemein möglichst wenig Zeit im Freien zu verbringen.

Isabella Calabrese war kein vernünftiger Mensch. Man könnte sogar so weit gehen zu behaupten, dass Isabella Calabrese einem vernünftigen Menschen diametral entgegenstand. Vernünftige Menschen begannen nur selten ihren Tag damit, fluchend in einem Teich zu sitzen. Auch wenn der Teich ein besonders flacher Teich und die Flüche ausgesprochen einfallsreiche Flüche waren.

»Du stinkender, krötenverseuchter, chemikaliendurchtränkter, sockenverschlingender, mit Entengrütze überzogener …« Sie hielt inne, um Luft zu holen. »… dreimal bis in alle Ewigkeit verdammter *Jauchetümpel*!«

Isabella nahm das Fluchen sehr ernst. Ein paar unflätige Ausdrücke aneinanderreihen, das konnte jeder. Doch für eine anständige Verwünschung brauchte es *Persönlichkeit*. Ihre Nonna pflegte immer zu sagen: Ein guter Fluch muss sein wie ein guter Schnaps; er zieht dir die Schuhe aus. Und Nonna verstand etwas vom Fluchen. Immerhin hatte sie unter der heißen Sonne Siziliens sieben Kinder zur Welt und drei Ehemänner unter die Erde gebracht.

»Und *du* …« Isabella hob anklagend den Zeigefinger. »Warte nur, bis ich mit dir fertig bin. Ich werde dir alle Federn einzeln ausreißen und in China zu einer schlechtsitzenden Daunenjacke verarbeiten lassen. Deine eigene Familie wird dich nicht wiedererkennen. Und wenn du dann auf deinem Stein sitzt, frierend und einsam, dann wird dir das noch leidtun, hörst du?«

Die Ente zeigte sich von diesem Meisterwerk der Wortakrobatik sichtlich unbeeindruckt (nun, Enten waren noch nie dafür bekannt, einen Sinn für die deutsche Sprache zu besitzen, der über die vielfältigen Implikationen des Wortes »Brot« hinausgeht). Sie quakte und watschelte davon.

»Ja, lauf nur!«, rief Isabella ihr hinterher. »Das wird dir auch nicht helfen. Du kannst rennen, aber du kannst dich nicht verstecken!«

»Ach, du liebe Güte … ich meine … ist Ihnen etwas *passiert*?«

Isabella ließ von ihrem gefiederten Kontrahenten ab und sah auf. Vor ihr stand eine Frau in einem dunkelblauen, kartoffelsackartigen Ding, das Isabella in Ermangelung eines besseren Begriffs mit der mentalen Notiz *Kleid* versah. Dunkles Haar war zu einem Gebilde aufgetürmt, das einer mittelgroßen Spatzenfamilie als Nistplatz hätte dienen können. Auf ihrem Regenschirm tummelten sich Katzen- und Hundewelpen.

»Sind Sie hingefallen?« Die Kartoffelsackfrau musterte Isabella über den Rand ihrer Sonnenbrille hinweg mit einem Ausdruck, der Besorgnis oder Belustigung oder beides sein mochte.

Isabella grinste schief. »Ich wollte mir den Teich nur einmal aus einer anderen Perspektive ansehen.«

»Ach so.« Die Kartoffelsackfrau wirkte beruhigt. »Und?«

»Und was?«

»Lohnt es sich?«

Isabella blickte sich um. Eine sumpfgrüne Patina, die man im Allgemeinen mit rachsüchtigen Urzeitmonstern oder fehlgeschlagenen wissenschaftlichen Experimenten in Verbindung brachte, überzog die Wasseroberfläche. Das Ufer war mit Gräsern und Farnen überwuchert, aus denen heraus ihr eine Kröte gelangweilt entgegenstarrte.

»Ich würde es nicht unbedingt weiterempfehlen.«

Die Vogelnestfrau schien eine Weile darüber nachzudenken. Schließlich fragte sie: »Haben Sie da gerade eben eine *Ente* angeschrien?«

»Sie hat mir ein Bein gestellt.«

»Das erklärt einiges.« Die Vogelnestfrau hob ihren Regenschirm und blinzelte gegen die nicht vorhandene Morgensonne. »Sagen Sie, wollen Sie nicht da herauskommen, bevor Ihre Füße feucht werden?«

Obwohl das Wort *feucht* in einem ähnlichen Verhältnis zu ihren Füßen stand wie das Wort *niedlich* zu einem tollwütigen Stinktier, ergriff Isabella die ihr dargebotene Hand und ließ sich auf die Beine helfen. Sie fühlte sich wie etwas, das man aus einem, nun ja, Teich gefischt hatte. Dabei hatte sie sich bei der Auswahl ihrer Kleidung besondere Mühe gegeben.

Normalerweise pflegte Isabella, jeden Morgen mit geschlossenen Augen in den Schrank hineinzugreifen und das Erstbeste anzuziehen, was sie in die Finger bekam. In ihrer Schulzeit hatte diese Angewohnheit immer wieder zu gewissen Irritationen geführt. Isabellas Vater hatte nur die Schultern gezuckt und alles auf die Hormone und ihr mütterliches sizilianisches Erbe geschoben. Aber heute war ein besonderer Tag, heute hatte sie hingesehen.

Vielleicht kannst du erzählen, dass du in den Regen gekommen bist, bot eine hoffnungsvolle innere Stimme an.

Ja, und vielleicht entwickelt Microsoft ein Betriebssystem, das störungsfrei läuft, ergänzte eine andere, boshaftere Stimme.

»Sie sollten in Zukunft besser auf sich achten.« Die Vogelnestfrau klopfte Isabella bekräftigend auf die Schulter. »Von nassen Füßen kann man sich schnell den Tod holen. So etwas passiert immer wieder. Trifft nichtsahnende, unschuldige Leute. Zack! Man wacht am nächsten Morgen auf und ist tot.« Sie unterstrich ihre Worte mit einer eindrücklichen Geste.

»Ja, vielen Dank«, sagte Isabella, während sie versuchte, sich zu orientieren. »Ich werde es mir merken. Nasse Füße, baldiger Tod, sicherlich ein signifikanter statistischer Zusammenhang.«

Den Teich umgab eine scheinbar wahllose Anhäufung von Vegetation. Wenn ein Landschaftsarchitekt an der

Planung dieser Anlage beteiligt gewesen war, so musste es sich um ein sehr altes, nahezu blindes Exemplar mit einem ernsthaften Alkoholproblem gehandelt haben. Büsche und Bäume wirkten, als seien sie nicht angepflanzt, sondern schlicht und einfach *vergessen* worden. Die Wiese hatte vermutlich noch nie in ihrem Leben Bekanntschaft mit einem Rasenmäher gemacht und die Wege wanden und kreuzten sich auf für den ungeübten Fußgänger vollkommen unvorhersehbare Weise.

Nachdenklich kratzte Isabella sich am Kopf. Es war dieser Park. Sie war sich sicher, dass er sich vor vier Wochen noch nicht hier befunden hatte.

»Gibt es ein Problem?«, erkundigte sich die Vogelnestfrau.

»Sie meinen, außer der Sache mit den nassen Füßen und der Aussicht auf einen baldigen Tod? Nun …« Isabella räusperte sich geräuschvoll. »Äh, vielleicht könnten Sie mir sagen, wie ich zur Salvatis-Klinik komme? Wie es aussieht, bin ich geografisch ein wenig desorientiert.«

Es war nicht so, als hätte Isabella keine Vorstellung davon, wo sich die Klinik befand. Es war vielmehr die Frage, wo *sie selbst* sich im Verhältnis zur Klinik befand, die ihr Kopfzerbrechen bereitete. »Heute ist nämlich mein erster Arbeitstag«, fügte sie hinzu.

»Oh. Das tut mir leid.«

»Muss es nicht.«

»Doch, doch.« Die Kartoffelsackfrau nickte. »Arbeiten ist immer eine scheußliche Sache. Besonders wenn man Lehrerin ist. Ich selbst war früher Lehrerin. Vielleicht bin ich es immer noch.« Sie starrte sinnierend in den Himmel. »Waren Sie schon mal Lehrerin?«

Isabella zuckte mit den Schultern. »Nicht dass ich mich erinnern könnte.«

»Wissen Sie was?«, schlug die Vogelnestfrau unvermittelt vor. »Ich begleite Sie zur Klinik. Es ist schlimm genug, an nassen Füßen sterben zu müssen, da sollte man an seinem ersten Arbeitstag nicht auch noch zu spät kommen.«

»Äh … danke.«

»Nichts zu danken. Ich helfe immer gerne. Helfen macht nämlich glücklich, müssen Sie wissen. Und das ist auch mein Name.«

»Was? Helfen?«

»Nein, glücklich. Beate die Glückliche, das bin ich.«

Ein schiefes Lächeln huschte über Isabellas Züge, kehrte zurück und machte es sich auf ihrem Gesicht gemütlich. »Na, da habe ich aber Glück gehabt.«

In der Salvatis-Klinik Castrop-Rauxel ging es, wie in allen Krankenhäusern dieser Welt, hektisch zu. Pflegekräfte öffneten und schlossen Türen, Ärzte starrten mit zusammengekniffenen Augen auf Klemmbretter, Computer weigerten sich beständig, die aktuellen Therapiepläne auszuspucken, und Patienten verirrten sich auf der Suche nach Untersuchungsräumen in sterilen, weißen Fluren.

Flur 3A war ein solcher Flur. Doch der Mann, der ihn mit großen, zügigen Schritten durchquerte, hatte sich keineswegs verirrt.

Im Gegenteil: Er kannte sein Ziel ganz genau.

Prüfend warf Nicholas Arendts einen Blick über die Schulter, dann drückte er die Klinke herunter und betrat den Aufenthaltsraum der Pflegekräfte.

Seit Anbeginn der Geschichte stellen Aufenthaltsräume ein Kuriosum dar, das selbst Experten nie vollständig entschlüsseln konnten. Unabhängig von Größe, Lage und Institution scheinen sich immer die folgenden Dinge darin zu befinden: geschmacklose Kaffeebecher mit eingetrockneten Rändern und Lippenstiftspuren, Schokoladenpapier, ein Roman mit zweifelhaftem Inhalt, diverse Hygieneartikel und ein alter, röchelnder Kühlschrank.

Nicholas ließ die Fingerknöchel knacken – eine Angewohnheit, die er im Sommer 1998 im Zeltlager von einem kichernden, sommersprossigen Mädchen übernommen und während der folgenden Jahre perfektioniert hatte, nachdem er herausgefunden hatte, dass er seine Mutter damit in den Wahnsinn treiben konnte. Frau Arendts hatte sich ihrerseits angewöhnt, milde zu lächeln und das Mantra der ruhigen Gelassenheit zu summen, um ihren Sohn nicht an der Entfaltung seiner inneren Potentiale zu hindern.

Alles kam nun auf präzise Arbeit an. Er ging zu dem alten, röchelnden Kühlschrank und öffnete die Tür. Draußen erklangen Stimmen. Was Nicholas zu folgenden Schlussfolgerungen brachte:

1. Die Kaffeepause der Pflegekräfte von Station 3 begann heute früher als erwartet.

2. Er musste sich beeilen.

Entschlossen griff er nach einem Fruchtjoghurt mit der Aufschrift »superfruchtig superlecker« und verstaute ihn in seiner Umhängetasche. Im Gegenzug holte er einen grinsenden Gartenzwerg mit heruntergelassenen roten Hosen hervor und stellte ihn in die Lücke zwischen einem Energydrink und einer Tafel Schokolade mit Cappuccino-Geschmack.

Die Stimmen kamen näher.

Mit einem leisen *Plopp* fiel die Kühlschranktür wieder zu. Nicholas lächelte zufrieden. Der Morgen konnte beginnen.

Entgegen Isabellas Annahme hatte sich der Park vor vier Wochen an exakt derselben Stelle befunden. (Was auf die schlichte Tatsache zurückzuführen ist, dass sich Pflanzen im Allgemeinen durch einen eklatanten Mangel an Beinen auszeichnen – bis auf die sogenannten Wandelnden Blätter, aber hierbei handelt es sich um eine Untergattung der gemeinen Gespenstschrecke, die in Deutschland nicht heimisch ist.) Die Klinik im Übrigen auch.

Das Büro, in das man sie gebeten hatte, hatte sich als heller, rechteckiger Raum präsentiert mit einem großen Fenster und Bildern an den Wänden, die schlicht, nichtssagend und ausnehmend hässlich waren. Zahlreiche Sportpokale hatten in einer Vitrine gestanden und unmissverständlich deutlich gemacht, dass es sich bei ihrer Besitzerin um eine Person handelte, die eiserne Disziplin an den Tag legte – und eine Vorliebe für glitzernde Dinge besaß.

»Und Sie sind …?«

Dr. Petra Maifelder, Chefärztin der psychiatrischen Abteilung und ärztliche Direktorin der Salvatis-Klinik Castrop-Rauxel, hatte auf einem blauen Gymnastikball hinter einem ergonomischen Schreibtisch gethront und hektisch auf ihrer Tastatur herumgetippt. Sie war eine Frau Ende vierzig, deren schlangengleiche Figur nur noch von ihren unnatürlich blonden Haaren übertroffen wurde.

»Isabella Calabrese. Ich habe mich auf die ausgeschriebene IT-Stelle beworben.«

»Ah, ja.« Erst jetzt schien Dr. Maifelder die Bewerbungsmappe zu bemerken, die vor ihr auf dem Tisch lag. »Setzen Sie sich, Frau …«

»Calabrese.«

»Wie auch immer.«

Isabella ließ sich auf einem unbequemen, ergonomischen Stuhl nieder. Neben dem Monitor stand ein Büroklammermagnet in Form eines Marathonläufers.

»Und Sie kennen sich also mit Computern aus?«, fragte Dr. Maifelder.

»Das behauptet zumindest mein Abschlusszeugnis.«

»Wie? Ah, verstehe.« Die Ärztin bedachte Isabella mit einem abschätzigen Blick. »Das war ein Scherz, nicht wahr? Ich muss Sie bitten, davon in Zukunft Abstand zu nehmen.«

»Ich kann für nichts garantieren.«

Stirnrunzelnd starrte Dr. Maifelder auf die Bewerbungsmappe in ihrer Hand. »Ich habe diese Dinger nie verstanden.«

»Wie bitte?«

»Computer. Habe ich nie verstanden, die Dinger. Äußerst seltsam. Das müssen Sie mir bei Gelegenheit mal erklären, Frau …«

»Calabrese.«

»Jaja.« Maifelders Blick wanderte über die Seiten. »Aber nehmen Sie doch erstmal Platz.«

»Ich sitze schon.«

»War das wieder ein Scherz?«

»Keineswegs.«

»Hm, ja, nun …« Die Chefärztin blätterte weiter in der Bewerbungsmappe. »Sieht ja alles ganz ordentlich aus. Dann erzählen Sie mal ein wenig über sich.«

»Studiert habe ich an der Ruhr-Universität Bochum und dann …«

»Ach, wissen Sie«, unterbrach Dr. Maifelder mit einer wegwerfenden Handbewegung, »das interessiert mich im Grunde gar nicht.« Sie griff in ihre Schreibtischschublade und zog eine Handvoll Müsliriegel daraus hervor. »Möchten Sie einen?«

Ohne eine Antwort abzuwarten, riss sie die Folie auf und biss in etwas, das aussah, als hätte jemand ein paar bemitleidenswerte Früchte in einer Portion Haferschleim ertränkt. Mit dem Riegel in der Hand fuchtelte sie vor Isabellas Nase herum. »Die enthalten viele lebenswichtige Vitamine und Ballaststoffe. Wissen Sie, was in ihrem Körper ohne Vitamine und Ballaststoffe geschieht?«

Sie machte eine bedeutungsvolle Pause, die erahnen ließ, dass es sich dabei um etwas sehr *Schlechtes* handelte, bevor sie fortfuhr: »Ich sage immer, eine gesunde

Ernährung und sportliche Betätigung sind das A und O eines langen Lebens. Sie sind doch bestimmt sportlich, nicht wahr, Frau …?«

»Calabrese.«

»Ich lege nämlich großen Wert darauf, dass meine Mitarbeiter sich fit halten.«

»Ja, also, ich … äh … laufe«, erwiderte Isabella und fügte etwas leiser hinzu: »Gelegentlich.«

Zum Beispiel zum Kiosk. Oder vom Bad ins Wohnzimmer.

»Wunderbar. Laufen ist ein exzellentes Training für Körper und Geist. Wie heißt es noch so schön? Mens sahna in corpore sahnig oder so ähnlich. Na ja, Sie wissen, was ich meine.«

»Eigentlich nicht.«

»Ich selbst laufe seit über zwanzig Jahren. Habe bereits mehrere Preise gewonnen. Haben Sie schon mal Preise gewonnen?«

Isabella nickte vorsichtig. In der Schule hatte sie beim Tetris-Duell der fünften Klasse den ersten Platz belegt. Noch vor Arne Trisdorf. Und das, obwohl der Junge über Gummigelenke verfügte und mit seinen Daumen Dinge angestellt hatte, von denen Isabella nur träumen konnte.

»Dann wissen Sie ja, wovon ich spreche.« Dr. Maifelder biss ein weiteres Stück von ihrem Müsliriegel ab. »Möchten Sie nicht doch einen?«

»Nein, danke.«

»Sie haben recht.« Die Ärztin verzog das Gesicht. »Die schmecken scheußlich. Ich werde meinem Sekretär sagen, dass er andere besorgen soll. Kaminski!«

Es dauerte nicht lange, dann steckte ein wieselgesichtiger Mann, dessen Augen gänzlich hinter dicken Brillengläsern verschwanden, den Kopf zur Tür hinein. »Ja?«

»Diese Riegel sind abscheulich.« Dr. Maifelder wedelte drohend mit dem angebissenen Stück in der Luft herum.

»Das ist bedauerlich.«

»Das Bedauern nehme ich Ihnen nicht ab, Kaminski. Was ist aus den anderen Vitalriegeln geworden, denen von letzter Woche? Denen mit Joghurt.«

»Sie haben gesagt, die schmecken wie etwas, das man im Keller unter einem Stein gefunden hat. Dann haben Sie die Assistenzärzte damit beworfen.«

»Ich erinnere mich. Flogen wirklich gut, die Dinger.«

»Sonst noch etwas?« Kaminskis Tonfall offenbarte jene Art subtiler Gereiztheit, wie sie allen Angehörigen seines Berufsstandes eigen zu sein schien.

»Kaufen Sie mir neue Riegel, Kaminski. Irgendwas Ausgefallenes. Vielleicht mit Papaya.«

»Papaya?«

»Papaya, Mango, Guave. Kaminski, überraschen Sie mich.«

»Aber sicher.« Unartikulierte Verwünschungen murmelnd verschwand der Sekretär wieder im Vorzimmer.

Dr. Maifelder warf ihm einen Müsliriegel hinterher. Er prallte am Türrahmen ab und zerbröselte auf dem hellen Laminatboden.

»Gut, dass wir das geklärt haben.« Die Chefärztin hatte sich wieder der Bewerbungsmappe zugewandt.

»Und was hat Sie dazu bewogen, sich in einem Krankenhaus zu bewerben, Frau …?«

»Calabrese.«

»Wie auch immer.«

»Nun ich …«

»Das Krankenhaus, müssen Sie wissen, ist ein außergewöhnliches Arbeitsfeld. Denn a) bekommt man es mit sehr vielen unterschiedlichen Menschen zu tun, mit kranken Menschen, die Unterstützung brauchen. Und zweitens bietet es die wunderbare Gelegenheit, mit den verschiedensten Berufsgruppen zusammenzuarbeiten. Interdisziplinarität, das ist es, wofür wir stehen. Dazu sind natürlich Teamfähigkeit und Einfühlungsvermögen vonnöten. Haben Sie irgendwelche Erfahrungen mit der Arbeit in Krankenhäusern?«

»Also, eigentlich …»

»Wunderbar.« Dr. Maifelder hatte die Bewerbungsmappe zugeklappt und Isabella gewinnend angelächelt. »Wann können Sie anfangen?«

Die glückliche Beate führte Isabella durch eine einzigartig trübe Landschaft, bis sie schließlich auf einen breiteren Weg stießen, der auf dem verwitterten Straßenschild treffenderweise als »Holzweg« bezeichnet wurde.

Isabellas Füße erzeugten in den nassen Turnschuhen bei jedem Schritt ein Geräusch, das dem eines spuckenden Lamas nicht unähnlich war.

In der Luft hing der von Milliarden fleißiger Mikroorganismen produzierte Geruch muffig-feuchter Erde.

»Soll ich Ihnen etwas sagen?«, ergriff Beate das Wort.

»Wenn es unbedingt sein muss.«

»Sie haben eine ganz ungewöhnliche Aura. Ich kenne mich nämlich mit Auren aus. Muss an meinem letzten Leben liegen.« Sie umrundete Isabella mit bedächtigen Schritten. »Bestimmt schlummert in Ihnen das Talent einer Hexe.«

Isabellas einzige Begegnung mit Hexerei beschränkte sich auf eine Wahrsagerin auf der Cranger Kirmes, die ihr ein Zusammentreffen mit einem großen, dunkelhaarigen Fremden vorhergesagt hatte. Am nächsten Tag war sie auf dem Weg zum Kiosk von einem Rottweiler über den Haufen gerannt worden. Seither hielt sie von Zauberkunst in etwa genauso viel wie von sportlicher Betätigung.

»Ich habe darüber nachgedacht, in meinem nächsten Leben Musikerin zu werden. Das ist um einiges besser als Lehrerin.« Beate kramte ausgiebig in den unermesslichen Tiefen ihres Kartoffelsackkleides herum, zog schließlich eine Zinnflöte daraus hervor und hielt sie triumphierend in die Luft. »Wissen Sie was: Ich werde ein Lied für Sie spielen zu Ehren unserer Begegnung.«

»Das ist nun wirklich vollkommen unnötig«, wehrte Isabella ab.

»Doch, doch, ich bestehe drauf. Ein schönes Lied für eine schöne Hexe«, summte die glückliche Beate und begann, auf ihrer Flöte zu spielen. Schrille, bis zur Unkenntlichkeit verzerrte Töne ergossen sich in die nichtsahnende Flora und Fauna, streiften ein paar unschuldige Blumen und stiegen zu den Baumwipfeln empor. Eine Amselfamilie erhob sich beleidigt in die Lüfte.

Isabella dachte gerade über die vielfältigen Verwendungsmöglichkeiten von Zinnflöten nach – von denen einige die Kollision mit empfindlichen Körperteilen beinhalteten –, als der Weg in einen halbrunden Vorplatz mündete. Dahinter erstreckte sich die Fassade eines vierflügeligen Gebäudes, das ansonsten in keinerlei Hinsicht bemerkenswert war – außer vielleicht, dass man es vor dreißig Jahren einmal für richtig modern gehalten hatte. »Salvatis-Klinik Castrop-Rauxel« stand in dunklen Buchstaben über dem gläsernen Eingangsportal. Das S hatte die Gestalt einer Schlange, die sich um einen Stab wand.

»Hier wären wir also.« Beate beendete ihr akustisches Äquivalent eines späten Picassos und breitete in einer theatralischen Geste die Arme aus. »Weiter kann ich Sie nicht begleiten«, raunte sie Isabella zu. »Da gibt es nämlich gewisse … Vorkommnisse, die …«

»Stopp!«

In diesem Moment öffnete sich die Schiebetür und spie drei Gestalten aus, die es offenbar sehr eilig hatten.

»Halten Sie diese Person auf!«, rief die erste Gestalt – eine ältere Frau mit wehendem, grauem Haar – und fuchtelte drohend mit ihrem Klemmbrett herum. »Sie darf die Klinik nicht verlassen!«

»Oh, ich muss weg.« Beate verstaute die Flöte in einer zuvor nicht existenten Falte ihres Kartoffelsackkleides. »Es hat mich gefreut Sie kennenzulernen. Ich wünsche Ihnen viel Glück bei Ihrer neuen Arbeitsstelle.«

Dann rannte sie los.

Die beiden anderen Gestalten – zwei betont freundlich dreinblickende Pfleger – jagten hinterher.

»Keine Sorge. So etwas passiert hier öfter.« Die ältere Frau – ihr Namensschild wies sie als Dr. Keller aus – rückte ihre Brille zurecht und schenkte Isabella ein Lächeln, das wohl beruhigend wirken sollte, tatsächlich aber eine ähnliche Wirkung entfaltete wie der unsichere Verweis eines Mannes, dessen Hund gerade den Briefträger gefressen hat, das Tier wolle doch nur spielen.

»Aber jetzt entschuldigen Sie mich bitte. Es gibt da eine dringende Angelegenheit, der ich nachgehen muss. – Frau Mitzkowski!«, rief sie der Flüchtenden hinterher. »Kommen Sie auf der Stelle zurück! Wir waren doch mit unserem Test noch gar nicht fertig!«

Beate die Glückliche bedachte ihre Verfolger mit einer obszönen Geste und verschwand hakenschlagend und mit wehendem Kleid im Park.

Isabella blieb allein vor dem Eingang der Klinik zurück.

In den neuronalen Netzwerken ihres informationsverarbeitenden Systems begann sich ein ganz bestimmter Gedanke zu manifestieren: Vielleicht ist die Sache mit dem Arbeiten doch keine so gute Idee. Sicherlich, Geldverdienen ist ein lohnenswertes Anliegen, aber es gibt ja auch noch Minijobs. Viele Universitätsabsolventen führen ein sorgenloses und zufriedenes Leben als Kassierer oder Taxifahrer.

Neue Arbeit, neues Glück, sagte ihre Nonna immer. Und Nonna musste es wissen, denn sie hatte in ihrem

Leben bisher hundertdreiundzwanzig verschiedene Tätigkeiten ausgeübt, manche davon sogar legal.

Also los! Isabella trat ihren neuronalen Netzwerken in den metaphorischen Allerwertesten und straffte die Schultern. Das wird bestimmt großartig. Auf in die Schlacht!

Entschlossen trat sie durch die Tür.

Und kollidierte geradewegs mit einem jungen Mann, der dort vorher nicht gestanden hatte.

Kapitel 2

»Erfahrung ist fast immer eine Parodie auf die Idee.«

Johann Wolfgang von Goethe

Gelegen im Norden des Ruhrgebiets, zwischen Rhein-Herne-Kanal und Emscher, ist Castrop-Rauxel jene Art von Stadt, in der man nicht tot überm Zaun hängen will. Allerdings trifft das wohl auf jede Stadt zu, denn wer hängt schon gerne tot über einem Zaun?

Niemand *plant* Orte wie Castrop-Rauxel. Sie entstehen einfach – ein Phänomen, das der spontanen Anhäufung von Fusseln im Achselbereich eines synthetischen Pullovers nicht unähnlich ist. Dieser spezielle Ort hatte seine Entstehung zu nicht unerheblichen Teilen der Kohle zu verdanken. Viele Jahre lang ratterten die Fördertürme, die Hochöfen rauchten Tag und Nacht. Atmen war eher Glückssache. Doch dann wollte niemand mehr etwas von Kohle wissen. Nach und nach schlossen die Zechen, die Luft erreichte eine Konsistenz, die man nahezu als gasförmig bezeichnen konnte, und die selbsternannte Industriestadt im Grünen erklärte sich kurzerhand zur Europastadt im Grünen.

Wie es immer geschieht, wenn die Vergangenheit nur lange genug zurückliegt, begannen die Einwohner, sich wieder auf ihre Wurzeln zu besinnen. Aus altem Schrott wurde wertvolles Kulturgut. Und während andere Menschen Berge bestiegen, bestieg man in Castrop-Rauxel Hügel – oder besser gesagt: rekultivierte Abraumhalden.

Was den Sport angeht, so muss gesagt werden, dass Castrop-Rauxel sich in keiner namhaften Sportart durch herausragende Leistungen auszeichnete. Da gab es lediglich Korfball – ein Spiel, dessen Zweck darin besteht, dass sechzehn Menschen beiderlei Geschlechts versuchen, auf möglichst elegante Weise einen Ball durch einen Korb zu befördern, und dessen Erwähnung außerhalb der Stadtgrenzen wohl nur verständnisloses Schulterzucken erntet.

Dennoch: Der Castrop-Rauxeler war stolz auf sein Städtchen.

Und wenn er einmal krank an Körper oder Geist wurde, dann ließ er sich im städtischen Krankenhaus behandeln. Besagte Gesundheitsstätte lag am Ende des Holzweges auf einem platten Fleckchen Erde, in dessen unmittelbarer Nähe es außer der A42 wenig Erwähnenswertes gab – und die hatte neben regelmäßigen Staus und stockendem Verkehr im Grunde auch nicht viel zu bieten. Früher einmal hieß das Krankenhaus Klinik am Holzweg, doch das hatte sich aus unerfindlichen Gründen als wenig prestigeträchtig erwiesen. Also wurde ein Komitee aus Experten zusammengestellt und mit der Suche nach einem neuen Namen betraut. Nach etlichen schlaflosen Nächten, einer unüberschaubaren Menge an Kaffee und zahlreichen Ausflügen in längst verstorbene und begrabene Sprachen erblickte schließlich die Salvatis-Klinik Castrop-Rauxel das Licht der Welt.

Über den Holzweg musste man allerdings immer noch.

Sophia Linkmeyer war nicht glücklich. Das hatte verschiedene Gründe: Zum einen hielt sie es für ihre Pflicht, als Frau in gehobenem Alter fortwährend einen gewissen Pegel an Verbitterung aufrechtzuerhalten, zum anderen hatte sie nicht die geringste Ahnung, was sie hier in diesem Krankenhaus sollte. Ihr Körper und ihr Verstand funktionierten noch ausgezeichnet. Sicherlich, einmal hatte sie sich in ihrer Abstellkammer eingeschlossen. Und dann war da noch dieser unsägliche Zwischenfall mit der Nachbarskatze gewesen.

Gut … und das Feuer.

Aber so war das eben, wenn man älter wurde. Die Schwerkraft gewann zunehmend an Bedeutung, diverse Dinge wurden weniger elastisch oder *zu* elastisch, Haare emigrierten und ließen sich an allen möglichen Stellen nieder. Und das alles passierte ja nicht einfach so; Altern war harte Arbeit.

Ihr Sohn hatte davon natürlich keine Ahnung. Er war jung. Er stand in der Mitte seines Lebens mit seiner kleinen Firma, seinen freundlichen Mitarbeitern, seiner umsorgenden Frau und seiner gut erzogenen Tochter. Er wusste nicht, was es bedeutete, alt zu sein. Bei ihm saßen alle Dinge noch an der dafür vorgesehenen Stelle und hatten vermutlich genau das richtige Maß an Elastizität.

Ich kann nicht mehr alleine in meinem Haus bleiben? Pah!

Sophia schnaubte. Adelheid von gegenüber war auch in ihrem Haus geblieben. Bis zuletzt. Selbst als sie nicht mehr laufen konnte und sich immer häufiger für Königin Beatrix gehalten hatte. »Ihr kriegt mich hier nicht weg!«, hatte sie gerufen, die Tür verriegelt und ihrem Volk vom Fenster aus milde zugelächelt. Adelheid hatte sich nicht von ihrem Sohn überrumpeln lassen.

Da bringt man ihn unter Schmerzen zur Welt, dachte Sophia bitter. Und wie dankt er es einem? Ruft monatelang nicht an, verschwendet keinen Gedanken an seine arme, verwitwete Mutter und dann das hier! Aber wenn er glaubt, er kann mich in dieser … dieser Folterkammer festhalten, dann hat er sich aber gehörig geirrt.

Zum wiederholten Mal drückte sie auf den roten Knopf neben ihrem Bett.

Eine genervte weibliche Stimme erklang: »Frau Linkmeyer, dieser Knopf ist nur für Notfälle.«

»Aber das hier *ist* ein Notfall«, beharrte Sophia und drückte erneut, um ihren Standpunkt zu untermauern. »Ich möchte dieses Gebäude umgehend verlassen.«

»Sie wissen doch, dass das nicht geht.« Die Stimme bediente sich eines Tonfalls, den man gewöhnlich gebraucht, um kleinen Kindern einen äußerst komplizierten Sachverhalt zu erklären.

»Nichts weiß ich«, keifte Sophia. »Man erzählt mir hier ja nichts.«

»Ruhen Sie sich doch erst mal aus«, riet ihr die Stimme.

»Ausruhen kann ich mich immer noch, wenn ich tot bin!«

Die Stimme seufzte.

»Haben Sie gerade geseufzt?«, fragte Sophia.

»Nein.« Die Stimme seufzte erneut.

»Das will ich auch hoffen. Wenn Sie glauben, Sie könnten hier einfach seufzen, wie es Ihnen passt, nur weil ich eine alte Frau bin, dann werde ich Ihnen aber …«

»Ruhen Sie sich aus, Frau Linkmeyer.« Die Stimme verwendete nun jene Art langsame und betonte Sprechweise, die für den Fall reserviert ist, dass das kleine Kind wirklich schwer von Begriff ist.

»Sie können mich mal«, versetzte Sophia.

Die Stimme seufzte.

»Und hören Sie auf zu seufzen, man könnte ja meinen, Sie würden Ihre Arbeit nicht mögen.«

Am anderen Ende breitete sich Stille aus.

»Hallo? *Hallo?*«

Die Stille blieb.

Mürrisch ließ Sophia sich in das große, weiße, viel zu weiche Kissen sinken. Auf dem Nachttisch tickte eine Uhr. Ihr Blick wanderte zur Decke.

Von dort aus zur Wand.

Und zum Fenster.

Fünf Minuten später drückte sie erneut auf den Knopf.

Nichts geschah. Sie drückte ein zweites Mal. Als keine Antwort erklang, schwang sie die Beine aus dem Bett, stand auf und verließ das Zimmer.

Isabella Calabrese ging nicht durchs Leben, sie stolperte. Als andere Kleinkinder ihre ersten Schritte machten, machte Isabella ihre erste Bruchlandung.

Allein in der vergangenen Woche hatte sie durch einen bedauerlichen Mayonnaise-Unfall das neue Kunstprojekt ihrer Mitbewohnerin Karo in eine Beuys-Hommage verwandelt, war nur knapp dem Angriff eines lebensmüden Radfahrers entkommen, hatte sich diverse Beulen an verschiedensten Körperstellen zugezogen und es irgendwie zustande gebracht, auf gerader Strecke über einen nicht vorhandenen Stein zu fallen.

Achtsamkeit war ein Substantiv, das in Isabellas mentalem Wörterbuch fehlte. Experten – darunter ihre eigenen Eltern – hielten es für ein Mysterium, dass sie es überhaupt geschafft hatte, das Erwachsenenalter zu erreichen – mit der ihr von der Evolution zugedachten Anzahl an Fingern, Augen und Zehen.

»*Porca miseria!*«

Zum zweiten Mal an diesem Morgen fand Isabella sich auf ihrem Allerwertesten wieder. Allerdings sah sie sich diesmal anstelle einer blutrünstigen Ente einem überrascht dreinblickenden jungen Mann gegenüber.

Was um einiges besser war.

Der Eingangsbereich der Salvatis-Klinik bemühte sich, den Anschein heller Freundlichkeit zu erwecken. Tatsächlich erweckte er nur den Anschein heller *Helligkeit*. Ein grauer Boden ging in weiße Wände über; um einen cremefarbenen Tisch gruppierten sich beige Bänke.

Hinter der Rezeption saß eine beinah durchsichtige Frau, die abwesend in ihr Telefon sprach.

»*Maledizione! Maledetto!*« Fluchend rappelte Isabella sich wieder auf.

Der junge Mann grinste schief. Sein sorgsam gestutzter Kinnbart verlieh ihm etwas Verwegenes. »Dem Ton nach zu urteilen gehe ich davon aus, dass nichts davon *Entschuldigung* bedeutet, oder?«

Isabella zuckte die Schultern. »Entschuldigen gehört nicht gerade zu meinen Kernkompetenzen.«

Der junge Mann kam ebenfalls auf die Beine und klopfte sich den Staub von der Kleidung. Auf seinem schwarzen T-Shirt stand »VIP«. Unter dem rechten Ärmel lugte die Tätowierung einer Schildkröte hervor. »Und was gehört zu deinen Kernkompetenzen?«

»Nun«, überlegte Isabella. »Computer, Rollenspiele, Cappuccino, Fantasyromane und Spaghetti. Aber nicht unbedingt in dieser Reihenfolge. Ich hoffe, du hast dir nichts gebrochen oder so.«

»Alles nicht der Rede wert. Ich brauchte sowieso eine Pause. Ist nicht gut, wenn man zu lange am Stück arbeitet. Dadurch steigt nur die Gefahr von Karoshi – plötzlicher Tod am Arbeitsplatz. Wurde von den Japanern erfunden. Die sind darin richtig gut.«

»Im Sterben oder im Erfinden von Wörtern?«

Er dachte einen Moment darüber nach. »Vermutlich in beidem. Ich bin übrigens Nicholas.« Er streckte ihr die Hand entgegen. Es handelte sich, wie Isabella bemerkte, um ein recht ansehnliches Exemplar ihrer Gattung.

»Und?«, fragte Nicholas. »Hast du auch einen Namen?«

»Ja.«

»Wirst du ihn mir auch verraten?«

»Isabella.« Sie ergriff seine Hand.

Nicholas lehnte sich verschwörerisch zu ihr herüber. »Kann ich dir etwas sagen, Isabella?«

»Ja.«

»Du tropfst.«

»Oh.«

Isabella trat einen Schritt zurück. Dort, wo sie gestanden hatte, hatten sich kleine Pfützen auf dem Boden gebildet, die sich langsam zu einem Rinnsal vereinten. Ein Käfer kam in den Genuss kostenlosen Schwimmunterrichts.

Der Aufzug bimmelte und eine Gruppe in Bademäntel gehüllter Menschen strömte durch die Eingangshalle.

»Also ich nehme immer ein Kopfkissen mit zur Entspannungstherapie«, sagte ein Mann mit der Ausstrahlung eines größenwahnsinnigen Mopses. »Wie soll man denn sonst vernünftig dort schlafen?«

Eine Frau lachte schrill.

Der Käfer erprobte seine Fähigkeiten im Rückenschwimmen.

Isabella spürte, dass Nicholas sie erwartungsvoll ansah.

»Ich … äh … bin in den Regen gekommen?«

Von Zeit zu Zeit brauchte jeder eine Pause. Stationsleiterin Monika Holthausen hatte sich ihre Pause wirklich *verdient.*

Immerhin führte sie tagein, tagaus ein strenges Regime. Nichts, was sich auf Station 3 der psychiatrischen Abteilung ereignete, entging ihrer Kontrolle. Zwar verfügte sie nicht gerade über eine bemerkenswerte

Größe – ihr Körper war anstatt in die Höhe in die Breite gewachsen, hatte sich später aber nie die Mühe gemacht, diesen Irrtum zu korrigieren –, dafür hatte ihre Stimme die Angewohnheit, sich tief in Gehörgänge zu bohren und dort nachhaltige Spuren zu hinterlassen. Faulheit und allgemeine Inkompetenz bekämpften sich eben nicht von selbst.

Monika atmete geräuschvoll aus und schloss die Tür zum Aufenthaltsraum hinter sich. Ihre Pausen folgten einer wohlstrukturierten Routine. Sie ließ sich auf einen der Stühle sinken und schüttete Kaffee aus der Thermoskanne in eine Tasse mit Lippenstiftrand. Wie von selbst griff ihre Hand nach dem Roman auf dem Tisch. Sie las ein paar Seiten aus »Rubinrote Leidenschaft«, während sie an ihrem Kaffee nippte. Dann stand sie auf, ging zum Kühlschrank, nahm einen Fruchtjoghurt heraus …

… und stutzte.

Aus unerfindlichen Gründen hatte sich der erwartete Plastikbecher in einen grotesk grinsenden Gartenzwerg mit blankem Hinterteil verwandelt.

»Also gut.« Monika drehte sich langsam um, den Gartenzwerg in der erhobenen Hand wie eine geladene Waffe. »Wer ist hierfür verantwortlich?«

»Kaffee«, sagte Nicholas.

»Was?«

»Kaffee«, wiederholte er. »Ein schwarzes, koffeinhaltiges Heißgetränk, das aus gerösteten und gemahlenen Kaffeebohnen hergestellt wird. Ich denke, du schuldest mir einen.«

»Ich? Dir?«, begehrte Isabella auf. »Du warst es doch, der sich mir mutwillig in den Weg gestellt hat.«

»Dann schlage ich vor, dass ich dir einen Kaffee ausgebe und du mir. Anschließend sind wir quitt und vergessen den Vorfall.«

»Also ehrlich gesagt halte ich das für keine so gute …«, begann Isabella, doch da war er bereits durch eine große Tür verschwunden. »*Porca miseria!* He, warte auf mich!«, rief sie und eilte dem Mann hinterher.

Ein paar Türen und Gänge später standen sie vor dem Kaffeeautomaten.

Es war nicht einfach irgendein Kaffeeautomat.

Es war eines jener Geräte, die man ausschließlich in sanierungsbedürftigen Schulen oder öffentlichen Gebäuden antrifft und die unter ohrenbetäubender Anstrengung neben einem dunklen Gebräu, das auf einer entsprechenden Taste euphemistisch als Kaffee bezeichnet wird, noch ein weniger dunkles Gebräu, Kakao genannt, sowie eine schmackhafte Gemüsebrühe produzieren können.

»Willkommen in der Salvatis-Klinik, Heimat der Leidenden und Asyl für all jene, die in körperliche oder seelische Not geraten sind.« Nicholas prostete Isabella mit seinem Becher zu.

Eine Weile standen sie schweigend da und tranken ihren Kaffee, der nach jener sonderbaren Mischung aus süß, bitter und Plastik schmeckte, die Isabella augenblicklich an ihre Schulzeit zurückdenken ließ.

»Und was führt dich hierher?«, fragte Nicholas schließlich.

Isabella pustete in ihren Becher. »Mein erster Tag als IT-Fachkraft. Und dich?«

»Ich arbeite im Archiv. Akten einsortieren, Akten aussortieren, Akten umräumen. Ohne mich würde die Klinik gewissermaßen in einer Flut von Akten versinken.«

Isabella pustete stärker. »Das klingt aber äußerst uninteressant.«

»Schmeicheleien gehören auch nicht gerade zu deinen Kernkompetenzen, oder?«

»Habe ich auch niemals behauptet.«

»Ich muss mich jetzt wieder an die Arbeit machen.« Nicholas warf den leeren Kaffeebecher in den Müll. »Es war nett dich kennenzulernen. Komm mich doch mal im Archiv besuchen, wenn du dich eingelebt hast.« Er wandte sich zum Gehen. »Ich würde mich freuen.«

»Und wo ist das Archiv?«, rief Isabella ihm hinterher.

»Na, wo schon? Da, wo es dunkel ist.«

Dann war er verschwunden.

Das wird also großartig, hm?, schalt Isabella ihre innere Stimme. Auf in die Schlacht, wie? Die innere Stimme zuckte mit den Achseln und machte sich aus dem Staub. Isabella leerte ihren Becher und machte sich auf den Weg zur Personalabteilung, um an der Krankenhausführung für neue Mitarbeiter teilzunehmen.

Fünf Minuten später hatte sie sich hoffnungslos verirrt.

Pflegeschülerin Stefanie Hildebrecht stellte sich viele Fragen. Zum Beispiel, ob schwarze Hosen zu braunen

Schuhen passten, ob man wegen illegaler Musikdownloads ins Gefängnis kommen konnte oder warum es immer dann regnete, wenn man gerade beim Frisör gewesen war.

Momentan fragte sie sich, warum Frau Linkmeyer von Zimmer 601 so großen Wert darauf legte, die Tür zur Besuchertoilette aufzubrechen. Seit Minuten schon rüttelte die alte Frau mit bemerkenswerter Beharrlichkeit an der offensichtlich besetzten Kabine. Die Tür knarrte, Sophia Linkmeyer ächzte.

»Was tun Sie denn da, Frau Linkmeyer?«

»Na, was wohl?« Sophia warf Stefanie einen Blick zu, mit dem man einen ungezogenen Welpen auf seinen Platz verweist, und fuhr fort, an der Tür zu rütteln. »Ich will hier raus.«

»Aber da können Sie nicht raus, Frau Linkmeyer, da ist das Klo.«

»Oh.« Sophia hörte auf zu rütteln und strich ein paar imaginäre Falten aus ihrem geblümten Kleid. Wenige Augenblicke später öffnete sich die Tür. Eine verstört wirkende Frau huschte aus der Toilettenkabine und verschwand über den Flur. Stille breitete sich aus.

»Warum bin ich überhaupt hier?«, fragte Sophia. Ihr Kleid hatte inzwischen eine Faltenfreiheit erlangt, die dem schönheitschirurgisch behandelten Gesicht eines Supermodels Konkurrenz machen konnte.

»Na, weil Sie voll alt sind«, erklärte Stefanie. »Und alte Leute haben doch immer irgendwelche Krankheiten. Liegt am körperlichen Verfall und so.« Sie hatte das Gefühl, noch irgendetwas Beruhigendes sagen zu müssen, also ergänzte sie: »Sie sind jetzt in unserem multimodalen gerontopsychiatrischen Programm.«

»Und was soll das sein?«

»Das ist speziell für alte Menschen, weil die ja andere Bedürfnisse haben und so.«

»Bedürfnisse.« Sophia schnaubte.

»Ja, Bedürfnisse.«

»Damals im Krieg, da hat sich auch niemand um Bedürfnisse gekümmert. Da mussten wir alte Kartoffelschalen essen.«

»Ist alles mit Ihrem Sohn abgesprochen, Frau Linkmeyer.«

»Bleiben Sie mir bloß weg mit meinem Sohn.«

»Aber ...« Stefanie runzelte die Stirn. Hinter besagter Stirn stellten sich ihre neuronalen Netzwerke die Frage, warum alte Menschen ständig verbittert wirkten. Ob das eine natürliche Entwicklung war? Zusammen mit den Falten, der Dauerwelle und den Stützstrümpfen. Oder hatte man nach einer gewissen Zeitspanne einfach keine Lust mehr, freundlich und zufrieden zu sein, und probierte es stattdessen mit einer anderen Gemütslage? Vermutlich lag es an den Neurotransmittern. Die waren so ziemlich für alles verantwortlich.

»Na, auf jeden Fall sind Sie bei uns gut aufgehoben, Frau Linkmeyer. Demnächst kommt jemand von den Internisten und checkt Sie durch. Dr. Keller macht mit Ihnen ein paar neuropsychologische Tests und Sie gehen in die Gruppentherapie. Da können Sie über alles reden, was alte Leute so bewegt. Inkontinenz und diese ganzen Dinge.« Sie lächelte.

»Ich will aber nicht reden«, murrte Sophia.

»Dann hören Sie eben nur zu«, entgegnete Stefanie.

»Ich möchte auch nicht zuhören. Ich möchte das hier alles nicht. Ich möchte nach Hause. Ich habe kein *Problem.*« Sophia starrte das Mädchen böse an. Sie war der Meinung, dass man viele Schwierigkeiten im Leben durch konsequentes böses Starren lösen konnte. Konsequentes böses Starren und der inflationäre Gebrauch des Wortes Krieg.

»Warum haben Sie dann versucht sich abzufackeln?«

»Das war eine kleine, unbedeutende Unaufmerksamkeit.« Sophia entdeckte eine weitere imaginäre Falte in ihrem Kleid und strich daran herum. »Man wird ja wohl in seinem eigenen Haus noch unaufmerksam sein dürfen.«

»Jetzt legen Sie sich erstmal wieder hin.« Stefanie hakte sich bei der älteren Frau unter und begann, sie langsam aber bestimmt den Flur entlangzuziehen. »Ich bringe Sie zurück in Ihr Zimmer.«

»Hinlegen, hinlegen, hinlegen«, äffte Sophia. »Das hat die Stimme am roten Knopf auch gesagt. Was anderes fällt Ihnen hier wohl nicht ein, wie? Legen Sie sich hin, legen Sie sich hin. Im Sarg liege ich noch lange genug.«

Stefanie seufzte.

»Und hören Sie gefälligst auf zu seufzen.«

Die Krankenhausführung stellte sich als eine dieser Veranstaltungen heraus, deren Erlebniswert in umgekehrtem Verhältnis zu ihrer Länge steht. Ein hagerer Mann mit fliehender Stirn und einem humorlosen Lächeln erläuterte mit monotoner Stimme die Funktion der einzelnen Abteilungen.

Außer Isabella traten eine Küchenhilfe, eine Assistenzärztin der Inneren Medizin und ein Mitarbeiter an der Pforte ihre neuen Arbeitsstellen an. Der Pförtner erklärte unentwegt, er wisse bereits alles über Krankenhäuser, da könne ihm keiner mehr etwas vormachen, kenne man eines, kenne man alle. Dabei nickte er mit ernster Miene und versuchte, möglichst weltmännisch auszusehen. Was eine echte Herausforderung darstellt, wenn man die Körperstatur von Pac-Man besitzt. Die Assistenzärztin starrte währenddessen angestrengt auf ihr Smartphone und die Küchenhilfe blickte sich nervös um, als erwarte sie, jeden Moment von einem mordgierigen Herd angefallen zu werden.

Der Nachmittag klopfte bereits mit neuerlichem Nieselregen an die graue Fassade der Salvatis-Klinik, als Isabella im Büro der Informationstechnik ankam.

Bildschirme flackerten. Das rhythmische Klappern von Tastaturen erfüllte die Luft. Auf den insgesamt drei Schreibtischen, die scheinbar wahllos im Raum verteilt waren, stapelten sich PCs, Notebooks, Drucker und Beamer. Ein paar vereinzelte Computermäuse lugten zwischen Bergen alter Papiere hervor, auf denen halb gefüllte Kaffeetassen standen. Die Wände waren übersät mit Filmpostern.

»Hi.« Isabella blieb in der Tür stehen und winkte hinein. »Ich bin die Neue.«

Nach einiger Zeit hob sich ein Kopf.

»Welche Neue?«, sagte die zum Kopf gehörige Stimme.

»Na, die Neue eben«, erklärte Isabella. »Ich habe mich auf die freie Stelle beworben, wurde eingestellt und hier bin ich.«

»Wusste gar nicht, dass 'ne Stelle frei war.« Ein Bürostuhl knarrte und der Sprecher drehte sich zu ihr herum. Er trug eine rote Baseballmütze und ein T-Shirt mit der Aufschrift »Eigentlich wollte ich heute die Welt retten, aber es regnet«. »Wusstest du, dass wir 'ne Neue kriegen?«, wandte er sich an seine Kollegin.

»Kann gerade nicht«, wehrte die Frau ab und starrte konzentriert auf ihren Bildschirm, auf dem ein Social Game lief. »Ich habe eben einen Lastwagen voll neuer Tiger für meinen kleinen, fröhlichen Zoo bekommen. Wo soll ich die nur lassen? Die vertragen sich doch nicht mit den Giraffen. Und meine Ressourcen reichen nicht mehr aus, um ein neues Tigergehege zu bauen. Fressen müssen die Viecher ja auch irgendetwas.« Sie stieß geräuschvoll den Atem aus, wie es nur jemand tut, der sich bewusst ist, dass seine siebzehn Tiger am nächsten Tag die Alpakas verspeist haben werden.

»Wusstest du, dass wir 'ne Neue kriegen?«, wandte sich der Mann seinem zweiten Kollegen zu. Der schüttelte nur den Kopf und fummelte an seiner Tastatur herum, während er hektisch ins Telefon sprach.

»Tja.« Der Weltretter zuckte die Schultern. »Dann würde ich sagen: Komm rein, such dir einen freien Platz und fühl dich wie zu Hause. Ich bin Martin. Das sind Rebekka«, die Angesprochene nickte kurz und widmete sich wieder ihrem virtuellen Tigerproblem, »und Hanno.«

»Also, dieser Fehler ist mir gänzlich unbekannt«, sagte Hanno in diesem Moment. Seine Stimme offenbarte die wachsende Panik eines Menschen, der sich mutterseelenallein auf hoher See befindet, ohne Kompass und Segel – vermutlich sogar ohne Boot. »Ich werde mir selbstverständlich die Fehlermeldung notieren und sehen, was ich machen kann.« Er legte auf und begann hastig auf einen Notizblock zu schreiben. »... Problem mit Datei xhd83tk1.tmp ... unerwarteter Fehler ... Windows reagiert nicht mehr ... Löschen von Datei ~iGD387.v_3 nicht möglich: nicht genügend Speicherplatz auf der Festplatte ...« Seine Finger trommelten auf die Tischplatte. »Schwierige Sache«, sagte er in Isabellas Richtung. »Sehr schwierige Sache.«

»Was *tust* du denn da?« Isabella trat näher heran und schaute ihm über die Schulter.

»Na, was wohl? Ich notiere mir die Fehlermeldung.« Weiteres Schreiben. »Und die ist ganz schön lang, kann ich dir sagen.«

»Aber wieso machst du keinen Screenshot?«

»Screen-was?« Hanno hielt inne.

»Screenshot«, erklärte Isabella. »Damit kann man den aktuellen Bildschirmausschnitt fotografieren«.

»Hey, das klingt praktisch.« Hanno ließ den Stift sinken. »Vielleicht zeigst du mir mal bei Gelegenheit, wie das geht.« Er nahm seine Brille ab, wischte mit dem Ärmel darüber und setzte sie wieder auf. »Im Grunde habe ich keine Ahnung von IT«, gestand er mit einem entschuldigenden Achselzucken. »Die Frau meines Cousins ist mit dem Chefsekretär verwandt. Deshalb habe ich den Job. Meistens ist es ganz einfach. Man stellt einen Beamer irgendwohin, baut ihn nach einiger Zeit wieder ab und manchmal erklärt man den Leuten, dass der Computer um einiges besser funktioniert, wenn man den Strom einschaltet. Du glaubst gar nicht, wie viele das nicht wissen.«

»Aha«, sagte Isabella gedehnt. Etwas anderes fiel ihr nicht ein.

»Mein Mann ist Stationsleiter bei der Pflege, Abteilung für Gastroenterologie«, teilte Rebekka mit. »Zuerst hatte ich einen Job bei der Technik. Aber das lag mir nicht, dauernd rumlaufen und irgendwelche Schlösser austauschen, Türschilder anbringen und der ganze Quatsch. Dann war ich mal eine Zeit bei der Materialausgabe. Aber hier gefällt es mir viel besser.«

»Aha«, sagte Isabella erneut und sah Martin an.

Der machte eine beschwichtigende Geste. »Hey, ich habe mal einen Computerkurs gemacht.«

»Gut.« Isabella zog sich einen freien Stuhl heran. »Dann fangen wir doch einfach mal bei den Grundlagen an. Mit welcher Sicherheitssoftware arbeitet ihr denn hier?«

Martins Gesichtszüge rutschten nach unten. »Sicherheitssoftware?«

Willkommen im Arbeitsleben, neckte die innere Stimme.

Isabella nahm eine imaginäre Streitaxt und erschlug sie.

Kapitel 3

»Je kleiner die Eidechse, umso größer ist ihre Hoffnung, ein Krokodil zu werden.«

Afrikanisches Sprichwort

Es war ein lauer Abend in Port-au-Prince – was keine Seltenheit darstellt, denn bei einer Durchschnittstemperatur von fast siebenundzwanzig Grad muss man wohl nahezu jeden Abend in Port-au-Prince als lau bezeichnen. Der Mond stand hoch am Himmel, ein feuchtwarmer Wind wehte vom Meer zur Küste hin.

Man konnte den Voodootempel kaum als epochales Bauwerk von überragendem Ausmaß bezeichnen. Er wirkte nicht einmal wie etwas, das jemand wirklich hatte bauen *wollen*. Vielmehr erweckte das verfallene Gebäude den Eindruck, als habe die Vegetation es schlichtweg ausgespien – kurz bevor eine Bombe darin explodiert war. Der Putz bröckelte von den bunt bemalten Mauern. Marode Türen hingen schief in ihren Angeln. Pflanzen rankten sich die Wände empor und überall wucherte Gestrüpp aus den Ritzen der Steine. An manchen Stellen war das Dach brüchig, an anderen fehlte es vollständig. Tiefe Pfützen hatten sich auf dem einstmals blanken Boden gebildet. Ein Blitzeinschlag hätte vermutlich zur Aufwertung der architektonischen Qualität beigetragen.

Aber seit *Goudou Goudou*, das große Erdbeben, vor drei Jahren weite Teile der Stadt in Schutt und Asche gelegt hatte, war Ästhetik ein Argument, das man sich nicht mehr leisten konnte. Ein Gebäude war besser als gar keins. Und dieses spezielle Gebäude war zumindest besser als das Schulhaus, in dem sich die Gemeinde im letzten Jahr hatte treffen müssen. Alte Kaugummis unter den Stühlen und Blumen an den Wänden hatten doch der sakralen Stimmung Abbruch getan – insbesondere nachdem die Kinder an einem Bastelwettbewerb teilgenommen hatten.

Das Feuer unzähliger Kerzen tauchte den Tempel in ein gespenstisches Licht, erhellte bestickte Flaggen an den Wänden und bunte Tücher an der Decke. Schatten tanzten über den Altar. Es war keiner jener minimalistischen Altäre, auf denen sich wenige Reliquien an Positionen befinden, die von bärtigen Gelehrten mit diversen okkulten Gerätschaften unter Einbeziehung von Himmelsrichtung, Jahreszeit und Mondphase bestimmt werden. Dieser Altar präsentierte sich als chaotische Ansammlung überbordender Gaben und Symbole. Tierschädel stapelten sich neben katholischen Heiligenbildern, stumpfe Puppenaugen starrten durch das Glas magischer Flaschen, Tücher, Perlen und Muscheln umrahmten farbenfrohe Zauberbeutel – jedes kleinste Zeichen eine Botschaft an die Götter. Kurz, es war ein Altar, der vermutlich jede Reinigungskraft in den Wahnsinn getrieben hätte. Im Zentrum des Raumes erhob sich die hölzerne Mittelsäule, der Poteau-mitan, der die Achse der Welt symbolisierte.

Dicht gedrängt und voll freudiger Erwartung standen die Mitglieder der Société beisammen. Ihre weißen Kleider leuchteten im Kerzenschein. Räucherwerk verströmte einen scharfen Geruch, der mit der vorhandenen Atemluft um Aufmerksamkeit konkurrierte.

François Rigaud hustete. Das tat er bereits seit geraumer Zeit, denn er verabscheute Duftöle. Und davon kamen bei jeder Zeremonie Mengen zum Einsatz, die ein französisches Bordell wie einen Taubenschlag wirken ließen (vorausgesetzt die Tauben trugen spitzenbesetzte Negligés). Er hustete erneut.

Ein Klumpen Wand löste sich von seinem Platz, ging zu Boden und begrub ein überproportioniertes Insekt unter sich. Was die Frau neben François dazu veranlasste, empört den Kopf zu schütteln.

»Manche Menschen wissen einfach nicht, wie man sich benimmt«, erklärte sie ihrer Nachbarin.

»Du sagst es«, stimmte die andere zu und tippte auf ihr Mobiltelefon.

François Rigaud war ein Mann von mittlerer Größe, durchschnittlicher Statur und einem Gesicht, das man bestenfalls als symmetrisch bezeichnen konnte.

Das Einzige, was an ihm bemerkenswert war, war die Tatsache, dass sich an seinem Körper eine nicht unbeträchtliche Anzahl ritueller Schmuckstücke befand. Ketten, Ringe und Armreifen aus Leder, Schlangenhaut, Federn, Hühnerfüßen und Krokodilzähnen verliehen ihm eine gewisse Ähnlichkeit mit einem äußerst unappetitlichen Weihnachtsbaum. Zudem bewirkte das Gewicht all dieser Gegenstände eine Verschiebung seines Körperschwerpunktes, sodass er beim Gehen stets Gefahr lief, nach vorne zu kippen. Aber ein paar Gleichgewichtsprobleme waren nichts im Vergleich zu dem unbezahlbaren Geschenk göttlichen Beistands.

François wusste, dass er von den Loas auserwählt war.

Das Problem war nur: Die Loas wussten es *nicht*. Sie weigerten sich standhaft, ihm in prophetischen Träumen zu erscheinen, sich in rätselhaften Zeichen zu offenbaren oder sein Leben auf eine andere mystische Art und Weise zu verändern. Man könnte beinah auf den Gedanken kommen, sie hätten nicht allzu viel für ihn übrig. Aber François spürte ganz deutlich, dass er für etwas *ausersehen* war. Etwas Bedeutendes, etwas Außergewöhnliches. Etwas, das keinen Job in einem Großraumbüro vorsah.

Ein zufriedenes Lächeln breitete sich auf seinem Gesicht aus. Heute war es endlich so weit. Heute würden die Loas ihn erhören. Er wusste es. Er hatte *Vorkehrungen* getroffen – und zwar jener Art, die enthusiastisches Singen und Tanzen, die Rezitation alter Zauberformeln und die Opferung diverser alkoholischer Substanzen erforderte. Unwillkürlich glitten seine Finger zu den Amuletten an seinem Hals. Was bewirkte, dass sich die Kralle eines Hühnerfußes in einem Schlangenwirbelkörper verhedderte.

Das hier muss funktionieren, dachte François, während er an den verknoteten Ketten zog und mit einem Kaurimuschel-Ring daran hängen blieb. Es muss einfach …

Dann setzten die Trommeln ein. Ihr leiser, harmonischer Rhythmus erfüllte die Luft. Umrahmt von den Flaggenträgern, die die reich verzierten Fahnen der Gemeinde schwenkten, betrat der Zeremonienmeister das Peristyl – obwohl es aufgrund seines fortgeschrittenen Alters eher so wirkte, als würde er in den Raum herein*schlurfen*. Ihm folgte Mama Cècile. Ein flammend rotes Rüschenkleid umfloss ihren ausladenden Körper, der sich mit der ruhigen Selbstverständlichkeit eines Kreuzfahrtschiffes durch die Menge bewegte. Lächelnd bestieg die Mambo ihren paillettenbesetzten Thron.

»Meine Kinder.« Sie breitete in einer einladenden Geste die Arme aus, in der Hand hielt sie die Asson, die heilige Rassel. »Kommt zu mir.«

Der Reihe nach traten die Mitglieder der Gemeinde vor den Thron, begrüßten die Priesterin und teilten ihr ihre Bitten mit.

»Mein Mann sieht mich gar nicht mehr an«, klagte Marie. »Immer liest er nur Zeitung oder bastelt an irgendetwas herum. Es ist, als wäre ich Luft für ihn. Das kann nur der Fluch einer neidischen Nebenbuhlerin sein.« Demütig ergriff sie die Hand der Mambo. »Mama Cècile, ich flehe die Loas an, diesen grässlichen Fluch von meiner Ehe zu nehmen, damit wir endlich wieder glücklich miteinander sein können.«

»Isch vermische scheit tschwei Tagen meinen Gehschtock«, murmelte die alte Adèle.

»In letzter Zeit habe ich … nun … ähm … Männerprobleme«, begann Jérôme. »Also … ich meine … ich kann nicht … nun ja … und immer wenn ich … ähm …

früher hatte ich nie … Und meine Frau … ja nun … sie …« Er unterbrach sich. »Was ich damit sagen will, ist … nun.« Er atmete tief durch. »Also, ich bin mir sicher, dass meine Schwiegermutter dahintersteckt«, schloss er hastig.

»Isch vermische auch meine Brille«, ergänzte Adèle aus der Menge.

»Da gibt es diesen Mann, in den ich total verliebt bin«, erzählte Joséphine. »Ich bin mir sicher, dass wir füreinander bestimmt sind. Ich habe so ein einzigartiges Kribbeln gespürt, so eine Gewissheit, dass es nur diesen einen Mann in meinem Leben geben wird. Nur diesen einen.«

»Du meinst, so wie du es letzte Woche bei Gregory gespürt hast?«, fragte Marie.

»Ja, genau so. Und dann habe ich noch unreine Haut«, fügte Joséphine nach einer kurzen Pause hinzu. »Ich habe schon verschiedene Pflegeprodukte ausprobiert und …«

»Jeder nur ein Problem«, unterbrach Colette.

»Aber …«, setzte Joséphine an.

»Nichts da.« Colette verschränkte die Arme vor der Brust. »Entweder einzig wahre Liebe oder reine Haut. Beides geht nicht. Entscheide dich.«

»Und meine Wohnungsschlüschel«, krächzte Adèle.

Endlich war François an der Reihe.

»Ehrwürdige Mambo,« er verbeugte sich tief, wodurch er beinah das Gleichgewicht verlor, »ich möchte die Loas um beruflichen Erfolg bitten. Ich brauche wirklich dringend diese Beförderung. Es gibt da einen Kollegen in meinem Büro, der immer bevorzugt wird. Auf dem letzten Betriebsfest hat er …«

»Fass dich kurz«, verlangte ein kahlköpfiger Mann, der einen Hahn unter dem Arm trug. »Andere wollen auch noch drankommen.«

»Jaja«, grummelte François.

Mama Cècile lächelte milde. »Gibt es sonst noch etwas?«

»Jeder nur ein Problem!«, rief Colette.

»Also, um noch mal auf meine Ehe zu sprechen zu kommen«, ergriff Marie wieder das Wort.

»Bleib uns doch weg mit deiner Ehe«, keifte eine andere Frau.

»Danke, Marie«, sagte die Mambo. »Ich habe deinen Wunsch gehört und werde ihn wie alle anderen sorgsam prüfen.«

»Ich weiß, da liegt ein Fluch auf uns«, fuhr Marie fort.

»Der Fluch bist doch du!«, rief die andere.

»Ich will doch nur, dass er mich wieder ansieht.«

»Dann kauf dir eine neue Figur!«

»Vielleicht warst du es ja.« Marie funkelte die andere Frau wütend an. »Ich sehe doch, wie du meinen Mann unentwegt anstarrst.«

»Danke, Marie«, wiederholte die Mambo.

»Ach, deinen Mann würde ich doch nicht mal geschenkt haben wollen«, entrüstete sich die andere. »Was du brauchst, ist ein Scheidungsanwalt und kein göttlicher Beistand.«

Die alte Adèle räusperte sich. Sofort waren alle Augen auf sie gerichtet.

»Ja, bitte«, sagte Mama Cècile.

»Meine Tschähne schind au verschwunden.«

Als Isabella an diesem Abend nach Hause kam, fühlte sie jene Art hungriger, desillusionierter Erschöpfung, wie sie typisch für einen ersten Arbeitstag ist.

Sie schlurfte durch den Flur, duckte sich unter einer Lichtinstallation hindurch, betrat die Küche und kramte im Kühlschrank.

Vor der Spüle stand ein nackter Mann.

»Hallo«, sagte der nackte Mann.

»Hallo«, sagte Isabella.

»Ich bin Kai«, erklärte der nackte Mann. »Wollte mir nur etwas zu trinken holen.«

»Okay«, murmelte Isabella und nahm sich einen Eiskaffee. Dann warf sie Spaghetti in einen Topf und wärmte Bolognesesoße auf, die sie von ihrer Nonna bekommen hatte. Nonna schien jederzeit damit zu rechnen, dass der Krieg wieder ausbrach. Was sie dazu veranlasste, Unmengen an Soße zu kochen, in handliche Plastikschalen zu füllen und an ihre Verwandten zu verteilten. Schließlich konnte man nie wissen, wann man zehn Liter Bolognesesoße brauchen würde.

Der nackte Mann trank eine Cola.

Karos Kopf ragte zur Tür herein. »Bei Lisa gab es einen Rohrbruch, die ganze Bude steht unter Wasser. Deshalb trifft sich die Aktgruppe heute hier.«

»Okay«, murmelte Isabella, schaufelte Nudeln und Soße auf einen Teller, fügte eine Portion Hüttenkäse und zwei Gewürzgurken hinzu, stieg über eine Skulptur aus alten Benzinkanistern hinweg und ließ sich auf die Couch sinken.

»Und wie war dein erster Arbeitstag?«, fragte Karo.

»Kann ich noch nicht so genau sagen«, entgegnete Isabella und schob sich eine Gabel voll Spaghetti in den Mund. »Kann ich noch nicht so genau sagen.«

Gebannte Stille herrschte im Inneren des Voodootempels, beziehungsweise *hätte* im Inneren des Voodootempels geherrscht, wenn da nicht die Trommler gewesen wären, die die Pause nutzten, um zu verschachtelten, polyphonen Rhythmen überzugehen.

Mama Cècile überlegte. Prüfte. Es war keine einfache Angelegenheit zu entscheiden, welchem Gemeindemitglied die Gunst der Loas gewährt werden würde. Es galt, verschiedene *Dinge* zu bedenken. Die Zeremonie war ein Moment des Austausches, funktionierend nach dem Gesetz von Angebot und Nachfrage – spirituell gesehen, versteht sich. Man musste den Loas etwas geben, damit sie etwas zurückgaben. Die Gemeinde von Mama Cècile war keine reiche Gemeinde. Eine Mambo zu sein brachte finanzielle Verpflichtungen mit sich. Da gab es die Armen, um die man sich kümmern, Krankheiten, die man heilen, Flüche, die man brechen musste. Hinzu kamen diverse soziotherapeutische Aufgaben und, nicht zu vergessen, die Kosten für das ganze Räucherwerk.

Mama Cècile hob die heilige Rassel. »Louise, komm her.«

Die Angesprochene stieß einen Seufzer der Erleichterung aus und trat vor den Thron.

Louise hatte dem Tempel vor kurzem eine neue Tür gestiftet, seither bedachten die Geister sie mit dem spirituellen Äquivalent von Sonderangeboten und Rabattaktionen.

»Wiederhole deine Bitte, mein Kind.«

Louise kniete sich auf den Boden. »Mama, ich bitte die Loas, meiner Tochter einen guten Ehemann zu schenken.«

»So sei es.« Mama Cècile schüttelte die Asson.

Die Loas hatten Louises Tochter bereits drei gute Ehemänner geschenkt, doch aus irgendeinem Grund schienen diese es immer sehr eilig zu haben, Port-au-Prince zu verlassen – vorzugsweise in mondlosen Nächten.

Der Klang der Trommeln schwoll an. Mama Cècile erhob sich von ihrem Thron.

Der Zeremonienmeister schlurfte herbei und brachte die Opfergaben.

Wenn die Götter sich zeigten, waren sie für gewöhnlich sehr durstig und hungrig, was vermutlich mit gewissen Schwierigkeiten zusammenhing, im Jenseits eine ordentliche Mahlzeit zuzubereiten. Der kleine, alte Mann wusste, dass die Götter bei der Wahl ihrer Speisen und Getränke sehr wählerisch waren. Zu Zeiten des letzten Priesters hatten sie stets eine Flasche Barbancourt-Rum gefordert. Seit Mama Cècile die Société betreute, hatten die Loas eine besondere Vorliebe für Prosecco entwickelt.

Er stellte die Opfergaben auf den Altar, reichte der Mambo einen Beutel mit Maismehl und sie begann, die Vèvès, die heiligen Symbole der Loas, zu zeichnen.

Dann setzten die Trommeln mit voller Kraft ein, abgehackte Schläge, die sich ineinanderflochten, lauter und lauter wurden, sich in Köpfe und Herzen bohrten. Die Versammelten tanzten. Mit fließenden Bewegungen umkreisten sie den Poteau-mitan. Die Luft schien zu vibrieren, die Kerzenflammen zuckten. Immer treibender wurde der Rhythmus, immer entrückter der Tanz. Die Gemeinde stimmte einen Gesang zu Ehren der sanftmütigen Rada-Loas an. Sie priesen Ayizan, die erste Mambo, sie dankten Danbala-Wedo, dem Herrscher der Erde, und Aida-Wedo, der Herrscherin des Himmels. Sie begrüßten Baron Samedi, den Wächter über die Toten, sie begrüßten Ogoun Feray und Lasiren und Papa Legba, den Vermittler zwischen den Welten, und sie riefen Ezulie Freda herbei, die Göttin der Liebe und Schönheit.

Trommeln rasten.

Körper wanden sich in Ekstase.

Mama Cècile schüttelte die Asson.

Und die Loas kamen, um ihre menschlichen Pferde zu reiten.

Niemand achtete auf den unscheinbaren Mann in der Ecke, den das Gewicht seiner zahlreichen Halsketten dem Erdmittelpunkt unaufhaltsam näher zu bringen schien.

François stand stocksteif da. Langsam sickerte die Erkenntnis in sein Bewusstsein wie Schlamm in eine Kiesgrube: Die Götter hatten ihn ignoriert. Wie sie es immer taten. Er hustete verächtlich. In seinem Frontalkortex formte sich ein ganz bestimmter Gedanke: Er würde das nicht auf sich sitzen lassen. Wenn die Loas unter einer Sehschwäche litten, dann würde er eben eine große spirituelle Leuchttafel aufstellen. Er würde die Götter zwingen, ihn zu bemerken.

Während die Gemeinde jubelnd die Ankunft der Loas feierte, riss François Rigaud die Amulette von seinem Hals und verließ allein den Tempel.

Kapitel 4

»Ärzte können ihre Fehler begraben, aber ein Architekt kann seinen Kunden nur raten, Efeu zu pflanzen.«

George Sand

Eines der großen Probleme der Menschheit scheint darin zu bestehen, dass der Mensch an sich einfach zu viele Erwartungen hat.

Zum Beispiel erwartet er, dass im Sommer die Sonne scheint, dass Zahnpasta gegen Karies hilft und dass der Nahost-Konflikt irgendwann ein Ende finden wird.

Oder er geht bei Antritt einer neuen Arbeitsstelle implizit davon aus, dass es besagten Arbeitsplatz auch tatsächlich *gibt*.

Meistens wird er enttäuscht.

»Ah, Frau …«

»Calabrese.«

»Wie auch immer.«

Dr. Maifelder versuchte sich an einem Lächeln, während sie eine neongelbe Hantel von der linken in die rechte Hand wechselte. Tatsächlich wirkte sie eher wie eine Schlange, die ihre Beute fixiert – eine außerordentlich *sportliche* Schlange.

»Was kann ich für Sie tun?«

Isabella trat näher an den Schreibtisch heran.

Ein angebissener Müsliriegel lag auf der Tastatur.

»Genau genommen wollten *Sie* mich sprechen.«

»Wollte ich das?« Die Ärztin runzelte die Stirn. »Na ja, wo Sie schon einmal hier sind, sollten wir uns über Ihre Aufgaben hier in der Klinik unterhalten. Setzen Sie sich doch.«

Isabella beäugte den ergonomischen Stuhl. »Danke, ich stehe lieber.«

»Wunderbar. Wie gefällt es Ihnen denn bei uns?«

»Nun, die … äh … IT-Abteilung ist ein wenig …«, Isabella holte tief Luft, »… gewöhnungsbedürftig.«

»Vergessen Sie die IT-Abteilung.« Dr. Maifelder machte eine wegwerfende Handbewegung, ließ dabei beinah die Hantel fallen und wechselte sie wieder in die linke Hand. »Vielleicht wissen Sie, Frau …«

»Calabrese.«

»… dass wir bei all unseren psychiatrischen Patienten neuropsychologische Testungen durchführen.«

Isabella nickte langsam. Sie hatte nicht die geringste Ahnung, was neuropsychologische Testungen waren. Vermutlich beinhalteten sie Elektroschocks, schreiende Menschen und lachende Ärzte in weißen Kitteln.

»Wir untersuchen ihre kognitive Leistungsfähigkeit. Gedächtnis, Aufmerksamkeit, Reaktionsgeschwindigkeit, Inhibitionsfähigkeit, Intelligenz und so weiter und so fort«, erklärte die Chefärztin. »Das hat mehrere Gründe.« Sie legte die Hantel beiseite, biss in den Müsliriegel und setzte ihr Sportprogramm mit einigen Kniebeugen fort. »A) dient es dazu, zu überprüfen, ob es bei psychiatrischen Erkrankungen zu neuropsychologischen

Einbußen kommt. Sie wissen schon, Verlangsamung, Unaufmerksamkeit, Reduktion der Merkfähigkeit, die ganze Palette. Und zweitens haben wir so die Möglichkeit, direkt zu beobachten, wie sich die Gabe von Psychopharmaka auf die Hirnleistungsfähigkeit auswirkt.«

Isabella fügte ihrer Vorstellung ein paar bunte Pillen und brodelnde Flüssigkeiten in Reagenzgläsern hinzu.

»Alle Patienten werden zu Beginn, in der Mitte und zum Ende ihres Aufenthaltes von unserer Neuropsychologin Dr. Keller getestet. Und hier Frau …«

»Calabrese.«

»… kommen Sie ins Spiel«, schloss Dr. Maifelder triumphierend. »Für neuropsychologische Testungen braucht man eine Testbatterie – computergestützt, versteht sich. Und vor einiger Zeit haben wir uns neue Programme angeschafft, die die alten ersetzen sollen, verbesserte Auswertung, bunte Grafiken und so weiter und so fort. Ärgerlicherweise haben wir kurz darauf erfahren, dass es aus Gründen des *Qualitätsmanagements*«, sie sprach das Wort aus wie eine ansteckende Krankheit, »notwendig ist, dass wir eine IT-Fachkraft beschäftigen, die sich um die Wartung besagten Programms kümmert. Updates, Datenschutz, diese ganze Geschichte.« Sie aß den Rest ihres Riegels und warf sich auf den Boden, um ein paar beeindruckende Rumpfbeugen zu vollführen. »Unsere IT-Abteilung, nun ja, es sind gute Leute – bis auf diesen dünnen Kerl mit der Brille, komischer Typ, braucht immer so lange, um sich eine Fehlermeldung zu notieren –, aber niemand hat auf dem Papier die erforderlichen Qualifikationen.«

»Ich soll mich also um die Wartung der neuen Testsysteme kümmern«, sagte Isabella in Richtung Boden. Die Bilder von Elektroschocks und brodelnden Reagenzgläsern wichen dem vertrauten Flackern von Computerbildschirmen.

Die Chefärztin nickte, schüttelte den Kopf, seufzte und nickte erneut. »Zunächst müssen wir Dr. Keller davon überzeugen, die neuen Systeme zu *verwenden*. Vollkommen altmodische Frau, diese Keller – glaubt wohl noch an die Psychiatrie-Enquete. Sie hält an ihren veralteten Programmen fest und weigert sich standhaft, den Fortschritt willkommen zu heißen. Kümmern Sie sich darum.«

»Um die Programme?«

»Um Dr. Keller.«

»Inwiefern?«

»Reden Sie ihr gut zu. Machen Sie ihr die neuen Systeme schmackhaft. Schmeißen Sie mit ein paar Fachbegriffen um sich, Sie wissen schon, Computerwissen und Ähnliches. Ich habe da vollstes Vertrauen zu Ihnen, Frau …«

»Calabrese.«

»Wie auch immer.«

»Und wo finde ich Dr. Keller?«, fragte Isabella den Boden.

»Das kann ich Ihnen sofort sagen.« Dr. Maifelder richtete sich wieder auf. »Kaminski!«

Die Tür öffnete sich und das mürrische Gesicht des Sekretärs erschien. »Ja?«

»Wo hat Keller ihr Büro?«, verlangte die Chefärztin zu wissen.

Das Gesicht in der Tür legte sich in Falten. »Müsste das nicht auf der 1 sein?«

»Auf der 1?« Maifelder schüttelte den Kopf. »Kaminski, wollen Sie mich verschaukeln? Nein, das kann nicht sein, auf der 1 ist jetzt die Abteilung für Innere Medizin, seit die Tagesklinik da raus ist. Erinnern Sie sich?«

»Ich erinnere mich *daran*, angemerkt zu haben, dass die ehemalige Kapelle *kein* guter Ort für die Tagesklinik ist.«

»Ach was, die paar Kerzen und Bänke stören doch niemanden. Außerdem ist es nur vorübergehend. Bis die 5 so weit ist. Wie kommen wir da voran, Kaminski? Müsste Keller nicht irgendwo auf der 5 sein?«

»Nun ja, wir sind gerade dabei, die ehemaligen Operationssäle der Gastroenterologie in Gruppenräume umzuwandeln. Das dauert ein wenig«, erklärte Kaminski mit der Geduld eines Menschen, der jederzeit befürchten muss, von einem Müsliriegel getroffen zu werden. »Sie selbst haben doch überall Zettel aufhängen lassen, nachdem die Patienten immer im Materiallager gelandet sind.«

»Ah, ja, ich erinnere mich. Wo sind denn die Gastros hingekommen?«

»Die sind jetzt auf der 2, wo vorher die Innere war.«

»Hm.« Petra Maifelder verschränkte die Arme vor der Brust und ließ sich auf ihren Gymnastikball sinken. Erst jetzt schien Isabellas Anwesenheit wieder in ihr Bewusstsein zu dringen. »In unserem Haus finden zurzeit Umbauarbeiten statt«, erklärte sie. »Alles wird neuer, moderner. Auch wir können uns dem Fortschritt nicht verschließen. Wir müssen mithalten. Niemand möchte sich in einem altmodischen Krankenhaus behandeln lassen, nicht wahr? Es kommt nicht länger darauf an, Zimmer mit Betten und Waschbecken und Toiletten zur Verfügung zu stellen. Kundenbindung, das ist das Schlüsselwort. Und Kunden prüfen, welches Produkt ihren Bedürfnissen am besten entspricht. Wenn wir mithalten wollen im Gesundheitswettbewerb, dann müssen wir unser Produkt von seiner besten Seite präsentieren, nicht wahr, Kaminski?«

Das Gesicht in der Tür nickte gequält.

»Leider führt die Modernisierung zu zwischenzeitlichen Veränderungen in der Stationsaufteilung«, fuhr Dr. Maifelder fort. »Kaminski, holen Sie mir Keller ans Telefon.«

»Wie Sie wollen.«

Das Gesicht verschwand und einen Moment später kehrte der Sekretär mit einem Telefon zurück, das er Dr. Maifelder in die Hand drückte.

»Keller?«, rief die Chefärztin. »Ja, hier Maifelder. Sagen Sie, wo liegt noch gleich Ihr Büro? Wie, das wissen Sie selbst nicht? Verscheißern Sie mich nicht, Keller, Sie wissen, das kann ich nicht leiden. Also, dann gehen Sie eben vor die Tür und gucken nach, in welchem Stockwerk Sie sich befinden. Ach, jetzt kommen Sie mir nicht so. Ich erwarte Ihren Rückruf.« Dr. Maifelder knallte das Telefon auf den Tisch.

Dann wandte sie sich wieder an Isabella. »Also Frau …«

»Calabrese.«

»Sie beginnen am besten im Erdgeschoss und arbeiten sich dann von da aus systematisch hoch.« Sie warf Isabella einen eindringlichen Blick zu. »Bringen Sie Dr. Keller dazu, mit den neuen Testbatterien zu arbeiten. Kümmern Sie sich um die Wartung des Systems. Und darüber hinaus: Machen Sie sich hier eine schöne Zeit.«

Für Nicholas Ahrendts war jede Zeit eine schöne Zeit. Aber ganz besonders mochte er die Momente des Tages, an denen er seine Runde machte.

Zielstrebig lief er durch die Flure der Salvatis-Klinik. Im Aufenthaltsraum der Pflege auf Station 4 nahm er einen Roman mit dem vielversprechenden Titel »Zügellose Eroberung« vom Tisch und ließ stattdessen einen Führer über Bielefelds schönste Bahnstrecken zurück. Von Station 6 entwendete er alle Kugelschreiber; die Stifthalter bestückte er mit bunten Strohhalmen. Er wartete, bis die Ergotherapeutin eine Kaffeepause machte, dann hängte er im Werkraum alle Bilder um. Die Frühstückstassen der Abteilung für Innere Medizin landeten in der Spülmaschine der Abteilung für Psychiatrie. Und eine Ärztin der Gastroenterologie fand einen ihr vollkommen unbekannten Fruchtjoghurt auf ihrem Schreibtisch. Nicholas arbeitete schnell und präzise. Er kannte sein Revier. Das hier war nicht einfach nur eine seltsame Form von Beschäftigung. Es war seine Bestimmung.

Nicholas war auf einer *Mission.*

Er vertrat die Ansicht, dass Menschen zu bequem wurden, wenn man sie nicht ab und zu herausforderte. Gewohnheit, das war das Problem. Früher oder später gewöhnte man sich an alles: an den Job, den Partner, die Freunde, an den Fernseher und das Feierabendbier. Zu schnell schaltete das informationsverarbeitende System auf Autopilot. Man sah, was man zu sehen erwartete, hörte, was man zu hören glaubte, und tat, was man immer tat. Die Gewohnheit war wie eine angenehm warme Badewanne, in die sich der Mensch hineinsinken ließ, bis seine Haut weich und schrumpelig wurde. Nicholas sah es als seine heilige Pflicht an, von Zeit zu Zeit den metaphorischen Stöpsel zu ziehen.

Bereits als Kind hatte er mit wachsender Begeisterung den Kleiderschrank seiner Eltern umgestaltet, die Spielzeuge seiner Freunde relokalisiert und fantasievolle Aufbewahrungsmöglichkeiten für Zahnspangen und Turnbeutel gefunden. Seine Mutter hatte dies als den natürlichen Drang ihres Sohnes betrachtet, in einem imaginativen Möglichkeitsraum seine kreativen Kompetenzen zu entfalten. Sein Vater hatte die Schultern gezuckt und sein Feierabendbier getrunken.

Nicholas indes hatte seine Mission fortgesetzt. In der Schule hatte er Klassenbücher einer neuen Funktion als Wandschmuck zugeführt und die Ausstattung der Kunsträume um ein paar Bälle und Badmintonschläger erweitert, während der Sportlehrer sich des Öfteren über die Bilder in den Umkleidekabinen gewundert hatte.

In Supermärkten vertauschte Nicholas das Obst an der Frischtheke, in Drogerien fand er für Aftershaves, Nassrasierer und Damenhygieneartikeln ein neues Zuhause zwischen Hundefutter und Kleintierstreu.

Im Großen und Ganzen war er sehr zufrieden mit sich selbst. Er forderte seine Mitmenschen mit unerwarteten Informationen heraus, sorgte dafür, dass ihre neuronalen Zentren nicht einrosteten.

Er wusste, dass sie den Wert seiner Taten eines Tages erkennen würden.

Vorerst waren sie für gewöhnlich einfach nur wütend. Daher bestand ein wichtiger Teil seiner Bestimmung darin, nicht gesehen zu werden.

Flink vertauschte er die Blumen auf den Nachttischen dreier Krankenzimmer, duckte sich unter dem strengen Blick von Stationsleiterin Monika Holthausen hinweg und verschwand im Treppenhaus. Im Erdgeschoss sortierte er die Briefe im Postraum neu. Anschließend machte er einen kleinen Abstecher in die Cafeteria, wo er die Kugelschreiber von Station 6 in die Blumenkästen auf den Fensterbänken steckte, ehe er ins Archiv im Untergeschoss zurückkehrte.

Nachdem er seinen Arbeitsplatz gründlich inspiziert und sich vergewissert hatte, dass sich alle Akten an ihrem angestammten Platz befanden, setzte er sich an den Tisch, stützte den Kopf auf die Arme und machte ein Nickerchen.

François Rigaud fühlte sich sehr müde. Es war jene Art bleierner Erschöpfung, die ihn immer befiel, wenn er sich für eine Zeitspanne in seinem Büro aufhielt, deren Länge fünf Minuten überstieg.

»Hey, stellt euch vor, ich habe die Beförderung bekommen.«

Christophe steuerte mit einem selbstgefälligen Grinsen auf François' Schreibtisch zu und wirkte dabei wie etwas Großes, Gefährliches, das man vorzugsweise an südlichen Badestränden antraf, wo es die Anzahl der Touristen dezimierte. Hätte er noch breiter gegrinst, hätten seine Mundwinkel seinen Haaransatz berührt.

»Hätte wirklich nicht damit gerechnet, dass ich sie kriege«, sagte er im Tonfall eines Mannes, der mit nichts anderem gerechnet hat. Er legte François einen Arm um die Schulter. »Gibt ja genug andere fähige Leute hier, die es verdient hätten.« Er tätschelte François' Schulter, wie man die Flanke eines Pferdes tätschelt, das am nächsten Morgen eine Verabredung mit dem Abdecker hat.

»Das ist ja wunderbar«, flötete Rochelle vom Schreibtisch gegenüber.

»Du sagst es!« In Christophes Mund schien sich eine weitere Zahnreihe zu manifestieren.

François sagte nichts und duckte sich tiefer über seine Tastatur. Seine Haltung drückte, wie er hoffte, überlegene Gleichgültigkeit aus. Tatsächlich wies er eher Ähnlichkeit mit einem überaus niedergeschlagenen Sack Süßkartoffeln auf.

»Mach dir nichts draus.« Christophes Hand tätschelte seine Schulter noch stärker und entfaltete dabei die Kräfte einer Planierraupe. »Beim nächsten Mal bist bestimmt du an der Reihe. Ich meine, sie können dich ja nicht ewig übergehen, oder?«

Verlass dich drauf, dachte François grimmig.

François Rigaud war an sich kein leidenschaftlicher Mann. Sein Wagemut beschränkte sich darauf, ab und zu auf dem Nachhauseweg bei einem Straßenhändler eine fragwürdige Mango zu erwerben. Doch seinen Arbeitsplatz hasste er mit einer Inbrunst, neben der die Protagonisten diverser Romane mit zweifelhaftem Inhalt wie städtische Beamte wirkten. Tagein, tagaus kämpfte er sich durch die eintönige Sinnlosigkeit von Haitian Fragrance, einem der größten Hersteller und Exporteure von Aromaöl. Gemäß der bunt bebilderten Broschüre, die an fröhlich lächelnden Bauern nicht gespart hatte, stammte von hier rund die Hälfte des weltweit vertriebenen Vetiver-Öls. François hatte keine Ahnung, wozu man das Zeug eigentlich brauchte, aber die Europäer schienen ganz wild darauf zu sein. Also tippte François mit missmutiger Miene Zahlen in einen alten Computer. Eine Tätigkeit, die durch die aktuelle Bürosituation – beziehungsweise das vollständige Fehlen eben jener – noch an Unannehmlichkeit gewann. Denn seit dem Erdbeben glich das Verwaltungsgebäude einer Ruine. Zwar beeilte man sich angeblich mit dem Wiederaufbau, aber bis auf ein paar vielversprechende Bauzäune hatte sich bisher nichts getan. Daher waren alle Angestellten vorerst in einer ausrangierten Lagerhalle untergebracht – was einem Großraumbüro mit dem Geräuschpegel eines Marktplatzes und dem Komfort eines Ziegenstalls gleichkam.

Ein unabhängiger Beobachter hätte vielleicht entgegenhalten können, dass François zumindest eine Arbeit *besaß*. Denn das stellte im haitianischen Alltag keine

Selbstverständlichkeit dar und die Slums von Port-au-Prince wuchsen täglich. Die Leute zog es vom Land in die Stadt auf der Suche nach einem besseren Leben. Was sie bekamen, waren Wellblech, alte Zeltplanen und Infektionen.

Aber das waren unbedeutende Tatsachen, mit denen François seinen lang gehegten und sorgsam konservierten Groll nicht belasten wollte. Täglich fügte er ihm kleine Portionen Unmut hinzu, würzte das Ganze noch mit einer Prise gerechten Zorn und war so auf dem besten Wege, sich ein erstklassiges Magengeschwür heranzuzüchten.

»Ich werde schon noch bekommen, was mir zusteht«, flüsterte er.

Doch Christophe prahlte bereits anderswo mit seinen Leistungen. Rochelle erzählte jedem, der es nicht hören wollte, von ihren Heiratsplänen, Gregory schrie bereits seit Stunden sein Telefon an und die Kaffeemaschine spuckte hustend dunkle Brühe in eine fleckige Kanne.

Wenn die beste Seite eines Produktes heilloses Durcheinander implizierte, dann kam die Salvatis-Klinik Castrop-Rauxel ihrem erklärten Ziel schon ziemlich nah. Irgendein offensichtlich realitätsferner Architekt hatte das Gebäude einem römischen Haus nachempfunden. Vier Gebäudeflügel schlossen sich um einen rechteckigen Innenhof. Das mochte vielleicht einmal nach einer guten Idee geklungen und Investoren und Politiker gleichermaßen beeindruckt haben, doch was sie nicht bedacht hatten, war: Man lief sich schlicht und einfach die Hacken wund. Wollte man beispielsweise von den Patientenzimmern aus, die sich im Frontgebäude befanden, zu den Behandlungsräumen im rückwärtigen Trakt, konnte man nicht einfach geradeaus hindurchlaufen, nein, man musste den Weg durch die Seitengebäude nehmen. Wenn man zur bequemen Sorte gehörte, fuhr man mit dem Aufzug ins Erdgeschoss, ging über den Innenhof und fuhr auf der anderen Seite wieder nach oben. Da viele Menschen zur bequemen Sorte gehörten, führte diese Praxis dazu, dass die Aufzüge andauernd besetzt waren. Tatsächlich bestand eine der Hauptbeschäftigungen von Personal und Patienten darin, auf den Aufzug zu warten. Angeblich wurden bereits Ehen geschlossen, Kinder gezeugt, geboren und besagte Ehen wieder geschieden, noch bevor der Aufzug kam. Ökonomie war eben bei der Gebäudeplanung kein Argument.

All diese Informationen hätten einem Menschen mit natürlichem Orientierungssinn vermutlich weitergeholfen. Doch Isabella besaß in etwa so viel Verständnis von räumlicher Orientierung wie eine Ente von Datensicherung. Ihr Hippocampus weigerte sich standhaft, die notwendigen Gedächtnisinhalte zusammenzufügen. Orte sahen für sie alle gleich aus, Richtungen änderten sich nach unvorhersagbarem Muster, Gänge führten zu anderen, nun, *Gängen*. Das alles mündete in einer unleugbaren Tatsache: Isabella verlief sich.

In ihren Kindertagen war sie ihrer Mutter mit solch beunruhigender Regelmäßigkeit im Supermarkt abhandengekommen, dass diese ihrer Tochter zeitweilig eine Glocke um den Hals gebunden hatte. Hiervon hatten sich allerdings die anderen Kunden alles andere als begeistert gezeigt, weshalb Frau Calabrese wieder auf konventionelle Suchmethoden zurückgreifen musste, die zumeist lautes Rufen und die Aussicht auf Schokolade beinhalteten.

In diesem speziellen Fall jedoch gab Isabella sich nicht allein die Schuld an ihrer Desorientierung, denn die Beschilderung der Klinik ließ wirklich zu wünschen übrig.

»Wir machen Ihre Klinik schöner« hieß es auf unzähligen großen Plakaten. Leider hatte der Designer dieser Plakate viel Zeit mit der Darstellung glücklich wirkender Besucher und zufrieden dreinschauender Patienten zugebracht und dabei auf eine genaue Beschreibung der angekündigten Verschönerungen verzichtet. So musste man sich auf die Aussagekraft mehrfach überklebter Fahrstuhl- und Stationsschilder verlassen.

Oder auf die Antworten des Pflegepersonals.

Isabella hatte auf ihre Frage hin, wo sich die neuropsychologische Testdiagnostik befand, das Folgende in Erfahrung gebracht (nicht unbedingt in dieser Reihenfolge):

»Test*was*?«

»Steh hier nicht im Weg rum, andere Menschen müssen arbeiten.«

»Hat alles mit Neurotransmittern zu tun. Im Übrigen solltest du keine Ringelstrümpfe zu *diesen* Schuhen tragen.«

»Test*was*?«

»Wird da nicht mit Elektroschocks gearbeitet?«

»Test*wer*?«

»Essen gibt es um zwölf und keine Minute früher.«

Das Telefon klingelte. François stellte seine Kaffeetasse hin und nahm ab. Sein Chef verlangte von ihm die neusten Tabellen. Als François die Präsentation öffnen wollte, stürzte der Computer ab. François ging dieses Problem mit erfahrener Professionalität an: Er hämmerte mehrfach auf die Tastatur, rüttelte an allen verfügbaren Kabeln und schaltete unter konstantem Fluchen den Rechner aus und wieder an. Doch der Bildschirm blieb schwarz. Seufzend rief er den Support an. Eine gelangweilte Stimme teilte ihm mit, dass es nur wenige Wochen dauern würde, bis er ein neues Gerät bekäme.

»Aber ich brauche diese Präsentation«, keuchte François. »Es geht um Leben und Tod.«

»Kann man nichts machen«, murmelte die Stimme.

»Hören Sie, es ist wirklich wichtig.«

»Haben Sie denn keine Sicherungskopie gemacht?«

»Keine was?«

»Tja, keine Sicherungskopie keine Präsentation«, erklärte die Stimme lakonisch. »In vier bis fünf Wochen haben Sie einen neuen Rechner. Vielleicht können Sie bis dahin das Gerät Ihres Kollegen mitbenutzen.«

Wütend knallte François das Telefon auf den Tisch. Dabei schüttete er sich Kaffee über das Hemd.

»*Che merda!*« Isabella trat gegen eine Wand. »Blödes, abbruchreifes, unschuldige Mitarbeiter in die Irre führendes *Krankenhaus*!«

»Sind Sie die Neue?«

Hinter ihr stand ein Mann. Sein Namensschild wies ihn als Facharzt für Psychiatrie aus.

»Was?«, fragte Isabella wenig geistreich.

»Sind Sie die Neue von der IT-Abteilung?«, frage er erneut. Aus seinem Mund klang es wie eine Beleidigung.

Isabella nickte.

»Ich habe ein IT-Problem«, erklärte der Facharzt für Psychiatrie.

»Könnten Sie das etwas spezifizieren?«

»Ich brauche eine neue Computermaus. Meine ist verschwunden.«

Isabella schaute ihn verständnislos an. Auf derlei Hardware-Probleme hatte man sie im Studium nicht vorbereitet.

Der Facharzt für Psychiatrie hatte das Gefühl, noch etwas sagen zu müssen, also erklärte er: »Als ich heute Morgen ins Arztzimmer kam und meinen Computer hochfahren wollte, war sie weg.«

»Einfach weg?«

»Einfach weg.« Seine Stimme nahm einen ungeduldigen Klang an. »War bestimmt eine von den Reinigungskräften. Sie wissen ja, wie die sind.«

»Nein.«

»Die nehmen doch alles mit, was nicht angeschraubt ist. Taschentücher. Büroklammern. Stifte. Diese kleinen Dinger. Äh.« Er machte eine unbestimmte Geste. »Also?«

»Also was?«

»Bekomme ich jetzt eine neue Maus?«

Isabella kratzte sich am Kopf. »Ja, nun, ich denke schon.«

»Gut.« Er wandte sich zum Gehen, überlegte es sich dann jedoch anders. »Sie sollten unbedingt etwas gegen Ihr Aggressionsproblem unternehmen. So etwas kann schnell zu unterdrückten Emotionen und interpersonellen Schwierigkeiten führen. Wir haben da kostenlose Broschüren, die ein wirklich umfangreiches Angebot an …«

»Vielleicht können Sie mir sagen, wo ich die Testdiagnostik finde?«

»… Selbsthilfeangeboten widerspiegeln. Bitte?«

»Die Testdiagnostik«, wiederholte Isabella. »Vielleicht können Sie mir sagen, wo ich Dr. Keller finde.«

»Die ist oben auf der 7.« Er deutete auf den Aufzug. Eine Pause entstand. Schließlich fügte er im bedeutungsschwangeren Tonfall eines Weltuntergangspropheten hinzu: »Auf der verlassenen Station.«

Kapitel 5

»Die Absicht, dass der Mensch glücklich sei, ist im Plan der Schöpfung nicht enthalten.«

Sigmund Freud

François Rigaud verbrachte fünfundvierzig Minuten damit, auf seinen Schreibtisch zu starren, dann machte er sich auf den Weg zum Büro seines Chefs.

Nun, Büro war nicht die adäquate Bezeichnung. Vielmehr handelte es sich um einen Baucontainer, den jemand in einem hilflosen Rettungsversuch bunt angestrichen hatte, sodass er wirkte wie die Unterkunft eines handwerklich sehr begabten Hippies.

Lemaire war über die fehlende Präsentation alles andere als glücklich.

Seit er in sein neues Büro gezogen war, war Lemaire sowieso nur noch selten glücklich.

»Ich hätte Besseres von Ihnen erwartet, Rigaud«, polterte er.

»Aber ich …«, setzte François an.

»Besseres, hören Sie?« Lemaire hob den Zeigefinger, als wolle er François damit durchbohren.

»Der Computer«, versuchte François es erneut und wich einen Schritt zurück. Was dazu führte, dass er gegen die Wand stieß und der gesamte Container ins

Schwanken geriet wie ein Rentner nach dem Frühschoppen. »Ich meine, der Support ...«

»Nehmen Sie sich ein Beispiel an Christophe.« Lemaire wollte sich vorbeugen, wurde aber, bedingt durch seinen Leibesumfang, der in umgekehrt proportionalem Verhältnis zur Größe seines Büros stand, auf halbem Wege zwischen Schreibtisch und Stuhl eingeklemmt. Also gab er sich damit zufrieden, ein weiteres Mal den Zeigefinger zu heben. »Vorbildlicher Mitarbeiter, dieser Christophe. Von ihm können Sie sich eine Scheibe abschneiden, Rigaud, hören Sie?«

Gekränkt ging François zurück an seinen Schreibtisch. Kurze Zeit später fiel der Strom aus, woraufhin sich seine weitere Arbeit darauf beschränkte, möglichst wenig beim Kartenspielen zu verlieren.

Seltsam, dachte Pflegeschülerin Stefanie Hildebrecht und starrte zum wiederholten Mal auf ihre rechte Hand. Es war nicht die Hand, die ihr Kopfzerbrechen bereitete, sondern vielmehr das, was sich *in* dieser Hand befand. Und das war eine Banane. Ihr Gehirn bestand jedoch darauf, dass es sich um einen Katheter handelte. Jenen Katheter nämlich, den sie Herrn Meier aus Zimmer 603 legen wollte. Stefanie blinzelte, doch so sehr sich ihr visueller Kortex auch bemühte, die Banane blieb.

In diesem Krankenhaus schienen Gegenstände mit erschreckender Regelmäßigkeit ein Eigenleben zu entwickeln. Statt an ihrem angestammten Platz zu bleiben, wie es sich für leblose Dinge gehörte, verschwanden sie und tauchten an vollkommen anderen Orten wieder auf.

Oder sie verwandelten sich in etwas gänzlich anderes. Wie letzte Woche, als sie statt Latte macchiato einen lebendigen Goldfisch in ihrer Kaffeetasse gefunden hatte. Ein orangefarbenes Kerlchen mit runden, fischigen Augen und einem Mund, der sich unentwegt auf und zu bewegte. Für einen Moment hatte sie erwogen, das Vieh im Klo herunterzuspülen, denn Stefanie mochte nur solche Tiere, die große, süße, *unfischige* Augen besaßen, über flauschiges Fell und eine Größe verfügten, die perfekt auf die eigene Handtasche abgestimmt war. Aber dann hatte sie dem flehenden Ausdruck auf dem schuppigen Gesichtchen nicht widerstehen können. Nun drehte das Tier in einer umfunktionierten Blumenvase auf der Fensterbank des Pflegedienstzimmers seine Runden. Es hörte auf den Namen Bob. Stefanie hatte an Bob Gefallen gefunden. Wenn sie Medikamente ausgab oder etwas in die Akten eintrug, sah sie ihm dabei zu, wie er in seinem Refugium hin- und herschwamm.

Goldfisch müsste man sein, dachte Stefanie. Den ganzen Tag nur chillen, keine Arbeit, keine Verpflichtung. Keine Katheter.

Stirnrunzelnd drehte sie die Banane in ihrer Hand. Dann blieb sie schlagartig stehen. Denn auf einmal verstand sie, warum Frau Linkmeyer von Zimmer 601 so unzufrieden mit ihrem Frühstück gewesen war.

Ungefähr zum selben Zeitpunkt klopfte Isabella Calabrese an eine Tür. Sie war sich zumindest relativ sicher, dass es sich um eine Tür handelte. Ganz genau wissen konnte man es nicht, denn Station 7 wirkte wie etwas, das nach einem Vulkanausbruch übriggeblieben war, einschließlich dieser schwarzen Kruste, die sich aber im Fall von Station 7 als sehr hartnäckige Staubschicht herausstellte. Stille ersetzte die auf anderen Stationen herrschende hektische Betriebsamkeit. Einem für den Laien nicht nachvollziehbaren System folgend lehnten Bretter unterschiedlicher Größe an den Wänden. Dazwischen verteilten sich Putzeimer, alte Lappen, diverse Schraubwerkzeuge, Nägel und Zangen. Am Ende des Ganges stand ein Waschbecken. Die ehemaligen Patientenzimmer waren leer, der Kaffeeautomat außer Betrieb.

Bis vor wenigen Wochen hatte sich hier die Abteilung für Gynäkologie und Geburtshilfe befunden. Doch da Deutschland sein ehrgeiziges Ziel, zum geburtenärmsten Land der Welt zu werden, mit offensichtlicher Konsequenz weiterverfolgte, erfüllte eine gynäkologische Abteilung in einem Krankenhaus in etwa die gleiche Funktion wie ein Floh auf einem Hund. Psychische Erkrankungen hingegen erfreuten sich im Gegensatz zur Fortpflanzung wachsender Beliebtheit. Daher sah Dr. Maifelders Umbauplan vor, dass hier in absehbarer Zeit die neue psychiatrische Abteilung entstehen sollte. »Vielleicht mit ein paar Luxuszimmern für unsere Privatpatienten«, hatte sie ihrem Sekretär zwischen zwei Kniebeugen mitgeteilt. »Flachbildfernseher und diese Geschichten. Heute wollen die Leute auch im Krankenhaus auf nichts mehr verzichten, nicht wahr, Kaminski? Und aus dem alten Kreißsaal machen wir einen schicken Gruppentherapieraum.«

Isabella klopfte erneut an die Tür.

»Herein.«

»Äh, hallo?«

Zögerlich trat Isabella ein und sah sich mit mehreren Quadratmetern durchstrukturiertem Chaos konfrontiert, vor dem selbst der Stau auf der A40 den Hut gezogen hätte.

Das Büro von Dr. Althea Keller bestand aus zwei ehemaligen Patientenzimmern, die durch ein Bad miteinander verbunden waren. Die Toilette war zwar nicht mehr funktionstüchtig, aber aus dem Hahn tropfte etwas, das man mit viel Liebe als Wasser bezeichnen konnte.

In den Regalen standen und lagen haltlos überfüllte Aktenordner, dazwischen steckten Zeitschriften und handbeschriebene Notizzettel. Papierberge quollen aus aufeinandergestapelten Ablagefächern – was entgegen der landläufigen Meinung nicht gerade zur Übersichtlichkeit beitrug. Selbst im Waschbecken lagerten Materialien, über deren Verwendungszweck man lieber nicht zu lange nachdachte.

Althea selbst saß auf einem Drehstuhl zwischen mehreren Schreibtischen und mindestens ebenso vielen Computern.

Wer ihr begegnete, fühlte sich im Allgemeinen an eine englische Lady erinnert. Nur dass diese spezielle englische Lady eine Vorliebe für Bob Marley zu besitzen schien.

Man konnte sich also nie ganz sicher sein, ob man ihr Tee und Scones anbieten sollte oder einen Joint – viele ihrer Verehrer hatten sich daher in der Vergangenheit für eine Kombination aus beidem entschieden.

»Ja, wunderbar«, sagte sie zu dem kleinen Mann im abgetragenen Jogginganzug, der unmotiviert auf eine Tastatur einhämmerte, während auf dem Bildschirm abwechselnd verschiedene Symbole auftauchten. »Sie machen das toll, Herr Altenbrock, weiter so.«

»Ich heiße Altenbried.«

»Sie machen das wirklich ganz großartig.«

»Aber ich habe keine Lust mehr«, beschwerte sich der Mann.

»Nur noch einen weiteren kleinen Test«, säuselte die Neuropsychologin. »Dann haben Sie's geschafft, Herr Altenbrot.«

»Das haben Sie vorhin auch schon gesagt«, maulte der Mann.

»Schauen Sie auf den Bildschirm.« Dr. Keller hob mahnend den Zeigefinger. »Und drücken. Immer wenn das Plus erscheint, drücken Sie auf die Leertaste. Immer auf die Leertaste. Schneller! Ja, das machen Sie sehr gut.«

»Aber mein Diabetes«, verteidigte sich der Mann. »Ich kann mich doch so schlecht konzentrieren. Habe ich Ihnen erzählt, dass ich unter Diabetes leide? Das ist auch der Grund für meine Depression. Rein organisch, wissen Sie. Hat nichts mit meinem Kopf zu tun, da ist alles in Ordnung.«

»Jaja.« Dr. Keller winkte ab. »Drücken Sie auf die Leertaste, Herr Altenbernd. Das schaffen Sie doch noch etwas schneller, oder?«

»Ich heiße Altenbried.«

»Wenn ich störe, dann komme ich später wieder«, bot Isabella an. Oder nie, fügte sie in Gedanken hinzu.

»Nein, nein«, sagte die Neuropsychologin. »Wie kann ich helfen? Drücken Sie, Herr Altenbraut, drücken Sie!«

»Ich bin Isabella Calabrese, die neue IT-Kraft, und soll mich um die Wartung Ihrer Systeme kümmern.« Verstört blickte Isabella auf die verstaubten Monitore, die noch aus der Zeit vor dem Krieg zu stammen schienen, wobei hier nicht zu spezifizieren war, um welchen Krieg es sich handelte. Sie wollte gar nicht wissen, wann hier das letzte Mal sauber gemacht worden war.

Althea Keller stand dem Durcheinander eher gleichmütig gegenüber. Wer einmal in Indien einen Selbstfindungstrip unternommen hatte, den brachte so leicht nichts mehr aus der Fassung. Sie rückte ihre Brille zurecht und musterte Isabella eingehend. »Du kommst mir bekannt vor.«

»Wir sind uns gestern kurz begegnet.«

»Ah. Kann mich nicht erinnern. Möchtest du einen Tee?« Althea sprang von ihrem Stuhl, schob einen Aktenstapel zur Seite und förderte darunter eine Tasse zu Tage, an deren Inhalt sie gedankenverloren nippte. »Hätte schwören können, dass da Matetee drin war … Wie auch immer, hier müsste irgendwo noch eine zweite herumstehen.« Sie wühlte sich durch einen Haufen undefinierbarer Elektrogeräte.

»Nur keine Umstände«, wehrte Isabella ab.

»Ah, da ist sie ja.« Althea zog eine Tasse aus dem Haufen hervor, deren Inhalt zu einer trüben, zähen Masse zusammengeschrumpft war, die entfernte Ähnlichkeit mit etwas besaß, das für gewöhnlich unter Schuhsohlen klebte. »Die suche ich schon seit einer Woche.« Sie drehte die Tasse zufrieden in den Händen. An ihrer Unterseite haftete ein Gebäckstück. Althea zog es ab und hielt es Isabella entgegen. »Keks?«

»Nein, danke.«

»Wie du meinst.« Die Neuropsychologin warf das mumifizierte Gebäckstück achtlos über die Schulter, wo es in einem Berg unsortierter Büromaterialien landete. »Womit kann ich sonst noch helfen?«

»Ich würde mir gerne mal Ihre Rechner anschauen«, erklärte Isabella.

»Bitte, bitte.« Dr. Keller vollführte eine einladende Geste.

Isabella ließ sich auf einen weiteren Bürostuhl sinken. »Ich bräuchte eine Aufstellung aller Programme, die Sie für die Testdiagnostik nutzen. Wann wurde denn zuletzt ein Update gemacht?«

»Also ich habe die Programme 2003 installiert.«

»Und?«, hakte Isabella nach.

»Und was?«

»Wann wurden sie zum letzten Mal upgedated?«

»Upgedated?«

Isabella räusperte sich geräuschvoll. »Heißt das, Sie arbeiten seit zehn Jahren mit derselben Version?«

»Wir können uns ruhig duzen. Von Genossin zu Genossin. Und ja, warum nicht? Sie läuft einwandfrei.« Althea warf einen kurzen Blick über die Schulter. »Ich sehe Sie ganz genau, Herr Altenboot. Sie haben aufgehört zu drücken.«

»Aber …«, setzte der Patient an.

»Kein aber, Herr Altenboot. Drücken Sie, immer wenn das Plus erscheint. Sie haben es gleich geschafft.« Dr. Keller lehnte sich an ihren Schreibtisch. Etwas zerbröselte unter ihren Fingern. »Ach, da ist mein Nachtisch also abgeblieben.« Sie hob die Hand und zog ein reichlich ramponiert aussehendes Gebäckstück hervor. »Keks?«

»Nein, danke.«

Die Psychologin zuckte die Schultern und schob sich das Gebäck in den Mund. »Also, Isobell«, sagte sie kauend, »was hältst du nun von meinen Computern?«

»Was halten Sie eigentlich von Puppen?«

»Puppen?«

»Ja, Puppen. Ich mag Puppen.«

»Eigentlich, Frau Mitzkowski, wollte ich mit Ihnen über Ihre Medikation sprechen.« Dr. John Campbell, Facharzt für Neurologie und Stationsarzt der Abteilung für Psychiatrie, ließ seinen Blick über die Patientenakte schweifen. »Ich denke …«

»Das ist nämlich mein neues Projekt«, fiel Beate Mitzkowski ihm ins Wort. »Puppen.«

»Wir werden das Lithium noch ein wenig erhöhen.« Dr. Campbell zog einen Kugelschreiber aus der Brusttasche seines Hemdes und kritzelte Anweisungen in die Akte. »Vielleicht gehen wir auch mit einem niedrig potenten Neuroleptikum rein, das ordnet ein wenig die Gedankengänge.«

»Ordnung ist wichtig«, stimmte die Patientin ihm zu. Ihr Haar wirkte wie etwas, das entstand, wenn man mehrere Wollknäuel, ein wenig Füllwatte und eine Handvoll Stroh in einen Korb gab und das Ganze für mindestens fünf Jahre auf dem Dachboden vergaß. »Das habe ich meinen Schülern früher auch immer gesagt. Haltet eure Mappen und Hefte in Ordnung, denn ihr wisst nie, wann ihr die Informationen wieder braucht. Aber mal ehrlich, Doktor. Haben Sie Ihre Schulhefte jemals wieder gebraucht?«

»Um auf die Medikation zurückzukommen ...«

»Jeder Mensch mag Puppen, nicht wahr? Sind auch viel niedlicher als Schulhefte. Ich werde sie selber nähen und verkaufen. Online. Brauche nur noch eine Homepage. Aber so was lässt sich heutzutage ja schnell machen.«

»Wir werden mit einer einschleichenden Dosierung von 25mg Quetiapin beginnen und dann langsam steigern.«

»Vielleicht kann ich auch alte Puppen flicken. Dann werde ich eine richtige Puppenärztin sein. Wir zwei wären so etwas wie Kollegen.« Sie grinste ihn an. Der Wollknäuelturm auf ihrem Kopf neigte sich bedenklich zur Seite.

»Das ist wunderbar, Frau Mitzkowski, ganz wunderbar.« John Campbell notierte weitere Anweisungen in die Akte. »Vielleicht möchten Sie das in der Gruppentherapie besprechen, wenn unser Psychologe aus dem Urlaub wieder zurück ist. Ich bin mir sicher ...«

»Das ist Babette.« Beate hielt eine Stoffpuppe in die Höhe, die aussah, als habe sie nur mit viel Mühe einen Reaktorunfall überlebt. »Babette ist sehr wütend«, erklärte sie. »Besonders Nazis kann sie nicht ausstehen. Manchmal macht sie Dinge kaputt, aber das ist nicht so schlimm.« Sie lehnte sich verschwörerisch über den Schreibtisch, während sie der Puppe die Ohren zuhielt. »Sie hat viel erlebt, müssen Sie wissen. Sie hatte eine schlimme Kindheit.«

»Schön.« Dr. John Campbell erhob sich von seinem Drehstuhl. »Wie gesagt, wir dosieren das Medikament ein wenig auf. Sie sprechen in der Gruppe über Ihr neues … ähm … Puppenprojekt und wir sehen uns dann in ein paar Tagen wieder.«

Sanft schob er die Patientin aus seinem Büro.

»Aber ich habe Ihnen doch noch gar nicht von den Teddybären erzählt«, begann Beate.

»In ein paar Tagen«, wiederholte John und schloss die Tür hinter ihr. Zufrieden kehrte er an seinen Schreibtisch zurück. Es war doch immer wieder ein gutes Gefühl, bedürftigen Menschen helfen zu können. Er atmete durch.

Ja, ein gutes Gefühl.

»Was ist das?«

»Eine Banane.«

»Das sehe ich selbst.« Missmutig starrte Sophia Linkmeyer von ihrem Bett aus auf den Teller, den Pflegeschülerin Stefanie auf dem schmalen Tisch abgestellt hatte. Aus dem Fernseher an der Wand dröhnte eine Dokusoap in einer Lautstärke, die vermuten ließ, dass Frau Mendel im anderen Bett an einem Hörschaden litt.

Stefanie zuckte die Schultern. »Warum fragen Sie dann?«

»Wollen Sie mich veräppeln?« Die Stimme der alten Frau nahm einen drohenden Tonfall an.

»Nein, Frau Linkmeyer.«

»Glauben Sie, nur weil ich alt bin, habe ich nicht mehr alle Tassen im Schrank?«

»Natürlich nicht, Frau Linkmeyer«, sagte Stefanie pflichtschuldig und verdrehte die Augen.

»Damals im Krieg …«

»Geht das auch ein bisschen leiser?«, keifte Frau Mendel aus ihrem Bett heraus. »Ich will meine Serie sehen.«

»Sie haben das doch schon gestern gesehen«, rief Frau Linkmeyer zurück. »Das hier ist bloß die Wiederholung.«

»Was?«

»*Die Wiederholung*.«

»Was?«

»Ach, vergessen Sie's.«

»*Was*?«

»Nicht so wichtig, Frau Mendel«, schrie Stefanie der alten Dame ins Ohr. »Schauen Sie ruhig weiter Ihre Serie.«

»Das würde ich ja, wenn Sie nicht so laut reden würden.« Demonstrativ drehte Frau Mendel die Lautstärke auf.

»Noch mal zu der Banane«, nahm Stefanie den Faden wieder auf. »Ich verstehe wirklich nicht, wie …«

»Vergessen Sie die Banane.« Sophia setzte sich auf und schaute Stefanie zwischen zusammengezogenen Brauen an. »Ich kenne Sie doch. Sie sind die Kleine vom Flur. Sind Sie überhaupt eine richtige Krankenschwester? Ich möchte von einer richtigen Schwester behandelt werden. Rufen Sie mir eine richtige Schwester.«

»Man nennt das heute Kranken- und Gesundheitspflegerin, Frau Linkmeyer. Krankenschwester ist doch voll so Mittelalter.«

»Also sind Sie *keine* richtige Krankenschwester.«

»Ich bin Auszubildende«, erklärte Stefanie. »Und außerdem habe ich gerade Dienst, Frau Linkmeyer.«

»Sie?« Sophia hob anklagend den Finger und stocherte damit in der Luft herum. »Sie sind doch noch ein Kind. Wie soll ein Kind sich um mich kümmern? Sie werden mich am Ende noch umbringen!«

»Mit einer Banane?«

»Was haben Sie nur immer mit dieser Banane?« Sophia griff nach einer kleinen Stricktasche auf ihrem Nachttisch, kramte ihre Brille daraus hervor und setzte sie auf.

»Die ist ja voll schön, Frau Linkmeyer«, sagte Stefanie mit einem Blick auf das Täschchen. »Voll so Knitting.«

»Was?«

»Na, die Handytasche.«

»Das ist meine Börse.«

»Gibt es da nicht Aktien und so?«

»Wo?«

»An der Börse. Voll so was für reiche Leute.«

Sie sahen sich an.

Dann fragte Stefanie: »Haben Sie die selber gemacht?«

»Ja, natürlich.« Kurz huschte ein Lächeln über das Gesicht der alten Frau, als sie sich an Zeiten erinnerte, in denen noch gestrickt wurde und Kinder sich um ihre Eltern kümmerten und in denen Krankenschwestern noch wie Krankenschwestern aussahen und nicht wie … wie *Mädchen*. Schließlich nahmen ihre Züge wieder den gewohnten Ausdruck lang gehegter Verachtung an. »Ich habe immer mein Strickzeug dabei. Mit irgendwas muss man sich ja die Zeit vertreiben, habe ich recht? Aber da interessiert sich ja heutzutage eh keiner mehr für. Also, was wollen Sie, Kindchen?«

Stefanie deutete auf die Banane. »Die gehört noch zu Ihrem Frühstück. Ich wollte mich bei Ihnen entschuldigen, dass ich Ihnen heute Morgen diesen …«

»… Katheter?«

»Ähm, ja … Katheter gebracht habe.«

Sophia zog das besagte Objekt unter ihrem Kopfkissen hervor und fuchtelte damit vor Stefanies Gesicht herum. »Ich weiß sehr wohl, was das ist und was man damit macht.«

Vorsichtig löste Stefanie den Katheter aus den Händen der älteren Frau. »Das wollte ich ja auch gar nicht bezweifeln. Ich wollte mich nur entschuldigen, dass ich Ihnen diesen Katheter anstelle von Ihrem Obst gebracht habe. Ich weiß auch nicht, wie das passieren konnte.«

»Soll das heißen, ich brauche den gar nicht?«

»Wie?«

»Den Katheter. Brauche ich den nicht?«

»Ähm, nein.«

»Bestens.« Sophia verschränkte die Arme vor der Brust. »Dann gehen Sie jetzt und holen mir eine richtige Schwester.«

Stefanie seufzte. »Aber ich habe Ihnen doch gerade erklärt, dass ich …«

Sophia Linkmeyer rümpfte die Nase. »Ich habe nicht das geringste Vertrauen in Ihre Fähigkeiten, Kindchen. Wie wollen Sie mich denn behandeln? Sie können ja noch nicht einmal einen Katheter von einer Banane unterscheiden!«

Als er am Ende des Tages auf seinen Motorroller stieg, war François um fünfhundert Gourde, einen Flaschenöffner und ein silbernes Feuerzeug ärmer. Auf den Straßen von Port-au-Prince herrschte Stau. Nun, auf den Straßen von Port-au-Prince herrschte *immer* Stau. Autos drängten sich dicht an dicht, dazwischen schlängelten sich Fahrräder, Roller, Motorräder und einige sehr optimistische Fußgänger. Die Hitze brannte auf dem staubigen Asphalt, in dem unzählige Löcher klafften. Motoren knatterten. Aus Autoradios drang Compas; es wurde gehupt, gestikuliert und geschrien. Bei einem Händler am Straßenrand kaufte François fünf Bananen, eine Flasche Prestige-Bier, eine Handvoll Süßkartoffeln und eine fragwürdige Mango.

Zehn Minuten später hatte er einen Platten.

Kapitel 6

»Wer den ganzen Tag arbeitet, hat keine Zeit, Geld zu verdienen.«

John D. Rockefeller

»Verdammt, was machst du denn da?«

»Ich versuche, dir den Arsch zu retten.«

»Aber das sind Goblins, verdammt, *Goblins*!« Martin wedelte aufgeregt mit seiner Kaffeetasse herum. Die dampfende Flüssigkeit schwappte über den Rand und bildete eine kleine Lache auf dem Tisch. Einige Notizzettel ertranken darin.

»*Porca miseria!*«

»Was?«

»Ich sein großer, böser Stufe-75-Ork«, sagte Isabella und klang dabei wie Tarzan nach einem bedauerlichen Zusammenstoß mit einem Baum. »Du sein nur warmgeduschter Baumrammler. Großer, böser Ork hauen kleine, fiese Goblins zu Brei. Siehst du?«

»Ich bin eine Waldelfe«, entrüstete sich Martin. »Ich bin gut mit dem Bogen.«

»Und ich bin gut mit der Keule, also überlass die Goblins mir.«

»Ich verstehe nicht, was ihr daran findet«, meldete sich Rebekka zu Wort.

»Na, hör mal. Das ist Fantasmoria, eins der besten Multiplayer-Online-Rollenspiele«, gab Martin zurück.

»Und?«

»Du hast ja sowieso nur Augen für deinen Streichelzoo«, sagte Martin abfällig und rückte seine Kappe zurecht.

Auf seinem T-Shirt stand »665 Neighbor of the Beast.« Martin vertrat die Ansicht, dass eine Aussage nicht wichtig war, wenn man sie nicht auf ein T-Shirt schreiben konnte. »Da steckt doch gar keine Fantasie hinter, da gibt's keine Action.«

»Dafür aber jede Menge Tiger«, verteidigte sich Rebekka. »Ich mag Tiger.«

»Tiger, Tiger. Hat dein Streichelzoo auch Goblins?«

»Natürlich nicht«, entgegnete Rebekka im entrüsteten Tonfall einer Frau, die soeben gefragt wurde, ob man im Kiosk nebenan auch abgetrennte Hände kaufen kann.

»Na also.« Martin nickte zufrieden und trank einen Schluck Kaffee.

Isabella schickte ein paar Goblins ins Jenseits. Eine gute Art, den Tag zu beginnen, dachte sie. Cappuccino, kalte Pizza von gestern und bei FAMO einer Horde Goblins zeigen, wo die Keule hängt.

»Geht das auch leiser?«, beschwerte sich Hanno. »Ich muss hier gerade ein echt kniffliges Problem lösen.« Er starrte konzentriert auf den Monitor und kritzelte Notizen auf einen Zettel, während sein Mund Aussagen wie »Ja«, »Nein« und »Das habe ich ja noch nie gesehen« ins Telefon sprach.

»Langweiler«, zischte Martin.

»Genau genommen«, sagte Hanno und machte sich weitere Notizen, »wäre 665 auf der anderen Straßenseite.«

»Was?«

»Dein T-Shirt: Die Hausnummer 665 würde auf der anderen Straßenseite liegen. In Deutschland erfolgt die Nummerierung der Häuser wechselseitig. 664 wäre der Nachbar des Biests.«

»Nerd!«, zischte Martin.

»Super, dass wir hier freien Internetzugang haben«, sagte Isabella.

»Haben wir eigentlich gar nicht.« Martin tippte sich stolz an seine Kappe. »Dr. Maifelder lässt alle Seiten, die nichts mit Medizin oder Psychologie zu tun haben, sperren. Aber, hey, wir sind die IT. Die Macht ist mit uns.«

Isabellas Telefon klingelte. Sie nahm ab. »IT-Abteilung, Calabrese. Wie kann ich Ihnen helfen?« Ihre Keule fand den Schädel des letzten Goblins und zertrümmerte ihn.

»Ja, also … Sekretariat Abteilung für Innere Medizin hier.« Die Stimme am anderen Ende klang wie jemand, der sehr darum bemüht ist, beschäftigt zu klingen. »Ich brauche eine neue Maus. Für den Computer. Meine ist verschwunden.«

»Verschwunden?«, echote Isabella.

Die Stimme klang noch ein wenig beschäftigter. »Na, verschwunden eben. Als ich heute Morgen in mein Büro kam, war sie nicht mehr da. Waren bestimmt die Rumänen.«

»Was für Rumänen?«

»Die schrecken doch vor nichts zurück. Und der arme, unbescholtene Bürger hat wie immer das Nachsehen.«

»Ich weiß nicht, ob ich Ihnen folgen kann.«

»Ist es nicht Ihre Aufgabe, sich um diesen ganzen Computerkram zu kümmern?«, fragte die Stimme ärgerlich.

»Ja, natürlich.«

»Dann besorgen Sie mir eine neue Maus.«

Die Stimme legte auf.

Isabella ging zum Schrank und kramte in der Ersatzkiste, die sich wie alle Ersatzkisten auf dieser Welt dadurch auszeichnete, dass sie niemals das enthielt, was man suchte.

»He, Martin, haben wir irgendwo noch Mäuse?«

Martin zuckte die Schultern, während er mit dem Langbogen auf einen Goblin zielte, und sah Hanno an.

»Wenn in der Kiste keine mehr sind, musst du welche bei der Materialausgabe bestellen«, erklärte Hanno. »Wir haben da dieses Formular auf dem Server. Alles ganz einfach. Du öffnest es, klickst an, was du bestellen möchtest, druckst es aus und gibst es in der Materialausgabe ab.«

»Ich drucke es aus?«

Hanno sah Isabella verständnislos an. »Ja, und?«

»Schon gut«, winkte sie ab.

»Ach, ja«, ergänzte Hanno. »Für Computermäuse gibt es allerdings kein Feld. Da musst du dann ›Kabel‹ anklicken und hinterher per Hand ›Computermaus‹ zu schreiben. Die wissen dann schon, was gemeint ist. Alles ganz einfach«, wiederholte er und starrte wieder auf seinen Monitor.

Kurze Zeit später stand Isabella mit einem Formular in der Hand vor einer Tür, hinter der sich nach ihren Berechnungen eigentlich die Materialausgabe befinden sollte – was sie nicht tat. Zumindest, wenn man dem Schild an der Wand trauen konnte, auf dem eindeutig »Archiv« stand.

»*Maledetto!*«

Hinter ihr erklang ein Rascheln. Isabella drehte sich um.

Im Halbschatten des Flurs stand eine Ärztin. Auf jeden Fall deuteten gewisse Attribute darauf hin, dass es sich um eine Ärztin handelte, auch wenn ihr Stethoskop wirkte, als sei es aus dem vorletzten Jahrhundert, und der Kittel einem Gruselfilm zu entstammen schien. Dicke Dreadlocks umrahmten ihr Gesicht. An ihrer Brusttasche haftete ein Namensschild: Dr. Makandal.

»Äh, Entschuldigung«, sagte Isabella. »Wie komme ich zum Materiallager?«

Dr. Makandal sah sie über die Gläser ihrer verspiegelten Sonnenbrille hinweg an. Der Blick ihrer dunklen Augen schien sich geradewegs in Isabellas Eingeweide zu bohren und dort irgendetwas durcheinanderzubringen.

»Hinter dieser Tür liegt, was du suchst«, sagte sie mit einer Stimme, die eine ähnliche Wirkung entfaltete wie grauer Samt, der über nackte Haut streicht.

»Aber da steht *Archiv*«, entgegnete Isabella wenig geistreich. »Wie kann …«

Doch da war die Ärztin bereits verschwunden.

Vielleicht ist die Beschilderung alt, dachte Isabella. Einen Versuch ist es wert.

Sie hob die Hand, um an die Tür zu klopfen. Die Tür jedoch hatte andere Pläne: Sie schwang im selben Moment auf, sodass Isabellas Hand nicht auf Holz, sondern Haut klopfte.

»Aua«, sagte der Mensch, der zu der Haut gehörte.

Gedankenverloren nippte Dr. Althea Keller an ihrem Matetee, während sie auf den wackeligen Turm aus Papieren und Aufzeichnungen auf ihrem Schreibtisch starrte.

In den neuronalen Netzwerken ihres Großhirns kreiste die folgende Frage: Konnte sie es schaffen, eines der unteren Blätter herauszuziehen, ohne dass der gesamte Stapel wie ein Kartenhaus in sich zusammenfiel? Aber »The dynamic functioning of the orbito-frontal cortex« befand sich nun einmal an dieser Stelle, und wenn sie den Artikel lesen wollte, musste sie es wohl oder übel riskieren. Immerhin ging es hier um neuste Erkenntnisse aus der Forschung.

Althea Keller stand in dem Ruf, brillant, scharfsinnig und vollkommen verrückt zu sein. Und sie tat ihr Bestes, um diesem Ruf gerecht zu werden. Sie mochte die Neurowissenschaften, sie mochte technische Geräte und sie mochte blinkende Anzeigen und Punkte, die sich über einen Bildschirm bewegten.

Während ihres Studiums hatte die neuropsychologische Forschung noch in den Kinderschuhen gesteckt.

Aber Althea hatte sofort gewusst, dass das Gehirn ihr bevorzugtes Studienobjekt war. Dieser 1,3 Kilogramm schwere Zellhaufen hatte es ihr einfach angetan. Irgendwo da drin steckten die letzten Geheimnisse der Menschheit, die Antworten auf die großen Fragen nach dem Sein, dem Bewusstsein, dem Sinn und all diesem Zeug.

Leider war das Gehirn nicht sehr gesprächig, daher musste man ihm seine Informationen auf geschickte Art und Weise entlocken.

Beim Menschen beinhaltete dies meist den Gebrauch komplexer Maschinen, ausgeklügelter Testverfahren und hochentwickelter Computertechnologien.

Bei Tieren gestaltete sich die Sache wesentlich unkomplizierter: Man nahm das Gehirn heraus und sezierte es.

In jeder freien Minute las Althea die Leitartikel führender Fachzeitschriften. Darüber hinaus arbeitete sie an diversen *Projekten.* Meist wusste Althea selbst nicht genau, worum es sich dabei eigentlich handelte, aber sie waren allesamt sehr vielversprechend und schlossen mehrheitlich blinkende Anzeigen und Punkte ein, die sich über Bildschirme bewegten. Sie hätte mit Sicherheit bereits einige ihrer Erkenntnisse veröffentlicht, wäre da nicht Dr. Maifelder gewesen, die mit ihrer kleinkarierten Art jeden Anflug kreativen Forschergeistes im Keim erstickte. Dies tat sie in der Regel, indem sie darauf bestand, dass Althea Keller in ihrer Arbeitszeit auch tatsächlich *arbeitete.*

Im Grunde war diese Klinik ohnehin nur ein Übergangsjob. Das hatte Althea gleich gewusst, als sie vor einunddreißig Jahren hier angefangen hatte. Irgendwann würde der große Durchbruch kommen, irgendwann würden ihre Forschungen die nötige Anerkennung finden.

Die Chefärztin konnte ihre Augen und Ohren nicht überall haben und Althea wusste, wie man das System überlistete – immerhin hatte sie in den frühen siebziger Jahren an diversen Demonstrationen teilgenommen. Und dieses spezielle System war durch einen einfachen Umstand zu überlisten: Bei vielen neuropsychologischen Testverfahren war die permanente physische Anwesenheit des Testleiters nicht zwingend vonnöten. Was bedeutete: Althea setzte den Patienten vor den Computer, startete das Programm und widmete sich angenehmeren Dingen. Das einzig Entscheidende war, sich rechtzeitig daran zu erinnern, das Programm wieder zu beenden.

Die Neuropsychologin trank den vorletzten Schluck Matetee, erhob sich von ihrem Stuhl und ging hinüber zum Schrank. Altheas Schrank war ein wahres Mysterium. Zunächst einmal ließ er sich nicht öffnen. Was keinerlei höheren oder niederen Mächten zuzuschreiben war, sondern ganz allein dem Umstand, dass Althea eine komplizierte Vorrichtung aus Ablagefächern und Ordnern im rechten Winkel zur Schranktür positioniert hatte. Wollte man den Schrank öffnen, musste man erst einmal die Fächer beiseiteschieben, dabei darauf achten, dass die Ordner nicht umfielen, und dann ganz behutsam die Schranktür aufziehen. Das war meist der Moment, in dem die Ordner *doch* umfielen – vorzugsweise auf den Fuß einer gewissen Neuropsychologin. Nachdem Althea dies getan – und sich den schmerzenden Fuß massiert – hatte, entnahm sie dem Schrank das Glas mit Büroexperiment Nr. 72 und schüttete den letzten Schluck Matetee hinein.

Althea Keller nahm es mit ihren Büroexperimenten ebenso genau wie mit ihrer Forschung. Es hatte als harmloser Zeitvertreib begonnen und sich zu einer geheimen Leidenschaft entwickelt. Sie hatte in der Vergangenheit bereits untersucht, wie sich Radiergummi in sechs Tage alter Cola verhielt (es löste sich auf), ob Kaffee einen signifikanten Einfluss auf die Konsistenz von Bleistiften hatte (ja), ob sich Urzeitkrebse auch in grünem Tee züchten ließen (nein) und bei welcher Sonneneinstrahlung Textmarker ihre Farbe verloren (bei jeder). Momentan versuchte sie herauszufinden, wie sich eine Handvoll Büroklammern in einem Glas verhielten, dem man sukzessive verschiedene Flüssigkeiten hinzufügte. Sie schüttelte das Glas und beobachtete sorgfältig die Konsistenz des dünnen Metalls. An manchen Stellen hatten sich bereits rote Rostspuren gebildet.

»Interessant«, murmelte sie und stellte das Glas wieder in ihren Schrank.

Zurück zu »The dynamic functioning of the orbito-frontal cortex«. Althea beäugte den Stapel genau, nahm einige komplizierte Berechnungen vor, die Papierdichte, Neigungswinkel, Reaktionszeit und Fingerfertigkeit miteinbezogen, und griff nach dem Artikel.

Es klopfte an der Tür.

Der Stapel kippte zur Seite und eine Papierflut verteilte sich über den Fußboden.

»Ähm.« Die alte Frau in der Tür blieb stehen, starrte erst Althea an, dann den Papierstapel und dann wieder Althea. »Ich soll hier irgendeinen bescheuerten *Test* machen.«

»Und wie gefällt es dir?«

»Es ist … nun … dunkel.«

Was in erster Linie dem eklatanten Mangel an Fenstern zuzuschreiben war, der durch die wenigen Energiesparlampen nur unzureichend kompensiert wurde. In deckenhohen, schienengeführten Regalen stapelten und türmten sich Akten über Akten. Tatsächlich schienen die Papierberge die Kapazität der Regale bei weitem zu sprengen. Überall quollen sie aus den Brettern, lagen am Boden, bedeckten sogar die Wände, sodass das Archiv wie eine recht eigenwillige Interpretation einer modernen Kunstausstellung wirkte.

»Es ist kein Palast, aber wer will sich beschweren?« Nicholas lächelte, wobei – wie Isabella nicht umhinkam zu bemerken – ein kleines Grübchen auf seinem Kinn erschien. »Schön, dass du mich besuchen kommst. Soll ich dich ein wenig herumführen?« Er betätigte eine Kurbel. Die entsprechende Regalreihe öffnete sich und sie gingen hindurch.

»Wie kannst du dich nur hier zurechtfinden?« Staunend schritt Isabella die überfüllten Fächer entlang.

»Ich habe ein todsicheres System«, erklärte Nicholas. Nach kurzer Zeit fügte er hinzu: »Ich vergesse nur immer, welches.«

Sie durchquerten gemeinsam den Mittelgang.

»Und was ist das?« Isabella deutete auf einen Schreibtisch, der unter dem Gewicht unzähliger Akten schwankte wie ein überladener Frachter im Sturm.

»Das ist mein MIS-Stapel.«

»Dein *was*?«

»MIS. Mach ich später.«

»Aha. Und das?«

Das betreffende Gebilde spottete jeder Beschreibung. Am ehesten konnte man es mit einer mehrstöckigen Hundehütte vergleichen, nur dass der Erbauer statt Holz Papier verwendet hatte und es sich somit um einen sehr vorsichtigen Hund handeln musste, der zudem in einem Gebiet lebte, wo es niemals regnete.

»Das ist mein Aktenhaus«, sagte Nicholas. »Ist so ähnlich wie ein Kartenhaus. Nur eben aus Akten. Hat mich fast einen Monat gekostet, das fertigzustellen.«

Isabella umkreiste das Aktenhaus. Durch den Luftzug bewegten sich einige Blätter. Einen Moment lang fürchtete sie, dass das ganze Konstrukt in sich zusammenstürzen und sowohl sie als auch Nicholas unter sich begraben würde, aber die Akten hielten.

Isabella runzelte die Stirn. »Und was ist, wenn jemand die Akten braucht?«

Nicholas machte eine wegwerfende Handbewegung. »Ach, das kommt so gut wie nie vor.«

Sie sahen sich an.

Isabella konnte sich der Erkenntnis nicht erwehren, dass seine Augen von einem ungewöhnlich intensiven Blau waren. Wie die Tiefen der Seen in Fantasmoria, wenn die Schergen des Schattenkaisers darin ertranken.

Sie fühlte ein seltsames Flattern in ihrer Magengrube. Nicholas' Haare, so fand sie, waren auch sehr schön. Einige Strähnen hatten sich aus seinem Zopf gelöst und sie ertappte sich bei dem Wunsch, die Hand auszustrecken und sie ihm hinter die wohlgeformten Ohren zu schieben.

Was ist nur mit mir los?, fragte sie sich. Lebensmittelvergiftung? So was kann vorkommen. Üble Sache. Vielleicht sollte ich doch keine kalte Pizza mehr zum Frühstück essen.

»Alles in Ordnung mit dir?«, erkundigte sich Nicholas.

»Ja, klar.« Isabella unterdrückte den Impuls, seine Wange zu berühren. Stattdessen atmete sie den erfrischenden Geruch seines Rasierwassers ein. »Und, äh, wolltest du immer schon … äh, archivieren und so?«

Nicholas zuckte die Schultern. »Eigentlich bin ich Krankenpfleger. Aber der Job wurde mir zu stressig. Personaleinsparungen, keine Zeit mehr für die Patienten, dafür jede Menge überflüssiger Dokumentation. Hab also ein paar Fortbildungen gemacht und mich auf die Stelle als Archivar beworben. Und hier bin ich.« Er grinste. »Die Bezahlung ist lausig, aber dafür habe ich mehr Zeit.«

»Für Aktenhäuser?«

»Unter anderem.«

Nicholas trat von einem Fuß auf den anderen. Aus irgendeinem Grund fühlte er sich in Isabellas Gegenwart … nun … unbehaglich. Auf eine angenehme Art und Weise, die dazu führte, dass sich Bereiche in seinem Gehirn, die normalerweise für die Steuerung höherer kognitiver Funktionen genutzt wurden, in eine Art Gelee verwandelten. »Und?«, fragte er. »Was machst du so?«

»Computerzeugs«, antwortete Isabella.

»Und in deiner Freizeit?«

»Anderes Computerzeugs.«

»Klingt spannend.«

»Danke. Und du? Was machst du in deiner Freizeit?«

»Atmen.«

Isabella runzelte die Stirn. »Verstehe ich nicht.«

»Meditation«, erklärte Nicholas und fuhr sich mit der Hand durchs Haar, was ihm irgendwie eine gute Idee zu sein schien. »Einatmen, ausatmen. Langsam. Bewusst.«

»Ich dachte, dazu hätte der Körper diese Dinger ausgebildet, die das für einen erledigen, diese, wie heißen sie noch? Ach ja, Lungen.«

»Beim Meditieren geht es um viel mehr.« Nicholas schob sich eine Haarsträhne hinters Ohr. »Aber das ist schwer zu erklären.« Das Gelee in seinem Schädel bahnte sich langsam einen Weg nach unten, tropfte seine Wirbelsäule hinab und floss geradewegs in seine Beine. Was bewirkte, dass seine Knie eine nahezu gummiartige Konsistenz annahmen. »Hat was mit Achtsamkeit und Konzentration zu tun. Ankommen, dein inneres Selbst finden, die Welt wahrnehmen, wie sie wirklich ist.«

»Indem man atmet?«, fragte Isabella skeptisch. Sie hielt die Suche nach einem wie auch immer gearteten Selbst für eine überflüssige Angelegenheit. Immerhin schien es ziemlich schwierig, sein Selbst zu verlieren. Es war ja nicht so, als handle es sich dabei um diese kleinen Dinger, die man in Einkaufswagen steckte.

Nicholas dachte einen Moment lang darüber nach. »Du solltest es einfach ausprobieren«, schlug er vor. »Ich kann es dir bei Gelegenheit ja mal zeigen.«

Isabella hatte bereits früh in ihrem Leben die Erfahrung gemacht, dass Menschen Ehrlichkeit schätzten. Jedoch manifestierte sich diese Wertschätzung eher auf einer abstrakten Ebene, also einer Ebene, die vorzugsweise *andere* Personen betraf.

Leider fand dieses Wissen oft zu spät seinen Weg von ihrem Gedächtnisspeicher zum Kontrollzentrum ihres Mundes.

»Lieber würde ich meinen Körper von zehn mordgierigen Goblins zerfleischen lassen.«

Einen Moment lang herrschte Stille. Eine quälende, nie enden wollende Stille, während der Isabella die Entdeckung machte, dass Nicholas über wirklich schöne Lippen verfügte – schmal, sanft geschwungen und vermutlich mit genau dem richtigen Grad an Weichheit ausgestattet, um, nun ja, Dinge zu tun, die man mit Lippen eben anstellte.

Das Dach des Aktenhauses sackte langsam in sich zusammen.

Schließlich fragte Nicholas: »Hast du eigentlich schon mittaggegessen?«

»Ich weiß genau, was Sie hier machen: Sie wollen beweisen, dass ich plemplem bin, richtig? Aber nicht mit mir! Nicht mit mir!«

»Jetzt setzen Sie sich doch erstmal, Frau …« Althea schaute auf das Anforderungsformular auf ihrem Klemmbrett. »… Linkmeyer.«

»Immer soll ich mich setzen oder hinlegen«, murrte die Patientin und funkelte Althea durch ihre Brillengläser hindurch wütend an. Ihr faltiges Gesicht wies entfernte Ähnlichkeit mit einer äußerst unzufriedenen Bulldogge auf.

»Nun, wenn Sie möchten, können Sie auch stehenbleiben.«

»Na das würde Ihnen so passen, nicht wahr?« Sophia Linkmeyer ließ sich mit einem Blick, der gleichermaßen Verachtung und Wachsamkeit ausdrückte, auf den angebotenen Stuhl sinken. Sie hatte beschlossen, dieser Seelenklempnerin keine Angriffsfläche zu bieten, und sie gedachte, sich daran zu halten.

»Ausgezeichnet.« Althea schob mit dem Fuß einige lose Blätter zur Seite und betätigte ein paar Tasten an ihrem Computer. »Dann nennen Sie mir doch bitte innerhalb der nächsten zwei Minuten so viele Tiere, wie Ihnen einfallen.«

»Was soll das denn für ein Test sein?«, entrüstete sich die alte Dame. »Also, wenn Sie mir so kommen, dann gehe ich wieder.«

»Das ist ein Test zur Erfassung Ihrer kognitiven Leistungsfähigkeit«, erklärte Althea und drückte weitere Tasten.

»Ah, Sie denken also doch, ich wäre plemplem.«

»Ich denke gar nichts, Frau Linzmeyer. Ich mache lediglich diesen Test.«

»Also gut, aber ich finde das alles vollkommen bescheuert, nur damit Sie's wissen.«

»Ich nehme es zur Kenntnis, Frau Linkmüller.« Althea deutete auf die Uhr. »Wenn Sie mir also nun so viele Tiere nennen würden, wie Ihnen einfallen.«

Sophia schnaubte hingebungsvoll und begann mit ihrer Aufzählung: »Maus. Elefant. Nashorn. Tiger. Letztens war ich übrigens im Zoo. Eigentlich wollte ich mit meinem Sohn hingehen, aber glauben Sie, der hat Zeit für seine alte Mutter, die ihn unter Schmerzen geboren hat? Nein, natürlich nicht. Der Herr ist natürlich viel zu beschäftigt.«

»Das ist sehr interessant, Frau Binkmeyer. Aber die Zeit läuft.«

»Also bin ich ganz alleine gegangen«, fuhr die Patientin fort. »Wissen Sie, was einer alten Frau wie mir ganz alleine in einem Zoo alles passieren kann?«

»Ich kann mir da so einiges vorstellen, aber wir waren bei Tieren.«

Sophia schnaubte erneut. »Sie immer mit Ihren Tieren. Ja, was gibt es denn noch im Zoo? Affen. Und diese Tiere mit den langen Hälsen, wie heißen die noch? … Ge … Mi … Ka … Ka-nin-chen … Kaninchen haben wir auch vor dem Haus. Viele Kaninchen. Früher hat man die Viecher einfach vergiftet, genau wie die Tauben, aber das darf man ja heute nicht mehr. Nichts darf man. Alle Bürgerrechte wollen sie einem wegnehmen.«

»Tiere, Frau Linkmiller, Tiere.«

»Kaninchen. Maulwürfe. Kröten. Fisch. Hühner. Geflügel … Steak …«

»*Tiere*, Frau Linkmüller.«

»Was?«

»Tiere!«, wiederholte Althea. »Würden Sie mir bitte so viele *Tiere* nennen, wie Ihnen einfallen.«

»Habe ich doch«, empörte sich Sophia.

»Ja, dann bitte weiter.«

»Ente. Pute. Gehacktes.«

»Ist das ein Tier?«, unterbrach Althea und tippte die Ergebnisse in die Datenmaske.

»Was?«

»Gehacktes. Ist Gehacktes ein Tier?«

»Wollen Sie mich verschaukeln?«

»Nichts läge mir ferner, Frau Winzmeyer. Machen Sie einfach weiter.«

»Ja, wie denn, wenn Sie mich dauernd unterbrechen.«

»Entschuldigung.« Althea lehnte sich in ihrem Bürostuhl zurück und dachte sehnsüchtig an »The dynamic functioning of the orbito-frontal cortex«. Wenn sie richtig vermutete, dann musste sich der Artikel jetzt irgendwo in der Nähe ihres linken Fußes befinden.

Sophia räusperte sich. »Also, wo war ich?«

»Tiere, Frau Winkmeyer.«

»Ja, genau. Pute. Gans. Hüftsteak. Schnitzel ...«

»Danke schön.« Althea sprang zur nächsten Aufgabe. »Und könnten Sie mir jetzt bitte sagen, was man alles in einem Supermarkt kaufen kann?«

»Im Supermarkt?«

»Ja.«

Sophia schlug sich auf die Oberschenkel. »Giraffen, so heißen die.«

»Bitte?«

»Die Tiere mit den langen Hälsen. Giraffen.«

»Aber wir sind jetzt nicht mehr bei den Tieren, Frau Limpmeyer. Jetzt geht es darum, was man alles im Supermarkt kaufen kann.«

Die alte Frau wirkte irritiert. »Warum denn das? Wie soll ich denn Ihren blöden Test machen, wenn Sie dauernd die Aufgabe verändern?«

Althea schloss das Programm. »Danke, Frau Linkmöller, ich glaube, wir sind fertig.«

Kapitel 7

»Etwas Gesundheit ab und zu ist das beste Heilmittel des Kranken.«

Friedrich Nietzsche

Richard Wiskamp huschte durch die Flure der Salvatis-Klinik. Das machte er außerordentlich gut. Richard hatte das Huschen perfektioniert. Es war eine Art schnelles Schleichen, bei dem es darauf ankam, möglichst gleichmäßig mit der Wand zu verschmelzen.

Dass er sich auf diese Weise fortbewegte, hatte einen triftigen Grund: Richard Wiskamp hatte Angst. Das war insofern nichts Ungewöhnliches, denn Richard Wiskamp hatte immer Angst.

Die Welt als solche erschien ihm voller Gefahren, die Menschen undurchsichtig und unberechenbar. Stets konnte hinter jeder Ecke etwas Neues, Unerwartetes lauern, das einer Reaktion bedurfte. Man bekam eine Erkältung. Jemand sprach einen an. Man bekam eine Rechnung. Man verlor etwas, das man liebte. Man verlor etwas, das man *nicht* liebte. Man trat in Fettnäpfchen oder musste zum Amt. Überall gab es unsichtbare Regeln, an die man sich zu halten hatte, soziale Konventionen, die man nur erahnen konnte. Man musste spontan sein, musste witzig sein, musste unterhalten.

Richard Wiskamp war noch niemals in seinem Leben spontan gewesen.

Er wartete lieber.

Er wartete auf den Sommer, wartete darauf, dass der Elektriker kam, wartete auf die Post, wartete auf seine Pensionierung, wartete darauf, dass der Sommer endlich vorbei war. Manchmal wartete er auch einfach so. Worauf wusste er selbst nicht. Vielleicht auf ein anderes, ein besseres Leben. Aber aus irgendeinem Grund kam dieses Leben nicht. Genauso wenig wie die Post.

Oder die richtige Frau.

Weibliche Personen waren ihm seit jeher unheimlich. Insbesondere wenn sie in Kombination mit Wimpern, Lippen, Haaren und vagen Andeutungen auftraten.

Und die Person, die ihm gerade den Weg versperrte, gehörte eindeutig in diese Kategorie. Nun, sie versperrte ihm nicht im eigentlichen Sinne den Weg, vielmehr kam sie ihm auf halber Höhe von Flur 3B entgegen. Was bedeutete: Er musste an ihr vorbeigehen. Eine Herausforderung, der Richard Wiskamp sich heute nicht gewachsen fühlte. Zudem *hasste* er Herausforderungen.

Die Frau war wirklich groß. Obwohl er nicht genau sagen konnte, wie groß, da ihr Haar einen nicht unbeträchtlichen Raum einnahm. Sie trug ein ockerfarbenes Leinenkleid, das ihn entfernt an einen alten Postsack erinnerte.

Richard senkte den Kopf und intensivierte sein Huschen. Man konnte ihn nun mit einer sehr leichtfüßigen Schildkröte verwechseln. Selbst Experten wäre es schwergefallen einzuschätzen, wo der Boden aufhörte und Richard Wiskamp begann. Vorsichtig linste er nach oben. Die Frau war immer noch da. Er wünschte, sie würde sich einfach auflösen. Zumindest sprach sie nicht mit ihm.

»Hallo.«

Also gut, sie *sprach* mit ihm.

»H…«, machte Richard, hustete, schluckte, hustete erneut und fügte hinzu: »…lo.«

»Und, sind Sie schon lange hier?«, fragte die Frau.

»I…«

»Also ich bin schon seit drei Wochen hier. Ist aber nicht mein erstes Mal. Ich komme immer wieder. Tja«, sie lächelte, »schlechte Angewohnheit, könnte man sagen.« Das Vogelnest auf ihrem Kopf wippte hin und her.

»Ähmmm.« Richard hielt den Atem an. Das Blut rauschte ihm in den Ohren. »Ähmmm«, wiederholte er.

»Sind Sie das erste Mal hier?«, fuhr die Frau fort.

Schweiß trat auf seine Stirn. War das eine vage Andeutung? Oder höfliche Konversation? Sollte er verneinen und etwas über das Wetter sagen? Oder wäre es angebracht, ihr etwas zu schenken? Blumen oder einen neuen Milchaufschäumer oder etwas in dieser Art?

»Also … äh.«

»Ach, ich rede hier.« Sie schlug sich vor die Stirn. Ihre Sonnenbrille knirschte. »Dabei haben Sie vermutlich etwas Besseres zu tun, als mir zuzuhören.«

»Ich … ääähm … nun.« Richard zuckte die Schultern. »Bin auf dem Weg … äh … zur … wie heißt das noch? Äh. Ergotherapie«, schloss er schließlich.

»Ich bin ebenfalls eine große Freundin des kreativen Gestaltens«, erzählte sie. »Bringt einen richtig in Kontakt mit verdrängten inneren Bildern und tief liegenden Emotionen, finden Sie nicht auch?« Sie deutete auf etwas, das sich unter ihrem linken Arm befand und Ähnlichkeit mit einer Ansammlung alter Topflappen aufwies, die jemand ohne rechten Plan zu einem Körper, Kopf und Extremitäten zusammengefügt hatte. »Haben Sie schon mal Puppen genäht?«

»Körbe«, sagte Richard. »Ich … äh … mache nur … hm … Körbe.«

»Wunderbar«, flötete die Frau und machte dabei so eine Sache mit ihren Wimpern. »Vielleicht waren Sie in Ihrem letzten Leben ja ein Korbflechter. Aber ich will Sie nicht weiter aufhalten. Ich bin selbst auch sehr beschäftigt.« Sie lehnte sich verschwörerisch zu ihm herüber. »Ich fliehe nämlich gerade, müssen Sie wissen. Also, in diesem Sinne.« Sie winkte ihm zu. »Machen Sie es gut. Vielleicht sehen wir uns ja noch in den Therapiegruppen.« Mit diesen Worten rauschte sie davon.

Stille breitete sich in Flur 3B aus, schlich die Wände entlang und krabbelte zur Decke empor. Irgendwann hörte man einen kleinen, schildkrötenförmigen Mann sagen: »Das Wetter lässt momentan wirklich zu wünschen übrig.«

Die Cafeteria befand sich im Erdgeschoss. Ein rechteckiger, lichtdurchfluteter Raum mit Blick auf den Innenhof. In guter Absicht hatte jemand einige Stühle und Tische nach draußen gestellt, aber angesichts des stetig fallenden Nieselregens verspürte niemand die Lust, länger mit der Natur in Berührung zu kommen, als es unbedingt nötig war. Hinzu kam, dass sich seit der Eröffnung des Hauses niemand für den Innenhof zuständig fühlte. Die Technik verwies auf die Reinigungskräfte, die Reinigungskräfte verwiesen auf die Gärtner, die Gärtner verwiesen auf den Umstand, dass sie nicht existierten. Also hatte man das Organigramm studiert. Man hatte diskutiert und debattiert. Schließlich hatte man ein Gremium ins Leben gerufen, dessen Aufgabe darin bestand, herauszufinden, wer für die Zuständigkeit des Innenhofs zuständig war.

Das war vor ungefähr zehn Jahren gewesen.

Seither verwilderte der Hof zusehends. Das Gras wucherte über die schlecht befestigten Wege. Die Brücke, die über ein Feuchtbiotop – das die Bezeichnung Teich nicht verdient hatte – führte, knarrte verdächtig bei jedem Schritt, und mehrere Pflegekräfte schworen, dass sie bereits den einen oder anderen Patienten verschluckt hatte. Der Wasserspeier – eine steinerne Venus, deren Füße auf einer Muschel standen und die einen gewundenen Krug in den Armen hielt – spie schon seit Langem kein Wasser mehr, war dafür aber über und über mit Moos bedeckt. In der Muschel hauste die hässlichste Kröte, die die Einwohner von Castrop-Rauxel je gesehen hatten.

Nicholas und Isabella bahnten sich einen Weg durch die hungrige Menge zur Essensausgabe.

Nicholas war Vegetarier. »Wegen der Tiere«, erklärte er.

Isabella nickte und bestellte sich Spaghetti Bolognese. »Wegen der Nudeln«, erklärte sie.

Sie suchten sich einen Platz am Fenster. Jemand hatte es wohl für eine gute Idee gehalten, zwischen die Tische verschiedene Palmen in Terrakottatöpfen zu stellen. Vermutlich, um dem Raum ein südliches Flair zu verleihen und den Anschein von Privatsphäre zu erwecken. Ähnliche Versuche finden sich oft in Großraumbüros. Das Ergebnis wirkt immer wie ein großer Raum mit, nun ja, verschiedenen Palmen in Terrakottatöpfen.

»Nette Dekoration«, bemerkte Isabella und streckte die Hand nach einer der Pflanzen aus. Seit sie sich mit einer Kunststudentin die Wohnung teilte, wusste sie, dass nahezu alles zur Dekoration werden konnte – altes Gemüse und Hygieneartikel eingeschlossen.

»Du solltest sie lieber nicht anfassen«, riet Nicholas.

Isabella zog fragend die Augenbrauen nach oben.

»Die ist nur geleast«, lautete die knappe Antwort. »Alle Pflanzen hier gehören einer Blumenleasingfirma.« Er schob sich einen Bissen seiner Dinkelschnitte in den Mund und verzog das Gesicht. »Pflanzen sind teuer, aber die Klinik möchte einen guten Eindruck machen.«

Isabella verschluckte sich beinah an ihren Nudeln. »Jetzt im Ernst?«

Nicholas hob eine Hand wie zum Schwur. »Das ist mein voller Ernst. Die dürfen auch nicht von unserem Personal gegossen werden, sonst erlischt der Vertrag. Da kommt extra jemand von der Leasingfirma, um die Blumen zu gießen.«

»*Porca miseria!*«

»Du sagst es.«

Einen Moment lang aßen sie schweigend.

Irgendwann fragte Isabella: »Kannst du mir vielleicht sagen, wo das Materiallager ist? Ich muss nämlich eine Bestellung aufgeben.«

Nicholas überlegte kurz. »Ich glaube, das wurde vor kurzem ausgegliedert. Im Zuge der Umbaumaßnahmen. Ist alles recht verwirrend. Wir haben da eine Partnerklinik in Datteln. Mit denen teilen wir uns jetzt manche Dienste. Die nutzen unser Labor mit, dafür haben wir unser Materiallager geschlossen. Spart Geld.« Er ertränkte den letzten Rest seiner Dinkelschnitte in einer braunen Tunke, die auf dem entsprechenden Schild euphemistisch als Tomatensugo bezeichnet worden war, und schluckte ihn unter sichtlichen Qualen hinunter. »Leider arbeiten die Leute vom ehemaligen Materiallager jetzt zum Teil in der Küche.«

Isabella wickelte Spaghetti auf ihre Gabel, sah Nicholas an und sagte: »Oder bei der IT.«

Dr. Althea Keller kehrte von einem ihrer Forschungsgänge zurück. Soeben hatte sie ein recht vielversprechendes Projekt begonnen, das den Zusammenhang zwischen mangelnder präfrontaler Inhibitionsfähigkeit und dem Einschlafverhalten in der Entspannungstherapie zum Inhalt hatte. Sie drehte das selbstgebastelte Schild an der Tür mit der Aufschrift »Testdiagnostik – Bitte nicht stören« um und betrat ihr Büro.

»So, Frau Mitzkowski, wie kommen Sie denn mit unserem kognitiven Training zurecht?«

Der Raum war leer.

Althea stöhnte. »Nicht schon wieder!«

Es gab Momente in ihrem Leben, da fühlte Beate Mitzkowski sich nicht wohl in ihrer Haut.

Und es gab Momente, da hatte sie einfach keine Lust zu tun, was von ihr erwartet wurde.

Der Geruch von Rinde und feuchter Erde klebte an den Bäumen. Laub knirschte unter ihren nackten Füßen. Beate vertrat die Ansicht, dass es sich bei der Notwendigkeit, Schuhe zu tragen, lediglich um eine kollektive Illusion handelte, erfunden von der Textilindustrie. Leider musste sie immer wieder feststellen, dass es sich um eine sehr *stabile* kollektive Illusion handelte – so bewegten sich beispielsweise die Chancen, in einem Restaurant bedient zu werden, wenn einem kleine Grasbüschel aus den Zehenzwischenräumen ragten, irgendwo zwischen null und minus zehn.

Der Wind spielte seine Melodie in den Baumwipfeln.

Beate klemmte sich Babette fester unter den Arm, während sie sich einen Weg durch Gräser und Gestrüpp bahnte. Sie wusste, dass die Sache mit den Puppen eine gute Idee war. Wer würde sich nicht augenblicklich in diese Knopfaugen verlieben? Eine mögliche Antwort lautete: die Spatzenfamilie, die sich in diesem Moment in den Ästen über Beates Kopf aufhielt. Sie fühlte sich durch Babettes Anblick an diverse unerfreuliche Zusammenstöße mit Vogelscheuchen erinnert.

An Tagen wie diesem wusste Beate, dass nichts und niemand sie aufhalten konnte.

Die Ideen sprudelten nur so aus ihrem Kopf heraus, ihre Arme und Beine drohten überzulaufen vor Energie. Manchmal schlief sie nicht. Tagelang. Häufig fuhr sie weg. Gab Geld aus, viel Geld. Es erschien ihr einfach richtig. Ja, in diesen Augenblicken erschien immer alles richtig.

Das Bereuen kam später.

Zusammen mit den dunklen Stunden, in denen ihre Welt in Schwärze und Verzweiflung ertrank.

Irgendwann auf diesem Weg, zwischen Auf und Ab und Hin und Her war ihr Herr Mitzkowski abhandengekommen.

Genau wie ihr Beruf.

Sie konnte sich nur noch nebulös an jenen Tag erinnern, der endgültig das Ende ihrer Karriere bedeutet hatte. Sie wusste nur, dass sie sich *gut* gefühlt hatte. Dass sie gesungen und getanzt und eine einzigartige Verbindung zur Natur und all ihren Wesen gespürt hatte. Also hatte sie sich ausgezogen, hatte ihren Körper mit blauer Farbe bemalt und war in die Schule gegangen. Wo es dem Kollegium sehr zu ihrem Erstaunen an jedweder Fähigkeit gemangelt hatte, eine einzigartige Verbindung zur Natur und all ihren Wesen *oder* blauer Farbe herzustellen.

Ja, es gab Momente in ihrem Leben, da fühlte Beate Mitzkowski sich nicht wohl in ihrer Haut.

Sie hörte die Rufe, noch bevor sie die beiden Krankenpfleger sah, die über den Kiesweg auf sie zustürmten.

»Frau Mitzkowski«, rief der eine, »seien Sie doch vernünftig. Kommen Sie wieder mit uns zurück!«

»Ja«, rief der andere, »und ziehen Sie *bitte* Ihre Schuhe wieder an!«

Beate machte eine obszöne Geste, raffte ihr Kleid und rannte los. Denn heute, heute war ein Tag, an dem sie einfach keine Lust hatte zu tun, was von ihr erwartet wurde.

»Erhebe dich, Kreatur der Dunkelheit!«

Die Kerzen im Raum flackerten unruhig und warfen gespenstische Schatten an die Wände. Der Geruch verbrannter Kräuter erfüllte die Luft. Papa Zuka hob in einer beschwörenden Geste die Hände und schwang seine Rassel.

»Erhebe dich!«

Die Temperatur im Raum fiel schlagartig ab. Raureif kroch die Wände empor und der Zauberer schlang fröstelnd die Arme um den Körper. Dann änderten sich die Druckverhältnisse und mit dem feuchten Geräusch eines Stöpsels, der aus einer Badewanne gezogen wird, materialisierte ein *Ding*. Zunächst waren es nur Umrisse, eine unförmige, wabernde Masse, als habe das Wesen lediglich eine grobe Vorstellung von Anatomie. Schließlich formten sich Gliedmaßen in scheinbar willkürlicher Anordnung. Geifer tropfte aus einem Maul mit eindeutig zu vielen Reihen spitzer Zähne. Hufe und Krallen bohrten sich in den Boden. Geschlitzte gelbe Augen beobachteten den Bokor.

»Was willst du?«

Die Stimme des Ungeheuers bohrte sich in seinen Schädel. Papa Zuka schluckte.

»Willkommen, grausamer Baka, abscheulicher Dämon, albtraumhafte Kreatur, die …« Er schaute auf seinen Notizzettel. »… die du durch die Weiten des jenseitigen Reiches gereist bist, um …«

»Jaja«, unterbrach ihn der Baka. Seine Zahnreihen taten etwas, das einem verschlagenen Lächeln gleichkam. Der Geruch von Schwefel und verbrannten Haaren umwehte den Zauberer. »Komm zum Punkt, Mann. Da gibt es diese hübsche Zauberin, die mir eine Ziege schuldet. Der wollte ich unbedingt einen Besuch abstatten. Außerdem habe ich auch noch ein Chili auf dem Herd.« Seine Gestalt veränderte sich. Wo zuvor Ohren gewesen waren, wuchsen nun Hörner. Ledrige Schwingen erschienen auf seinem Rücken. Irgendetwas Glitschiges tropfte von seinen Krallen.

»Ja, also …« Papa Zuka räusperte sich und zupfte an seinem Gewand herum. Es war ein wirklich prächtiges Gewand. Er hatte sich große Mühe damit gegeben. Es hatte alles, was das Gewand eines Bokors benötigte, inklusive weiter Ärmel, Verzierungen aus Muscheln, Knochen und Federn, einer Schärpe aus Leopardenfell(imitat) und einer Kappe, ebenfalls aus Leopardenfell(imitat). Und dann war da noch die Halskette aus Hühnerschädeln. Auf die Kette war er besonders stolz. Sie strahlte gleichzeitig Macht und die Verachtung des Todes aus. Leider verfing sie sich andauernd in seiner Gürtelschnalle.

Papa Zuka atmete tief durch, was sich aufgrund des hohen Gehaltes an Räucherwerk in der Luft in Verbindung mit einem eklatanten Mangel an Fenstern äußerst schwierig gestaltete, und blickte noch einmal auf seine Notizen. Sie stammten aus dem Artikel »Gekaufte Dämonen – was es zu beachten gilt« in dem sehr nützlichen Ratgeber »Beschwörungen für Anfänger.« Unberechenbar wurden Bakas dort genannt, dann fielen noch einige Begriffe wie ruhelos umherirrende Seelen, nicht vertrauenswürdig und so weiter und so fort.

Auf jeden Fall empfahlen die Autoren, niemals Schwäche zu zeigen – und immer einen Feuerlöscher parat zu haben.

Papa Zuka bemühte sich, seiner Stimme einen festen Klang zu verleihen, als er forderte: »Ich möchte einen Handel mit dir abschließen, o grausige Kreatur, die du aus den Untiefen der ewigen Wasser emporgestiegen bist, um …«

»Ja?« Der Baka scharrte ungeduldig mit einem Huf über den Boden. Funken stoben von seinem Fell und Papa Zuka wünschte sich, er hätte die Anweisung mit dem Feuerlöscher ernster genommen.

»Also, da ist zunächst diese Sache mit meiner Beförderung.«

Der Baka zuckte mit etwas, das Schultern sehr ähnlich war. »Du könntest dich auf der Arbeit mehr anstrengen. Fleiß hat noch niemandem geschadet.« Gewaltige Stoßzähne wuchsen aus seinem Gesicht. »Schleim dich einfach ein wenig ein, dann …«

»Danke für die Ratschläge, o furchterregende Monstrosität, die du durch die schrecklichen Nebel der jenseitigen Welt kriechst auf der Suche nach …« Papa Zuka hustete.

»Gibt es sonst noch etwas?«

»Ja, nun, da bleibt die Tatsache, dass die Loas mich unablässig ignorieren.«

»Also, das ist ärgerlich. Ich weiß, was es bedeutet, ignoriert zu werden.« Der Dämon bildete eine nicht unbeträchtliche Anzahl an Händen aus, mit denen er an seiner nicht vorhandenen Kleidung herumnestelte. »Da gibt es diese kleine, süße Dämonin. Ich habe ihr sogar eine gemarterte Seele geschenkt, aber schaut sie mich mal an? Nein.«

»Das ist, äh, sehr bedauerlich, o abscheuliche Kreatur, o grausige Grausigkeit.« Papa Zuka schielte auf seine Notizen. »Aber vielleicht können wir noch einmal auf den Handel zurückkommen?«

»Sicher, sicher.«

Papa Zuka straffte die Schultern. »Bring mir die Überreste des Inhalts der heiligen Rassel der ersten Mambo Ayizan.«

»Wer?« Der Baka runzelte etwas, das man als Stirn bezeichnen konnte.

»Ayizan.«

»Also, da klingelt bei mir nichts.« Der Baka kratze sich am Kopf – beziehungsweise einem dämonischen Äquivalent.

»Sie war die erste Priesterin«, erklärte Papa Zuka. »Eine mächtige Frau, die die Botschaft der Loas vernahm. Wie keine andere nach ihr hat sie es verstanden, mit der Geisterwelt in Kontakt zu treten. Voodoorituale, laute Trommeln, heilige Gesänge, du weißt schon. Sie ist die Schutzpatronin der Priesterschaft«, fügte er hinzu.

Seit Tagen schlugen Papa Zukas Überlegungen eine ganz bestimmte Richtung ein: Wenn eine gewöhnliche Asson bereits die Macht hatte, die Loas herbeizurufen, welche Wirkung mochte dann ein Artefakt entfalten, das die Relikte der allerersten heiligen Rassel enthielt?

Sie käme dem Effekt gleich, den ein Magnet auf Eisenspäne hat.

»Ja, jetzt ist da eine schwache Erinnerung.« Der Baka massierte mit vier Händen eine Stelle seines Körpers, an der sich bei einem Menschen die Schläfen befunden hätten. »Hab diese Ayizan nie persönlich getroffen. Hat für meinen Geschmack zu viele Dämonenaustreibungen gemacht.«

»Also kannst du mir die Überreste des Inhalts ihrer Asson besorgen?«, fragte Papa Zuka hoffnungsvoll und dachte: Die Loas werden mich unwiderstehlich finden.

Der Baka stieß einen Pfiff aus. »Das wird nicht einfach werden, Mann. Da muss ich die Untiefen der jenseitigen Welt durchkämmen, die ewigen Wasser durchqueren, mich durch den Schlamm der Jahrhunderte wühlen, das eine oder andere Gespräch führen …«

»Aber ist es möglich?«, hakte Papa Zuka nach und schob ein schnelles »o schaurige Kreatur der Finsternis« hinterher.

»Natürlich ist es möglich«, zischelte der Baka und grinste mit sechs Reihen scharfer Zähne. »Für einen Dämon ist alles möglich. Du wirst deine Überreste bekommen, vertrau mir.«

Eine weitere Zahnreihe erschien, während er sich mit einem schlangenähnlichen Körper um Papa Zuka wand.

»Verlässlichkeit ist mein zweiter Vorname – also im übertragenden Sinne, denn tatsächlich habe ich gar keinen Vornamen. Obwohl, eigentlich wäre das gar keine schlechte Idee, diese Sache mit den Namen. Macht bei den Frauen bestimmt Eindruck. Aber dann würde ich Verlässlichkeit eher als dritten Vornamen wählen, das klingt zu weich. Pestilenz.«

Er fuhr sich mit einer gespaltenen Zunge über die nicht vorhandenen Lippen. »Ja, das wäre ein guter zweiter Vorname. Pestilenz.«

Papa Zuka hüstelte. »Also, ähm, ich will dich ja nicht enttäuschen, o finstere Geißel der Untiefen, o glorreiche Bestie, die du …«

»Ja, was denn, Mann?«

»Der Name ist, fürchte ich, schon vergeben.«

»Welcher? Verlässlichkeit?«

»Nein, ähm, Pestilenz, o grausamer Dämon, o finstere Kreatur der, äh, Finsternis.« Papa Zuka entwickelte mit einem Mal ein großes Interesse an einer Kaurimuschel, die aus dem Stoff seines Gewands ragte. »So heißt, wie mir, äh, scheint, schon einer der vier apokalyptischen Reiter aus der … ähm … Bibel. Offenbarung des Johannes.«

»Nie von dem Kerl gehört.« Der Baka hob diverse Augenbrauen.

»Was verlangst du für deine Dienste?«, erkundigte sich Papa Zuka.

Die Augenbrauen senkten sich nachdenklich. »Sagen wir: einen Ziegenbock und zwei Hühner – Schnuppertarif.«

»Das scheint mir ... ähm ... angemessen, o furchteinflößendes Ungeheuer, das du die Welt in Angst und Schrecken versetzt und ...«

»Ich wäre dir wirklich dankbar, wenn du das in Zukunft lassen könntest.«

»Wie du wünschst, o ruhmreiche Bestie, die ...« Papa Zuka unterbrach sich. »Ich meine ... ähm ... in Ordnung.« Er griff nach seiner Rassel, wobei sich seine Hühnerschädelkette in der Gürtelschnalle verfing. Leise fluchend zerrte er daran herum, gab schließlich auf und schwang mit gebeugtem Kopf die Rassel.

In Richtung Fußboden proklamierte er: »Du bist entlassen, o großer Baka, abscheulicher Dämon, grausige Kreatur, die aus den untiefen Untiefen der jenseitigen ...«

»Ja, ja, mach's gut.«

Der Baka verschwand nicht etwa, er schrumpfte vielmehr in sich selbst hinein. Seine Gestalt zog sich immer weiter zusammen, bis nichts mehr von ihr übrig war.

Langsam nahm die Temperatur im Raum wieder ihr normales Maß an, was bedeutete, dass es unerträglich heiß wurde. Papa Zuka wischte sich den Schweiß von der Stirn, atmete tief durch, hustete, löschte das Räucherwerk und atmete erneut. Es war vollbracht. Jetzt brauchte er nur noch zu warten. Zu warten und alle nötigen Vorkehrungen zu treffen. Alles würde bereit sein, wenn der Dämon zurückkehrte.

Er lächelte zufrieden. Bald würde sich alles ändern. Und dann, dann konnten ihn die Loas nicht länger ignorieren.

»François?«

Das war die Stimme seiner Frau. Sie klang alles andere als erfreut.

Papa Zuka seufzte. »Ja, *Chérie*.«

»Bist du schon wieder im Schuppen?«

»Ja, *Chérie*.«

»Was machst du da immer so lange?«

»Nichts, *Chérie*.«

Kurze Pause.

»Dann hör doch bitte damit auf.«

»Natürlich, *Chérie*.«

Nun nahm ihre Stimme einen süßen, säuselnden Ton an, womit sie das akustische Äquivalent eines vergifteten Apfels darstellte. »Falls du es vergessen hast: Wir sind heute Abend bei Jean-Baptiste eingeladen. Er ist immerhin mein Cousin.«

»Ich habe es *nicht* vergessen, *Chérie*.«

Er wusste, dass das Wort Cousin für seine Frau einen sehr dehnbaren Begriff darstellte – vom Sohn ihrer Tante bis hin zu einem Verwandten zehnten Grades konnte sich praktisch alles dahinter verbergen.

Außerdem konnte er Jean-Baptiste nicht ausstehen. Nur weil dieser auf dem Bau arbeitete, sah er auf jeden herab, der seinen Arbeitstag nicht mit dem Herumklettern auf Gerüsten und dem Hantieren mit schweren Gegenständen verbrachte.

»Oder willst du, dass wir wieder zu spät kommen wie beim letzten Mal?«, begann seine Frau erneut.

»Nein, natürlich nicht, *Chérie*. Ich komme.«

François Rigaud blies die Kerzen aus, verstaute sein rituelles Gewand in einer alten Papierkiste und verließ den Schuppen.

Etwas regte sich in den unergründlichen Tiefen der jenseitigen Welt. Die ewigen Wasser gerieten in Aufruhr. Wellen türmten sich zu gigantischen Bergen auf und fielen wieder in sich zusammen. Dunkle Vorahnungen erfüllten die Luft. Es war ein Wirbeln und Tosen, ein Stürmen und Rauschen.

Und hinter den Wassern, im Reich Dahome begannen die Schatten, sich zu sammeln.

Ezulie mit den roten Augen wusste, dass ihre Zeit gekommen war.

»Bald«, wisperte sie und ihre Stimme warf Blasen auf den Gipfeln der Wellen. »Bald ist es so weit.«

Kapitel 8

»Ein Mann mit Bart sollte nicht ins Feuer blasen.«

Afrikanische Weisheit

»Ich verstehe überhaupt nicht, was ich mit dieser Sache zu tun habe.« Kaminski blickte von seinem Schreibtisch auf und musterte Isabella mit einem Blick, mit dem man ein Insekt unter seinem Stiefel bedenkt – ein Insekt, dem man schon viel zu viel der eigenen kostbaren Zeit gewidmet hat.

»Aber das habe ich Ihnen doch gerade erklärt.« Isabella trat ungeduldig von einem Fuß auf den anderen. Warum konnten die Dinge nicht so sein wie in Fantasmoria? Dort brauchte man zur Lösung derlei Probleme nichts weiter als eine Keule und eine gute Hand-Augen-Koordination. »Ich habe in den letzten Tagen versucht, bei der Materialausgabe neue Computermäuse zu bestellen«, erzählte sie. »Was sich als äußerst schwierig herausstellte, da wir anscheinend gar keine Materialausgabe mehr *haben*.«

»Hm-hm.« Kaminski nickte.

»Ich muss demnach die neuen Computermäuse beim Materiallager unserer Partnerklinik in Datteln bestellen.«

»Hm-hm.«

»Dazu muss ich denen einen Brief schicken, denn die brauchen ja die Originalunterschrift.«

»Hm-hm.«

»Nun scheint mir aber niemand in dieser Klinik erklären zu können, *wie* ich hier einen Brief mit der Post nach Datteln schicken kann.«

Kaminski hörte auf zu nicken. »Dafür gibt es einen einfachen Grund: Das geht nicht.«

»Wie?«

»Das geht eben nicht«, wiederholte Kaminski. »Briefe an unsere Partnerklinik versenden wir nicht mit der Post. Kostet zu viel. Unser Haus muss sparen. Wegen der Umbaumaßnahmen.«

»Womit soll ich den Brief dann verschicken?«

»Der ist Hauspost. Spart die Briefmarke.«

»Okay.« Isabella hatte das Gefühl, der Sache näher zu kommen. Ganz ähnlich musste sich ein Verdurstender in der Wüste fühlen, der soeben eine Beschreibung zum nächsten Getränkemarkt erhalten hat …

»Und *wie* kann ich ihn mit der Hauspost verschicken?«

»Können Sie nicht.«

… Und feststellen muss, dass es bereits nach Ladenschluss ist.

»Hauspost geht nur an unsere andere Partnerklinik in Herne. Können Sie keine Mail schreiben?«

»Nein, das ist eine Materialbestellung. Die brauchen dort das Original mit Unterschrift. Hören Sie mir denn gar nicht zu?«

»Kein Grund, sich so aufzuregen«, sagte Kaminski trotzig.

Isabella lehnte sich über den Schreibtisch. »Also verschicken wir überhaupt keine Post an unsere Partnerklinik in Datteln?«

Kaminski gab ein undefinierbares Grunzen von sich, das man gleichermaßen als »Ja«, »Nein« oder »Was geht mich das an?« verstehen konnte.

»Aber wie kommunizieren wir mit denen?«

»Meistens überhaupt nicht«, erklärte Kaminski. »Das läuft bisher ganz gut.«

»Und ich dachte, wir würden uns ein Labor teilen«, versuchte Isabella es erneut.

»So ist es.«

»Wie kommt denn dann das Blut von einem Ort zum anderen? Mit der Brieftaube?«

»Da müssen Sie mich nicht fragen, Blut gehört nicht in meinen Aufgabenbereich.« Kaminski wandte sich demonstrativ seinem Computer zu und machte damit deutlich, dass er keinen Wert darauf legte, diese Unterhaltung noch länger fortzuführen – insbesondere nicht mit einem Insekt unter seinem Stiefel.

»Sie werden diesen Brief also nicht für mich abschicken, oder?« Isabella wünschte sich nichts sehnlicher als eine Keule und das beruhigende Geräusch von Holz, das auf empfindliche Körperteile trifft.

»Nein.« Kaminski blickte auf. »Versuchen Sie es mal bei unserem Archivar. Ich glaube, der kennt sich mit sowas aus.«

»Hallo alle zusammen. Fangen wir an. Sie können nun reihum sagen, wie es Ihnen geht und ob Sie ein Thema haben, das Sie gerne in der Gruppe besprechen würden.« Dr. Althea Keller sah erwartungsvoll in die Runde. Um genau zu sein, handelte es sich eher um ein Oval, was zum Teil dem Umstand geschuldet war, dass sich aufgrund der Umstrukturierungsmaßnahmen die Geronto-Gesprächsgruppe zurzeit einen Raum mit der Ergotherapie teilen musste und man überall über halb fertige Körbe, Teddybären und Bilder stolperte.

»Wer möchte denn beginnen?«

Ein älterer Herr erhob sich.

»Ja, bitte, Herr Sägewerk.«

»Ich heiße Sägebrecht.«

»Wie geht es Ihnen denn, Herr Sägehecht, und was haben Sie für ein Anliegen?«

Der alte Mann räusperte sich. Die wenigen Haare, die noch auf seinem Kopf verblieben waren, schienen darin übereingekommen zu sein, sich möglichst weit von der Kopfhaut zu entfernen. Nur über die Richtung hatten sie sich nicht einigen können, was ihm das Aussehen eines reichlich ramponierten Igels verlieh. Hinzu kam, dass sein Sakko offensichtlich für einen anderen Mann angefertigt worden war – Attila den Hunnen beispielsweise. »Also mir geht es gut und ich hätte jetzt gerne mein Mittagessen.«

»Sie bekommen Ihr Essen, Herr Sägebrei. In einer Stunde ist Mittagspause.«

»Aha.« Er setzte sich wieder hin und starrte auf eine hölzerne, irgendwie phallisch wirkende Skulptur.

Es war nicht Altheas Idee gewesen, in der gerontopsychiatrischen Abteilung eine Gruppentherapie anzubieten. Genau genommen hielt sie es für relativ sinnentleert. Aber Sinn, so hatte Dr. Maifelder ihr erklärt, sei im Krankenhausalltag kein Argument. »Gerontopsychiatrie«, hatte sie klargestellt, während ihre Finger an der Folie eines Müsliriegels zerrten, »ist ein neues, florierendes Gebiet. Es gibt jede Menge Gelder für die stationäre multimodale gerontopsychiatrische Versorgung. Aber um diese Gelder zu bekommen, müssen wir nachweisen, dass wir bestimmte Angebote haben. Verstehen Sie, Keller? Wenn wir also eine Gruppentherapie für die alten Leute anbieten müssen, um diese Gelder zu bekommen, dann bieten wir eben eine Gruppentherapie für die alten Leute an.« Sie hatte die Nase gerümpft. »Wir sind nicht mehr in den Siebzigern, Keller. Die Psychiatrie-Enquete ist lange her. Außerdem müssten Sie sich doch bestens mit Senioren auskennen, ich meine, wie alt sind Sie?«

»Also gut.« Althea klatschte in die Hände. »Lassen Sie uns mit der Einstiegsrunde fortfahren. Frau Mendel.«

Die Angesprochene sah erschreckt auf. »Was?«

»Möchten Sie vielleicht etwas sagen?«

»Wen soll ich fragen?«

»Sagen«, wiederholte Althea. »*Sagen.* Wie es Ihnen gerade geht und ob Sie ein Thema für die Gruppe haben?«

»Welche Gruppe?«

»*Diese* Gruppe.« Althea machte eine allumfassende Geste. »Unsere therapeutische Gesprächsgruppe.«

Die alte Frau schüttelte den Kopf. »Was?«

»Ob Sie ein *Anliegen* haben? Für die *Gruppentherapie?*«

»*Was?*«

»Vielen Dank. Nun vielleicht die Nächste. Frau Breitz.«

Althea blickte hoffnungsvoll eine ältere Dame im Rollstuhl an.

»Ich?« Die Dame sah sich verwundert um. »Ich bin nur wegen des Klimas hier zur Kur.«

»Wer ist stur?«, erkundigte sich Frau Mendel.

»Obwohl ich zugeben muss«, fuhr Frau Breitz fort und musterte interessiert die phallische Skulptur, »dass die Kunstausstellung sehr gelungen ist. Ich kann dieses Kurhaus nur weiterempfehlen.«

»Wer ist stur?«

»Ich möchte gerne etwas sagen.«

Eine kleine, alte Dame erhob sich von ihrem Plastikstuhl.

»Ja, bitte, Frau Linzmeyer.«

»Ich weiß überhaupt nicht, was ich hier soll«, wetterte Sophia. »Ich bin nicht verrückt, meine kleinen grauen Zellen arbeiten noch ganz ordentlich. Und sprechen möchte ich auch über nichts. Ich möchte hier weg!«

»Gefällt Ihnen die Kur nicht, meine Liebe?«, erkundigte sich Frau Breitz und lehnte sich aus ihrem Rollstuhl nach vorne, um Sophia mitfühlend eine Hand zu reichen.

»Meine Nichte«, rief Frau Mendel in diesem Moment triumphierend, »meine Nichte kann manchmal ziemlich stur sein.«

»Ich hätte da ein Thema für die Gruppentherapie.« Eine Frau mit weißem Haarknoten, die gänzlich in einer dunkel-blauen Strickjacke verschwand, wedelte hektisch mit den Armen.

»Ja, bitte«, sagte Althea.

Die Frau hörte auf zu wedeln und erhob sich. Was aufgrund ihrer arthritischen Gelenke mehrere Minuten in Anspruch nahm.

Es hatte einen ähnlichen Effekt, als versuche man einen Klappstuhl, der sich seit der Jahrtausendwende auf dem Dachboden befand, im Garten aufzustellen.

»Ich hätte ein Thema«, wiederholte sie schließlich und sah stolz in die Runde (beziehungsweise das Oval). »Inkontinenz.«

»Also, das ist mir zu blöd!«, schrie Sophia. »Mein Anliegen lautet, dass ich jetzt gehe! Sie können sich Ihre bescheuerte Gruppe sonst wo hinschieben, verstanden?«

»Ich verstehe Sie sehr gut, Frau Limpmeyer, Sie brauchen nicht so zu schreien«, versuchte Althea sie zu beschwichtigen.

»Ich schreie nicht!«, schrie Sophia.

»Wie Sie meinen, Frau Linkmöller.«

»Und hören Sie mir auf mit diesem psychologischen Gequatsche. Ich habe Sie genau durchschaut. Damals im Krieg …«

»Was? Wo?« Frau Mendel blickte sich um. »Trieb?«

»Ich gehe jetzt!« Sophia Linkmeyer stand auf und marschierte aus dem Raum. Hinter ihr fiel die Tür krachend ins Schloss.

Frau Breitz tätschelte die phallische Skulptur.

Nach einer Weile hob Herr Sägebrecht zögernd die Hand.

»Ja, bitte.«

»Ich hätte jetzt gerne mein Essen.«

Nicholas saß auf einem kleinen Aktenstapel, die Beine gekreuzt, die Augen geschlossen. Sein Atem ging ruhig und gleichmäßig. Isabella umrundete ihn mehrfach. Er schien nicht zu schlafen. Probeweise wedelte sie mit den Fingern vor seinem Gesicht herum, aber er reagierte nicht. Schließlich setzte sie sich neben ihn. Imitierte seine Haltung.

Wartete.

Nach 5,3 Sekunden wurde ihr langweilig.

»Nicholas?« Sie zupfte an seinem Ärmel.

Er brummte.

»*Nick*?«

Lauteres Brummen.

»Was tust du da?«

»Ich tue nicht, ich bin«, lautete die Erklärung.

»Aha.« In Isabellas neuronalen Schaltkreisen manifestierten sich Bilder von Yogalehrern und Menschen in orangefarbenen Gewändern und – wie hieß dieser indische Guru noch gleich? – Backwaren?

Ein kleiner Teil ihres limbischen Systems fügte dem Ganzen die Empfindung hinzu, dass Nicholas die Farbe Orange sicherlich sehr gut stehen würde.

»Es geht darum, wach zu sein«, fuhr Nicholas fort.

»Wach wie in nicht schlafen?«

»Nein, einfach wach. Präsent.«

»Hat man dafür nicht dieses Zeug erfunden?«

»Spiritualität?«

»Kaffee.«

Nicholas zog die Augenbrauen nach oben.

»Eigentlich«, sagte Isabella schnell, »bin ich hier, um etwas ganz Konkretes zu *tun*: Ich möchte einen gottverdammten Brief verschicken.«

Sie erklärte ihm die ganze Geschichte.

»Da kann ich dir leider auch nicht helfen«, sagte Nicholas bedauernd. »Ich würde den Brief ja für dich abschicken, aber ich darf die Post nicht mehr machen. Die geben mir keine Briefmarken mehr. Briefmarken liegen nicht in meinem Kompetenzbereich, das hat mir zumindest die Qualitätsbeauftragte erklärt. Steht wohl in irgendeinem Flussdiagramm. Ich wusste gar nicht, dass wir Flussdiagramme haben. Na ja.«

Er drehte an einer Kurbel. Das entsprechende Regal glitt zur Seite und Nicholas verschwand in dem neu entstandenen Zwischenraum. »Außerdem«, fuhr er fort, während er erfolglos versuchte, mehrere Akten in ein ohnehin schon zum Bersten gefülltes Fach zu stopfen, »ist das eh nicht empfehlenswert, etwas mit der Post zu verschicken. Zumindest nicht, wenn es wichtig ist.«

Isabella folgte ihm in den Gang. »Und warum?«

»Die Klinik versendet neuerdings alles mit so einem Billigpostdienstleister. Das sind größtenteils Fahrradboten.« Nicholas verschwand zwischen zwei Regalbrettern und kam kurz darauf mit einem Stapel Akten wieder zum Vorschein. »Die sind gnadenlos unterbezahlt, da dauert so ein Brief auch schon mal zwei Wochen. Letztens hatte ich einen von denen hier. Saß drei Stunden bei mir im Archiv rum. Jammerte, dass er doch Abitur hätte.

Und jetzt diese Fahrerei mit dem Fahrrad. Die zahlen denen nicht mal Ersatzreifen, wusstest du das?«

Er trug den Aktenstapel zum Schreibtisch. »Mir fällt gerade etwas ein: Da gibt's diesen Assistenzarzt von der Inneren. Der fährt regelmäßig in unsere Partnerklinik nach Datteln und nimmt ein paar Unterlagen mit. Allerdings ist der Typ meistens ziemlich schlecht gelaunt. Gibt immer stundenlange Diskussionen, wenn ich den bitte, etwas mitzunehmen. Erzählt mir, er hätte ja nicht Medizin studiert, um jetzt Briefe zu transportieren. Einmal hat er mich auch schon stehen lassen. Daher rate ich dir, ihm den Brief einfach unterzuschieben.«

Nicholas grinste. »Er hat da diese Kiste, wo alle Unterlagen drin liegen, die er mitnimmt. Du lenkst ihn einfach ab und legst deinen Brief dazu. Funktioniert bestimmt. Das habe ich beim letzten Mal auch so gemacht. Ablenken, drunter schmuggeln, fertig. Dann musst du nur noch hoffen, dass er das Ding in Datteln ins richtige Fach legt.«

»*Porca miseria.*« Isabella kam zu dem Schluss, dass ihre Chancen, diesen Brief nach Datteln zu verschicken, in etwa genauso hoch waren wie die, dass ein dressiertes Frettchen die nächsten Präsidentschaftswahlen in den USA gewann.

Nun ja, wenn es keine neuen Computermäuse gab, mussten die Leute eben lernen, mit Tastenkombinationen umzugehen. Die wurden sowieso immer unterschätzt. »Ich habe gar nicht gewusst, dass Krankenhäuser so kompliziert sind.«

Sie ließ sich auf einen Stuhl sinken.

Nicholas zuckte die Schultern. »Du solltest erstmal sehen, wie das Labor arbeitet.«

»Ich will es gar nicht wissen.«

»Das können Sie so nicht verschreiben.« Dr. John Campbell beugte sich tiefer über die Patientenakte. Der neue osteuropäische Kollege schaute ihn erwartungsvoll an.

»Warum nicht? Ist gutes Medikament.«

»Ja, aber nicht in Kombination mit diesem Neuroleptikum«, erklärte John. »Das führt zu Kreuzeffekten. Wollen Sie, dass der Patient aufgeht wie ein Hefekloß?«

»Ein was?«, fragte der neue Arzt.

»Hefekloß. Das ist ein deutsches Gericht, bei dem man aus Mehl, Hefe und Wasser Klöße formt, die man dann im Wasserbad kocht.« John unterbrach sich. »Außerdem«, ergänzte er, »ist es eine Redewendung, die ausdrücken soll, dass jemand sehr dick wird und …«

»Deutsches Essen nicht besonders gut, oder?«

»Ja, nun, das ist hier nicht der Punkt.« John deutete auf die Akte.

Der neue Kollege war erst vor ein paar Monaten aus einem nicht näher bezeichneten Balkanstaat nach Deutschland gekommen. Wegen des Ärztemangels. Niemand war imstande, seinen Namen korrekt auszusprechen. Deshalb nannte man ihn nur den neuen osteuropäischen Kollegen. Das war zwar politisch fragwürdig, aber äußerst praktisch.

»Ändern Sie das Medikament«, forderte John. »Und dosieren Sie das Citalopram nicht so hoch. Wir wollen doch nicht, dass die Leute alle agitiert werden.«

»Agitiert?«

»Aufgeregt, unruhig.«

»Aber die doch sind depressiv.«

»Ja, und wenn Sie denen das Antidepressivum zu hoch dosieren, hüpfen die hier die ganze Nacht auf den Betten rum.«

Der neue Kollege schaute ihn verständnislos an.

»Seit wann sind Sie eigentlich Psychiater?«, erkundigte sich John vorsichtig.

»Ich bin kein Psychiater, ich bin Chirurg. Aber Chirurgen ihr habt genug in Deutschland. Deshalb ich jetzt mache Facharzt für Psychiatrie. Ist nicht schwer, oder? Nur bisschen reden, bisschen Medikamente.«

Ein Patient stand in der Tür des Pflegedienstzimmers.

»Herr Doktor, da ist ein Gesicht in meiner Fußleiste aufgetaucht!«

»Kann gar nicht sein«, sagte der neue osteuropäische Kollege im Brustton der Überzeugung.

»Wenn ich's Ihnen doch sage«, begehrte der Mann auf. »Ich brauche meine Bedarfsmedikation.«

»Warum denn das?«

»Mir geht's schlecht«, schniefte der Patient. »Da ist ein Gesicht in meiner *Fußleiste*.«

»Ja, das Sie schon gesagt haben. Und ich jetzt sage: Hören Sie auf zu heulen, gehen Sie nach draußen. Frische Luft tut gut.«

Betreten verließ der Patient den Raum.

»Sehen Sie?« Der neue osteuropäische Kollege grinste John an. »Alles ganz einfach. Und besser als immer Leute aufschneiden. Viel besser.«

»Ich denke, Sie sollten trotzdem mal nach Herrn Miewald sehen, bevor er anfängt, die Fußleiste herauszureißen«, sagte John.

»Aber Mutti«, versuchte es die Stimme am Telefon erneut.

»Komm mir nicht mit *aber Mutti*«, wetterte Sophia. »Ich habe dich an meiner Brust genährt, dich, meinen einzigen Sohn. Ich habe alles getan, damit es dir an nichts fehlt, und das war auch nicht immer einfach für mich, das kannst du mir glauben. Dein Vater, er ruhe in Frieden, war ja nie eine sonderlich große Hilfe.«

»Mutti …«

»Hat es dir jemals an etwas gefehlt?«

»Also da gab es diese …«

»Habe ich mich jemals beschwert?«

»Na ja, du hast oft gesagt …«

»Da hast du's«, schloss Sophia triumphierend. »Und jetzt bitte ich dich einmal, etwas für mich zu tun.« Ihre Hände krampften sich um das Telefon. »Ich verlange von dir, dass du mich unverzüglich hier herausholst. Hast du das verstanden?«

»Aber Mutti …«

Sophia saß kerzengerade auf ihrem Bett. Draußen klopfte der Regen ans Fenster. »Ich bin hier nur von Idioten umgeben. Sabbernde Irre, die über Inkontinenz sprechen.«

»Geht das nicht leiser?«, rief Frau Mendel vom Bett nebenan. »Ich möchte in Ruhe im Zweiten meine Serie gucken.«

»Aber das ist nicht das zweite Programm, das Sie da eingeschaltet haben«, rief Sophia zurück. »Das ist MTV.«

»Was?«

»*ÄmTieWie*!«

»Wie?«

»Siehst du«, sagte Sophia ins Telefon. »Nur Idioten. Und Psychologinnen mit Elektroschocks.«

»Also ich glaube nicht, dass sie dort mit Elektroschocks …«, begann ihr Sohn.

»Und halbfertige Krankenschwestern, die einem Katheter statt Bananen bringen«, fuhr Sophia fort. »Und *Gruppentherapie* und … Hallo?« Sie starrte auf das Telefon, das nur noch ein leises Tuten von sich gab. »Hallo? Verdammter Mist!« Wütend knallte Sophia das Telefon auf den Nachttisch.

Aus dem Fernseher dröhnte Heavy Metal.

»Ich verstehe nicht, warum der nette Landarzt auf einmal all diese Ohrringe trägt«, murmelte Frau Mendel. »Und was macht er da mit dieser Fledermaus?«

Es klopfte an der Tür. Ohne eine Antwort abzuwarten, trat der Klopfende ein und als Sophia aufsah, blickte sie geradewegs in das übertrieben geschminkte Gesicht der halbfertigen Krankenschwester.

»Ähm«, machte Pflegeschülerin Stefanie Hildebrecht.

»Egal was Sie sagen, ich gehe nie wieder in diese bescheuerte *Gruppe*!«, schrie Sophia.

»Ähm«, wiederholte Stefanie.

»Ja, was ist denn?«, fragte Sophia unwirsch. »Geht es etwa wieder um eine Banane?«

»Eigentlich wollte ich Sie was fragen, Frau L.«, begann Stefanie zögernd. Ihre Finger knoteten sich ineinander und vollführten dabei Muster, die einer Makramee-Arbeit Konkurrenz machen konnten.

»Wer soll das sein?«

»Wie?«

»Diese Frau El. Wer soll das sein?«

»Na Sie, Frau L.«, erklärte Stefanie. »Das ist Ihr Nickname. L steht für Linkmeyer. Mega, oder?«

»So würde ich es nicht ausdrücken.« Sophia lehnte sich zurück, bis ihr Kopf fast in dem weißen Kissen verschwand. »Gibt es sonst noch was, Kindchen?«

Stefanie räusperte sich. »Also, Sie hatten da letztens diese voll krasse Handytasche.«

»Geldbörse.«

»Sag ich doch.«

Einen kurzen Moment herrschte Stille. Dann sagte Stefanie: »Na ja, auf jeden Fall dachte ich, also, ich habe mich gefragt, ähm, ob Sie mir auch so eine machen könnten, Frau L. Für mein Samsung. Da wäre Lina – das ist ne Freundin von mir – nämlich voll so neidisch. Die hat immer nur so Plastik und Glitzer, aber alle sagen *Boa, voll schön* und so.«

Sophia verschränkte die Arme vor der Brust. »Ich verstehe kein Wort.«

»Na, so ne gestrickte Handytasche …«

»Geldbörse.«

»… das wär's echt voll.«

Sie sahen sich an. In Sophias limbischem System regte sich etwas, das entfernte Ähnlichkeit mit einem Gefühl aufwies. Es schaute kurz beim Frontalkortex vorbei und manifestierte sich schließlich als eine angenehme Wärme in ihrem Bauch. Sophias Mundwinkel zuckten, als sie versuchten, sich in eine Position zu bewegen, die oberhalb ihres Kinns lag. Der ungeübte Beobachter hätte vielleicht vermutet, dass sie an besonders hartnäckigen Verdauungsbeschwerden litt, aber wer Sophia Linkmeyer kannte, wusste, dass es nur eines bedeuten konnte: Sie lächelte.

»Natürlich stricke ich Ihnen so eine Tasche, Kindchen.«

»Echt jetzt? Danke, Frau L.«

»Und nun gehen Sie. Ich will schlafen.«

»Sicher, Frau L.« Stefanie ging zur Tür.

»Und hören Sie auf, meinen Namen zu verunstalten«, rief Sophia ihr hinterher.

»Geht klar, Frau L.«

Die Tür schloss sich.

Frau Mendel vom Bett nebenan setzte sich auf. »Ich glaube, das ist gar nicht meine Serie.«

Zurück in seinem Büro setzte John sich an den Schreibtisch. Er notierte etwas in die Patientenakte von Herrn Miewald, dann griff er in seine Tasche, um einen wohl verdienten Apfel daraus hervorzuziehen. Seine Finger ertasteten etwas Hölzernes. John stutzte. Er zog daran und förderte eine kleine Figur zutage.

Wie kommt das denn hier her?

John kannte diese Holzfigur. Und er konnte sich klar und deutlich daran erinnern, sie im Keller zwischen alten Zeitschriften und einem Plastikweihnachtsbaum vergessen zu haben. Seine Frau musste sie irgendwie in seine Tasche geschmuggelt haben. Das sah ihr ähnlich. Seufzend betrachtete er das Ding. Es rangierte irgendwo zwischen Skulptur und Briefbeschwerer und war unglaublich hässlich. Eine unförmige Statue, die, mit viel Wohlwollen betrachtet, menschliche Züge besaß. Ein verzerrtes Gesicht mit viel zu großen Augen, ein breiter Torso und grotesk große Füße. Aus ihrem Kopf ragten Federn empor. Dazu war sie über und über mit archaischen Symbolen verziert, auf die sich John noch nie einen Reim hatte machen können. Aber seine Mutter hatte ihm die Statue vermacht und die hatte sie von ihrer Mutter und so weiter. Ein Familienerbstück, da war Ästhetik kein Argument. Es stammte noch aus der Zeit, als seine Familie in New Orleans gelebt hatte.

Seine Erinnerungen an jene Tage beschränkten sich auf Sumpf, Jazz und scharfes Essen. Aus einem Grund, den er damals nicht verstanden hatte – Frau Campbell neigte ihren Kindern gegenüber zu einem Erziehungsstil, den man als wohlwollende Diktatur bezeichnen konnte und der sich nicht durch lange Erklärungen auszeichnete –, war die Familie erst nach Großbritannien, später nach Deutschland gegangen.

Wo sie den Sumpf durch Regenwetter, den Jazz durch Schlagermusik und das Gumbo durch Wiener Schnitzel ersetzt hatten.

Den hässlichen Briefbeschwerer hatten sie allerdings behalten. Und auch später schien es John nicht gelingen zu wollen, ihn loszuwerden. Er hatte ihn bereits dreimal verschenkt und einmal verloren, doch irgendwie kam er jedes Mal zu ihm zurück.

Aber diesmal nicht. John nahm die Statue und verließ sein Büro. Er blickte nach links und rechts. Als er sicher war, dass niemand ihn bemerkte, schlich er über den Flur zum Raum der Ergotherapie. John war kein Experte im Schleichen und er wirkte in etwa so unauffällig wie ein Geheimagent im Trenchcoat, der hinter einer Zeitung herumlungert und Dinge sagt wie: »Die Enten fliegen heute tief.« Zum Glück interessierte sich niemand für einen betont unauffällig schleichenden Arzt – das Personal der Salvatis-Klinik hatte sich schon seit langem abgewöhnt, sich für seltsam laufende Menschen jedweder Art zu interessieren. An seinem Ziel angekommen stellte er den Briefbeschwerer neben eine sehr phallisch aussehende Skulptur und verließ den Raum ebenso unauffällig, wie er ihn betreten hatte.

»Hallo, IT-Abteilung, Calabrese hier. Was kann ich für Sie tun?«

»Hier ist die Stationsleitung der psychiatrischen Abteilung, Schwester Monika. Ich …«

»Lassen Sie mich raten«, mutmaßte Isabella. »Sie brauchen eine neue Computermaus.«

»Woher wissen Sie das?« Schwester Monika wirkte erstaunt.

»War nur so eine Vermutung.«

»Ich weiß auch nicht, wie das passiert ist, aber als ich vorhin zum Stationsarbeitsplatz kam …«

»… war sie weg.«

»Ja, genau.«

»Und jetzt möchten Sie, dass ich Ihnen eine neue besorge.«

Die Frau am anderen Ende der Leitung räusperte sich. Ihre Stimme nahm einen energischen Klang an. Es war der Klang einer Stimme, die es gewohnt war, Auszubildende in Angst und Schrecken zu versetzen und Patienten in ihre Schranken zu weisen. »Dafür sind Sie doch schließlich da, oder? Damit Sie uns mit diesem Computerzeugs helfen.«

Isabellas Hände krampften sich um das Telefon. »Jetzt hören Sie mir mal zu, Stationsleitung der psychiatrischen Abteilung, Schwester Monika. Ich habe gerade mein Leben riskiert, um mithilfe eines überaus schlecht gelaunten Assistenzarztes ein vollkommen unzureichendes Bestellformular nach Datteln zu schicken. Ich bin müde. Ich möchte nach Hause. Und jetzt wollen Sie mir erzählen, dass ich diese ganze dreimal bis in alle Ewigkeit verfluchte Odyssee von vorne beginnen soll??? *Vai a quel paese!*«

Einen Moment herrschte Stille am anderen Ende.

»Und?«, fragte die Stationsleitung der psychiatrischen Abteilung, Schwester Monika, schließlich.

»Und was?«

»Werden Sie mir eine neue Maus besorgen?«

»Ich sehe zu, was ich tun kann.«

Kerzenlicht flackerte. Schatten tanzten durch den Raum. Der Duft von Jasminblüten mischte sich mit dem beißenden Geruch von Zuckerrohrschnaps.

»Erhebe dich, Kreatur der Dunkelheit.« Papa Zuka entzündete eine weitere rote Kerze und vollführte einige beschwörende Gesten. Woraufhin gar nichts geschah. »Erhebe dich, Kreatur der Dunkelheit«, wiederholte er – diesmal mit Nachdruck. Er schwang die Rassel. »Ich befehle es dir!« Stille. »Verdammt, ich habe nicht den ganzen Tag Zeit.«

Rötliche Schlieren entstanden an den Wänden. Ein eisiger Luftzug ließ den Bokor in seiner Robe frösteln. Er schlang die Arme um den Körper, wobei sich eine Kaurimuschel in der Hühnerschädelkette verfing.

Dann veränderte sich der Luftdruck.

Mit einem dumpfen Nichtgeräusch erschien in einer Nebelwolke eine kleine, gedrungene Gestalt in einer gusseisernen Badewanne. Sie trug eine Duschhaube auf dem Kopf und hielt eine Quietscheente in der Klauenhand.

»So, mein Entchen, wer hat Lust auf eine ordentliche Schaumschlacht? Hey, wo ist das heiße Wasser geblieben?«

Papa Zuka räusperte sich.

Der Dämon wandte sich um. »Du schon wieder.« Er starrte den Zauberer durchdringend an. »Hast du die Seife gesehen?«

Papa Zuka schüttelte den Kopf.

Der Baka seufzte und nahm eine Form an, die entfernt an einen überdimensionalen Wolf erinnerte – wären da nicht die drei Köpfe gewesen und die Tatsache, dass das Fell lediglich aus Schatten und Rauch zu bestehen schien. Geifer tropfte aus drei geöffneten Schnauzen.

Fauliger Atem wehte dem Bokor entgegen. Die Badewanne war verschwunden.

Papa Zuka holte tief Luft. Trotz der Kälte rann ihm der Schweiß über den Nacken. »O grausiges Untier«, begann er, »abscheuliches Ungetüm, das du aus den tiefschwarzen Abgründen der jenseitigen Welt …«

Der Baka machte einen Schritt nach vorne, wobei er Gelenke an Stellen besaß, die von der Natur für so einen Zweck nicht vorgesehen waren. »Ich dachte, wir hätten vereinbart, das zu lassen.«

»Ähm, ja.« Papa Zuka hustete. Seine Finger spielten an einem Hühnerschädel herum. »Hast du besorgt, was ich dir aufgetragen habe, o finstre Gestalt der …?«

Rote Augen glühten gespenstisch in der Dunkelheit.

Papa Zuka verstummte.

Die Gestalt des Dämons veränderte sich abermals, Gliedmaßen entstanden und verschwanden wieder. »War nicht leicht, das Zeug zu kriegen«, erklärte er. »Ich musste die ewigen Wasser durchschwimmen, mich durch zahlreiche Erdschichten wühlen, musste den ein oder anderen niederen Loa bestechen …«

»Jaja«, sagte Papa Zuka ungeduldig. »Ich meine, das ist sehr beeindruckend, o gruselige Kreatur der Finsternis. Aber jetzt hätte ich gerne …«

»Ich bin noch nicht fertig.«

»Natürlich nicht, o stinkende Geißel der …«

»Ich musste die Grenzen von Zeit und Existenz überwinden und schließlich aus dem Nachhall des einst Gewesenen die Partikel neu kreieren.«

»Sicherlich eine große Leistung, o …«

»Meine Dienste sind nicht umsonst«, zischte der Dämon und stampfte mit einem Huf auf den Boden.

»Natürlich nicht.«

»Ich verlange sieben unschuldige Seelen und das Opfer eines jungen Stieres.«

»*Sieben Seelen?*«, ächzte Papa Zuka.

»Und einen Stier.« Die Stimme des Bakas donnerte durch den Raum. Flammende Zacken wuchsen aus seinem Kopf hervor. Eine der Beschwörungskerzen kippte um, ergoss klebriges Wachs über den Tisch und erlosch. »Vergiss den Stier nicht.«

Papa Zuka hüstelte unbehaglich. »Beim letzten Mal waren es nur ein Ziegenbock und zwei Hühner – Schnuppertarif.«

Der Dämon tat etwas, das einem Achselzucken gleichkam. »Inflation.«

Papa Zuka straffte die Schultern. Seine Gedanken wanderten zu dem Abschnitt »Verhandlungsführung leicht gemacht« in seinem Ratgeber »Beschwörungen für Anfänger«. Hieß es dort nicht, man solle in derartigen Fällen immer verhandeln? Oder war es nie? Warum konnte er sich das nur niemals merken? Er atmete tief durch und erhob seine Stimme: »Ich gebe dir zwei Seelen.« Etwas leiser fügte er hinzu: »Und drei Hühner.«

»Zwei Seelen?«, wütete der Dämon. »Zwei Seelen? Wie stehe ich denn dann vor meinen Kollegen da! Zwei Seelen. Pah! Selbst bei der aktuellen wirtschaftlichen Lage ist das wohl keine angemessene Gewinnspanne. Damit kann ich nicht mal …«

»Drei Seelen?«, bot Papa Zuka an.

Der Baka schwieg. Seine Gestalt wandelte sich, ähnelte mal einer Raubkatze, dann wieder einem Monstrum mit Adlerklauen und einer beträchtlichen Anzahl an Hörnern.

»Also gut«, grollte er schließlich, »drei Seelen. Und eine Thunfischpizza.«

»Thunfisch?«, keuchte Papa Zuka.

Der Dämon runzelte die Stirn – oder zumindest das, was man für seine Stirn halten konnte. »Meinst du, ich sollte lieber Sardellen nehmen? Wegen des Aromas? Ich kann mich immer so schlecht entscheiden.«

»Nein, nein, Thunfisch klingt ausgezeichnet«, winkte Papa Zuka ab. Eine innere Stimme flüsterte ihm zu: Wenn du erst das Artefakt besitzt und die Götter dir zu Willen sind, wird auch der Baka kein Problem mehr darstellen.

»Dann sind wir im Geschäft.« Der Dämon streckte eine Gliedmaße aus, die man mit viel Fantasie als Hand bezeichnen konnte. Papa Zuka ergriff sie. Ein plötzlicher Schmerz durchzuckte ihn, als unsichtbare Flammen ihm die Haut versengten.

»Und nun, scheußliche Kreatur der … ähm … Scheußlichkeit, gib mir, worum ich dich gebeten habe.«

»Wie du willst.«

Die Schatten an den Wänden verdichteten sich. Die Temperatur im Raum schien noch weiter zu sinken. Der Baka streckte eine Klaue aus. Nach und nach materialisierte sich auf seiner Handfläche ein kleines, unförmiges Bündel. Papa Zuka griff danach. Brennend vor Erwartung wickelte er es auf.

»Das sieht ja nicht gerade … ähm … beeindruckend aus.«

»Nun, es handelt sich um Staub.« Der Baka zog das dämonische Äquivalent von Augenbrauen empor. »Alten Staub. *Sehr* alten Staub. Was hast du erwartet?«

»Ich … also, du hast deine Sache sehr gut gemacht, Kreatur der … ähm … tiefsten … hmm … Tiefen.« Papa Zuka schloss das Bündel wieder und legte es auf den Tisch.

Der Baka grinste mit mehreren Reihen spitzer Zähne. »Es hat mich gefreut, mit dir Geschäfte zu machen. Merk dir die Sache mit der Thunfischpizza.«

»Das werde ich«, sagte Papa Zuka und dachte: Die Loas werden mich lieben. Er genehmigte sich ein kleines, zufriedenes Lächeln. Ja, sie werden mich lieben.

Kapitel 9

»Die Schildkröte sagt: Arbeit, die schon begonnen wurde, ist schon so gut wie fertig.«

Afrikanische Weisheit

»Never change a running system«, erklärte Dr. Althea Keller mit erhobenem Zeigefinger. »Diese Testbatterie läuft seit Jahren einwandfrei und ich gedenke, daran auch in nächster Zeit nichts zu verändern.«

Während sie sprach, drehte sie ihr dichtes, silbergraues Haar zu einem Knoten zusammen und steckte in Ermangelung einer Haarnadel einen Bleistift hinein. »Weißt du, Isabeau …«

»Isabella.«

»… ich habe das System zur Erfassung von Aufmerksamkeit, Reaktionsgeschwindigkeit und Inhibitionsfähigkeit seinerzeit mitentwickelt. Ein ehemaliger Kommilitone hat es programmiert. Macht jetzt Programme für Flugsimulatoren, so kann's gehen.«

Sie starrte einen Moment gedankenverloren auf ihren Schreibtisch.

Zumindest hätte sie das getan, hätte man den Schreibtisch unter der Flut von Papieren, Ordnern, Artikeln, Stiften, Tastaturen und Monitoren noch gefunden.

»Ja, aber …« Isabella unterbrach sich, als von draußen ein lautes Knurren und Rattern ertönte. »Was ist denn das?«, rief sie über den Lärm hinweg. »Das klingt ja fürchterlich.«

»Ach, das.« Althea machte eine wegwerfende Handbewegung. »Das ist nur der Rasenmäher.«

Isabella hielt sich die Ohren zu. »Was ist denn das für ein Rasenmäher? Stammt der noch aus dem Mittelalter?«

»Nun, diese Geräuschkulisse liegt weniger am Rasenmäher als vielmehr am Rasenmähenden«, erklärte Althea.

»Wie?« Isabella schaute aus dem Fenster.

Der Rasenmähende entpuppte sich als junger Mann mit tellergroßen Kopfhörern, der unaufhörlich auf seinem Smartphone herumtippte. Was bewirkte, dass der Rasenmäher in krummem Zickzackmuster über die morgendliche Wiese ratterte.

Der Rasen gewann hierdurch immer mehr Ähnlichkeit mit dem Schädel eines Mannes, der erfolglos versucht, seine Halbglatze zu kaschieren.

»Die Klinik hat kein Geld mehr für die Gartenfirma«, sagte Althea. »Deshalb haben sie den Praktikanten der Technik dazu verdonnert, den Rasen zu mähen. Letzte Woche hat er einen der Büsche massakriert. Ja, Generation Praktikum. Die Auswüchse der neoliberalen Politik.« Sie seufzte. Der Junge fuhr in eine Hecke. »Wo war ich?«

»Das Programm«, half Isabella ihr auf die Sprünge. Sie versuchte schon zum wiederholten Mal, Althea Keller von der Wichtigkeit der neuen Testbatterie zu überzeugen, doch bisher ohne Erfolg. Die Neuropsychologin erwies sich als außerordentlich stur.

»Dieser ganze Firlefanz«, fuhr Althea fort. Der Bleistift kapitulierte vor der Schwerkraft und löste sich Zentimeter um Zentimeter aus ihrem Haar. »Den braucht kein Mensch. Schicke Animationen, Tabellen und bunte Grafiken. Damit will die Firma doch nur Geld machen. Weißt du, wie viel die daran verdient, dass Kliniken wie unsere Lizenzen für deren Programme erwerben? Tausende. Das ist Kapitalismus in Reinform. Das ist wie Flachbildfernseher und iPhones und Reality-TV.«

»Aber Dr. Maifelder …«, setzte Isabella an.

Althea schnaubte. »Maifelder kann mir gestohlen bleiben. Die hat nur Wettbewerbsvorteile und Belegungsstatistiken im Kopf. Aber was sinnvoll ist, davon hat sie keine Ahnung.« Sie lehnte sich verschwörerisch zu Isabella herüber. »Aber wir, wir haben eine Verantwortung für unsere Patienten, für die Gesellschaft. Gesundheit ist keine Ware. Und Patienten sind keine Kunden. Aber Maifelder, die hält doch die Graswurzelbewegung für eine neue Art der Schädlingsbekämpfung. Maifelder ist das Kapital. Subversion«, verkündete Althea. »Das ist das Zauberwort. Ich zerstöre das Kapital von innen.«

Isabella zog eine Augenbraue hoch. »Indem du vollkommen veraltete Systeme behältst?«

»Zum Beispiel.« Althea lächelte siegesgewiss. Der Bleistift hing nur noch an einer Haarsträhne. »Oder, indem ich Patienten starkmache. Ihnen helfe, sich aus ihren prekären Arbeits- und Lebensverhältnissen zu befreien. Echte Hilfe. Basisarbeit. Kein Weichspülergewäsch. Bei dem Streik des Cafeteriapersonals war ich mit an vorderster Front. Ich habe schon viele Patienten zum Jobcenter begleitet. Was meinst du, wie sich die Kommunikation dort plötzlich verändert, wenn eine Akademikerin mit im Raum ist? Wir müssen etwas tun, Isabelle, sonst bleibt diese Welt so klein und trostlos, wie sie ist.«

Ein Rumpeln und Fluchen von draußen deutete darauf hin, dass der Praktikant der Technik mit einem weiteren Busch kollidiert war.

Isabella unternahm einen letzten Versuch: »Was soll ich Maifelder erzählen? Meine Aufgabe ist es immerhin, die neuen Systeme zu betreuen.«

»Und das machst du auch wunderbar. Bisher habe ich keinen Fehler in der neuen Testbatterie bemerkt. Ich fühle mich sehr gut von dir betreut.«

»Ich soll Maifelder also nichts sagen.«

Althea fing den Bleistift auf, kurz bevor er den Boden berührte. »Maifelder ist eine viel beschäftigte Frau. Vermutlich hat sie schon wieder vergessen, dass sie dich eingestellt hat. Und wenn sie sich doch erinnern sollte«, sie zeigte mit dem Bleistift auf Isabella, bevor sie ihn in ihr Haar zurückschob, »dann sagst du einfach, dass alles gut läuft. Dann ist sie zufrieden. Benutz ein paar Fachausdrücke.«

»Das habe ich schon mal irgendwo gehört.«

»Umso besser.« Althea klatschte in die Hände. »Ist es nicht schön, einen Beitrag zum Untergang des Kapitals zu leisten?« Sie stützte sich mit der Hand auf der

Schreibtischplatte ab, verzog kurz das Gesicht und hielt dann etwas in die Höhe. »Keks?«

Nicholas Arendts sah sich zu beiden Seiten um, dann huschte er in den Aufenthaltsraum der Pflegekräfte von Station 3.

Er verstaute den Roman »Rubinrote Leidenschaft« in seiner Tasche und legte stattdessen eine Ausgabe von Sartres »Das Sein und das Nichts« auf den Tisch. Als er im Raum der Ergotherapie die »Rubinrote Leidenschaft« zwischen einigen Farbpaletten und Leinwänden platzierte, fiel ihm eine ausnehmend hässliche hölzerne Statue ins Auge.

Kurzerhand stopfte er sie in seine Tasche und stellte sie in ein Arztzimmer der Station 4.

Papa Zuka trat vor den Altar, entzündete eine schwarze Kerze und nahm das Päckchen mit den magischen Zutaten. Es enthielt das Blut diverser Tiere, zerstoßene Schlangenhaut, einige Tropfen Ziegengalle, eine Prise zermahlener Alligatorzähne und eine Handvoll Jasminblüten – für den Geruch. Darüber hinaus Opfergaben für die Rada-Loas: Chilipulver für Baron Samedi, Parfum für Ezulie Freda, Tabak für Papa Legba, rote Bohnen für Ogoun Feray, eine Muschel für Lasiren. Im Stillen dankte er Papa »Hier gibt es alles, was du suchst«, dem Inhaber des fliegenden Händlerstandes »Voodoo für jede Gelegenheit«, ohne den zumindest die Beschaffung der Alligatorzähne eine nicht unerhebliche Herausforderung dargestellt hätte. Er wickelte die Zutaten gemeinsam mit den Überresten des Inhalts der heiligen Asson in ein Bündel aus dunklem Stoff, das er mit den Vèvès verziert hatte. Anschließend reinigte er sieben Hahnenfedern im Rauch der Kerze und band sie mit schwarzer Schnur an das Bündel, während er die rituellen Worte murmelte. Das Murmeln ritueller Worte war in diesem Zusammenhang außerordentlich wichtig und erforderte viel Konzentration. Leider verfing sich dabei die Hühnerschädelkette in seiner Gürtelschnalle. Papa Zuka zerrte daran, was den unangenehmen Nebeneffekt hatte, dass sich nun einige Muscheln von seinem Gewand lösten und zu Boden kullerten. Als er sie aufhob, erlosch die Kerze. Seufzend zündete er sie wieder an und fuhr mit dem rituellen Murmeln fort.

Das Artefakt fühlte sich … *lebendig* an in seinen Händen. Die Magie darin kochte und brodelte. Sie fauchte und zischte und drängte darauf auszubrechen. Sie würde ihm Macht verleihen. Und Erfolg. Er würde ein angesehener Voodoopriester werden, ein Hungan, an den sich die Welt noch lange erinnern würde. Ja, er würde der Liebling der Götter sein.

Ein Tropfen seines Blutes würde genügen, um den Zauber zu entzünden, und dann … dann …

»François?«

Die schrille Stimme seiner Frau zerschnitt die Stille.

Papa Zuka atmete tief durch. »Ja, *Chérie*?«

»Hast du vor, heute irgendwann noch zur Arbeit zu gehen, oder soll ich dich krankmelden?«

»Nein, *Chérie*. Ich meine, ja, *Chérie*. Ich fahre gleich los.«

»Wenn du so nachlässig mit deinem Job umgehst, ist es kein Wunder, dass du nie befördert wirst.« Charlotte hielt kurz inne, um dann hinzuzufügen: »Mein Cousin Jean-Baptiste geht immer pünktlich zur Arbeit, an ihm solltest du dir mal ein Bespiel nehmen.«

François' Hände krampften sich um die Schärpe seines Gewandes. »Ich bin gleich da, *Chérie*«, presste er hervor.

»Das will ich auch hoffen«, versetzte seine Frau.

François entgegnete nichts.

Er blies die Kerze aus, zog sich um, verstaute das Artefakt in einer Kiste mit altem Trödel und machte sich auf den Weg zur Arbeit.

Nach und nach füllte sich der Konferenzraum – wobei es sich bei besagtem Raum im siebten Stock der Salvatis-Klinik nicht um einen Konferenzraum im eigentlichen Sinne handelte, sondern um einen ehemaligen Kreißsaal, beziehungsweise zukünftigen Gruppentherapieraum; beruhigende Bilder von Blumenwiesen und lachenden Babys an den Wänden wiesen noch immer auf seine einstige Funktion hin. Vor einer hastig aufgebauten Leinwand saß eine Frau an einem Tisch und trug eine Grundsatzdiskussion mit ihrem Notebook darüber aus, ob das Abspielen von Powerpoint-Präsentationen zu seinen Aufgabenbereichen gehörte. Das Notebook vertrat diesbezüglich einen eindeutigen Standpunkt.

Nicholas suchte sich einen Platz neben Isabella in einer der hinteren Sitzreihen. In der Hand hielt er einen dampfenden Kaffeebecher.

»Schön, dass du auch hier bist.« Er lächelte sie an.

In Isabellas Magengrube rutschte irgendetwas nach unten. »Nun, schön würde ich das nicht gerade nennen. Ich habe eine verdammte Stunde damit zugebracht, diesen Beamer anzuschließen. Aus irgendeinem Grund hatten sich alle HDMI-Kabel in Mullbinden verwandelt.«

»Oh.« Nicholas pustete in seinen Kaffee.

»Liebe Kolleginnen und Kollegen, es freut mich, dass Sie alle so zahlreich erschienen sind.« Dr. Petra Maifelder erhob sich von ihrem Stuhl in der ersten Reihe und stellte sich vor die Versammelten. Hinter ihr schlug die Präsentationsfrau auf ihr Notebook ein. »Bevor wir zum Qualitätsmanagement kommen, gibt es noch zwei Raumfragen zu klären. A) bitte ich Sie zu beachten, dass sich auf dieser Etage die Herrentoiletten nur noch auf der linken Seite befinden. Die Toiletten auf der rechten Seite wurden geschlossen, da sie für andere Zwecke genutzt werden.«

Vereinzeltes Gelächter erklang.

»Da brauchen Sie gar nicht zu lachen«, fuhr Dr. Maifelder fort. »Ich kann Ihnen auch sagen, für welche Zwecke: Dort befindet sich jetzt die Patientenbibliothek.«

Weiteres Gelächter.

»Aber man hat wohl die Beschilderung noch nicht geändert. Hat schon des Öfteren zu Verwirrungen geführt. Weisen Sie daher bitte auch Ihre Patienten darauf hin. Zweitens haben sich einige unserer Patienten darüber beschwert, dass es in der ehemaligen Kapelle zu kalt ist. Daher gibt es die Idee, im Untergeschoss noch weitere Räume zu erschließen. Denkbar wäre es beispielsweise, die Küche aufzugeben und stattdessen einen externen Dienst zu beauftragen. Dann könnte man die Küche in einen Erholungsraum für unsere Kunden umwandeln, Snoozeln und dergleichen sind im Moment sehr gefragt. Nur das Geruchsproblem müsste man noch irgendwie lösen. Vielleicht finden wir eine Möglichkeit, die Pharmafirmen mit ins Boot zu holen. Ich zähle auf Ihre Kooperationsbereitschaft und kreativen Ideen.« Dr. Maifelder wies mit einer knappen Geste auf die Frau mit dem Notebook. »Und nun übergebe ich an unsere Qualitätsbeauftragte Frau Dr. Wassiljew.« Sie setzte sich wieder auf ihren Stuhl, zog einen Müsliriegel aus ihrer Tasche hervor und biss hinein.

»Danke.« Die Frau hinter dem Notebook rückte ihre Brille zurecht und warf einen kurzen, sehnsüchtigen Blick auf die Blumenwiesen und lachenden Säuglinge.

Dr. Olga Wassiljew war Fachärztin für Gynäkologie – zumindest war sie das *gewesen*, bis die Abteilung für Gynäkologie aufgrund zu schlechter Fallzahlen hatte schließen müssen. Da Olga schon immer eine Vorliebe für Regeln und Ordnung besaß – sie war im sowjetischen Russland aufgewachsen –, hatte sie im vergangenen Jahr nach der großen Norovirus-Epidemie eine Stelle als Hygienebeauftragte angenommen. Im Winter hatte ihr Dr. Maifelder zusätzlich die Position der Qualitätsbeauftragten angeboten: »Das ist für Sie eine einmalige Chance, an der Modernisierung unseres Krankenhauses aktiv mitzuwirken.« Eigentlich konnte sich Olga Wassiljew Schöneres vorstellen, als an der Modernisierung des Krankenhauses aktiv mitzuwirken – Kinder zur Welt zu bringen zum Beispiel –, aber ihre Herkunft hatte sie mit einem gesunden Maß an Pragmatismus ausgestattet, daher hatte sie die Aufgabe angenommen.

»Auch ich begrüße Sie alle herzlich.« Olga schlug ein letztes Mal auf ihr Notebook, das widerstrebend die Präsentation abspulte. »Das Thema Qualitätsmanagement hat uns heute hier zusammengeführt. Qualitätsmanagement ist sehr wichtig für unsere Klinik.«

Die ersten Zuhörer begannen zu gähnen. Die Assistenzärzte schauten angestrengt auf ihre Telefone. Die Ergotherapeutin strickte. Dr. Maifelder aß ihren Müsliriegel.

»Ich beschäftige mich zwar erst seit ein paar Monaten mit dieser Materie, aber ich sagen Ihnen, wir haben viel zu tun. Unser Ziel muss es sein, für unser Krankenhaus das Qualitätszertifikat, kurz QTZ, zu erlangen. QTZ, das steht für Kooperation, für Transparenz und Qualität im Gesundheitswesen.«

»Ich dachte, das steht für Qualitätszertifikat«, flüsterte Isabella Nicholas zu.

Nicholas verschluckte sich an seinem Kaffee.

»Aufgrund der radikalen Veränderungen im Gesundheitswesen ist der Nachweis eines internen Qualitätsmanagements für Krankenhäuser Pflicht geworden. Wenn wir weiterhin wettbewerbsfähig bleiben wollen, müssen auch wir Qualitätsmanagement betreiben.« Olga ließ eine Folie nach der anderen aufblitzen. »Hierzu müssen wir zunächst unsere eigene Qualität selbst bewerten. Dann werden sogenannte QTZ-Visitoren verschiedene Bereiche unserer Klinik besichtigen und kollegiale Gespräche mit den Mitarbeitern führen, um das Qualitätsmanagement vor Ort zu überprüfen. Auf der Grundlage dieser Ergebnisse werden schließlich die Visitoren unsere Klinik für die QTZ-Zertifikatsvergabe empfehlen. Die letztendliche Entscheidung trifft jedoch die QTZ-GmbH nach der Überprüfung des QTZ-Qualitätsberichtes. Die Zertifizierung behält für eine Dauer von drei Jahren ihre Gültigkeit, nach Ablauf dieser Zeit muss das ganze Prozedere erneut durchlaufen werden.«

Verhaltenes Gähnen in den vorderen Reihen.

»Was bedeutet das nun konkret für uns?« Die nächste Folie erschien. Das Notebook gab protestierende Geräusche von sich. »Das bedeutet, wir müssen unsere Abläufe optimieren, wir müssen Prozesse strukturieren und unsere Aktivitäten bündeln. Hierfür werden wir eine Baseline erheben und das Outcome bewerten. Wir müssen feststellen, welchen Impact die einzelnen Faktoren auf das Outcome haben.«

Dr. Maifelder bewarf einen Assistenzarzt, der gerade damit beschäftigt war, ein Spiel auf seinem Smartphone zu starten, mit dem Papier ihres Müsliriegels. »Hören Sie gut zu, Herr … osteuropäischer Kollege. Das betrifft auch Sie. Outcome, haben Sie das verstanden?«

Der Arzt nickte pflichtschuldig und verstaute das Smartphone in seiner Hosentasche.

Die Qualitätsbeauftragte ließ die nächste Folie erscheinen. »Ich habe eine kleine Studie darüber angefertigt, wie das Personal die Patientenaufnahmen erlebt. Beziehungsweise«, korrigierte sie sich, »*wollte* ich eine Studie darüber anfertigen, aber leider haben die wenigsten von Ihnen Ihre Fragebögen zurückgegeben. Bei den Fragebögen, die ich erhalten habe, waren oftmals die Kreuze vollkommen willkürlich gesetzt und auf einem stand nur ein großer Smiley.« Sie räusperte sich. »Ich möchte Sie alle bitten, dieses Thema in Zukunft ernster zu nehmen. Mit dem Qualitätsmanagement ist nicht zu spaßen.« Sie deutete auf eine Ärztin, die zusammengesunken auf ihrem Stuhl saß und leise Schnarchgeräusche von sich gab. »Wie nehmen Sie zum Beispiel einen Patienten auf?«

Die Ärztin schreckte hoch. »Wer? Ich?«

»Ja, Sie. Was machen Sie, wenn ein Patient in diese Klinik kommt?«

»Nun«, die Ärztin hüstelte verlegen, »also, wenn ein Patient kommt, dann nehme ich ihn auf.«

»Einfach so?«

»Einfach so.«

»Sehen Sie?« Olga klatschte in die Hände. »Das ist natürlich vollkommen falsch. Da steckt keine Struktur dahinter, kein fester Ablauf. Es kann nicht einfach jeder Patienten aufnehmen, wie es ihm gerade in den Sinn kommt. Wie auch immer, ich habe vor, die Patientenaufnahme wie auch alle anderen Klinikabläufe neu zu gliedern. Jeder soll wissen, welche Schritte genau zu unternehmen sind, wenn ein neuer Patient in unsere Klinik kommt: von den Ärzten über die Psychologen bis hin zur Pflege. Wie wird die Diagnose gestellt, wie wird die Therapie geplant, wann wird entlassen? Dazu werde ich erstmal eine erneute Befragung zur aktuellen Situation durchführen. Daraufhin haben Sie dann die Möglichkeiten, Änderungsvorschläge zu unterbreiten. Ich werde dann alles statistisch aufbereiten. Dann werde ich die Abläufe synchronisieren, systematisieren und anschließend ein Flussdiagramm dazu erstellen.«

Eine Assistenzärztin hob den Arm.

»Ja?«

»Können Sie sagen, wie lange das in etwa dauern wird?«

Dr. Olga Wassiljew rückte erneut ihre Brille zurecht. »Nun, ich werde mit der Befragung unverzüglich beginnen. Wenn ich die Auswertungen miteinbeziehe, die Kalkulationen und so weiter, schätze ich, alles in allem, dass wir in zwei Jahren zu Ergebnissen gekommen sein werden.«

Althea Keller hielt nicht viel von Qualitätsmanagement. Ein weiterer unliebsamer Sprössling neoliberalen Denkens. Sie boykottierte daher mit verlässlicher Regelmäßigkeit jegliche Klinikversammlung – sehr zur Freude von Dr. Maifelder, die von Altheas Angewohnheit, zunächst eine Viertelstunde zu spät zu kommen, dann mit einem Matetee und einigen verdächtig wirkenden Gebäckstücken zu erscheinen und *Fragen* zu stellen, einem Koronarinfarkt gefährlich nahe gebracht worden war.

»Kommen wir zur nächsten Frage: Was machen Sie, wenn Sie sich bei Tag im Wald verlaufen?« Althea nippte an ihrem Tee, biss in ein Gebäckstück und schaute den jungen Mann über die Ränder ihrer Brillengläser hinweg an.

Dieser starrte an die Decke, fixierte dann die Tischplatte und musterte schließlich die Schnürsenkel seiner Turnschuhe. Seit eineinhalb Stunden kämpfte er sich nun schon wenig erfolgversprechend durch die verschiedenen Aufgaben des Intelligenztests und Althea bekam langsam Mitleid mit ihm. »Abklingende psychotische Phase einer paranoiden Schizophrenie«, stand auf ihrer Befundanforderung, »Abklärung kognitiver Defizite«.

Der Junge grinste zufrieden. »Die Frage is leicht, Frau Doktor. Isch rufe jemanden mit dem Handy an.«

Althea tippte etwas in die Datenmaske ein. Sie dachte an Büroklammerexperiment Nummer 72. Heute Morgen hatte sie der Mischung eine erlesene Auswahl alter Heftklammern hinzugefügt und sie fragte sich, welchen Impact diese Variable auf das Outcome haben würde. »Angenommen, Herr Özran, Sie haben kein Handy dabei.«

Er sah sie entrüstet an. »Aber isch hab immer ein Handy dabei.«

»Dann sagen wir, Sie kriegen kein Netz.«

»Jaaaaa, dann …« Er sah aus dem Fenster. »Dann dreh ich die Musik so laut auf, dass mich jemand hört.«

Althea dachte nach. »Also gut, Herr Özdemir …«

»Isch heiße Özkan.«

»Also gut, Herr Özlan, aus der Sache mit der Musik wird leider nichts, denn Ihr Akku ist leer.«

Nun sah er ziemlich unglücklich aus. »Was? Akku leer? Nee, echt jetzt? Ey, Frau Doktor, was erzählen Sie mir da? Akku leer, so ne Scheiße.«

Althea nickte bedeutungsschwanger.

Der Junge wurde auf seinem Stuhl immer kleiner. »Also, ähm …«, stotterte er. »Isch … ähm, dann …, boah, so was Blödes, ey, was will isch überhaupt in dem doofen Wald ohne ordentliche Mucke?« Er starrte nach draußen. »Ah, jetzt weiß isch. Isch orientier mich an der Sonne«, fiel es ihm plötzlich ein. »Wenn die Sonne scheint, dann wächst das Moos doch immer in Rischtung Zivilisation, oder?«

Althea hielt auch nicht viel von Intelligenztests. Ein Instrument des Kapitalismus, um das Leistungsdenken zu fördern und jeden zu permanenter Selbstoptimierung zu zwingen. Ihr wissenschaftlicher Verstand allerdings fand es faszinierend, zu welch kreativen Lösungen das menschliche Gehirn imstande war – und das scheinbar vollkommen unbehelligt von der Realität.

Sie griff erneut nach ihrer Teetasse. Durch die plötzliche Bewegung entstand eine Art Lawine auf ihrem Schreibtisch, die einen Stapel neuropsychologischer Artikel, ein Mosaiklegeset zur Erfassung des räumlichen Vorstellungsvermögens und diverse Büroklammern in die Tiefe riss.

»An Ihrer Stelle würde ich das mal aufräumen, Frau Doktor«, sagte der junge Mann und tippte mit dem Fuß gegen einen Mosaikstein. »Unruhe in der Umgebung erzeugt Unruhe im Geist.«

Althea nippte an ihrem Tee. »Ja, aber es heißt auch: Nur der Kleingeist hält Ordnung, das Genie überblickt das Chaos.«

»Wenn Sie meinen, Frau Doktor, wenn Sie meinen.« Er sah wieder aus dem Fenster.

»Kommen wir zur nächsten Frage, Herr Özken: Was bedeutet das Wort vehement?«

»Ist das nicht, wenn man so total vergesslich wird und so?«

»Das wäre dement.«

»Ach so. Aber isch war nah dran, nicht wahr, Frau Doktor? Nah dran.«

»Nun, man kann eine gewisse phonetische Ähnlichkeit nicht leugnen.«

Althea stellte die Teetasse ab und beförderte weitere Papiere Richtung Boden.

»Mit Vergesslichkeit is nicht zu spaßen«, sagte der junge Mann. »Mein Onkel hat mal total vergessen, wer er is. Is einfach in ne andere Stadt gezogen und hat sich ne neue Frau gesucht. Meine Tante fand das gar nich lustig. Hat ihn zwei Jahre lang gesucht. Hat ihn schließlich gefunden, beim Spaziergang an der Rheinpromenade mit seiner neuen Familie. Ey, die war vielleicht sauer. Hat ihn voll mit dem Koran verprügelt. Der vergisst nie wieder was.« Er starrte zur Decke. »Worauf wollte ich hinaus?«

»Wo fanden die ersten Olympischen Spiele statt?«, fragte Althea.

»In Athen?«

»Ausgezeichnet. Und wo liegt das?«

»Keine Ahnung, ich interessiere mich nicht so für Tennis.« Er rutschte ungeduldig auf seinem Stuhl hin und her. »Sind wir bald fertig? Ich gehe nämlich gleich in Belastungserprobung. Endlich mal wieder nach Hause, mit den Kumpels treffen. Abhängen und so.«

»Wir beeilen uns, Herr Götzkan, wir beeilen uns. Also: Was ist ein Plagiat?«

»Ah, das ist leicht. Das ist, wenn man seine Doktorarbeit abschreibt, nich wahr?«

Althea nickte und tippte etwas in die Datenmaske. Als sie die Beine übereinanderschlug, zerbröselte ein Gebäckstück unter ihrer Schuhsohle. »Kommen wir zur letzten Frage. Was bedeutet das Sprichwort: Wer anderen eine Grube gräbt, fällt selbst hinein?«

Der Junge schnaubte. »Na, is doch voll gefährlich, einfach so Löcher zu graben. Total nihilistisch. Entwertung aller Werte, Verneinung moralischer Prinzipien und so weiter. Da könnten ja auch irgendwelche Tiere reinfallen. Babyrehe oder so.« Er schien eine Weile darüber nachzudenken. Dann grinste er Althea triumphierend an. »Das wär doch eine Möglichkeit, aus dem blöden Wald rauszukommen, oder? Isch grab einfach einen Tunnel.«

»Marketing«, sagte Dr. Olga Wassiljew. Sie versetzte dem Notebook einen Schlag, das surrend die nächste Folie präsentierte. »Wir können nicht erwarten, dass die Patienten einfach so zu uns kommen, nur weil sie im Einzugsgebiet unserer Klinik leben. Diese Zeiten sind vorbei. Wir müssen ihnen etwas bieten, das uns von der Konkurrenz unterscheidet.«

»Hört, hört.« Dr. Maifelder nickte zufrieden.

»Deshalb habe ich verschiedene Artikel probeweise in Auftrag gegeben.« Dr. Wassiljew kramte in ihrer Aktentasche. Schließlich förderte sie einen Stoffbeutel und etwas anderes zutage, das wie ein faustgroßer neongrüner Gummiball aussah. »Das werden wir bei Ankunft an alle Patienten verteilen.« Sie hielt den Beutel in die Luft. Auf der einen Seite war er mit dem Logo der Klinik bedruckt, auf der anderen prangte die Abbildung eines Gehirns, darunter der Schriftzug »Psychiatrische Abteilung«. »Natürlich wird jede Abteilung ihre eigene Tasche bekommen. Ich denke da an die Abbildung eines Herzens für die Innere, vielleicht ein schöner Querschnitt durch den Magen für unsere Gastros.« Sie ließ den Stoffbeutel rumgehen. »Diese Tasche ist schick, sie ist praktisch. Patienten werden sich durch sie bei uns willkommen fühlen und gleichzeitig machen sie Werbung für unsere Klinik, wenn sie damit ihre Unterlagen transportieren oder in den Supermarkt gehen.«

Die Anwesenden blickten sich verhalten um, während sie versuchten sich vorzustellen, wer wohl gerne mit einer Gehirn-Tasche in den Supermarkt ging. Nur Dr. Maifelder lächelte begeistert und biss in einen weiteren Vitalriegel. Nicholas lächelte ebenfalls, jedoch aus einem gänzlich anderen Grund: Vor ihm tat sich gerade ein Universum neuer Gegenstände auf, die es zu relokalisieren galt.

»Und das hier«, Olga hielt den Gummiball in die Höhe, »ist ein Antistressball.« Sie drückte probeweise auf dem Ball herum und demonstrierte so seinen Gebrauch. »Die Patienten werden ihn lieben. Besonders unsere Borderliner. Aber auch unsere OP-Patienten, die sich vor dem Eingriff ein wenig unruhig fühlen.« Sie ließ den Gummiball ebenfalls rumgehen. »Man kann ihn überall mit hinnehmen, und wenn man unter Anspannung steht, dann drückt man den Ball und schon lässt die Spannung nach. Und als wunderbarer Nebeneffekt wird dadurch auch die Handgelenks- und Unterarmmuskulatur trainiert.«

»Grandios.« Maifelder applaudierte anerkennend.

»Alternativ könnte man für die Geriatriepatienten anstatt des Antistressballs auch an einen formschönen Rückenkratzer mit Kliniklogo denken«, fuhr Olga Wassiljew fort. »Auf diese Weise werden sich die Patienten gerne an unsere Klinik erinnern. Hier hat man sich um sie gekümmert, hier hat man für sie gesorgt.«

»Hier hat man sie mit sinnlosen Gimmicks überschüttet«, murmelte Isabella. Eine Sekunde später zerschellte ein Vitalriegel vor ihren Füßen.

»Das habe ich ganz genau gehört, Frau ...« Die Chefärztin wedelte drohend mit dem Zeigefinger. Zu Olga gewandt sagte sie: »Eine wirklich ausgezeichnete Innovation. Von mir aus können wir direkt mit der Produktion beginnen.«

Einer der Assistenzärzte drückte auf den Antistressball. Der Ball sprang ihm aus der Hand geradewegs ins Auge. Der Arzt schrie auf und kippte vom Stuhl.

»Ja, nun.« Olga Wassiljew klappte ihr Notebook zu. »Daran müssen wir noch arbeiten.«

Charlotte Rigaud hasste es, wenn ihr Mann alles herumliegen ließ. Und noch mehr hasste sie alten Trödel. Zumindest so lange, bis sie ihn auf dem Wochenmarkt verkauft hatte. Charlotte war eine Frau, die über ein ausgesprochen geringes Ausmaß an Interessen verfügte. Eines jedoch bestand darin, auf dem regelmäßig stattfindenden Markt in Port-au-Prince nutzlosen Plunder an unwissende Touristen und naive Einheimische zu verkaufen. Und der Schuppen stellte für diese Zwecke eine wahre Fundgrube dar. Sie zog eine alte Vase hinter einer Kiste mit Werkzeugen hervor und packte sie in ihren Beutel. Es roch nach Staub, altem Räucherwerk und nassem Hund. Kurzerhand verstaute sie auch einige der Werkzeuge in ihrem Beutel. Dabei fiel ihr Blick auf einen seltsamen Gegenstand. Ein verdrehtes, beinah obszönes *Ding* aus Stoff und Federn. So etwas musste dabei herauskommen, wenn man einem Aasgeier erlaubte, sich gestalterisch auszudrücken. Charlotte rümpfte die Nase. Was ihr Mann damit nun wieder wollte? Sie hielt nicht viel von seinen dilettantischen Zaubereien. Er sollte sich lieber auf seine Arbeit konzentrieren, statt im Schuppen zu stehen und *Dinge* zu fabrizieren. Charlotte Rigaud hielt Unzufriedenheit für ihre eheliche Pflicht. Mit Zufriedenheit war noch niemand weit gekommen. Zufriedenheit führte nur zu Langeweile und hochgeklappten Toilettendeckeln. Eine anständige Dosis Unzufriedenheit hingegen war ein guter Motivator des partnerschaftlichen Austauschs, auch wenn er sich meist auf den Austausch von Anschuldigungen beschränkte.

Das Ding schien sie anzustarren. Charlotte fröstelte. Wie auch immer, irgendjemand würde sich schon dafür interessieren. Schulterzuckend verstaute sie das Artefakt in ihrem Beutel und ging zurück ins Haus.

Kapitel 10

» Die Menschen stolpern nicht über Berge, sondern über Maulwurfshügel.«

Konfuzius

Im Hafenviertel von Port-au-Prince herrschte reges Treiben. Händler hatten in den Ruinen ihre Stände aufgestellt. In Käfigen und improvisierten Holzverschlägen hockten Hühner, Ziegen und Schweine. Bunte Tücher, Röcke, Hosen und Blusen flatterten an diversen Kleiderstangen. Früchte stapelten sich auf hölzernen Kisten direkt neben Haushaltsgeräten, Brillen, farbenfrohen Bildern, Prothesen, Mobiltelefonen und exotischen Talismanen. Es roch nach Gewürzen, Fisch und altem Tier. Die Sonne brannte. Menschenmassen schoben sich durch die staubigen, engen Gassen. Über Campingkochern dampften Fleischspieße; an jeder Ecke gab es Reis, Bohnen, Süßkartoffeln und Kochbananen. Friseurinnen in blütenweißen Kleidern boten zwischen Schutt und Geröll ihre Dienste an.

Mitten im Gedränge standen ein paar farbenfrohe Tap-Taps. Die Fahrer dieser kleinen Busse, die das haitianische Äquivalent eines Taxis darstellten, hatten es sich zur Gewohnheit gemacht, ihre Kundschaft zusammenzutrommeln, indem sie immer wieder auf die Seitenwand ihrer Fahrzeuge einschlugen und dabei das Ziel ihrer Fahrt ausriefen, eine Methode, die ebenso effektiv wie geräuschintensiv war. Hierbei gaben sie sich alle Mühe, die Händler zu übertönen, die lautstark mit ihren Kunden feilschten.

Espen Sander, Stationspsychologe der Salvatis-Klinik Castrop-Rauxel, vorübergehender Leiter einer Traumastation in Benin und Absolvent des Internetkurses »Voodoo für Anfänger«, erkannte ein magisches Artefakt, wenn er eines sah.

Und er erkannte ein totes Nagetier, wenn man ihm eines ins Gesicht hielt. Und dieses Nagetier war … nun … ziemlich tot.

»Du solltest es nehmen«, sagte die Händlerin in beschwörendem Tonfall und wedelte mit dem haarigen Etwas, das aussah wie die Kreuzung aus einer Ratte und einem überdimensionalen Marder, vor seiner Nase herum. Ihr Französisch war gefärbt von einem breiten Akzent. Zumindest *sprach* sie Französisch. Espen war mit der Organisation PsychAid nach Haiti gekommen, weil er dank bilingualem Schulunterricht und Auslandssemester in Paris über gute Französischkenntnisse verfügte. Nur bewegte sich die Anzahl der Haitianer, die tatsächlich Französisch sprachen, nahezu gegen null – vor allem jener Haitianer, die nicht in großen Villen lebten oder in klimatisierten Supermärkten amerikanische und europäische Waren kauften. Die meisten hier sprachen Kreol, eine Mischung aus Französisch und verschiedenen afrikanischen Sprachen. Da sich wiederum seine Kenntnisse in Kreol gegen null bewegten, hatte

Espen schnell gelernt, sich mit einer Mischung aus Französisch, Englisch und Zeichensprache zu verständigen, während er sich über mehrere Wochen um traumatisierte Frauen und Kinder in den Slums gekümmert hatte.

Selbst drei Jahre nach dem verheerenden Erdbeben hatten tausende Menschen keinen festen Wohnsitz. Sie lebten in Zeltstädten, in denen es weder fließend Wasser noch Strom noch Sanitäranlagen gab. Oder sie wurden in eine Notunterkunft umquartiert, in der es, nun, weder fließend Wasser noch Strom noch Sanitäranlagen gab, die dafür aber um einiges teurer war.

Direkt nach dem Beben war Espen schon einmal hier gewesen. Damals hatten noch Flugzeuge Lebensmittel eingeflogen und unzählige Hilfsorganisationen waren in das Land gekommen, um ehrgeizige Ziele zu verfolgen, ohne sich darum zu kümmern, welche ehrgeizigen Ziele die jeweils *anderen* Hilfsorganisationen verfolgten. Espen hatte erlebt, wie drei verschiedene Organisationen unter gegenseitiger Konkurrenz versucht hatten, einen einzigen Kanal zu säubern. Andernorts hatte man mit dem Bau eines neuen Krankenhauses begonnen – ungeachtet der Tatsache, dass sich die Gemeinde bereits die Unterhaltung des *alten* Krankenhauses nicht leisten konnte. Wobei dies, wie Espen wusste, ohnehin keine Rolle spielte, da viele Menschen hier die Unterstützung eines Voodoopriesters dem Aufenthalt in einer Klinik vorzogen, in der es weder fließend Wasser noch Strom noch Sanitäranlagen gab. Dennoch, er hatte die Arbeit hier gemocht. Und nun neigte sich seine Zeit auf Haiti erneut dem Ende zu.

Misstrauisch beäugte er das Nagetier, das sich noch immer viel zu nah an seinem Gesicht befand. »Was kann es?«

»Es ist tot.«

»Das sehe ich selber.«

»Es bringt dir Glück.«

»Wie soll ein totes Nagetier mir Glück bringen?«

Die Händlerin schnalzte mit der Zunge und machte so eine Sache mit ihren Augen, die Espen äußerst beunruhigend fand. »Willst du etwa die Loas beleidigen?«

»Nichts läge mir ferner, aber …«

»Dann nimm das Nagetier!«

»Nein, danke, mein Bedarf an toten, glücksbringenden Nagetieren ist gedeckt.«

Ein paar Straßen weiter schien gerade eine Versammlung stattzufinden. Aus Lautsprechern dröhnten Compas und kreolischer Rap zu Espen und der Händlerin herüber. Die Haitianer besaßen die Angewohnheit, zu jeder Form von Zusammenkunft einen DJ mitzubringen, was, wie Espen fand, die Qualität der Redebeiträge nicht unbedingt verbesserte, dafür aber für eine ausgelassene Stimmung sorgte.

»Vielleicht interessierst du dich für diese formschöne Vase?« Die Händlerin hielt ihm das hässlichste Gefäß entgegen, das er jemals gesehen hatte.

»Wirklich … nett«, brachte Espen hervor.

Das magische Artefakt stand nur wenige Zentimeter vor ihm auf dem Tisch inmitten eines Durcheinanders aus Krügen, geschnitzten Statuen und diversen anderen Dingen, deren Sinn und Zweck nur vage Spekulationen zuließen. Während Espen es betrachtete, war ihm, als zupfe jemand mit einer dünnen Pinzette an seinen Nervenenden.

»Nett?«, echote die Händlerin. »*Nett*? Mein Großvater, Gott sei seiner Seele gnädig, hat diese Vase mit seinen eigenen Fingern geformt – und er besaß nur sieben davon. Da war er bereits hundertzehn Jahre alt. Gute haitianische Handwerkskunst. Sieh nur dieses Muster. Außerdem schützt sie vor bösen Geistern. Und macht sich sehr gut auf dem Kaminsims.«

Espen studierte die Vase. Das Artefakt starrte ihn von der Seite an.

»Ah, ich sehe, du interessierst dich für das hier.« Die Händlerin griff nach dem Artefakt. Sie wirkte dabei wie jemand, der einen äußerst unangenehm riechenden Fisch in den Händen hält. »Sehr schönes Stück. Bringt Glück und schützt vor schwarzen Zaubern. Befindet sich schon seit Jahrhunderten in unserem Familienbesitz.« Sie drückte Espen das Artefakt in die Hand. »Meine Urururururururgroßmutter, möge sie in Frieden ruhen, brachte es damals mit aus Afrika. Selbst in Zeiten der Sklaverei hat sie es mit ihrem Leben beschützt, unter Aufbietung all ihrer Kräfte hat sie …«

Das Artefakt schien sich in Espens Handflächen zu schmiegen. Das Zupfen wurde zu einem energischen Ziehen, das sich bis in die entferntesten Rezeptoren seiner Haut ausbreitete. Es fühlte sich *gut* an.

Espen Sander war der Meinung, dass Glaube Berge versetzen konnte. Leider war es ihm bisher nicht gelungen, lange genug bei einem Glauben zu bleiben, um besagten Berg auch nur einen Millimeter zu bewegen. Er hatte es mit Christentum versucht, hatte verschiedene Naturreligionen gestreift, mit einem alten Schamanen im Wald gelebt und sich versuchsweise einem magischen Orden angeschlossen. Er war überzeugt, dass es da *etwas* gab. Etwas, das dem ganzen Unsinn Sinn verlieh. Etwas, das über die Zahlen und Fakten der psychologischen Forschung hinausging.

Voodoo zum Beispiel.

In Benin hatte er zahlreichen Zeremonien beigewohnt. Er hatte gesehen, wie der Hungan es vollbracht hatte, einen Todkranken zu heilen, allein indem er ihn anspuckte, und erlebt, wie Menschen in Trance von ihren Göttern geritten wurden. Also hatte er die mentalen Ärmel hochgekrempelt, dem metaphorischen Berg zugelächelt und sich für einen Onlinekurs angemeldet.

»… aber glaubst du, das hat meine Urururururururgroßmutter davon abgehalten?«

Es entstand eine kurze Stille. Espen wusste nicht genau, welche Antwort von ihm erwartet wurde. »Nein?«, sagte er versuchsweise.

»Nein«, bestätigte die Händlerin. »Sie hat es tatsächlich geschafft, und das mit nur einem Bein – das andere hatte sie im Unabhängigkeitskrieg verloren.«

»Eine wirklich faszinierende Geschichte.« Espen streichelte das Artefakt.

»Wenn du es in dein Schlafzimmer stellst, wirst du nie wieder zur falschen Zeit erschöpft sein. Wenn du weißt, was ich meine.« Sie zwinkerte ihm zu.

»Sagten Sie nicht gerade, es sei ein Glücksbringer?«

»Es hat viele Qualitäten.« Die Händlerin lächelte breit. »Es lässt auch die Haare schneller wachsen. Behalte es in deiner Nähe und du musst dir nie wieder Sorgen um hormonell bedingten Haarausfall machen. Wenn du es zusammen mit der Vase kaufst, mache ich dir einen besonders guten Preis.«

»Also gut, ich nehme es.«

»Und die Vase?« Sie sah ihn hoffnungsvoll an.

»Und die Vase.«

»War mir ein Vergnügen, mit dir Geschäfte zu machen.« Sie wickelte beides in ein buntes Tuch, nahm sein Geld und winkte zum Abschied. »Und vergiss nicht: Behalte es immer in deiner Nähe und Glück, Wohlstand und ein voller Bart sind dir gewiss.«

Zufrieden setzte Espen seinen Weg über den Hafenmarkt fort. Er bemerkte nicht, dass seine Tasche begonnen hatte, in einem sanften, gleichmäßigen Rhythmus zu pulsieren.

»Boah, Alter, mir is voll langweilig.« Mehmet trommelte mit den Füßen auf die Sitzfläche der Bank, auf deren Lehne er saß.

»Das is nicht langweilig, das is chillig«, berichtigte Christos und kontrollierte zum hundertsten Mal seine Nachrichten. Ein leuchtend gelber Zitronenfalter landete auf seinem linken Turnschuh. Christos bemerkte ihn nicht.

Sedat Özkan hingegen schon. Er bemerkte viele Dinge. Manche davon entsprangen nur seinem eigenen Kopf.

Der Flügelschlag eines Schmetterlings, dachte Sedat und beobachtete, wie der Zitronenfalter sich auf einer reichlich mitgenommen aussehenden Rose in einem Blumenkübel niederließ. Kann der Flügelschlag eines Schmetterlings in Brasilien einen Tornado in Texas auslösen? Warum ausgerechnet in Texas? Was ist mit Sibirien? Oder Australien? Und was passiert, wenn der Schmetterling häufiger als einmal mit den Flügeln schlägt?

Er schüttelte den Kopf. Keine Assoziationen mehr! Das lag alles an diesen … diesen Neutrotransmittlern, hatte ihm seine Therapeutin erklärt. Keine versteckten Botschaften, keine Muster, nur Dopamin, das irgendwie falsch arbeitete. Der Schmetterling wandte sich enttäuscht von der Rose ab und flatterte davon. Sedat schaute ihm hinterher.

»Ey, Alter, träumst du oder was?« Mehmet verpasste ihm eine Kopfnuss.

»Aua, verdammt, was soll das?« Sedat rieb sich den Schädel.

»Du hörst voll so gar nicht zu«, fauchte Mehmet.

»Sorry, Alter, war abgelenkt.«

»Ey, guckt euch das mal an. Vivian hat voll so n krasses Video geteilt.« Christos hielt ihnen sein Smartphone unter die Nase. Gemeinsam starrten sie wie gebannt auf eine Katze, die an einem Kronleuchter hing.

Der Samstagnachmittag zeigte sich von seiner freundlicheren Seite: Es regnete nur gelegentlich.

In der Innenstadt von Castrop-Rauxel herrschte hektische Betriebsamkeit. Rund um den Reiterbrunnen am

Marktplatz saßen Menschen in Cafés, tranken Latte macchiato und beschwerten sich über das Wetter – oder den Akkordeonspieler, dessen Repertoire sich auf nicht jugendfreie Seemannslieder zu beschränken schien. Frauen mit Einkaufstaschen strömten in Geschäfte; auf den Bänken saßen ältere Männer und verjagten die Tauben.

Im Gegensatz zu vielen anderen Städten im Ruhrgebiet hatte Castrop-Rauxel es geschafft, sich seine historischen Fassaden zu erhalten. Wobei die Häuser im Jugendstil die drei jungen Männer beinah ebenso beeindruckten wie der sprichwörtliche Sack Reis, der in irgendeinem asiatischen Land der Schwerkraft zum Opfer fällt. Sie hatten den Vormittag damit verbracht, bei Mehmet die Zeit totzuschlagen, was sich sehr effektiv mit Computerspielen bewerkstelligen ließ, bis Mehmets Schwestern ihnen lästig geworden waren. Dann hatten sie eine Weile im Stadtgarten die Zeit totgeschlagen und waren schließlich dazu übergegangen, auf einer Bank am Marktplatz die Zeit tot…, Verzeihung, zu chillen.

»Mann, das war gestern vielleicht ne Party.« Mehmet zog ein in Papier eingewickeltes Etwas, das er aus einem Billigbackshop mitgenommen hatte, aus der Tasche. Kauend verkündete er: »Fünfzig Euro versoffen.«

»Ey, du musst einfach sparsamer werden, Alter«, ermahnte ihn Christos. »Nimm dir ein Beispiel an mir. Isch hab noch hundert Euro aufm Konto.«

Christos sammelte gerade Wartesemester für sein Medizinstudium. Nebenher jobbte er in einem Supermarkt.

Mehmet kaute auf seiner Backware herum. »Soll misch das jetzt etwa beeindrucken, du Opfer?« Mehmet glaubte daran, dass jeder Mensch eine Berufung hatte. Nur hatte er seine noch nicht gefunden. Dabei hatte er bereits ausgiebig in diversen Comicheften und Computerspielen danach gesucht. In der Zwischenzeit kam der Staat für seinen Lebensunterhalt auf, was nach Mehmets Ansicht das Mindeste war, was der Staat für einen tun konnte.

»Ey, klar«, entgegnete Christos, »ich bin in jeder Hinsicht beeindruckend. Und unglaublich gutaussehend.« Er kramte eine Tube aus seiner Hosentasche und begann, sich die Hände einzucremen.

»Ey, Alter, was machst du denn da?«, wollte Mehmet wissen. »Das is ja total peinlich.«

»Isch hab voll raue Hände«, erklärte Christos. »Die brauchen viel Feuchtigkeit und Pflege und so.« Er hielt Mehmet die Tube hin. »Willst du auch?«

Mehmet wich zurück. »Ey, bleib mir bloß weg damit, Alter. Isch hab gehört, da sind so Wtalate drin.«

»Was soll das sein, W-T-A-L-A-T-E?«, fragte Christos.

»Das sind so chemische Stoffe, so Weichmacher.«

»Deine Birne ist auch ganz weich.«

»Ey, kein Scheiß, Alter. Das is ne echt krasse Sache. Die tun die da einfach rein und die sind voll schlecht für die Gesundheit.« Mehmets Stimme nahm einen lehrerhaften Ton an. »Da sind so … Dings, so Hormone, Androgynene oder wie die heißen drin. Das führt zu einer Femininei, ähm, Femininurung …«

Er wrang das Gebäckstück in seinen Händen. »Na ja, davon wirst du halt zur Perle. Wachsen dir Brüste und so'n Zeug.«

»Echt jetzt.« Christos sah skeptisch aus.

»Wenn isch's dir doch sage«, bekräftigte Mehmet. »Echt gefährlisch dieses Zeug.«

Christos beäugte die Tube. »Voll krass«, brachte er schließlich hervor. »Die Industrie ist echt voll scheiße.«

»Voll«, bekräftigte Mehmet.

»Ey, du musst echt aufpassen, was du konsumierst.« Nachdenklich lehnte sich Christos zurück.

»Ja, Alter. Die sollten eigentlich die gesetzlichen Bestimmungen verschärfen.« Mehmet kaute weiter auf seiner Backware herum.

»Seid ihr zwei Schwachmaten jetzt endlich fertig?« Sedat wippte unruhig mit dem Fuß auf und ab. »Es wird spät.« Er sah auf die Uhr. Er war noch mit seiner Familie zum Essen verabredet und wollte pünktlich sein. Obwohl gemeinsame Mahlzeiten mit seiner Familie mit beunruhigender Regelmäßigkeit das Entspannungspotential eines atomaren Sprengkopfes entfalteten. Sein Großvater vertrat die Ansicht, dass Sedat vom Bösen besessen war, sein Vater seufzte nur und schüttelte den Kopf, während seine Mutter aufmunternde Sätze sagte wie: »Früher warst du doch ganz normal.« Alle gemeinsam bestanden darauf, dass er betete – eine Tätigkeit, die ihrer Meinung nach gegen die ganze Bandbreite menschlicher Beschwerden half –, aber Sedats Therapeutin hatte ihm erklärt, dass bloß die Botenstoffe in seinem Gehirn verrücktspielten. Alles eine Kombination aus – wie hieß das noch? – Wulnerabillität und Stress. Er müsse seine Belastungen reduzieren, auf Frühwarnsignale achten und lernen, sich nicht mehr so stark mit seinen Gedanken zu identifizieren. Aber wie sollte man das anstellen, wenn einem die Gedanken so laut ins Ohr schrien?

»Mach dich mal locker, Alter«, entgegnete Mehmet. Er vernichtete das letzte Stück seiner Backware und warf das Papier achtlos auf die metallene Sitzfläche der Bank.

Sedat schaute ein weiteres Mal auf die Uhr.

Christos fuhr Mehmet entrüstet an: »Ey, nimm das wieder mit, Alter. Du kannst doch nich einfach deinen ganzen Müll hier liegen lassen.«

Mehmet kniff die Augen zusammen. »Ey, was willst du denn? Das is Papier. Das is biologisch abbaubar. Das wird von so Mikroorganismen voll zersetzt.«

»Ja, wenn du es auf die Erde wirfst, du Honk. Das hier ist Metall. Wie soll das auf Metall zersetzt werden?«

Mehmet verpasste Christos eine Kopfnuss. »Ja, und was is Metall?«

Christos hielt sich den Schädel. »Ein aus Erzen gewonnener Werkstoff?«

»Ja, und wo findest du die Erze?«

»Tief in der Erde?«

»Siehst du.« Mehmet grinste triumphierend. »Is alles Erde. Biologie.«

Christos verdrehte die Augen. »Ey, du nimmst das jetzt sofort mit.«

Mehmet ignorierte ihn und sprang von der Bank.

Christos seufzte. »Boah, du bist echt der am schlechtesten integrierte Ausländer, den ich kenne.« Er nahm das Papier und warf es in den nächstgelegenen Mülleimer.

Sedat sah erneut auf die Uhr. »Ich geh dann mal, Leute.«

»Wann musst du denn wieder zurück in die … in die …?« Mehmet ließ den Satz unvollendet.

»Klapse?«, bot Christos hilfreich an.

»Psychiatrie«, sagte Sedat. »Montagmorgen, wenn das Wochenende weiterhin gut verläuft.«

Es war nicht Sedats erster Klinikaufenthalt. Was den Vorteil hatte, dass er schon mit gewissen Abläufen vertraut war.

Bereits in seiner Jugend hatte Sedat den Eindruck gehabt, dass irgendetwas mit ihm nicht stimmte. Wobei vermutlich jeder Jugendliche diesen Eindruck hat – was von unzähligen Erwachsenen nur bestätigt werden kann.

Als er sein Studium der Elektrotechnik an der Fachhochschule begann, fand dieser Eindruck eine jähe Bestätigung. Zumindest, wenn man davon ausging, dass andere Studenten *keine* Stimmen in ihrem Kopf hörten, die jeden ihrer Schritte kommentierten, vor ominösen Gefahren warnten oder damit beschäftigt waren, die Funktionsweise elektronischer Schaltkreise zu erklären.

Sedat konnte sich immer schlechter konzentrieren. Das Zuhören in den Hörsälen bereitete ihm Schwierigkeiten.

Er begann, sich zurückzuziehen, schloss sich zu Hause ein, ging manchmal tagelang nicht vor die Tür.

Dann passierte die Sache mit der Ampel. Sie blinkte. Und Sedat war sich sicher, dass dieses Blinken etwas zu bedeuten hatte.

Die Ampel *sprach* zu ihm. Lange Zeit stand er an der Kreuzung vor seinem Haus und versuchte, die geheime Botschaft zu entschlüsseln.

Schließlich hatte er gewusst, was zu tun war. Er war in den Zug gestiegen, nach Norden-Norddeich gefahren, hatte die Fähre nach Norderney betreten und war in die Nordsee gesprungen.

Das behaupteten zumindest die Leute von der Küstenwache, die ihn wieder herausgefischt hatten.

So begann sein erster Klinikaufenthalt.

Diesmal jedoch war es anders. Diesmal hatte er die Vorzeichen bemerkt und seine Therapeutin hatte ihm empfohlen, erneut ins Krankenhaus zu gehen. Was den Vorteil hatte, dass er nicht erst wieder in die Nordsee springen musste.

»Was machen die da eigentlich mit dir?«, fragte Mehmet.

»Im Großen und Ganzen versuchen sie, meinen Kopf wieder in Ordnung zu bringen«, erklärte Sedat.

»Und? Funktioniert es?«

Sedat zuckte mit den Schultern. »Bin mir nicht sicher.«

»Nimm disch auf jeden Fall vor den Psyschologen in Acht«, riet Mehmet. »Die können deine Gedanken lesen.«

»Und nicht die Krankenschwestern vögeln«, fügte Christos weise hinzu.

»Das nennt man jetzt Gesundheits- und Krankenpflegerin«, sagte Sedat. »Und jetzt lass mal die Creme rüberwachsen, isch hab auch voll so raue Hände.«

»Du hast *was*?«

François Rigaud starrte seine Frau ungläubig an. Sein auditiver Kortex weigerte sich standhaft, die Information zu verarbeiten, die ihm von der Hörbahn zugetragen wurde.

»Ich habe es verkauft«, sagte Charlotte ungerührt und fuhr fort, den Kaffee zuzubereiten. »Dieses komische Ding, das zwischen den alten Magazinen steckte. Schwarzes Stoffbündel, jede Menge Federn, wirklich *hässlich*.«

»Verkauft?«, keuchte François. Er spürte, wie ihm langsam das Blut in den Kopf stieg. In seiner Brust breitete sich ein Gefühl aus, das das emotionale Äquivalent eines langsam in sich zusammenstürzenden Wolkenkratzers darstellte.

»Verkauft«, bestätigte seine Frau.

»Wieso?« Es war mehr ein Jammern als eine Frage.

»Wieso, wieso. Wieso ist der Himmel blau?« Die Kaffeemaschine ratterte und produzierte dabei Geräusche wie ein wild gewordener Eber. »Von irgendetwas müssen wir ja leben. Und solange du deine Zeit mit irgendwelchen Zauberexperimenten verschwendest, sorge ich dafür, dass etwas zu essen auf den Tisch kommt. Sei froh, dass das olle Ding weg ist. Das sah ja grässlich aus.«

»Aber warum hast du es *verkauft*?«

»Trink erst mal deinen Kaffee.« Charlotte stellte eine Tasse vor ihn auf den Küchentisch.

François rührte lustlos darin herum. Ihm war, als würde er den Boden unter den Füßen verlieren. Seine Zukunft lag in Trümmern und seine Frau machte Kaffee.

»Du könntest mir ruhig mal ein wenig dankbar sein«, begann Charlotte. »Immerhin stehe ich mir täglich auf dem Markt die Beine in den Bauch. Das ist keine leichte Aufgabe, das sage ich dir. Mein Cousin Jean-Baptiste meint übrigens, das wäre sehr freundlich von mir. Aber er versteht mich sowieso viel besser als du. Er geht nämlich einer körperlichen Arbeit nach.« Sie deutete anklagend mit ihrer Kaffeetasse auf ihn. »Während du nur in deinem Bürostuhl sitzt und irgendetwas in den Computer tippst.«

»Wie du meinst, *Chérie*.« François rieb sich die Schläfen.

Charlotte grinste. »Dieser Idiot, dem ich das Teil verkauft habe, hat übrigens auch diese hässliche Vase mitgenommen. Du weißt schon, dieses Ding, das deine Mutter uns damals zu Weihnachten geschenkt hat.«

»Das ist ja wunderbar, *Chérie*«, seufzte François. »Wirklich wunderbar.«

Kapitel 11

»Krank sind die meisten. Aber nur wenige wissen, dass sie sich etwas darauf einbilden können. Das sind die Psychoanalytiker.«

Karl Kraus

»Gib mir die Flasche mit dem Schlangenblut.«

»Die hier?«

»Nein, die nicht. Die andere.«

»Die?«

»Nein, das hier ist Ochsengalle, *mon cher*, das erkennt man doch an der Farbe.«

Der große Mann blieb unschlüssig stehen und rieb sich die Stirn. Sein Blick glitt langsam über die verschiedenen Gefäße, die in den Regalen übereinandergestapelt waren oder an dicken Schnüren von der Decke baumelten: Gläser und Schalen mit Kräutern, getrockneten Früchten, konservierten Tieren, Fetischen und allerhand anderen unheimlichen Dingen. Draußen klopfte der Regen an die Fensterscheiben.

Das kleine, verwinkelte Haus hatte schon an vielen Orten gestanden: in den sumpfigen Regionen Louisianas, in den tropischen Wäldern Haitis, am Ufer des Amazonas oder in den Hochebenen der Mongolei. Im Moment stand es in einer deutschen Region namens Ruhrgebiet.

Christian rieb sich erneut die Stirn. »Wie lautete noch mal mein Auftrag?«

Die Voodoopriesterin seufzte. »Bring mir bitte die Flasche mit dem Schlangenblut.«

»Ah, ja. Die hier?«

»*Nein*! Die andere Flasche. Die, auf der *Schlangenblut* steht.«

Christian war nicht unbedingt jemand, mit dem man abends vor dem Kamin eine Partie Schach spielen oder sich über moderne Literatur unterhalten konnte. Aber Lilane Navarre schätzte sein ruhiges Gemüt. Und die Tatsache, dass sie ihm kein Gehalt zahlen musste.

Denn Christian lebte nicht mehr – zumindest nicht im herkömmlichen Sinne.

Im Auftrag eines rachsüchtigen Nachbars, der sich immer darüber beschwert hatte, dass Christians Akaziensträucher auf sein Grundstück wucherten, hatte ein Bokor seinen Körper nach seinem plötzlichen und unerklärlichen Ableben – an dem der versehentliche Konsum diverser giftiger Substanzen nicht völlig unschuldig war – in eine untote Existenz befohlen. Gefangen zwischen Leben und Tod hatte er seinem Feind dienen müssen – was sich vor allem auf das Schneiden von Akaziensträuchern bezog. Seine Ehefrau hatte schließlich Lilane Navarre um Hilfe gebeten. Sie vermisste ihren Mann. Hinzu kam, dass das Haus noch nicht abbezahlt war und sich seit seiner Verwandlung in einen Zombie niemand mehr um die Regenrinne kümmerte.

In einer mehrstündigen Zeremonie, die jede Menge Gesang, Trommeln und Rasseln beinhaltet hatte, war es der Voodoopriesterin gelungen, Seele und Körper wieder zu vereinen.

Die Reaktion des Geretteten war vergleichsweise ungewöhnlich ausgefallen: Er hatte Lilane nach Strich und Faden verflucht. Und zwar in solch expliziter Sprache, dass es der anwesenden Gemeinde die Schamesröte ins Gesicht getrieben hatte.

Scheinbar hatte seine Seele Gefallen an den unendlichen Weiten des ewigen Wassers gefunden. Sein Körper hingegen weigerte sich standhaft, sein Ableben zu akzeptieren, und hatte dem Dasein als Zombie durchaus positive Aspekte abgewinnen können. Gartenarbeit zum Beispiel. Und die Möglichkeit, ständig irgendwo herumzuschlurfen. Also trafen sie eine Vereinbarung: Die Mambo entließ seine Seele wieder in die Tiefen des jenseitigen Ozeans, dafür ging ihr sein Körper seitdem bei der Arbeit zur Hand. Er erwies sich als relativ geschickt, was Haus- und Gartenarbeiten anging. Nur das Kochen bereitete ihm gewisse Schwierigkeiten. Jedes Gericht schmeckte aus unerfindlichen Gründen nach gepökelter Schuhsohle.

Lilane Navarre nahm die Flasche mit dem Schlangenblut entgegen und gab ein paar Tropfen in die Orakelschale. Dann griff sie nach mehreren Einmachgläsern, die vor ihr auf dem Tisch standen, und fügte ein paar getrocknete Kräuter, Gewürze, Öle und diverse andere organische Zutaten hinzu. Der Inhalt brodelte und zischte. Schlieren bildeten sich auf der Oberfläche. Lilane beugte sich darüber und versuchte, das Muster zu erkennen. Manchmal waren die Fäden des Schicksals wie die schlüpfrigen Spaghetti am Boden eines großen Topfes. Sie entglitten einem jedes Mal, wenn man die Gabel hineinstieß. An diesem Tag hatte jemand vergessen, Butter hinzuzufügen, sodass die Nudeln zu einem unentwirrbaren Knäuel geworden waren. Lilane sah Ungleichgewicht. Eine Verschiebung zwischen Licht und Schatten. Sie sah Magie, die außer Kontrolle geriet, und eine Aufgabe, die es zu bewältigen galt. Und sie sah noch etwas.

Konzentriert starrte die Mambo auf die immer neuen Muster, die sich in der Schale bildeten. Doch je stärker sie sich bemühte, desto mehr entzogen sie sich ihr und verstrickten sich in unzähligen Wirklichkeiten und Vielleicht-Realitäten, ähnlich einem Knoten, an dem man zu fest zerrt, wodurch man ihn immer enger zusammenzieht. Die Mambo blinzelte. Der Schlüssel bestand darin, nicht so genau hinzusehen, gewissermaßen an der Wirklichkeit vorbeizuschauen, fast beiläufig. Dann konnte man aus den Augenwinkeln das Gefüge der Welt erkennen, das sich als Windungen und Schlaufen und lose Enden präsentierte. Und langsam, ganz langsam konnte man den Knoten entwirren und … verstehen.

Ahnen.

Lilane Navarre ahnte, dass die Salvatis-Klinik Castrop-Rauxel einen besonders dicken Spaghettiknoten im kosmischen Gefüge darstellte.

Etwas würde dort geschehen. Und …

Sie stutzte. »Was ist mit der Trommel?«

»Muss ich?« Kim zog enerviert die Augenbrauen empor.

Lilane warf ihr einen Blick zu, der Feuer dazu veranlasst hätte, schleunigst zu gefrieren.

»Also gut, also gut.« Die junge Frau legte das Smartphone beiseite, auf dem sie sich ein verstörend hektisches Musikvideo angesehen hatte, und fuhr fort, die Trommel zu schlagen. Ihre Fingernägel waren schwarz mit magentafarbenen Streifen. »Ich verstehe nur nicht, wozu das gut sein soll«, beschwerte sie sich nach einiger Zeit. »Ich meine, mir tun schon die Finger weh.«

»Es ist für die Geister«, erklärte Lilane.

»Jaja, die Geister, die Geister«, äffte Kim. »Ich wünschte, die Geister würden mal was für meine Finger tun.«

»Hier.« Lilane hielt Kim die Schale hin. »Was siehst du, Kind?«

»Eingelegte Krötenaugen?« Kim verzog angewidert das Gesicht.

»Das sind keine Kröten-, sondern Schlangenaugen, aber das meine ich nicht. Was *siehst* du?«

»Einen Haufen Eingeweide?«

»Das Schicksal, Kind, das Schicksal.«

»Ach so, das.« Das Mädchen starrte eine Zeit lang auf die Schale.

»Und?«

Kim zuckte die Schultern. »Also ich finde, dass das Schicksal aussieht wie eingelegte Krötenaugen und jede Menge Eingeweide.«

Lilane nahm die Schale wieder an sich. Heutzutage war es schwer, eine angemessene Gehilfin zu finden. Das Mädchen war ein begabtes Medium – das schienen zumindest die Loas zu glauben –, zeichnete sich aber ansonsten durch allumfassende Unfähigkeit aus. Zudem verfügte es über ein schier unerschöpfliches Repertoire amotivationaler Zustände.

»Du solltest mehr Vitamine zu dir nehmen, Kind. Du bist ganz blass.«

»Das trägt man heute so.« Kim spielte an einer magentafarbenen Haarsträhne herum, die über ihre ausrasierte Schläfe fiel.

»Eine ordentliche Portion Obst und Gemüse hat noch niemandem geschadet«, sagte die Voodoopriesterin mit einem missbilligenden Blick auf das schwarze, löchrige Etwas, das Kim anstelle einer Hose trug. »Wie auch immer. Wir müssen uns bereit machen. Ich kann es in der Schale lesen. Bald wird es geschehen.«

»Was?«, fragte Kim.

»*Es*«, wiederholte Lilane.

»Was?«

»Na, das Ungleichgewicht, die Bedrohung. Hörst du mir denn nie zu, Kind?«

»Was?«

»Mach dich auf jeden Fall bereit«, mahnte die Mambo. »Es kann sein, dass wir schnell handeln müssen.«

»Aber nicht nächsten Dienstag, da wollte ich ins Kino. Vergünstigter Eintritt.« Kim schob sich Kopfhörer über die Ohren und kehrte zu ihrem verstörenden Musikvideo zurück.

Christian räusperte sich unbeholfen. »Das Abendessen wäre dann serviert.« Er stellte einen Teller auf den Tisch.

Lilane nahm einen Bissen. Es schmecke nach gepökelter Schuhsohle.

Fassungslos starrte Dr. John Campbell auf den Briefbeschwerer. Hier ging etwas nicht mit rechten Dingen zu. Er konnte sich lebhaft daran erinnern, das gute Stück im Ergotherapieraum vergessen zu haben. Und Briefbeschwerer hatten selten die Angewohnheit, selbständig den Ort zu wechseln.

Eigentlich sollte er ihn wegwerfen. Aber irgendwo in den neuronalen Tiefen seiner Amygdala regte sich die vage Befürchtung, seine Mutter könne sich aus dem Grab erheben, um ihm die Ohren langzuziehen. John Campbell war ein rationaler Mann, ein Mann der Wissenschaft, er glaubte nichts, was nicht in Balken- und Säulendiagrammen präsentiert werden konnte. Aber seine Mutter war eine sehr energische Frau gewesen und ein so lächerlicher Umstand wie der Tod würde sie sicher nicht davon abhalten können, ihren Willen durchzusetzen.

Da ihm scheinbar nichts anderes übrig blieb, als sich in sein Schicksal zu fügen, stellte er den unglaublich hässlichen Briefbeschwerer auf seinen Schreibtisch. Nicht dass er irgendwelche Briefe zum Beschweren gehabt hätte.

Espen Sander trat einen Schritt vom Regal zurück und nickte zufrieden. Zwischen dem »Lexikon der Psychologie« und dem handlichen Taschenbuch »Voodoorituale leicht gemacht« stand nun das magische Artefakt aus

Port-au-Prince und strahlte eine archaische Präsenz aus, die wunderbar in sein Büro passte. Lächelnd setzte er sich an seinen Schreibtisch und begann, die neuen Akten zu studieren, um sich in die Fälle einzuarbeiten, die während seiner Abwesenheit eingetroffen waren.

Der Blick unsichtbarer Augen tastete sich über seinen Hinterkopf. Espen stutzte. Er sah sich um. Der Raum war leer. Bis auf eine unordentliche Sammlung kultischer Gegenstände, die sich beinah wahllos über das ansonsten karge Arztzimmer verteilte.

Und die Hühner natürlich.

Espen hatte die Hühner für rituelle Zwecke erworben. Voodoozeremonien ohne Hühner, das war wie … na ja … wie eine Sache, bei der eine andere wichtige Sache fehlte. Und sein Internetlehrer Papa Kajombo hatte mehrfach die Wichtigkeit ritueller Opfertiere betont. Hühner schienen sich bei den Loas großer Beliebtheit zu erfreuen. Was Papa Kajombo nicht gesagt hatte, war, dass Hühner in der Haltung weitaus aufwendiger waren, als es der entsprechende Artikel seines Buches »Voodoorituale leicht gemacht« behauptete.

Inzwischen hatte sich Espens Büro in einen mittelgroßen Stall verwandelt. Überall flogen Federn herum und der Psychologe stolperte mit erstaunlicher Regelmäßigkeit über spontan gelegte Eier oder rutschte auf liegengebliebenen Körnern aus. Zudem hatte sich mit der Zeit ein weiteres Problem ergeben: Wie Espen feststellen musste, implizierte der Begriff Opfertier, dass besagtes Tier beim Ritual, nun, *geopfert* wurde. Was durch den Umstand erschwert wurde, dass Espen keinem Tier etwas zuleide tun konnte. Schon als Kind hatte er herrenlose Katzen, Igel, Molche und Wiesel mit nach Hause gebracht und gefüttert, sehr zum Verdruss seiner Eltern, da sich insbesondere die Wiesel als nicht kompatibel mit der Tapete herausstellten, hatte Vogelhäuschen gebaut und Spinnen vor einem vorzeitigen Tod durch den Staubsauger bewahrt. Also beschränkten sich seine rituellen Opferungen darauf, Federn einzusammeln, die die Hühner verloren hatten, und sie zusammen mit etwas Johannisbeergelee in eine Schale zu füllen. Er hoffte, dass das ebenfalls die gewünschte Wirkung erzielte. Mittlerweile hatte er sich so sehr an das Gackern, Scharren und Picken gewöhnt, dass er sich gar nicht mehr vorstellen konnte, ohne Henrietta, Jolanthe, Amalia und Abigail zu arbeiten. Sie zwickten in seine Schuhe, wenn er Arztbriefe korrigierte, und flatterten fröhlich durcheinander, sobald er das Zimmer betrat.

Die Patienten zogen es vor, die Hühner nicht wahrzunehmen – eine einzigartige Funktion des Nervensystems, die es der menschlichen Spezies unter anderem erlaubt, moderne Kunst zu schätzen oder in Städten wie Bielefeld zu leben – und Dr. Maifelder betrat ohnehin nie sein Büro. Die einzige Person, vor der er sich in Acht nehmen musste, war Dr. Olga Wassiljew, ehemalige Gynäkologin, amtierende Qualitätsbeauftragte und Hygienebeauftragte aus Leidenschaft. Olga nahm ihre Aufgabe sehr ernst. Wann immer ihr ein Verstoß gegen die Hygienevorschriften ins Auge fiel, handelte sie auf der Stelle. Espen war sich nicht sicher, was die Hygienevorschriften in Bezug auf die Hühnerhaltung im Arztzimmer besagten, aber er hatte die vage Vermutung, dass es besser war, wenn Dr. Wassiljew Henrietta, Jolanthe, Amalia und Abigail niemals zu Gesicht bekam.

Der unsichtbare Blick bohrte sich in seinen Rücken. Espen fröstelte. Jolanthe zwickte in seinen Schuh. Wahrscheinlich war es einfach der Jetlag. Erste Arbeitstage waren nie leicht. Die Umstellung. Klimaveränderung. Wenig Schlaf. Espen stand auf, holte sich einen Kaffee und setzte sich wieder an den Schreibtisch. Der unsichtbare Blick streifte seinen Nacken. Langsam drehte Espen sich um. Das magische Artefakt stand im Regal zwischen einer alten Ausgabe der »Roten Liste« und dem »Atlas der Neuroanatomie«. Er rieb sich die Augen.

Jetlag.

Ganz bestimmt.

Es musste am Jetlag liegen.

Espen nippte an seinem Kaffee. Als er sich erneut umwandte, meinte er, aus dem Regal ein leises Kichern zu hören.

»Wo gehen wir hin?«

»Komm einfach mit.«

»Aber ...«

»Kein aber. Wir sind schon da.« Nicholas blieb unvermittelt stehen, öffnete eine Tür und trat aus dem Treppenhaus.

»Aber das ist doch Station 3, Abteilung für Psychiatrie, beziehungsweise bald Abteilung für ...« Isabella dachte nach. »Geriatrie?«, sagte sie versuchsweise. »Was soll daran besonders sein?«

»Das«, sagte Nicholas bedeutungsschwer, »ist der Ausgangspunkt für meine heutige Mission.« Er lächelte ihr verschmitzt zu.

Isabella runzelte die Stirn. »Deine heutige *was?*«

»Mission«, erklärte Nicholas.

Befremdet sah Isabella ihm dabei zu, wie er Büroklammern in den Seifenspender füllte, Kaffeetassen in den Kühlschrank räumte und den Inhalt der Teepackungen vertauschte.

»Deine Mission besteht also darin, möglichst bald gefeuert zu werden?«, erkundigte sie sich vorsichtig.

Nicholas hielt einen Moment inne und schenkte ihr einen wissenden Blick. Dann fuhr er mit seiner Arbeit fort. »Man muss die Menschen verstören, sonst nehmen sie ihre Umgebung als gegeben hin. Sie verarbeiten alles nur gemäß ihrer Vorurteile und Schubladen und hören auf zu *sehen.*« Er verschwand in einem Patientenzimmer und kehrte kurz darauf mit einer Fernbedienung zurück, die er im Medikamentenschrank verschwinden ließ.

»Und du tust das, indem du Teebeutel vertauschst?«, fragte Isabella. Sie hielt eigentlich recht viel von Schubladen. Sie halfen einem, Dinge zu verstauen und bewahrten vor übermäßiger Beanspruchung des Schreibtisches.

»Unter anderem«, entgegnete Nicholas.

Einen Moment lang herrschte Stille. Nun, nicht eigentlich Stille, vielmehr jene Art von Nichtstille, wie sie in Krankenhäusern anzutreffen ist. Schritte hallten über Flure. Betten wurden über Gänge geschoben, Stimmen beschwerten sich über das Essen, Aufzüge brummten und Kaffeemaschinen surrten.

»Manchmal lasse ich auch einfach etwas verschwinden«, schloss Nicholas an. »Dinge. Kleinigkeiten, du weißt schon. Sachen, die eh keiner vermisst. Ich gebe ihnen ein neues Zuhause.«

Isabella deutete anklagend mit dem Zeigefinger auf ihn. »Also bist du für die verschwundenen Computermäuse verantwortlich?«

»Ich? Nein. Das machen die Mitarbeiter selber. Die fringsen, was das Zeug hält. Du weißt schon«, fügte er an, als er Isabellas Gesichtsausdruck bemerkte. »Fringsen – etwas aus der Not heraus für den akuten Eigenbedarf beschaffen. Nach Josef Kardinal Frings, Erzbischof von Köln. Das liegt alles an der schlechten Wirtschaftslage. Finanzkrise. Fallende Zinsen. Allgemeine Unsicherheit. Alle haben Angst, nicht genug zu kriegen.«

»Also stehlen sie.«

»Nicht stehlen, fringsen.«

»Für mich klingt das irgendwie wie dasselbe.«

Nicholas zuckte die Schultern. »In der Not, auch wenn sie nur eine gefühlte ist, kommen eben die animalischen Triebe wieder durch. Nimm, was du kriegen kannst.«

»Aber kämpfe für das, was du haben willst.«

»Wie?«

»Kira die Amazone. Aus Fantasmoria.« Isabella nickte bedeutungsvoll.

Nicholas vertauschte zwei geleaste Topfpflanzen.

»Und du?«, fragte Isabella. »Fringst du auch?«

»Nein, ich relokalisiere. Das ist etwas völlig anderes.«

»Aha.« Isabella kam nicht umhin zu bemerken, dass er wirklich schöne Wimpern besaß.

»Und was ist deine Mission?«, fragte Nicholas nach einiger Zeit und wandte Wimpern samt dazugehörigem Augenpaar in ihre Richtung. »Deine Leidenschaft, dein Feuer? Das, was dich antreibt?«

Isabella kratzte sich am Kopf. »Nun, äh, es gibt da diese Goblins, mit denen ich fertig werden muss.«

Soziale Situationen waren etwas, das Richard Wiskamp schon immer unheimlich gewesen war.

Im Kindergarten hatte er sich meistens in der Kiste mit den Bauklötzchen versteckt. Seine Schulzeit war ihm als Aneinanderreihung endloser Momente in Erinnerung geblieben, in denen er inständig hoffte, von niemandem angesprochen zu werden. Denn wenn jemand einen ansprach, bedeutete das im Allgemeinen: Man musste antworten.

»Herr Wiskamp, wie sieht es aus?«

Im Gegensatz zu seinem Kindergarten gab es hier keine Bauklötzchenkisten. Hier gab es nur einen Stuhlkreis und zwölf erwartungsvolle Gesichter.

»Ich … hmm … überlege noch«, brachte Richard mühsam hervor. Psychologen waren ihm ebenfalls unheimlich. Diese beruhigende Stimme, dieser sanfte Blick. Immerzu wollten sie, dass man sich mit seinen Ängsten konfrontierte, dass man an sich arbeitete. Richard wollte sich nicht konfrontieren, Richard wollte sich verstecken.

»Vielleicht versuchen Sie, Ihr Gefühl zu benennen«, empfahl Espen Sander. »Beschreiben Sie es einfach. Es geht nicht darum, möglichst tolle Worte zu finden. Versuchen Sie es.«

Wenn das so leicht wäre, dachte Richard und versuchte, tiefer in seinen Stuhl zu rutschen, der entfernt nach modrigem Dachboden roch. Woher wusste man, welches Gefühl in der Situation das richtige war?

Der Gruppenraum in der dritten Etage, von Personal und Patienten auch der blaue Raum genannt, schien seit den neunziger Jahren keine Renovierung mehr erhalten zu haben. Die Plastikstühle waren mit einem blauen Stoff überzogen, der ein Karomuster aufwies, das auch damals schon altmodisch gewesen war. Der blaue Teppich hatte ebenfalls bereits bessere Zeiten gesehen und das an die Wand montierte Whiteboard taugte allenfalls dazu, sorgfältig verdrängte Schulerinnerungen wieder wachzurufen. Knatternde Geräusche wiesen darauf hin, dass draußen auf der Wiese ein Rasenmäher einen hartnäckigen Kampf mit diversen Maulwurfshügeln austrug.

»Ja, ich …«, begann Richard.

»Wunderbar«, sagte der Psychologe aufmunternd. »Machen Sie weiter so.«

Aber Richard machte nicht weiter. Er wusste nicht, womit. Wozu sollte es überhaupt gut sein, über seine Gefühle zu sprechen?

Reden wurde sowieso vollkommen überbewertet. Schildkröten zum Beispiel kamen auch wunderbar ohne Worte aus – oder Gefühle – und trotzdem schienen sie sehr zufriedene Zeitgenossen zu sein. Hatte man jemals eine Schildkröte das Soziale Kompetenztraining besuchen sehen? Richard hingegen hatte es bei jedem seiner Klinikaufenthalte besucht. Allerdings fühlte er sich keineswegs sozial kompetent. Genau genommen wusste er nicht, ob er sich jemals in irgendetwas kompetent gefühlt hatte. Seine Mittagspausen im Büro verbrachte er mit dem Versuch, sich aufzulösen. Zu Feiern lud man ihn gar nicht erst ein. Die Welt war eben ein furchteinflößender Ort und die Psychiatrie bot in dieser Hinsicht einen gewissen Schutz. Zumindest wenn man nicht gerade eine Rollenspielübung machte.

»Nun sag doch was oder soll ich ewig warten?« Seine Rollenspielpartnerin sah ihn ungeduldig an. Sie war ihm ein wenig unheimlich.

»Ja, ich ...«, begann Richard. »Ich ...«

»Eine alte Freundin, von der Sie seit Jahren nichts gehört haben, hat Sie gerade darum gebeten, ihr beim Umzug zu helfen. Aber Sie wissen, dass diese Freundin sich immer nur meldet, wenn sie Hilfe von Ihnen möchte. Außerdem haben Sie gerade viel um die Ohren und möchten daher diese Bitte ablehnen«, soufflierte der Psychologe. »Nein sagen, Herr Wiskamp, ist nicht leicht. Viele Menschen tun sich schwer damit. Machen Sie sanft, aber bestimmt Ihre Grenzen deutlich.«

»Ja, meine Grenzen«, murmelte Richard. »Also, ich ... ähm ... ich ...«

»Ja, wunderbar. Weiter so, Herr Wiskamp.«

»Ja, also ... also ich möchte dir lieber ... hm ... nicht beim Umzug helfen, also ... wenn das okay für dich ist«, stammelte Richard.

Seine Rollenspielpartnerin zog verletzt die Augenbrauen nach oben. »Das finde ich jetzt aber überhaupt nicht nett von dir«, schimpfte sie. »Nach allem, was wir miteinander durchgemacht haben.«

»Aber«, setzte Richard an.

»Und da bitte ich dich einmal um etwas und du lehnst ab. Ich bin zutiefst enttäuscht. Ruf mich bloß nie wieder an.«

»Aber«, versuchte Richard es erneut. Er begriff, dass er von sozialer Kompetenz noch weit entfernt war. Sehr weit.

»Frau Bertram«, ergriff Espen Sander das Wort. »Vielleicht versuchen Sie, ein wenig mehr einzulenken. Der Herr Wiskamp hat doch sein *Nein* sehr gut formuliert.« Er nickte beiden Rollenspielern aufmunternd zu.

»Warum soll ich denn einlenken?«, empörte sich Frau Bertram. »Wer soll mir denn jetzt beim Umzug helfen? Immer lassen mich alle sitzen. Auf niemanden kann man sich verlassen.«

»Aber das ist doch nur ein Rollenspiel«, erklärte Espen. »Eine Übung, bei der es darum geht, die eigenen Grenzen zu spüren und eine Bitte von außen auch mal abzulehnen.«

»Ja, aber was ist mit mir?«, keifte Frau Bertram. »Und mit dem Umzug? Wer hilft mir denn jetzt bei meinem Umzug? Soll ich die ganzen Kisten etwa alleine schleppen? Nie wird einem geholfen, dabei opfert man sich immer für alle auf.«

»Genau«, mischte sich eine andere Patientin ein. Ihr Haar hatte die Farbe von Zuckerwatte. »Immer ist man nur für andere da, immer schuftet man sich tot.«

»Gut, dann … hmm … also … dann helfe ich dir eben beim Umzug«, lenkte Richard ein und fügte vorsichtshalber ein weiteres »Wenn das okay für dich ist« hinzu.

»Na, jetzt musst du auch nicht mehr ankommen«, schimpfte Frau Bertram. »Jetzt frage ich Ben.«

»Aber …«

»Richtig so«, unterstützte die Frau mit der hochkalorischen Frisur. »Lass dir das doch von dem nicht bieten. Setz dich durch. Wir müssen alle lernen, uns mehr durchzusetzen. Immer tun wir nur alles für andere. Und was ist mit uns? Wer denkt an uns und unsere Umzüge?«

»Vielleicht sollten wir es mal mit einer anderen Situation probieren«, leitete Espen über. Er blätterte in seinen Unterlagen. »Frau Bertram, Sie bitten nun Herrn Wiskamp, einen alten Freund, darum, Ihnen das Geld zurückzugeben, das er sich bereits vor einiger Zeit bei Ihnen geliehen hat.«

»Ach?« Frau Bertram verschränkte die Arme vor der Brust. Wütend funkelte sie Richard an. Ihre Augen hatten für ihn entfernte Ähnlichkeit mit den lodernden Tiefen der Hölle. »Erst leiht er sich Geld von mir und dann will er mir nicht einmal beim Umzug helfen!«

Draußen verstummte das Geräusch des Rasenmähers. Vermutlich war er mit einem Maulwurf kollidiert.

Eine Frau meldete sich.

»Ja, Frau Mitzkowski?«

»Habe ich schon erzählt, dass ich jetzt Puppen anfertige?«

»Ich bringe Ihnen das Essen, Frau Linkmeyer.« Stefanie stellte ein Tablett auf den Nachttisch der alten Dame.

Sophia rümpfte die Nase.

»Also, gut riecht das nicht. Ich hoffe, da ist keine Petersilie drin. Ich verabscheue Petersilie.«

»Kann ich verstehen, Frau L.«, sagte Stefanie. »Mir geht das Grünzeug auch auf die Nerven.«

»Ich habe etwas für Sie.« Sophia kramte in ihrer Tasche und förderte ein buntes Stricktäschchen zutage. Schnell drückte sie es Stefanie in die Hand. »Hier, Ihre Geldbörse.«

»Handytasche«, berichtigte Stefanie. »Handytasche.«

»Neumodischer Kram.« Sophia schnaubte. »Ich habe extra ein paar Strasssteine draufgesetzt. Tja.« Sie blickte zur Seite. »Na ja, ich dachte, ihr jungen Leute mögt so etwas.«

Stefanies Augen weiteten sich. »Danke, Frau L. Voll krass. Mit Bling-Bling und allem und total so nachhaltig.« Sie schüttelte der alten Dame die Hand. »Da wird Lina aber gucken. Und dann kann ich sagen: Nimm das, Bitch!« Sie steckte ihr Smartphone in die Strickhülle und verstaute es in der Gesäßtasche ihrer weißen Hose. »Danke.«

Sophia starrte auf ihre Füße. Sie merkte, wie ungewohnte Gefühle sich in ihrem limbischen System regten. »Ja, nun, nichts zu danken«, erklärte sie ihren Füßen. »Und jetzt hätte ich gerne meinen Nachtisch.«

»Bringe ich Ihnen, Frau L.«

»Aber keinen Katheter diesmal«, rief Sophia ihr hinterher.

»Guten Tag, Gruppe.«

»Guten Tag, Papa Kajombo.«

Papa Kajombo, ein untersetzter Mann irgendwo in den Fünfzigern, der seinen ausgesprochen formlosen Körper in mehrere Meter afrikanischen Stoff gehüllt und seine Halbglatze unter einem Turban verborgen hatte, räusperte sich bedeutungsschwanger und blickte in die virtuelle Runde.

Es war die wöchentliche Gruppen-Videokonferenz der Internet-Société *Les Mystères*.

Espen Sander hatte es sich in seinem Büro vor seinem Notebook gemütlich gemacht, eine Tasse dampfenden Kaffee in der Hand. Das Artefakt stand neben ihm auf dem Schreibtisch.

»Nun denn.« Papa Kajombo hob eine Hand, die mit mehr Ringen als Fingern ausgestattet war, und vollführte eine einladende Geste. Hinter ihm an der Wand hing eine Flagge mit dem Vèvè Papa Legbas. »Wollen wir also mit unserem Treffen beginnen. Ich hoffe, liebe Gemeinde, ihr seid alle fleißig auf dem Pfade des Voodoo gewandelt.«

»Ja, also, mir ist die rituelle Reinigung eines verfluchten Kieselsteins gelungen«, eröffnete Stefan Roth die Runde. »War gar nicht so einfach, aber am Ende ist es mir gelungen. Ich denke, was mir besonders geholfen hat, war …«

Nacheinander berichteten die sieben Gemeindemitglieder von ihrem Fortkommen im Studium des Voodoo-Pantheons, was bei der unübersichtlichen Anzahl an Loas keine Leichtigkeit darstellte, in der Ausführung kleinerer Rituale und der korrekten Anrufung der Geister.

»Und ich bin mir sicher, dass es Ezulie war, die da von meiner kleinen Morle Besitz ergriffen hatte«, erzählte Sabine Müller und streichelte dabei eine recht zerzaust aussehende Katze, die alles andere als glücklich wirkte.

»Nun, ich denke nicht, dass eine Katze von einem Loa geritten werden kann«, erwiderte Papa Kajombo.

»Ach, und warum nicht?« Frau Müller beschleunigte ihre Streichelbewegungen. Ein panischer Ausdruck trat in Morles Augen.

»Weil, nun.« Papa Kajombo räusperte sich. »Es ist eine Katze.«

»Morle ist keine gewöhnliche Katze.«

»Aber dennoch eine Katze.«

»Meine Schwester hat einen Hamster, der die Reinkarnation der Königin Cleopatra ist. Armes Ding. Wirkt immer so gestresst. Tja, ich vermute, als Königin hat man's auch nicht leicht. Diese ganzen Regierungsgeschäfte und so. Was also Morle betrifft …« Frau Müller hielt das verstört dreinblickende Tier in die Kamera.

Papa Kajombo seufzte. »Sie ist eine *Katze*.«

»Aber …«

»Zweifeln Sie etwa an dem Wort unseres Hungan?«, fragte Espen herausfordernd.

Frau Müller schien in ihrem Sessel zusammenzuschrumpfen.

»Nein, natürlich nicht«, murmelte sie.

»Na also.« Espen blinzelte in die Kamera. »Dann können wir doch mit unserer Runde fortfahren, oder?«

Papa Kajombo nickte und unterdrückte ein Gähnen.

»Was haben Sie denn vorzuweisen?«

Sabine Müller streichelte ihre Katze mittlerweile so fest, dass das arme Tier verzweifelt versuchte, ihrem Schoß zu entkommen.

Espen lehnte sich zurück und grinste siegessicher. Eine gespannte Stille entstand. Schließlich hielt er das Artefakt vor die Webcam. »Also, ich habe das hier!«

Papa Kajombo hielt hörbar den Atem an. »Das … das ist ja ein richtiges *Voodooartefakt*«, stammelte er höchst unprofessionell.

»Aber natürlich«, bestätigte Espen.

»Wo haben Sie das denn her?«

»Haiti.«

»Aha. Soso.« Papa Kajombo entfernte einen imaginären Fussel aus seinem Turban.

»Ich dachte, ehrenwerter Hungan, dass Sie mir vielleicht sagen könnten, wozu es gut ist.«

»Ja, nun … es … also … das ist immer schwer zu … äh sagen … Gibt da natürlich auch verschiedene … äh Stilrichtungen … sodass jeder Kult … äh … auch seine eigene …«

»Haare?«, bot Espen an.

»Bitte?«

»Die Händlerin sagte, dass es Haare wachsen lässt.«

»Ja, genau, Haare«, bestätigte Papa Kajombo. »Das wollte ich gerade sagen. Haare. Wie man selbstverständlich nur zu gut an der Farbgebung und der Länge der Hühnerfedern erkennt und an den … äh … Dingern, die … die … äh … Fransstoppeln auf dem …«

»Artefakt hin, Artefakt her«, meldete sich nun wieder Frau Müller zu Wort, die sich vernachlässigt fühlte. »Das ist ja ganz niedlich, aber was meine Morle«, sie hielt das hektisch um sich schlagende Tier erneut in die Kamera, »also, was Morle und ich neulich vollbracht haben …«

»Und den … äh … rituellen Symbolen«, fuhr Papa Kajombo fort.

»Muss ich noch etwas tun, um es zu aktivieren?«, erkundigte sich Espen. Zwar zeichnete er sich durch eine Fülle halblangen, weizenblonden Haares aus und wusste nicht genau, was er mit einer zusätzlichen Menge desselben anfangen sollte, aber einen Versuch war es wert. Und was die andere Wirkung anging, die die Händlerin angedeutet hatte: Nun, davon konnte man sicherlich nicht genug haben.

»Ja, also«, begann Papa Kajombo. »Da dürfte ein kleines Ritual vonnöten sein. Die gängigen Anrufungen der …«

»Morle hat nämlich, als sie von Ezulie geritten wurde …«

»… bekannten Loas, ein paar kleine Opferungen, können Sie alles in meinem Buch nachlesen.«

»… einen Liebeszauber über unseren Hund verhängt. Jetzt vergeht er sich immer an der Stehlampe.«

»Um vielleicht noch einmal auf meinen Kieselstein zu sprechen zu kommen«, mischte sich Herr Roth ein.

Frau Tannberg, eine Frau mit der charismatischen Ausstrahlung einer ungebutterten Scheibe Kastenbrot, hob die Hand. »Was die Typologie der Opferrituale betrifft, so lässt sich sagen, dass in verschiedenen westafrikanischen Kulturen …«

»Es war ein ausgesprochen großer Kieselstein.«

Espen trank einen Schluck Kaffee. Sein Blick fiel auf das Artefakt, das im Regal zwischen dem »Handbuch der Verhaltenstherapie« und dem »Kompendium klinische Psychologie« stand. Hatte er es nicht vorhin noch in der Hand gehalten? Er musste es wohl zurück ins Regal gestellt haben, ohne es zu bemerken.

»... weshalb wir im westafrikanischen Voodoo die Wassergöttin Mami Wata finden, in der haitianischen Tradition hingegen Lasiren, eine nixenartige Gestalt, die das Wissen der Ozeane besitzt«, referierte Frau Tannberg. »Als Opfergaben kommen hier Muscheln, Spiegel und weiße Tauben in Frage, während ...«

»Leider ist unsere Zeit auch schon wieder um.« Papa Kajombo gähnte geräuschvoll. »Wandelt weiter auf dem Pfad des Voodoo, liebe Gemeinde. Übt eure Chants und die Trommelrhythmen.«

»Außerdem versucht er seither, den Ficus zu besteigen«, schloss Frau Müller.

»Und vergesst nicht, an der Zeremonie im nächsten Monat teilzunehmen«, fuhr Papa Kajombo fort. »Es entsteht nur ein geringer Unkostenbeitrag. Wer sein eigenes Huhn mitbringt, erhält Ermäßigung. Ach ja, das Webinar findet nächste Woche eine Stunde später statt. Ich muss zum Orthopäden.« Er rieb sich den Rücken. »Dieser Ischias bringt mich noch um ...«

Kapitel 12

»Dummheit tötet dich nicht, aber sie bringt dich sehr zum Schwitzen.«

Haitianische Weisheit

»Verdammt.«

Wieder und wieder warf Papa Zuka die Wahrsagemuscheln. Wieder und wieder zeigte sich dasselbe Bild: Er konnte das Artefakt nicht lokalisieren. Die Kerzen flackerten unruhig und warfen ihr unbeständiges Licht auf die verkratzte Platte des kleinen Tischchens, auf dem sich außerdem ein heiliger Stein (aus dem Sortiment des fliegenden Händlers Papa »Hier gibt es alles, was du suchst«), bunte Glasperlen und die Gebeine des geopferten weißen Hahns befanden. Genau genommen handelte es sich hierbei um die Überreste seines Mittagessens, aber Geflügel blieb Geflügel und er hoffte, dass die Loas diesbezüglich nicht wählerisch waren.

Papa Zuka nahm die sieben Muscheln erneut auf und schüttelte sie in der Hand. Doch sooft er sie auch warf, es gab immer dasselbe Muster: Das Artefakt befand sich nicht mehr im Land. Seine magischen Schwingungen waren zu schwach, als dass er sie empfangen konnte. Frustriert ließ er sich zurücksinken, wodurch ein Sammelsurium verstaubter Haushaltsgeräte in Bewegung geriet, einen Moment lang unschlüssig in der Luft hing und dann krachend zu Boden fiel. Durch die Erschütterung fiel die Kerze um und begrub die Überreste des Opfertieres und einen Rest Chilisoße unter heißem Wachs.

Papa Zuka seufzte. Er musste alles daransetzen, dieses Artefakt zurückzubekommen. Koste es, was es wolle. Früher oder später würde der Käufer einen Fehler machen. Und dann würde er, Papa Zuka, bereit sein. Niemand würde sich zwischen ihn und seinen wohlverdienten Ruhm stellen.

Niemand.

Ein Klopfen an der Schuppentür gepaart mit der schrillen Stimme seiner Frau riss ihn aus seinen Grübeleien.

»François, was tust du schon wieder da drin?«

»Nichts, *Chérie*.«

»Und was hat all der Lärm zu bedeuten?«

»Nichts, *Chérie*.«

»Spielst du wieder mit deinen Muscheln herum?«

Papa Zuka holte tief Luft. »Das ist ein *Orakel*, *Chérie*.«

»Und kann dir dein Orakel auch sagen, wann du mir das nächste Mal Blumen schenken wirst?«

Seine Stimme bekam einen scharfen Unterton. »Ich weiß es nicht, *Chérie*. Vielleicht befragst du das Orakel einmal selbst.«

»Dann kann es mir auch direkt sagen, ob du gedenkst, zum Kaffee zu erscheinen, *bevor* der Süßkartoffel-Pie kalt wird«, gab Charlotte zurück. »Mein Cousin

Jean-Baptiste ist auch schon da. Ich habe ihn eingeladen, das ist dir doch recht, oder? «

François gab sich geschlagen. »Ich komme gleich, *Chérie*«, rief er in Richtung Tür und machte sich daran, seine magischen Utensilien zusammenzuräumen.

»Ich hole uns was zu trinken«, sagte Isabella und verschwand in der Küche. »Mach es dir inzwischen bequem.«

»Okay.« Nicholas setzte sich auf das wuchtige Patchwork-Sofa, das das Wohnzimmer dominierte. An der Wand hing eine Skulptur, die ihn entfernt an alte Horrorfilme aus den fünfziger Jahren erinnerte. Insgesamt wirkte der Raum wie ein Sammelsurium bunter Flohmarktmöbel: ein türkisfarbener Couchtisch, ein geblümter Ohrensessel, Bücherregale, die aus den Überresten alter Boote zu bestehen schienen. Dazwischen verteilten sich Leinwände mit Landschaften, Stillleben und abstrakten Formen sowie diverses Computerzubehör.

»Schöne Wohnung«, sagte er in Richtung Küche.

»Herner Altbau«, kam Isabellas Antwort. »Möchtest du einen Kaffee?«

»Nur wenn es keine Mühe macht.«

Ihr Kopf erschien im Türrahmen. »Selbstverständlich macht es Mühe. Ich muss Wasser in die Maschine füllen, einen Kaffeefilter rausholen, Kaffee hineinfüllen, die Maschine anmachen und …«

»Danke, ich nehme ein Wasser.«

»Bist du sicher?«

Nicholas nickte.

»Aber ich habe doch gesagt, ich kann auch Kaffee machen.«

»Danke, ich nehme Wasser.«

Ein nackter Mann kam aus einem der Zimmer, die vom Flur abgingen, und schlenderte durch das Wohnzimmer.

»Ich würde dann auch ein Wasser nehmen.«

»Ähm …«, machte Nicholas. In Richtung Küche sagte er: »Da ist ein nackter Mann in deinem Wohnzimmer.«

»Ja, das ist Kai«, erklang Isabellas Stimme.

»Hi«, sagte Kai, der nackte Mann.

»Hi«, sagte Nicholas.

»Kai ist Modell für Karos Aktgruppe, die sich momentan bei uns trifft«, erklärte Isabella, während sie mit drei Gläsern Wasser zurückkam. »Rohrbruch«, fügte sie hinzu.

»Ach so.« Nicholas nickte verstehend.

»Danke.« Der nackte Mann nahm das Wasser entgegen und verschwand wieder in Richtung Flur. »War nett, dich kennenzulernen«, sagte er über die Schulter zu Nicholas.

»Gleichfalls.«

»Schön, dass du mich mal zu Hause besuchst.« Isabella stellte das Wasser vor Nicholas auf den Tisch. »Und?« Sie sah ihn aus ihren haselnussbraunen Augen an. »Wie geht es mit dem Atmen voran?«

Espen Sander bekam langsam Zweifel, ob das mit den Hühnern wirklich so eine gute Idee gewesen war. Seit einer guten halben Stunde verbrachte er seine Zeit mit dem Versuch, hinter der fliehenden Amalia herzulaufen und »Komm schon, meine Liebe, nur eine Feder, eine einzige Feder« zu rufen. Die Angesprochene dachte jedoch gar nicht daran, seine Bitte zu erhören, sondern flatterte in einem für menschliche Füße schwer nachzuahmenden Zickzackkurs durch den Raum. Espen war bereits deutlich außer Atem, als sie sich schließlich in einer Ecke niederließ, um ein paar Körner zu verspeisen. Der Psychologe nutzte seine Chance: Er warf sich auf das Huhn. Woraufhin Amalia empört gackerte und ihm in den Zeigefinger biss. Espen keuchte auf und ließ das verschreckte Huhn fallen, das sogleich damit begann, an seinem Schuh zu picken. Zumindest hatte Amalia bei dieser Aktion diverse Federn verloren. An seinem malträtierten Finger saugend sammelte Espen sie ein.

Alles war vorbereitet. Die Kerzen brannten, die Vèvès von Papa Legba, Vermittler zwischen den Welten, Ezulie Freda, Göttin der Schönheit, Ogoun Feray, Herr des Krieges und der Gerechtigkeit, Lasiren, Herrscherin der Meere, und Baron Samedi, Beherrscher von Tod und Libido – man konnte ja nie wissen – prangten in schiefen Kreidestrichen auf seinem Schreibtisch. Er blickte noch einmal auf die Ritualanleitung aus Papa Kajombos Buch »Voodoorituale leicht gemacht«. Espen hatte sie um ein paar Hinweise aus dem Downloadbereich der Homepage von *Les Mystères* erweitert, die er unter einigen nützlichen Tipps zur Wahl des richtigen Opferrums und dem neu eingestellten Artikel »Warum Katzen nicht von Loas geritten werden« gefunden hatte. Dann entzündete er das Räucherwerk. Der schwere Geruch von Sandelholz und Patschuli brannte in seinen Lungen und kroch in alle Winkel seines Büros. Henrietta zwickte in seine Hose. Espen füllte Chilipulver, rote Bohnen, Tabak, Parfum und Muscheln in die Opferschale, anschließend schwenkte er die Hühnerfedern zuerst über der Kerzenflamme, als Nächstes über dem Artefakt.

Bedächtig sprach er die rituellen Worte: »Papa Legba, Hüter des Tores, ich … äh.« Er schaute auf seine Anleitung, »… grüße dich. Liebliche Ezulie, mächtiger Ogoun, Lasiren, Nixe des Meeres, Baron Samedi, ich … äh … ehre und diene euch. Bitte … äh.« Er blätterte. »Bitte gewährt mir eure Gunst.« Unbeholfen stimmte er einen Rhythmus auf der Trommel an. Es war eine afrikanische Trommel, die er aus Benin mitgebracht hatte. Er hatte stets bewundert, wie die Trommler es schafften, ihrem Instrument jene schnellen, polyphonen Rhythmen zu entlocken, zu denen die Tänzer in ekstatischen Bewegungen die Loas ehrten, um in der Trance von ihnen geritten zu werden. Irgendetwas schien jedoch mit seiner Trommel nicht in Ordnung zu sein. Immer wenn er sie anstimmte, wurde das Ergebnis ein Vier-Viertel-Takt. Was das Tanzen irgendwie erübrigte, es sei denn, man wollte die Loas mit einem Discofox ehren. Also beschränkte Espen sich aufs Trommeln und Anrufen – womit die Kapazität seines Großhirns ohnehin ausgelastet war.

»Legba, höre mich! Madame Ezulie Freda, Baron Samedi, Ogoun Feray, Lasiren, hört mich!«

Im Zimmer schien es auf einmal kälter zu werden. Die Luft vibrierte.

»Bitte gewährt mir eure … äh … Gunst!«

Etwas beobachtete ihn.

Espen sah sich um. Das Artefakt stand vor ihm auf dem Schreibtisch und versuchte, möglichst unschuldig auszusehen. Daneben pickte Abigail an der Opferschale herum.

»Kschschsch.«

Espen machte eine scheuchende Handbewegung. Das Huhn schnappte sich eine Bohne.

»Kschsch.«

Espen scheuchte eindringlicher.

Abigail biss ihm in den bereits perforierten Zeigefinger.

Der Psychologe schrie auf. »Au! Verdammter Mist!«

Ein dünner Blutfilm sickerte aus der Wunde und tropfte auf das Artefakt.

Espen spürte ein Ziehen unter seiner Haut. Es war, als sauge das Artefakt sein Blut in sich hinein. Espen strich über den dunklen Stoff. Er war brennend heiß. Schnell zog er die Hand zurück.

Weiteres Blut tropfte. Wieder dieser Sog. Gierig und durstig. Misstrauisch beäugte er das Artefakt; das Artefakt starrte zurück. Ein Schauer lief ihm über den Rücken, krabbelte seine Beine hinab und verwandelte seine Knie in eine Art Wackelpudding. Sein Finger pochte. Unwillkürlich schob Espen ihn sich in den Mund.

Ich sollte lieber bei der Pflege nach einem Pflaster fragen, bevor ich das Ritual fortsetze, dachte er, während er an seinem Zeigefinger lutschte.

Noch einmal warf er einen Blick auf das Artefakt – es tat weiterhin sein Bestes, vollkommen unbeteiligt zu wirken –, bevor er kopfschüttelnd sein Büro verließ.

Er wollte gerade die Tür hinter sich schließen, als er eine wohlvertraute Stimme vernahm: »Guten Tag, Herr Sander. So spät noch bei der Arbeit?« Hinter ihm stand Dr. Olga Wassiljew.

»Guten Tag.« Espen bemühte sich, die Bürotür so schnell wie möglich zu schließen.

Zu seinem Bedauern wählte Jolanthe genau diesen Moment, um einen flatternden Schritt in Richtung Freiheit zu wagen. Mit seinem Fuß bugsierte er das aufgeregte Huhn zurück in sein Büro und rammte die Tür ins Schloss.

»Durchzug«, erklärte er der Hygienebeauftragten, die ihn argwöhnisch musterte.

»Ist bei Ihnen alles in Ordnung, Herr Sander?«

»Alles in bester Ordnung.« Espen versuchte, sich möglichst unauffällig gegen die Bürotür zu lehnen. »Könnte gar nicht besser sein.« Drinnen gackerte es. »Sie … äh … sehen heute wirklich hübsch aus.«

Er lächelte die Frau an.

Das Gackern wurde lauter, gefolgt von dem Geräusch pickender Vogelschnäbel.

Die Hygienebeauftragte überhörte das Kompliment und sah ihn stattdessen scharf an. »Haben Sie da drinnen etwa ein Huhn?«

»Was machen Sie denn überhaupt noch hier?«, wich Espen aus. »Müssten Sie nicht längst Feierabend haben? Gemütlich mit der Familie essen?«

»Ich habe keine Familie«, korrigierte Olga. »Nur einen Hamster und der ist nachtaktiv.«

»Aber«, begann Espen.

»Ich habe Sie etwas gefragt, Herr Sander«, beharrte Olga. »Haben Sie da drinnen ein Huhn?«

»Selbstverständlich nicht«, beschwichtigte Espen. »Wie kommen Sie nur auf diese Idee?«

»Nun, Ihr Büro gackert.«

»Ach, das. Das ist nur mein Wecker.«

»Aha.« Sie schien weiterhin skeptisch. »Wozu brauchen Sie in Ihrem Büro einen Wecker?«

»Ja, äh.« Er strich sich durchs weizenblonde Haar. »Ich mache gerne mal ein kleines Mittagsschläfchen, wissen Sie?«

Aus seinem Zimmern erklang ein aufgeregtes Kreischen.

»Es ist ein sehr lauter Wecker«, beeilte er sich zu sagen.

Die Hygienebeauftragte zog eine Augenbraue empor. »Was ist mit Ihrem Finger passiert?«, fragte sie unvermittelt.

»Das?« Espen hielt ihr den ramponierten Finger unter die Nase. »Ach, das ist nur eine kleine Schnittverletzung. Ich habe mich an meinem … äh … Brieföffner geschnitten. Ja … äh … die Dinger können verflixt scharf sein, finden Sie nicht auch?«

»Eigentlich nicht.« Sie rückte ihre Brille zurecht. Das mausgraue Haar fiel ihr in einem Pagenkopf auf die Schultern, sodass sie wirkte wie eine russische Agentin. »Sie sollten das behandeln lassen.«

»Genau das wollte ich gerade tun.«

Sie deutete mit zwei Fingern erst auf ihre Augen, dann auf ihn. »Ich beobachte Sie, mein Lieber.« Dann drehte sie ihm den Rücken zu und verschwand im Gang.

Espen atmete erleichtert aus, erinnerte sich an seinen verletzten Finger und machte sich auf den Weg ins Pflegedienstzimmer.

Im Inneren von Espen Sanders Büro flatterten die Hühner hektisch umher. Man sagt, Tiere hätten ein außerordentliches Gespür dafür, wenn eine Katastrophe bevorsteht.

Nun, Henrietta, Jolanthe, Amalia und Abigail wussten nicht genau, was passieren würde, aber *dass* etwas passieren würde, darin waren sich ihre Vogelgehirne einig. Allerdings verfügten sie über keinen anderen Handlungsplan als panisches Flügelschlagen – wobei sie eine wahre Fülle ritualtauglicher Federn verloren – und nervöses Scharren. Ihr Gackern schallte über den Flur.

Auf dem verlassenen Schreibtisch begann das Artefakt zu pulsieren.

Nicholas starrte auf den Monitor. »Und was ist das für ein … Vieh?«

»Das ist mein Avatar«, erklärte Isabella stolz. »Ein Stufe-75-Ork.«

»Ach so.«

»Im Moment bin ich auf der Suche nach einem legendären Zauberschwert, das mir mehr Stärke verleiht. Aber da sind diese Goblins, die natürlich verhindern wollen, dass ich das Schwert kriege.«

»Ach so.«

»Aber ich habe schon das Schild der Unverwundbarkeit, damit kann ich jeden Schaden in kürzester Zeit heilen. Außerdem kann es kein Goblin mit meiner Größe und Kraft aufnehmen.«

»Ach so.«

Isabella drehte sich zu Nicholas um, die Hände in die Hüften gestemmt. Lippen und Stimmbänder nahmen die Arbeit auf, noch bevor der Präfrontalkortex korrigierend eingreifen konnte: »Hör zu, du Lethargiestratege, du verbringst deine Zeit damit, zu atmen und irgendwelche Zahnbürstenhalter zu vertauschen, was ich – nebenbei bemerkt – in höchstem Maße sinnlos finde, und ich spiele eben Online-Games. Besser, du findest dich damit ab, verdammt noch mal. Oder *vai a quel paese*!«

Der Computer summte.

Von irgendwoher erklang das Ticken einer Uhr.

Nicholas deutete auf den Bildschirm. »Also, das mit den Goblins musst du mir noch mal genauer erklären. Ich glaube, das habe ich noch nicht ganz verstanden.«

»Klar.« Isabella machte eine allumfassende Geste. »Das, was du hier siehst, ist das magische Land Fantasmoria. Doch vor langer Zeit kamen die Horden des Bösen und brachten Leid und Zerstörung über die Bevölkerung. Zum Glück gibt es die Gilden.«

Ein Ruck ging durch die jenseitige Welt. Es begann als winziger Riss im Gefüge der Magie, eine unbedeutende Verschiebung des Gleichgewichts zwischen Tag- und Nachtseite.

Dann, wie das Splittern einer Glasscheibe, begann dieser Riss sich auszubreiten, größer und größer zu werden.

Unaufhaltsam rollte das Ungleichgewicht durch die unsichtbaren Wasser Dahomes und fand seinen Widerhall an den Ufern der diesseitigen Welt. Donner grollte. Blitze zuckten hernieder. Geister stoben kreischend auseinander.

Etwas rief. Durch beide Welten hindurch hallte seine Stimme. »Kommt zu mir, Rada-Loas, kommt. Kommt.«

Ezulie Freda, Papa Legba, Lasiren, Ogoun Feray und Baron Samedi hörten den Ruf. Er war wie ein Strudel, der sie unaufhörlich und unerbittlich mit sich zog.

»Was geschieht hier?«, schrien sie. »Was passiert mit uns?«

Sie stemmten sich gegen den Sog. Doch das Etwas griff nach ihnen mit metaphysischen Tentakeln.

Und sie mussten seinem Ruf folgen.

Ein dumpfes Grollen erschütterte das Mehrfamilienhaus in Herne-Mitte. Tassen klapperten in den Schränken. Der Schreibtisch wackelte. Ein kurzes Flackern ging über den Monitor. Im Nebenzimmer erklang ein Geräusch, das darauf hinwies, dass eine Staffelei mit empfindlichen Körperregionen kollidiert war. Dann hörten sie den nackten Mann fluchen.

»Was war das?«, fragte Nicholas.

»Ein fluchender nackter Mann?«, spekulierte Isabella.

»Nein, nicht das. *Das*.« Er machte eine vage Geste.

Sie sahen sich an.

»Bergbauschäden«, mutmaßte Isabella. Aber es wirkte alles andere als sicher.

Am Grund der ewigen Wasser Dahomes, in der tiefsten der namenlosen Tiefen, im Zentrum der unerschöpflichen kosmischen Energie erwachten Danbala-Wedo, die Erdschlange, und Aida-Wedo, die Himmelsschlange, aus ihrem Schlaf, streckten ihre schuppigen, schillernden Körper und öffneten träge die Augen.

Kapitel 13

»Wenn das, was du sagen möchtest, nicht schöner ist als die Stille, dann schweige!«

Chinesisches Sprichwort

Althea rückte ihre Unterlagen zurecht und schaute auf ihr Klemmbrett. »Also, Herr Sägewerk …«

»Sägebrecht«, erklärte der alte Mann, der ihr gegenübersaß. Sein Kopf schob sich vorsichtig aus den grauen Stoffmengen seines Sakkos heraus. »Wann gibt es denn Essen?«, erkundigte er sich hoffnungsvoll.

»Essen gibt es später, Herr Sägehecht. Jetzt machen wir erstmal ein paar kleine Tests miteinander.«

Der Kopf zog sich wieder ein Stück zurück. »Wozu soll das gut sein? Sie arbeiten doch nicht etwa mit Elektroschocks, oder? Ich habe gehört, Sie arbeiten mit Elektroschocks.«

Althea startete das Programm. »Keine Elektroschocks, Herr Sägefecht. Alles reine Wissenschaft. Ich werde Ihre kognitive Leistungsfähigkeit untersuchen.«

»Mit meinen Kognitien ist alles in Ordnung.«

»Das bestreite ich auch nicht, Herr Sägemächt, aber es ist nun mal meine Aufgabe, mit Ihnen ein paar Tests durchzuführen.« Althea tippte die Stammdaten des Patienten in die Datenmaske. »Wären Sie dazu bereit?«

Der Kopf des alten Mannes schob sich wieder ein Stück nach vorn. Neue Hoffnung lag in seinem Blick. »Bekomme ich danach mein Essen?«

»Ja, kriegen Sie, Herr Seegeflecht, kriegen Sie. Aber vorher möchte ich Ihnen ein paar Fragen stellen.« Althea sah auf den Bildschirm. »Welchen Monat haben wir gerade?«

»Mai.«

»Sind Sie sicher?«

»Ja.«

»Könnte es nicht schon einen Monat später sein?«

»Nein.«

»Juni zum Beispiel?«

»Nein.«

»Ich frage einfach noch mal: Welchen Monat haben wir gerade?«

»Mai.«

»Wie Sie meinen, Herr Sägerecht.« Althea tippte die Antwort in die Datenmaske. »Und in welchem Land sind wir?«

»Maikäfer.«

»Wie?«

»Maikäfer. Das sind diese kleinen Tiere.« Er machte eine entsprechende Geste. »Wie aus dem Kinderlied: Maikäfer flieg, dein Vater ist im Krieg, deine Mutter …«

»Ja, danke, Herr Sägewerk.« Althea tippte. Dann erhob sie sich von ihrem Stuhl, um auf dem Schreibtisch nach einem leeren Blatt Papier zu suchen. Stattdessen fand sie einen Keks und kaute gedankenverloren darauf herum.

»Obwohl ich Pferde eigentlich viel lieber mag«, fuhr der alte Mann fort. »Schöne Tiere. Was halten Sie von Pferden?«

»Kann mich nicht über sie beklagen. Würden Sie bitte einmal Ihre Uhr abnehmen, Herr Sägebricht?« Althea ging an den Aktenschrank, fügte Büroklammerexperiment Nr. 72 ein paar Kekskrümel hinzu und griff nach einem Stift und einem zumindest ansatzweise leeren Blatt Papier.

»Warum?« Ihr Gegenüber beäugte sie misstrauisch.

»Nun, weil ich Sie jetzt bitten werde, eine Uhr auf dieses Blatt Papier zu zeichnen. Gehört alles zum Test.«

»Bekomme ich danach mein Essen?«

»Ja, danach bekommen Sie Ihr Essen, Herr Siegebrecht. Aber jetzt zeichnen Sie bitte eine Uhr für mich.«

Murmelnd nahm der Patient seine Uhr ab und verstaute sie in seiner Hosentasche. Dann zeichnete er ein Oval mit wahllos darin verteilten Zahlen auf das Blatt.

»Wunderbar.« Althea deutete auf die untere Hälfte des Blattes. »Würden Sie jetzt bitte hier einen Satz aufschreiben? Irgendeinen Satz. Schreiben Sie einfach das Erste, was Ihnen gerade einfällt.«

Herr Sägebrecht verschränkte die Arme vor der Brust. Seine Sakkoärmel flatterten um seine Finger. »Nein, das mache ich nicht.«

»Aber warum denn nicht, Herr Sägerecht?«

»Nein, das mache ich nicht. Ich schreibe nicht.«

»Wie, Sie schreiben nicht?«

»Schreiben, das macht immer meine Frau. Briefe, Kontoführung, Einkaufslisten. Diese ganzen Dinge.«

»Aber Sie sollen doch nur einen einzigen Satz schreiben«, beharrte Althea. »Irgendetwas.«

Der alte Mann schüttelte den Kopf. »Nein, schreiben, das macht immer meine Frau. Genauso wie kochen. Ich halte nicht viel von dieser neumodischen Gleichmacherei der Geschlechter. Jeder soll das tun, wozu er bestimmt ist. Meine Frau kocht wirklich gut. Gibt es gleich Essen?«

Althea nahm das Blatt Papier an sich und heftete es auf ihr Klemmbrett. »Noch eine letzte Frage, Herr Wegebrecht. Können Sie mir bitte sagen, was man alles in einem Supermarkt kaufen kann?«

Herr Sägebrecht dachte nach. Seine faltige Stirn legte sich in noch größere Falten. Er kniff die Augen zusammen, als die Frage durch sein informationsverarbeitendes System kreiste und verzweifelt nach einer Verbindung suchte, jedoch von den Gedächtnisspeichern nur verhaltenes Schulterzucken erhielt.

Schließlich sagte er im Brustton der Überzeugung: »Liebe.«

Althea lächelte. »Also gut, ich glaube, wir sind hier fertig. Vielen Dank, Herr Sägewerk.«

»Nichts zu danken, ich war Ihnen gerne behilflich.« Der alte Mann erhob sich.

»Und vergessen Sie nicht, Ihre Uhr wieder anzulegen«, erinnerte Althea.

»Meine Uhr?« Irritiert blickte der Mann auf sein leeres Handgelenk. »Ach, die habe ich heute Morgen meiner Frau gegeben.«

»Nein, Sie haben sie in Ihre Tasche gesteckt«.

»In meine Tasche? Warum sollte ich sie denn in meine Tasche stecken?«

»Weil ich Sie gerade darum gebeten habe«, erklärte Althea.

»Sie?« Seine winzigen Augen verengten sich ungläubig. »Wer sind Sie überhaupt?«

»Ich bin Dr. Keller. Sie haben gerade ein paar Tests mit mir gemacht.«

Er hielt ihr die Hand hin. »Freut mich, Frau Doktor. Mein Name ist Sägebrecht, mir geht es gut und ich hätte jetzt gerne mein Essen.«

Isabella hatte immer gedacht, dass fünf Minuten eine relativ kurze Zeitspanne seien. Nun machte sie die Erfahrung, dass Zeit ein sehr subjektiver Begriff war und fünf Minuten zuweilen die quälende Länge von fünf Stunden annehmen konnten. Insbesondere dann, wenn man nichts anderes tat, als zu sitzen.

Und zu atmen.

Isabella wusste, wie man atmete. Sie hatte diese Aufgabe bereits als Neugeborene erfolgreich bewältigt. Sie wusste auch, wie man saß – diese Fähigkeit hatte sie nur wenige Monate nach dem Atmen erworben. Was sie nicht gewusst hatte, war, dass man derart viel Zeit mit dem Versuch verbringen konnte, beides gleichzeitig zu tun. Und zwar unter Ausschluss aller anderen Beschäftigungsmöglichkeiten.

Im Archiv herrschte ein schummriges Dämmerlicht. Der Geruch von altem Papier hing in der Luft. Staubfussel hatten sich zu größeren Kolonien zusammengeschlossen, die gemächlich über den Boden krochen. Vielleicht sollte sie ihre Atemzüge zählen? Nicholas hatte etwas in dieser Richtung angedeutet.

Eins – Staubfussel, zwei – Staubfussel, drei – Staubfussel.

Unruhig schielte sie zu Nicholas hinüber, doch der schien sie nicht wahrzunehmen. Seine Brust hob und senkte sich in einem gleichmäßigen Rhythmus. Also begnügte Isabella sich damit, ihn weiterhin anzustarren.

Sieben – Staubfussel, acht – Staubfussel.

Die Zeit kroch dahin wie eine arthritische Schnecke.

Achtundzwanzig – Staubfussel, neunundzwanzig – Staubfussel.

Sollte man nicht eigentlich nur bis zehn zählen?

Eins – Staubfussel, zwei – Staubfussel.

Schließlich bewegte sich Nicholas neben ihr, öffnete die Augen und sah sie an. »Und, was fühlst du?«

Isabella rutschte auf ihrem improvisierten Kissen hin und her. Tatsächlich bestand es aus mehreren Akten, über die Nicholas einen Pullover geworfen hatte. »Mein Bein ist eingeschlafen«, erklärte sie.

»Nein«, korrigierte Nicholas. »Ich meine, was *fühlst* du?«

Isabella rieb sich die schmerzende Stelle. »Ich fühle, dass mein Bein eingeschlafen ist.«

Er gab nicht auf. »Hast du sonst noch etwas wahrgenommen?«

Isabella überlegte kurz, kratzte sich nachdenklich am Kopf und blinzelte in das nicht vorhandene Licht. Schließlich sagte sie: »Ja.«

»Und?«

»Mein Fuß ist ebenfalls eingeschlafen.«

Nicholas seufzte. »Ich glaube, so wird das nichts.«

Magische Energie sickerte durch den Riss zwischen den Welten wie Wasser aus einer unterirdischen Quelle. Und wie Wasser bahnte sie sich ihren Weg, strömte in die Realität, kleckerte und tropfte. Was immer sie berührte, wurde *verändert*.

»Hallo, mein lieber Urururenkel«, sagte der Briefbeschwerer.

»Aaaaaaaaargh!«, machte Dr. John Campbell. Etwas Besseres fiel ihm nicht ein.

»Was soll denn das heißen, aaaargh?«, fragte der Briefbeschwerer. »Ist das eine würdige Begrüßung für deine Ururgroßmutter?«

»Aaaaaaaargh!«, wiederholte John.

Dann rannte er aus dem Büro.

Normalerweise konnte Beate Mitzkowski mit Biofeedback überhaupt nichts anfangen. Da war dieses Gerät, das irgendwelche physiologischen Parameter maß und in ein Bild verwandelte, das auf einem Bildschirm präsentiert wurde. In ihrem Fall waren die physiologischen Parameter die Spannung der Nacken-, Stirn- und Kiefermuskulatur und das Bild war eine Art Säulendiagramm. Wenn die Säulen eine bestimmte Höhe unterschritten, erschien am oberen Bildschirmrand ein lachendes Gesicht, überschritten sie eine bestimmte Höhe, wurde das Gesicht traurig. Es war ja schön, dass die moderne Wissenschaft es schaffte, ihre physiologischen Parameter in bunte Bildchen zu verwandeln, und Beate Mitzkowski mochte die Smileys, nur wie ihr das dabei helfen sollte, sich zu entspannen, war ihr schleierhaft. Atemübungen, das leuchtete ihr ein. In ihrer Zeit als Lehrerin hatte sie selbst einmal einen Kurs zum autogenen Training für die Kinder abgehalten – mit dem einzigen Erfolg, dass zwei Mädchen enormen Spaß daran gefunden hatten, ihre schlafenden Mitschüler mit Filzstift anzumalen. Auch dieses Tschi-Gung, das die Bewegungstherapeutin anbot, hätte sie bereitwillig ausprobiert. Aber Dr. Keller hatte auf Biofeedback bestanden: »Sie werden erstaunt darüber sein, wie die Neuropsychologie Ihnen helfen kann.« Das war nun schon ihre vierte Sitzung vor dem Gerät und Beate hatte nicht den Eindruck, dass die Neuropsychologie ihrer Muskulatur bereits nennenswert geholfen hatte. Auf ihrem Schoß saß Babette, die Puppe, und blickte neidisch auf die aufblinkenden Lachgesichter.

Ich muss ihr beizeiten einen Mund nähen, dachte Beate Mitzkowski und konzentrierte sich wieder darauf, ihre physiologischen Parameter unter die bewusste kognitive Kontrolle zu bringen. Zwei Minuten später war sie eingeschlafen.

Vorsichtig lugte John Campbell um die Ecke, verharrte kurz im Türrahmen und pirschte sich dann langsam, ganz langsam an sein Büro heran. Alles schien normal zu sein. Keine sprechenden Briefbeschwerer, keine

Ururururgroßmütter. Nur ein Schreibtisch, auf dem sich verschiedene Akten türmten, eine halbvolle Kaffeetasse, das Foto seiner Familie – Ebony machte über Jamilas Kopf Hasenöhrchen, während Susanne verneinend gestikulierte. In dem Regal an der Wand standen, ordentlich sortiert, verschiedene Fachbücher. Kein Grund zur Beunruhigung.

Etwas mutiger geworden schob er sich in den Raum hinein. Das Büro blieb unverändert. Er musste wohl halluziniert haben. Zu wenig Schlaf. Zu viel Kaffee. Psychosenahes Erleben, bedingt durch eine stressinduzierte Filterstörung. Das konnte jedem passieren, das war auch unter Ärzten keine Schande. Er würde einfach in Zukunft besser auf sich achten müssen. Mehr Work-Life-Balance, besseres Stressmanagement. Vielleicht sollte er ein paar Tage mit Susanne und den Mädchen wegfahren.

Erleichtert atmete er aus und ließ sich auf seinen Bürostuhl sinken.

»Ich dachte schon, du kommst nie wieder!«, begrüßte ihn der Briefbeschwerer.

John schnappte sich das Ding, stopfte es in seine Tasche und warf sie in den Schrank.

»Ich sage ja nur, dass ich denke … dass *wir* denken, dass du nicht mehr alleine in diesem Haus leben kannst.«

»Ja, das sagst du die ganze Zeit. Und ich sage: Rutsch mir doch den Buckel runter. Mich interessiert nicht, was du denkst. Ich bleibe in meinem Haus.« Sophia Linkmeyer starrte das Telefon wütend an.

»Aber …«, setzte die Stimme ihres Sohnes am anderen Ende an.

»Kein aber!«, schrie Sophia. Ihr Hypothalamus leistete ganze Arbeit und brachte in ihrem Körper eine ausgewachsene Stressreaktion in Gang. Hypophyse und Nebennierenrinde sorgten dafür, dass eine gehörige Portion Cortisol ausgeschüttet wurde, während sich der Sympathikus um Dinge wie erhöhte Muskelspannung, Herzrasen, Hyperventilation und Adrenalin kümmerte. »Ich habe dich unter Schmerzen geboren und so dankst du es mir? Indem du mich aus meinem eigenen Haus hinauswirfst?«

»Aber …«, versuchte Armin es erneut.

»Ich bleibe«, wiederholte Sophia. »Ende der Diskussion.« Sie knallte das Telefon so fest auf den Nachttisch, dass das Plastik protestierend knirschte.

Ein Räuspern erklang.

»Was?« Sophia wirbelte herum. Der Sympathikus hatte es mit seiner Reaktion ein wenig übertrieben – er wollte es dem Parasympathikus mal so richtig zeigen – und sie bemerkte, wie ihr schwindelig wurde.

»Ihr Essen«, sagte Pflegeschülerin Stefanie zögerlich und stellte das Tablett auf den Nachttisch.

»Ich bin nicht hungrig«, knurrte Sophia.

»Ich lass es trotzdem mal da.« Stefanie drehte sich um und ging zur Tür. Vor dem Herausgehen wandte sie sich noch einmal um. »Find ich echt krass, wie Ihr Sohn mit Ihnen redet«, murmelte sie. »Ey, so voll keinen Respekt vor dem Alter.«

Dann ging sie.

Sophia blieb allein mit Telefon und Tablett zurück. Sie würdigte beide keines Blickes. Ihre Finger kribbelten. Eine seltsame Taubheit stieg von ihren Füßen auf und machte es sich gemeinsam mit dem Schwindel hinter ihrer Stirn bequem. Das Telefon klingelte. Sophia wollte gerade abnehmen und ihrem Sohn eine weitere verbale Abreibung verpassen, als sie plötzlich ein stechender Schmerz durchzuckte und sie sich stattdessen dazu entschloss, das Bewusstsein zu verlieren.

Es war bereits später Nachmittag. Althea Keller saß in ihrem uralten roten Fiat Cinquecento und fuhr von der Klinik nach Hause. Wie immer, wenn sie im Cinquecento saß und nach Hause fuhr, brütete sie über wissenschaftlichen Artikeln. Die neuste Ausgabe der Zeitschrift »The Brain« geschickt zwischen das Lenkrad und ihren Schoß geklemmt, vollführten ihre Augen einen erstaunlichen Spagat zwischen herannahendem Verkehr und gedrucktem Wort. Sie fand eine interessante Stelle über Angstverarbeitung in der Amygdala, wich mit geübter Leichtigkeit einem LKW aus und unterstrich die Zeilen mit ihrem Textmarker. Das Wort »Biofeedback« kreiste durch ihren Kopf.

Seltsam, dachte Althea und las weiter.

Der Wagen ratterte, als Althea beschleunigte. Vermutlich sagte ihm die nasse Fahrbahn nicht zu. Der Cinquecento kombinierte auf überaus kreative Art und Weise alle Schwächen italienischer Autos: Er besaß die Form eines Schuhkartons, die Pedale schienen für teutonische Füße viel zu klein, bei Regen klemmte das Seitenfenster und bei Schnee verweigerte der Wagen nahezu vollständig den Dienst. Was dazu führte, dass Althea viel Zeit in U- und S-Bahnen verbrachte, während verzweifelte Mechaniker auf Ersatzteile aus einer kleinen Werkstatt im Süden Bayerns warteten, die sich als einzige noch auf dieses Modell spezialisiert hatte. Das Autoradio empfing lediglich ein meditatives Rauschen. Außerdem hatte es in den späten Neunzigern eine Kassette mit Beethovens neunter Sinfonie gefressen und weigerte sich seither beständig, sie wieder auszuspucken. Ab und an zeigten sich leichte Verdauungsbeschwerden und es hustete ein Stück Tonband aus. Alles in allem schien das Auto nur noch durch Rost und Scheibenwaschwasser zusammengehalten zu werden. Althea mochte den Cinquecento trotzdem. Er war ihr seit vielen Jahren ein treuer Begleiter. Sie tätschelte ihm liebevoll das Dach, bevor sie einstieg, und nannte ihn Horst – nach einer Affäre, die sie zu Studentenzeiten gehabt hatte und dessen Liebhaberqualitäten dem Fahrstil des Cinquecentos nicht unähnlich waren.

Ein BMW hupte sie an. Althea wechselte auf die rechte Spur, unterstrich eine weitere Stelle im Artikel und blätterte die Seite um. Das Wort »Biofeedback« drehte ein paar Schleifen in ihren synaptischen Verschaltungen, streifte kurz den Temporallappen und nistete sich dann in ihrem Frontalkortex ein. Der BMW-Fahrer fuchtelte wütend mit seinen Händen, während er überholte. Althea klemmte sich den Textmarker zwischen die Zähne, zog aus dem Handschuhfach einen Bleistift hervor und notierte sich einige Gedanken über den Zusammenhang von mangelnder frontaler Inhibition und dem Fahren großer Autos. Das Wort »Biofeedback« sickerte langsam in ihr Bewusstsein. Und als sie mit quietschenden Reifen auf die nächste Ausfahrt zuhielt und zu einem riskanten Wendemanöver ansetzte, wusste sie wieder, warum andere Menschen manchmal sehr wütend auf sie wurden.

Irgendetwas war anders.

Heute war das Biofeedback nicht einfach nur Biofeedback. Heute war Beate Mitzkowski im Begriff, das Geheimnis allen Seins zu entschlüsseln, den Sieg des Geistes über die Materie zu erringen, den göttlichen Code zu knacken. Anfangs hatte sie nicht ganz verstanden, war immer wieder eingenickt, doch Minuten und Stunden waren vergangen und mit der Zeit hatte der Bildschirm begonnen, zu ihr zu sprechen. Er hatte ihr Geheimnisse anvertraut.

Säule, trauriges Gesicht, Säule, lachendes Gesicht, Säule, lachendes Gesicht.

Beate spürte es ganz deutlich. Hier lagen alle Antworten des Universums, direkt vor ihrer Nase, man musste nur das komplizierte seismographische Muster deuten.

Säule, lachendes Gesicht, Säule, trauriges Gesicht, Säule.

Ihre Augen begannen zu tränen, während sie immer konzentrierter auf den Monitor starrte. Die Welt löste sich mehr und mehr auf und dahinter sah sie … unendlich weites Wasser, schwarz und tief, ein tosender Ozean. Und dann: eine Welt, so fremd und vertraut zugleich, wie nur das Jenseits es sein konnte. Die Welt der Geister und Götter. Fast war ihr, als könne sie die Hand hineintauchen in diese andere Welt hinter den Wassern.

Säule, lachendes Gesicht.

Aber etwas fühlte sich falsch an.

Säule, trauriges Gesicht, Säule.

Beate sah Schatten. Sie sah rot glühende Augen voll Bosheit und Zorn, die sie fixierten.

Lachendes Gesicht.

Die Schatten tanzten, flossen ineinander, lösten sich wieder. Sie formten einen wirbelnden Tunnel, der Beate aufzusaugen schien. Beate wusste nicht, wie man in Trance fiel, aber ihr Gehirn leistete diesbezüglich ausgezeichnete Arbeit.

Säule, trauriges Gesicht, Säule.

Sie hörte Farben, spürte den Geruch von Salz auf ihrer Haut. Körpergrenzen weichten auf und verwandelten sich. In *jemanden*. Eine Frau, eine Göttin, mit einer Haut wie dunkler Honig, mit vollen Lippen und schwarzem, lockigem Haar. Das Geräusch fließenden Wassers umgab sie ganz, sie brauchte sich nur zu strecken, in diesen Ozean hineinzuströmen, um …

»Da sind Sie ja, Frau Mitzkowski!« Die Tür schwang auf und Dr. Althea Keller stürmte ins Zimmer.

Die Welt hinter den Wassern verschwand. Beate Mitzkowski keuchte. »Das, das …«

»Großartig, nicht wahr?« Mit routinierten Bewegungen schaltete Dr. Keller das Gerät aus, nahm Beate Mitzkowski am Arm und führte sie aus dem Raum. »Was für Möglichkeiten die moderne Neuropsychologie für uns bereithält. Ich bin selbst immer wieder erstaunt, was so ein kleines Gerät bewirken kann.«

»Das … das …«, stammelte Beate.

»Ja, ich weiß«, sagte Althea.

Im Hintergrund flackerten rote Augen über den Monitor, bevor er erlosch.

Ungläubig starrte Papa Zuka auf die Wahrsagemuscheln. Jemand hatte das Artefakt aktiviert. Die Magie veränderte sich.

»Castrop-Rauxel.«

Wieder und wieder murmelte er dieses Wort. Die Muscheln ließen keinen Zweifel zu.

»Castrop-Rauxel.«

Deutschland. Bürokratie. Pünktlichkeit. Sauerkraut. Schlechtes Wetter.

»*Chérie*, ich muss verreisen«, sagte er leise vor sich hin. *Bondieu*, seine Frau würde wütend werden, sehr, sehr wütend.

Tropf-tropf-tropf.

Ein Quäntchen freigewordener magischer Energie verirrte sich in die Salvatis-Klinik Castrop-Rauxel, kreiste eine Zeit lang über dem Innenhof und sickerte schließlich in ein ganz bestimmtes Büro. Es streifte Papierstapel, umkreiste ein altes Gebäckstück, umfloss eine Ansammlung elektronischer Geräte und fand sein Ziel.

Funken stoben. Und tief im Inneren des Aktenschrankes begann Büroexperiment Nr. 72 zu leben.

Kapitel 14

»Die Dinge sind nicht so, wie sie scheinen. Aber anders sind sie auch nicht.«

Lankavatara-Sutra

Sophia Linkmeyer wusste, dass sie nicht tot war. Es hatte keinen langen Tunnel gegeben, kein Licht am Ende, keine himmlischen Chöre und keine Harfenklänge. Außerdem war Sterben etwas, das nach Sophias Ansicht nur anderen Menschen passierte.

Aber irgendetwas war geschehen.

Zunächst einmal schien sie keinerlei Kontrolle mehr über ihren Körper und seine Funktionen zu besitzen. Es war, als sei Sophia nur noch ein stiller Beobachter, der in der Loge saß und sich die Vorstellung auf der Bühne ansah.

Und dann war da dieses Wesen.

Papa Legba schlug die Augen auf. Er fühlte sich müde, erschöpft und kraftlos. Sein Kopf – Kopf? – dröhnte. Er streckte seine Finger – Finger? – aus und sah, dass sie alt und faltig waren.

So etwas geschieht eben, wenn man sein Leben lang Geschirr abspülen und den Garten umgraben muss, dachte Sophia von dem Logenplatz in ihrem eigenen Kopf aus.

Merkwürdig. Er konnte sich nicht daran erinnern, dieses Menschenpferd geritten zu haben.

Für gewöhnlich bevorzugte er, nun, *jüngere* Exemplare.

Ich bin nicht alt, wetterte Sophia. So etwas nennt man eine Frau in den besten Jahren.

Hinzu kam, dass der Ritt eine längere Zeremonie, ausgiebiges Trommeln, die Darbietung von Opfergaben und in Trance fallende Tänzer voraussetzte. Er konnte sich nicht an Trommeln entsinnen – oder an Tänzer.

Tanzen, schnaubte Sophia. Früher, ja, da habe ich oft getanzt. Aber heute? Kaffeekränzchen und Walzermusik? Nicht mit mir. Da muss man ja Angst haben, dass einem der Partner bei der Drehung an einem Herzinfarkt krepiert.

Papa Legba gähnte. Irgendetwas in seiner Körpermitte knurrte. Er fragte sich, was Menschenpferde üblicherweise dagegen taten.

Wir warten darauf, dass halbfertige Krankenschwestern kommen und uns einen Katheter bringen, dachte Sophia ironisch.

Die Tür schwang auf und eine junge Frau betrat das Zimmer.

»Ah, Frau Linkmeyer«, sagte Pflegeschülerin Stefanie. »Schön, dass es Ihnen wieder besser geht. Sie sind nämlich ohnmächtig geworden, müssen Sie wissen. Einfach so. Voll krass! Und dann haben Sie ne ganze Weile geschlafen. Ich …«

»Schweig!«, herrschte Papa Legba sie an.

»Aber, Frau L. …«

Das Menschenpferd, das einmal Sophia Linkmeyer gewesen war, vollführte eine herrische Handbewegung. »Ich wünsche, mich an der symbolischen Energie einer Opfergabe zu laben. Bring mir ein Huhn, Tabak und meine Pfeife.«

Wie jeden Morgen betrat John Campbell sein Büro. Wie jeden Morgen griff er in seine Tasche, packte seine Sachen aus …

… und …

»Hallo, Ururenkel«, begrüßte ihn der Briefbeschwerer.

John sprang auf, rannte zur Tür und riss wie ein Wahnsinniger an der Klinke. Nach mehreren Sekunden erfolglosen Rüttelns sprang die Tür auf. John wollte hinausstürzen, wurde aber durch den Umstand daran gehindert, dass ihm ein Wischmopp den Weg versperrte.

»Hier können Sie grad nich durch«, erklärte ihm die Reinigungskraft und schüttelte sich die pechschwarzen Dreadlocks aus den Augen. »Is frisch gewischt.«

»Aber …«

»Nix da.« Sie hob drohend ihren Mopp und sah ihn über die Gläser ihrer verspiegelten Sonnenbrille hinweg an. »Frisch gewischt is frisch gewischt, da gibt es keine Ausnahme.«

Es gibt wohl wenig auf der Welt, was ähnlich furchteinflößend wirkt wie eine entschlossene Frau mit einem Wischmopp. John machte die Tür wieder zu.

»Hältst du das etwa für eine würdige Begrüßung?«, fragte der Briefbeschwerer.

John tat das Einzige, das ihm in dieser Situation einfiel: Er versteckte sich hinter seinem Bürostuhl.

An diesem Morgen hatte Sedat Özkan das Gefühl, nicht allein in seinem Kopf zu sein. Das war an sich nichts Neues, denn Sedat hatte häufig das Gefühl, nicht allein in seinem Kopf zu sein. Der Herrscher des Totenreichs allerdings hatte ihm noch nie Gesellschaft geleistet.

Bereits nach dem Aufstehen hatte Sedat den unwiderstehlichen Drang verspürt, Zigarre zu rauchen. Dabei war das Einzige, was er jemals geraucht hatte, eine Shisha auf Mehmets Geburtstag gewesen – und danach war ihm tagelang übel gewesen. Zudem stellte er fest, dass er eine Vorliebe für schwarze Kleidung entwickelt hatte und ernsthaft darüber nachdachte, sich einen Zylinder zu besorgen, was ihn besonders beunruhigte, denn Zylinder, davon war Sedat überzeugt, waren nur etwas für Zauberer und Bestattungsunternehmer. Während der morgendlichen Walkingrunde hatte er sich bei dem Wunsch ertappt, seine Walkingstöcke gegen einen ordentlichen Gehstock einzutauschen. Außerdem stellte er sich wiederholt die Frage, ob es hier nicht irgendwo einen Friedhof in der Nähe gab …

»Herr Özkan, was tun Sie da?«

Sedat hielt in der Bewegung inne.

Friederike Klein, die Bewegungstherapeutin, und alle Mitglieder der Qi-Gong-Gruppe sahen ihn verwirrt an.

»Isch tanze den Banda, das is der rituelle Tanz der Guede, der Loas des Todes«, erklärte Sedat.

»Aber wir machen gerade den Kranich«, wies ihn Frau

Klein zurecht. »Und das, was Sie da tun, sieht wirklich … obszön aus.«

»Das soll es ja auch.«

»Ich kann mich nicht mehr lange halten«, meldete sich Herr Altenbried zu Wort. Schweißperlen standen ihm auf der Stirn.

»Ich denke trotzdem, dass der Kranich für Ihr Chi die bessere Übung darstellen würde«, erklärte die Bewegungstherapeutin. Sie räusperte sich. »Und überhaupt: Wollen Sie nicht diese Sonnenbrille absetzen, Herr Özkan, hier drinnen ist es doch schattig genug.«

»Ich kann mich wirklich nicht mehr lange halten«, wiederholte Herr Altenbried.

»Wollen Sie etwa die Guede-Familie beleidigen?«, begehrte Sedat auf. »Wir sind mächtige Voodoogeister, Bewacher der Toten und Herrscher über die Friedhöfe. Wir bewahren die Traditionen. Wir geben und wir nehmen Leben, wir …« Er unterbrach sich, stutzte und blickte unsicher in die Runde. Herr Altenbried nutzte genau diesen Moment, um das Gleichgewicht zu verlieren und geräuschvoll zu Boden zu gehen.

»Haben Sie gerade Voodoo gesagt?«, fragte die Bewegungstherapeutin.

Herr Altenbried rappelte sich stöhnend wieder auf.

»Ähm, isch glaub, isch muss weg.« Sedat drehte sich um, verließ den Raum der Bewegungstherapie und ging schnurstracks zum Büro seines Psychologen.

John duckte sich tiefer hinter seinen Bürostuhl. Alles in Ordnung, sagte eine innere Stimme, die seiner analytischen linken Hirnhemisphäre entsprang. Es muss hierfür eine logische Erklärung geben.

Seine Hände zitterten. Fühlte es sich so an, wenn man verrückt wurde, Verzeihung, wenn man einen psychotischen Schub erlitt?

Vielleicht träume ich ja, überlegte die innere Stimme. Genau. Ich liege in meinem Bett und träume. Zu scharf gewürztes Essen am Abend kann diesen Effekt verursachen.

Er zwickte sich in den Arm. Es tat weh.

Und was nun?, fragte eine zweite Stimme, die ihren Ursprung in seiner holistischen rechten Hirnhemisphäre hatte.

Die erste Stimme zuckte die Schultern und machte sich aus dem Staub.

»Hast du vor, da hinten zu überwintern?«, herrschte der Briefbeschwerer ihn an. »Oder möchtest du lieber noch einmal versuchen wegzulaufen?«

John schüttelte vorsichtig den Kopf.

»Wunderbar. Dann können wir uns ja unterhalten wie – wie sagt man? – zivilisierte Wesen.«

»Das muss ein schlechter Scherz sein«, murmelte John.

»Scherz, was? Papperlapapp.« Hätte der Briefbeschwerer seine Hände bewegen können, er hätte eine wegwerfende Handbewegung gemacht. »Willst du mich beleidigen? Die Jugend von heute. Nichts als Schabernack im Kopf. Damals zu meiner Zeit, da wäre so etwas nicht passiert. Da wusste man noch, was Respekt vor dem Alter bedeutet.«

»Tut mir leid«, entgegnete John instinktiv.

»Das will ich dir auch geraten haben, Sohn. Und jetzt komm her und gib deiner Granny Estelle einen Kuss.«

»Fünf Grad?«

»Denken Sie noch einmal nach.«

»Zehn Grad?«

»Ist das Ihre endgültige Antwort?«

»Ja.«

»Wasser beginnt, bei zehn Grad zu kochen?«

»Ja.«

Althea tippte die Antwort in die Datenmaske. »Vielleicht gehen wir mal zur nächsten Frage, Frau Berti.«

»Bertram.«

»Wer schrieb ›Faust‹?«

»Woher soll ich das wissen? Jackie Chan?«

»Wer?«

»Jackie Chan. Dieser Chinese aus den Actionfilmen. Ist ein richtiger Kung-Fu-Meister. Schon beeindruckend, was die immer mit ihren Beinen machen. Aber zum Fernsehen komme ich ja sowieso nicht mehr«, seufzte Frau Bertram. »Immer schufte ich mich für die Familie tot. Kochen, waschen, bügeln. Die denken wohl, ich bin ihre Putzfrau. Dabei habe ich doch auch Rechte, oder?«

»Natürlich haben Sie die, Frau Berthaar. Ihre Produktivkraft ist für die Gesellschaft ebenso essentiell wie die Ihres Mannes, auch wenn Sie keiner Lohnarbeit nachgehen. Wer war denn Kleopatra?«

»Und nie komme ich mal raus«, ereiferte sich Frau Bertram. Das strähnige Haar fiel ihr in die Augen.

»Immer nur Haushalt und keiner ist zufrieden und … Was haben Sie gefragt?«

»Kleopatra. Wer war Kleopatra?«

»War das nicht eine Sängerin? Die kam doch in diesem Asterix-Film vor. Nicht dass ich Zeit hätte, mir den anzuschauen. Und glauben Sie, ich höre mal ein Dankeschön von meinem Mann oder den Kindern? Natürlich nicht. Die nehmen das doch alles als selbstverständlich hin. Verstehen Sie mich nicht falsch, ich meine, ich liebe meine Familie, aber manchmal sind die wie Blutegel. Saugen einem das letzte bisschen Lebenskraft aus, bis man nicht mehr kann. Und sehen Sie, wohin mich das gebracht hat?«

»Ich sehe es, Frau Barthaar, ich sehe es.« Althea nippte an ihrem Matetee. Aus ihrem Schrank drangen seltsame Geräusche, doch das Surren diverser elektronischer Geräte verhinderte, dass eine der Anwesenden sie bemerkte. Althea stellte die Tasse ab und sah auf den Monitor. »Kommen wir zur nächsten Frage, Frau Bartagame: Warum wärmt dunkle Kleidung besser als helle?«

»Sehen Sie, das ist auch wieder so ein Thema. Ich komme ja nicht einmal mehr dazu, mir etwas Schönes zum Anziehen zu kaufen.« Die Patientin sah an sich herunter. Enge Jeans und ein gestreiftes Shirt verhüllten einen Körper, um den sie ein Streichholz beneidet hätte.

»Vögel legen Eier«, fuhr Althea fort, »welche Tiere noch?«

»Weil man dann weniger dick aussieht«, sagte Frau Bertram.

»Wie bitte?«

»Ihre Frage mit der dunklen Kleidung. Schwarz kaschiert, dann sieht man weniger dick aus.« Die Patientin zwirbelte an einer Haarsträhne herum. »Hühner legen Eier.«

»Nun«, Althea räusperte sich, »das wären dann wohl auch Vögel.«

»Ja, und?«

»Welche Tiere außer Vögeln legen denn Eier?«

Man hätte das Geräusch aus ihrem Schrank als ein leises, schleimiges Schmatzen bezeichnen können.

»Rührei«, sagte Frau Bertram. »Jeden Sonntag Rührei. Und das für die ganze Familie. Mit Kräutern und Speck und allem. Legen Hasen vielleicht Eier?«

»Ist das Ihr Ernst?«, keuchte Althea.

Die Patientin blickte sie empört an. »Ich meine, der Osterhase legt doch auch Eier, oder?«

»Schlangen«, erwiderte Althea. »Schlangen legen zum Beispiel Eier.«

»Schlangen?« Frau Bertram rieb sich ungläubig das Kinn. »Also das hätte ich jetzt nicht gedacht. Aber man kriegt ja auch nichts mit von der Welt, oder? Immer ist man nur für die anderen da. Immer rackert man sich ab und …«

»Warum glauben Sie eigentlich, dass Sie nur etwas wert sind, wenn Sie etwas leisten?«

»… braucht sich auf für die Familie, nie kann man … Wie?«

»Warum glauben Sie, dass Sie nur etwas wert sind, wenn Sie etwas leisten?«, wiederholte Althea.

»Ja, also … ich …« Frau Bertram stockte.

»Es ist in Ordnung.« Althea legte der Patientin eine Hand auf den Arm. »Sie sind gut, so wie Sie sind. Sie dürfen sich um sich selbst kümmern.«

Frau Bertram holte tief Luft. »Ja, ich … ich …« Eine Träne lief ihr über die Wange.

»Und jetzt, Frau Biertran«, fuhr Althea mit erhobener Stimme fort, »sagen Sie mir doch bitte: Wer war Mahatma Gandhi?«

Die Patientin atmete geräuschvoll aus. »Also, was die Frau gemacht hat, weiß ich jetzt wirklich nicht mehr.«

»Sie sagen also, dass Sie das Gefühl haben, da wäre noch jemand in Ihrem Kopf.«

Sedat versuchte zu nicken, wurde aber durch den Umstand daran gehindert, dass es mit einem Mal keine Verbindung mehr zwischen seinem motorischen Kortex und der Muskulatur zu geben schien. Dennoch bewegte sich sein Körper; Arme, Beine und Stimmbänder funktionierten einwandfrei – und das ohne irgendein Zutun seinerseits. Ähnlich musste es der Handpuppe eines verrückten Bauchredners gehen.

»Das ist nicht mein Kopf«, entgegnete Baron Samedi. »Ich pflege ihn nur zu nutzen.«

»Hm-hm.« Der Psychologe nickte.

»Er ist gewissermaßen geliehen.«

»Hm-hm.«

Unter normalen Umständen hätte Baron Samedi sich unmittelbar aus diesem Gefäß zurückgezogen und alle Mitglieder der Société mit Krankheit und Pestilenz bestraft. Das Problem war nur: Baron Samedi sah sich außerstande, dieses spezielle Menschenpferd wieder zu verlassen. Er saß fest. In einem Körper, der nicht nur über mangelhafte religiöse Kompetenzen verfügte, sondern auch vollkommen unwürdig gekleidet war. Sein Hemd hatte keine Ärmel, die Hose bedeckte seinen verlängerten Rücken nur unzureichend und die Schuhe wiesen unpassende farbige Streifen auf. Ja, er besaß nicht einmal einen Zylinder.

Und dann war da dieser Mensch, der vor ihm in einem Sessel saß und die ganze Zeit etwas von sensorischer Filterstörung und der Wichtigkeit, die eigenen Gedanken zu hinterfragen, erzählte. Ihm. Dem Oberhaupt der Totengeister, dem Herrn der Friedhöfe und Herrscher über das Totenreich. Er war Baron Samedi und das Letzte, was er hatte, war eine sensorische Filterstörung.

»Herr Özkan«, sagte Espen Sander zum wiederholten Mal, »wo sind Sie gerade?« Er breitete die Hände in einer offenen Geste aus. »Vielleicht versuchen Sie einmal, Ihr momentanes Erleben in Worte zu fassen.«

»Ich weiß nicht, wer du bist, Unwürdiger«, zischte Baron Samedi. »Und ich weiß nicht, warum ich mich hier befinde. Ich weiß nicht, wie ich hierhergekommen bin. Aber eins weiß ich: Nämlich, dass ich sehr zornig werde, wenn mir nicht bald jemand verrät, wo mein Zylinder ist!«

»Aber warum bist du in einem Briefbeschwerer?«

Granny Estelle seufzte. »Wie oft muss ich es dir denn noch erklären, Sohn? Voodoo.«

»Voodoo?«

»Ja, Voodoo.«

John Campbell rieb sich die Stirn. »Dieses Zeug mit den Nadeln und Puppen und dergleichen?«

»War das eine ernst gemeinte Frage?« Grannys Tonfall hätte eine Giftschlange in die Flucht schlagen können.

»Nein«, murmelte John kleinlaut.

»Das will ich aber auch hoffen.«

John schielte zu seiner Kaffeetasse hinüber. Es war bereits seine dritte. Aber auch eine Überdosis Koffein war nicht in der Lage, an der folgenden Erkenntnis etwas zu verändern: Er saß in seinem Büro und unterhielt sich mit einem unbeschreiblich hässlichen Briefbeschwerer, der nach eigenen Angaben den Geist seiner Ururgroßmutter beherbergte.

Granny räusperte sich. »Deine Familie ehrt doch noch die alten Traditionen?«

»Natürlich«, beeilte sich John zu versichern. »Bei uns gibt es viele … alte Dinge.«

»Ich zumindest habe die Traditionen stets geehrt«, brüstete sich Estelle. »Ich habe zu den Loas gebetet, ich habe meine Opfer dargebracht, ich bin regelmäßig zu den Zeremonien gegangen und ordnungsgemäß in Trance gefallen – außer dienstags, da hat mir Paulette immer die Haare gemacht. Und so, als meine letzte Stunde gekommen war, sank mein Geist in die unergründlichen Wasser hinab und blieb dort ein Jahr und einen Tag. Ich sah das Königreich der Ahnen, ich weilte unter den Loas. Während dieser heiligen Reinigung erlangte ich – wie sagt man? – Vergöttlichung und göttliches Wissen und, nun, allerlei andere *göttliche* Dinge, um später meinen Nachkommen mit meinen neu gewonnenen – wie sagt man? – Fähigkeiten Gutes zu tun, sobald die Zeit dafür reif ist. So wie dir jetzt«, schloss sie.

»Aber du bist ein *Briefbeschwerer.*«

»Ich würde den Ausdruck göttliche Statue der Weisheit bevorzugen.«

John griff nun doch nach der Kaffeetasse und stürzte den Inhalt in einem Zug hinunter. »Aber warum bist du ein Briefbe… ähm … eine göttliche Statue der Weisheit?«

»Nun, man kann sich seine Erscheinungsform eben nicht aussuchen. Die Loas beschlossen, dass ich ein ausreichend gutes Leben geführt hatte, um ein Ahnengeist zu werden. Und als die alte Mambo meine Seele aus den Tiefen der ewigen Wasser zurückrief, da … nun … also … der Briefbeschw… ähm … die göttliche Statue der Weisheit war gerade in der Nähe.«

»Mambo?« John rieb sich erneut die Stirn. »Ist das nicht ein Tanz?«

Granny Estelle stöhnte. »Ich sehe schon, es liegt eine Menge Arbeit vor uns.«

»Nein.«

»Möchten Sie nicht noch einmal darüber nachdenken?«

»Wir waren doch beim Du.« Althea stöpselte einen Stecker in eine Steckdose unter ihrem Schreibtisch.

»Möchtest du nicht noch einmal darüber nachdenken?«, fragte Isabella.

»Und mich damit der Diktatur des neoliberalen Herrschaftsdenkens unterwerfen?«

»Ja?«

»Nein.«

»Aber die neue Testbatterie …«, setzte Isabella an.

»Gab es Probleme mit Maifelder?«, erkundigte sich Althea.

»Nein, ich habe ihr erklärt: ›Läuft‹, und sie entgegnete: ›Wollen Sie einen Müsliriegel?‹«

»Dann ist ja alles klar.« Althea tauchte unter dem Schreibtisch wieder auf. »Hältst du das mal bitte?« Sie drückte Isabella mehrere verdächtig aussehende Kabel in die Hand. »Wenn du gerade Zeit hast, kannst du mir bei einer Sache helfen. Ich arbeite da zurzeit an einem äußerst vielversprechenden Experiment.«

Vielleicht habe ich Kontakte zur Geisterwelt, mutmaßte Beate Mitzkowski, während sie in ihrem Zimmer auf dem Bett saß und Babette einen Mund annähte. So etwas kommt häufig vor. Heimsuchungen, Visionen, versteckte Wasseradern.

»Was meinst du, Babette?«

Die Puppe grinste schief – was mehr auf die Beschaffenheit ihres neuen Mundes zurückzuführen war als auf eine zynische innere Haltung. Beate vernähte den Faden und trennte ihn mit der Schere durch. Ihr war, als klopfe jemand von innen an ihre Schädeldecke.

Mediale Begabung, dachte sie.

Sie fragte sich, was sie mit ihren neu gewonnenen Fähigkeiten bewerkstelligen konnte. Sie sollte mit dem

Heilen von Kranken beginnen, ja, das Heilen von Kranken wurde immer gern gesehen. Es hatte eine lange Tradition in der Geschichte göttlichen Wirkens. Danach konnte sie zu dem einen oder anderen Wunder übergehen. Die Zukunft vorhersagen, Milch und Honig fließen lassen, mit den Toten sprechen, verlorene Gegenstände finden. Beate freute sich auf dieses neue Leben, das wie ein ausgerollter Teppich vor ihr lag.

Ezulie Freda, Göttin der Liebe und Schönheit, hingegen war sehr verärgert. Sie war es gewohnt, dass Menschen etwas taten, wenn sie erschien. Meist fing es damit an, dass sie sich auf die Knie warfen, dann folgten Lobpreisungen, Champagner, Schmuck und Parfum. Und sie war es ebenfalls gewohnt, dass sie ein Menschenpferd nach ihrem Belieben reiten und wieder verlassen konnte. Doch so sehr sie sich auch bemühte, Beates Körper hielt sie in dieser stofflichen Welt wie eine Bleiweste einen Mafioso am Grund des Sees. Wütend polterte die Göttin hinter Beates Stirn.

Es klopfte an der Tür.

»Herein«, sagten Ezulie Freda und Beate Mitzkowski.

Ein Mann trat ins Zimmer.

»Technik«, stellte er sich vor. »Ich will nur eben nach der Telefonanlage schauen. Durch die ganzen Umbauarbeiten kommt es immer mal wieder zu Störungen.«

Ezulie Freda und Beate Mitzkowski nickten. Ezulie hatte nicht die geringste Ahnung, was eine Telefonanlage machte, aber Beates Bewusstsein teilte ihr mit, dass es sich dabei um ein Gerät handelte, das einem erlaubte, mit Menschen zu sprechen, die man nicht sehen wollte.

Der Mann begann mit seiner Arbeit.

Ezulie sah interessiert dabei zu, wie er an verschiedenen Drähten wackelte und kleine spitze Dinge in dafür vorgesehene Öffnungen steckte. Sie kam näher. »Faszinierend, wie Sie das machen.«

Er sah auf. »So? Finden Sie?«

»Ja, natürlich. Ich bewundere es, wenn ein Mann sein Handwerk beherrscht.« Sie lächelte ihn an. Wie zufällig glitten ihre Finger zum Ausschnitt ihres Leinenkleides, um dort einen imaginären Fussel zu entfernen. Sein Blick fiel auf ihr üppiges Dekolleté.

Der Techniker war ein Mann, dessen Leben in gleichförmigen Bahnen verlief: Er arbeitete, er kam nach Hause, er tat, als würde er seiner Frau zuhören, er tat, als würde er seiner Tochter zuhören, er trank sein Feierabendbier und ging ins Bett. Aber er erkannte eine Gelegenheit, wenn sich ihm eine bot. »Also, ähäm.« Er nahm eine Haltung ein, die in diversen Männermagazinen als sehr maskulin bezeichnet wurde. »Ich habe Ahnung von vielen Dingen.«

»Was du nicht sagst?« Ihre Finger berührten ihr Haar. »Was tust du da mit deinem Kinn?«

»Das ist ein Ausdruck von Männlichkeit.« Er grinste, wobei er sich bemühte, das Kinn noch ein wenig weiter nach vorne zu schieben. »Und ich bin ein, ähäm, überaus männlicher Mann.«

»Na, das will ich doch hoffen«, flötete Ezulie, Göttin der Liebe und sexuellen Anziehungskraft. »Ich bin eine ziemlich anspruchsvolle Frau.« Warum auch immer sie hier gefangen war, feststand, dass sie nicht vorhatte, auf die ein oder andere Annehmlichkeit zu verzichten. Sie zog den Techniker zu sich heran. »Dann zeig mir mal, wo der Hammer hängt.«

»Also genau genommen benutze ich gar keinen Hammer, sondern diese kleinen …«

»Halt den Mund und küss mich.«

Irgendwo im hintersten Winkel ihres eigenen Bewusstseins kam Beate Mitzkowski zu dem Schluss, dass sich Kontakte mit der Geisterwelt vollkommen anders anfühlten, als sie immer gedacht hatte.

Die deutsche Botschaft in Port-au-Prince war ein kleiner Steinbau mit rotem Dach, der sich zwischen Palmen zusammenkauerte, als fürchte er, gesehen zu werden. François Rigaud trat ein und wurde von einem hageren Deutschen mit fliehendem Kinn und schwindendem Haar begrüßt.

»Was wünschen Sie?« Das Französisch des Beamten klang perfekt.

»Ich würde gerne ein Visum für Deutschland beantragen«, erklärte François, während er auf einem unbequemen Stuhl Platz nahm. Es war heiß. Das Surren eines Ventilators erfüllte die Luft, trotzdem klebte ihm die Kleidung auf der Haut wie eine enthusiastische Geliebte.

»So.« Der Mann am Schreibtisch runzelte die Stirn. »Und was ist Ihr Anliegen in Deutschland?«

»Ich möchte dort Urlaub machen. Soll ja ein sehr schönes Land sein.«

»Da haben Sie recht«, pflichtete ihm der Mann bei. »Die bayerischen Alpen, die Ostsee, der Spreewald, der Thüringer Wald, die Nordsee, der Kölner Dom, der Schwarzwald …«

François räusperte sich.

Der Mann blinzelte einen Moment, dann fuhr er fort: »Wo genau soll es denn hingehen?«

»Castrop-Rauxel.«

»Castrop… was?«

»Rauxel«, erklärte François. »Liegt im Ruhrgebiet.«

Nun musterte der Mann ihn misstrauisch. »Da reisen Sie nach Deutschland und gehen ins Ruhrgebiet? Das kann nicht Ihr Ernst sein. Wie wäre es mit München, Berlin, Hamburg?«

François schüttelte den Kopf. »Nein, nein, Castrop-Rauxel ist bestimmt wunderschön. Da soll es Berge geben – Halden nennt man sie. Und einen Kanal.«

»Wenn Sie meinen.« Der Beamte sah ihn an wie jemanden, der gerade erklärt hat, das Mururoa-Atoll eigne sich hervorragend zum Sonnenbaden.

»Was brauche ich denn, um ein Visum zu beantragen?«, erkundigte sich François.

Der Mann tupfte sich mit einem Taschentuch den Schweiß von der Stirn. »Ja, also, da sind Sie hier vollkommen falsch.«

»Aber das ist doch die deutsche Botschaft?«

»Ja.«

»Und?«

Der Diplomat hörte auf zu tupfen und wedelte ungeduldig mit dem Taschentuch. »Und Sie sind hier trotzdem falsch. Visa machen wir nicht. Wir sind hier nur eine kleine – eine sehr kleine – Vertretung und haben keine eigene Abteilung für Rechts- und Konsularwesen.«

»Ach?« François zog ungläubig die Augenbrauen nach oben. An der Wand tickte eine Kuckucksuhr. »Und wo muss ich hingehen, um ein Visum für Deutschland zu beantragen?«

Der Mann ließ das Taschentuch in einer verborgenen Falte seines Hemdes verschwinden und versuchte sich an einem Lächeln. »Also, da müssen Sie zur deutschen Botschaft in Santo Domingo.«

»*Was*!?«

»Santo Domingo«, wiederholte der Mann. »Dominikanische Republik.«

»Ich weiß, wo Santo Domingo liegt«, sagte François ärgerlich. »Ich meine nur, soll das ein Scherz sein? Das sind mindestens fünf Stunden Fahrt. Wann soll ich denn das machen?«

»Da kann ich Ihnen leider nicht helfen. Das fällt nicht in meinem Zuständigkeitsbereich.«

»Aber Sie sind doch hier!« François' Stimme nahm den verzweifelten Tonfall eines Mannes an, dem soeben mitgeteilt wurde, dass sich die Schulaufführung seiner Tochter um weitere zwei Stunden verlängern werde. »Warum kann ich nicht einfach bei Ihnen ein Visum beantragen? Ich meine, was machen Sie denn den ganzen Tag?«

Der Mann hüstelte. »Nun, ich bin mit anderen Aufgaben betraut, tut mir leid.«

»Zum Beispiel?«

»Wie?«

»Ihre Aufgaben. Was wäre das zum Beispiel?«

»Nun, ich ...« Der Mann zwirbelte an den verbliebenen Überresten seiner einstigen Haarpracht herum. »Ich kümmere mich um diverse ... also ... repräsentative ... des Weiteren ... wichtige, nun, Dinge im Bereich der ... Entwicklungsarbeit.« Er unterbrach sich. »Also, ich denke nicht, dass ich hier mit Ihnen meine Arbeitstätigkeit besprechen muss. Fahren Sie nach Santo Domingo und beantragen Sie da Ihr Visum.«

François spürte, wie seine Entschlossenheit dahinschmolz wie Eis in der Sauna. »Das ist also wirklich Ihr Ernst?«

Der Mann schenkte ihm ein herablassendes Lächeln. »Mein voller Ernst.«

»Aber ...«, setzte François an, doch der Beamte schnitt ihm das Wort ab.

»Ich kann Ihnen nur raten, dort so schnell wie möglich einen Termin zu vereinbaren. Ohne Termin geht da gar nichts. Wäre doch ärgerlich, wenn Sie vollkommen umsonst hinfahren, nicht wahr?«

Früher hatte jeder Akkordeonspieler, der etwas auf sich hielt, einen Affen besessen. Bruno besaß eine übergewichtige Promenadenmischung. Sie hörte auf den Namen Hau-ab-du-Köter, saß zu seinen Füßen, und wenn er ein besonders ergreifendes Lied spielte, dann jaulte sie in den höchsten Tönen.

Bisher hatten sich die Passanten der Castroper Innenstadt nicht gerade spendabel gezeigt. In Brunos Pappbecher lagen ein paar Zehn-Cent-Münzen, ein silberner

Knopf und ein alter Kaugummi. Er zupfte seine Fliege zurecht, strich den mottenzerfressenen Frack glatt und begann, das nächste Stück zu spielen: ein nicht ganz jugendfreies Seemannslied. Hau-ab-du-Köter stieß ein langgezogenes Winseln aus, das sich im Verlauf der nächsten Strophe zu einem bemerkenswerten Crescendo steigerte.

Münzen klirrten. Als Bruno aufsah, erhaschte er einen kurzen Blick auf einen dunkel gekleideten Mann.

»Vielen Dank.«

Der Akkordeonspieler tippte sich an den Zylinder – und hielt verwundert inne, während sein Gehirn eine mangelnde Übereinstimmung zwischen Erwartung und Realität registrierte. Denn dort, wo sich seine Kopfbedeckung befinden sollte, spürte er nur den warmen Nieselregen auf der beginnenden Halbglatze.

»He!«, rief Bruno. »Komm sofort zurück!« Doch der Hutdieb war bereits verschwunden.

Ein paar Straßen weiter strich eine Gestalt mit dunkler Sonnenbrille andächtig über die Krempe eines ramponierten Zylinders.

»Besser«, murmelte Baron Samedi und lächelte. »Viel besser.«

Zunächst war Büroexperiment Nr. 72 kaum mehr als eine Ansammlung organischen Materials und alten Metalls. Doch es lernte schnell, diese Komponenten zu einem Körper zu verdichten. Sein rudimentäres Bewusstsein verriet ihm, dass es Hunger hatte. Vorsichtig bewegte es seine metallenen Glieder aus dem Glas heraus, nutzte sie wie Tentakel, um seine Umgebung kennenzulernen. Das Büroklammerwesen ertastete einige Münzen und integrierte sie in seinen Körper. Aber es war noch immer hungrig. Schmatzend und tastend suchte es weiter und was immer es fand, verleibte es sich ein.

Und wuchs.

Und wuchs.

Die freundliche weibliche Stimme am Telefon sagte etwas auf Spanisch.

»Sprechen Sie französisch?«, erkundigte sich François.

Die Stimme verneinte.

»Englisch?«

»Deutsche Botschaft, Santo Domingo, was kann ich für Sie tun?«, fragte die freundliche weibliche Stimme auf Englisch.

»Ich würde gerne ein Visum für Deutschland beantragen«, erklärte François. »Ich möchte Urlaub machen.«

»Dazu brauchen Sie einen Termin.«

»Dann würde ich gerne einen Termin vereinbaren.«

»Das tut mir leid«, entgegnete die Stimme. »Mit Ausnahme von Gruppenterminen für mehr als fünf Personen werden keine Termine auf telefonischem Wege mehr vergeben. Sind Sie eine Gruppe?«

»Nein, ich bin keine Gruppe.«

»Dann kann ich Ihnen keinen Termin geben.« Die Stimme wirkte, als wolle sie das Gespräch beenden.

François räusperte sich. »Und wie kann ich einen Termin beantragen?«, fragte er so höflich wie möglich.

»Visatermine werden nur über das elektronische Terminvergabesystem des Auswärtigen Amtes vergeben«, erklärte die Stimme. »Das bedeutet, Sie müssen über die Homepage der deutschen Botschaft Santo Domingo auf das Terminvergabesystem zugreifen und dort einen Termin vereinbaren. Sie benötigen dazu nur Ihre Passnummer, einen Internetzugang und einen Drucker, um die Bestätigungsmail ausdrucken zu können. Termine sind immer montags bis freitags von acht bis zehn Uhr verfügbar. Bitte bedenken Sie, dass die Terminvergabe nur in deutscher oder spanischer Sprache möglich ist. Ich würde Ihnen also empfehlen, ein Wörterbuch bereitzuhalten.«

François seufzte. »Vielen Dank«, murmelte er in das Telefon.

»Ich wünsche Ihnen eine angenehme Reise nach Deutschland«, sagte die Stimme.

Dann fiel der Strom aus.

Espen träumte.

Mit schnellen Schritten durchquerte er den Wald. Eine bunte Schärpe wehte um seine Schultern. Das Artefakt ruhte in seiner Hand. Es war dunkel. Das fahle Licht des Mondes schimmerte in den Baumkronen. Es glitzerte auf den Wellen der unendlichen Wasser.

Espen blieb stehen. Starrte wie gebannt auf die pechschwarzen Fluten, die sich bis zum Ende der Welt erstreckten. Das Artefakt sprach zu ihm, nicht in Worten, sondern in Bildern und Tönen und Empfindungen. In Gefühlen, die ihn durchströmten.

Er hob die Arme. Und die ewigen Wasser begannen, sich zu teilen.

Kapitel 15

»Das Leben meistert man lächelnd – oder gar nicht.«

Chinesisches Sprichwort

Das Erholungsbiotop im Innenhof der Salvatis-Klinik hatte seinen Namen nicht verdient. Es handelte sich dabei eher um eine Mischung aus Feuchtgebiet und lokaler Müllentsorgungsstelle. Das Wasser war sumpfig und trüb, es roch nach Algen; Fische gab es schon lange nicht mehr.

Es hatte für große Furore gesorgt, als Herr Sommer, der Sozialarbeiter, vor zwei Jahren behauptet hatte, einen Karpfen gesehen zu haben. Tagelang hatten Ärzte und Pflegekräfte auf der Lauer gelegen. Aber schließlich hatte sich der vermeintliche Karpfen als Skulptur von Königin Beatrix herausgestellt, die eine Patientin in der Ergotherapie angefertigt hatte.

So blieben Stechmücken, Wasserläufer und eine ausnehmend hässliche Kröte die einzigen Bewohner des Biotops.

Bis auf die steinerne Venus natürlich.

Jahrelang hatte sie einfach nur dagestanden, hatte mit stoischer Gelassenheit ihren Krug gehalten, aus dem kein Wasser mehr floss, hatte mit angesehen, wie Moos ihren steinernen Körper mit dem römischen Gewand und das kunstvoll geflochtene Haar überwucherte. Doch das hatte nun ein Ende.

Lasiren, Herrin der Meere, dachte nicht daran, eine Minute länger hier zu verweilen. Der Grund des Ozeans war ihre Heimstatt. Sie hütete das Wissen der schwarzen Tiefe. Reisende verzauberte sie mit ihrem Gesang, lockte die Seefahrer nach Dahome, in die Heimat der Ahnen. Sie war ein mächtiger, verführerischer Loa und kein ... kein ordinärer *Wasserspeier*. Eine Taube landete auf ihrem Kopf. Da gab es nur diesen winzigen, unbedeutenden Umstand, dass sie nicht in der Lage war, ihr steinernes Gefängnis zu verlassen. Was sie zu verschiedenen Überlegungen brachte:

1. Was ist hier geschehen?

2. Wenn meine Kräfte nicht ausreichen, diesen ungastlichen Ort zu verlassen, muss etwas mit dem elementaren Gefüge der jenseitigen Welt nicht in Ordnung sein.

3. Verschwinde, du impertinenter Vogel!

Langsam wie ein in die Jahre gekommenes Faultier kroch die Sonne am Himmel empor. Ein neuer Morgen brach an in Castrop-Rauxel. Er war sich nicht sicher, ob das eine gute Idee war.

Am Rand des Erholungsbiotops sandte Lasiren, die Nixe, ihr Klagelied hinaus in die Weiten der Welt.

Für Isabella gestaltete sich der Morgen folgendermaßen: Sie dachte an Nicholas' Augen. Selbstverständlich dachte sie nicht primär an Nicholas' Augen, es verhielt sich lediglich so, dass der Magier, mit dem sie sich gerade über Herolots verschollenes Zauberbuch der

Schatten unterhielt, über Augen verfügte, die sie an die von Nicholas erinnerten – mit dem einzigen Unterschied, dass Nicholas' Augen nicht aus Pixeln bestanden. Sie waren wirklich von einem außergewöhnlichen Blau – Nicks Augen, nicht die des Magiers. Sie bemerkte, wie ihr Herz schneller schlug.

Isabella war nicht sehr erfahren, was die Liebe anging. Ihre Kenntnisse beschränkten sich auf verschiedene, anatomisch korrekte Abbildungen in Biologiebüchern und ein unsägliches Erlebnis mit Timo aus der zwölften Klasse auf der Geburtstagsfeier einer ihrer Freundinnen, das damit geendet hatte, dass der junge Mann sich kopfüber in der Punschschüssel wiedergefunden hatte.

»Sag mal, träumst du?«, fragte Martin und trommelte ungeduldig mit den Fingern auf die Tischplatte. »Soll ich dieses Abenteuer ganz alleine durchspielen?«

»Sorry, war in Gedanken.« Isabella versuchte, sich wieder auf das Spiel zu konzentrieren. Der Magier erzählte etwas von einem betörenden Pheromonzauber, der jeden Gegner dazu brachte, sich augenblicklich in den Zaubernden zu verlieben. Isabella dachte an Nicholas' Rasierwasser. Ein Hauch von Salbei und Menthol. Ihr Herz wanderte von ihrer Brust in ihren Hals. Vielleicht wurde sie krank. Eine Erkältung, das würde es sein. Sie ertappte sich dabei, wie sie erneut an Nicholas' Augen dachte. Unwillkürlich musste sie lächeln.

»Friss das, du Mistvieh!«, rief Martin und zielte auf einen Goblin, der sich hinter einem Baum verborgen hatte.

Das Telefon klingelte.

Isabella nahm ab. »IT-Abteilung, Calabrese, was kann ich für Sie tun?«

»Ja, ich«, setzte die Stimme am anderen Ende an.

»Lassen Sie mich raten. Ihre Computermaus ist verschwunden?«

»Ja, genau.« Die Stimme räusperte sich. »Ich weiß auch nicht, wie das passieren konnte. Gestern war sie noch da und heute … Vermutlich steckt die Russenmafia dahinter. Man weiß ja, wie die sind.«

»Selbstverständlich«, sagte Isabella. »Heutzutage hat man ja quasi jeden Tag mit der Russenmafia zu tun. Die sind bekannt dafür, dass sie in Psychiatrien herumschleichen und Computerhardware stehlen.«

»Heißt das, ich bekomme eine neue Maus?«

Richard Wiskamp kannte seinen Körper gut. Er verbrachte viel Zeit damit, in sich hineinzulauschen und nach möglichen Krankheitszeichen Ausschau zu halten. Er war ein wahrer Experte, was die hypochondrische Verzerrung normaler Körperfunktionen anging. Man nehme eine marginale Missempfindung, beispielsweise ein Jucken im linken großen Zeh, konzentriere sich mehrere Stunden intensiv darauf, bis man zu dem Ergebnis kam, dass so ein Jucken unmöglich normal sein konnte. Dann gebe man das Symptom in eine beliebige Suchmaschine ein, lese sich die unterschiedlichen Einträge durch – hierbei sei besonders auf Forumsbeiträge zu achten – und voilà: Schon konnte man sich aus mehreren, garantiert tödlich verlaufenden Krankheiten die passende aussuchen.

Aber heute wusste Richard, dass *wirklich* etwas nicht stimmte. Sein Körper verhielt sich … *seltsam.* Da war dieses plötzliche Verlangen nach hochprozentigem Alkohol. Dann die Träume, in denen Feuer und Säbel eine große Rolle gespielt hatten, und Menschen, die in einem dunklen Wald ihre Götter um Beistand beim Kampf um die Freiheit gebeten hatten. Schließlich dieses merkwürdige Kribbeln und Spannen in seiner Brust. Wenn er es nicht besser gewusst hätte, er hätte es für Mut gehalten. Mut und rechtschaffenen Zorn. Ein Gefühl, das Richard das letzte Mal im Alter von neun Jahren verspürt hatte, als ein besonders neugieriger Mitschüler in einem Fremdversuch herauszufinden versuchte, wie sich eine überdurchschnittlich große Menge Kaugummi auf die Beschaffenheit von Haupthaar auswirkte und Richards Mutter ihm daraufhin eine Glatze rasiert hatte.

Dieser ungewohnte Gefühlszustand machte ihm Angst. Was sollte er tun? Seinen Arzt aufsuchen und um Bedarfsmedikation bitten? Zum Psychologen gehen? Aber Herr Sander würde ihm nur wieder erzählen, dass er sich zu sehr auf seinen Körper und die Angst konzentrierte.

Das seltsame Gefühl in der Brust wurde stärker. Richard straffte die Schultern. Wie von selbst richtete sich sein Brustkorb auf, streckte sich sein Rücken. Es fühlte sich gar nicht so schlecht an. Also, was sollte er tun? Ohne es wirklich zu merken, bewegte er sich auf seine Zimmertür zu. Zunächst einmal musste er etwas Angemessenes zum Anziehen finden. Diese Kleidung war Ogoun Feray, dem Herrn über Feuer und Eisen, dem

Krieger der Gerechtigkeit, nicht würdig. Säbel, ja, er brauchte seinen Säbel. Und einen ordentlichen Schluck Zuckerrohrschnaps.

»Also, das nenne ich mal ein ausdruckstarkes Bild.« Sigrid Schulze-Lehmann, die Ergotherapeutin, drehte die Leinwand in ihren Händen hin und her. »Diese Farben, diese Formen.« Sie atmete tief durch.

Sedat räusperte sich – besser gesagt: Die andere Präsenz in seinem Kopf, die sich mühelos seines Sprachzentrums bediente, räusperte sich. »Das sind Särge«, erklärte er.

»Wie?« Frau Schulze-Lehmann schien ihn erst jetzt zu bemerken.

»Särge«, wiederholte Sedat. »Ich bin der Herr der Friedhöfe.«

»Wunderbar.« Die Ergotherapeutin musterte ihn lächelnd. »Ich finde es gut, dass Sie nun an Ihre Gefühle herankommen, Herr Özkan. Sehr gut. Traurigkeit. Abschied. Neuanfang. All das lese ich in Ihrem Bild. Und es berührt mich sehr.«

»Also eigentlich sind es einfach nur Särge. Und ein Kreuz«, fügte Sedat hinzu. »Ich denke, das Kreuz ist mir besonders gut gelungen.« Er deutete auf die Leinwand, auf die er in kräftigem Purpur und Schwarz das Vèvè Baron Samedis gemalt hatte.

»Ja, vordergründig mögen das ja Särge und Kreuze sein«, stimmte ihm die Ergotherapeutin zu. »Doch viel wichtiger ist doch, wofür diese Särge und Kreuze stehen.«

»Für den ewigen Kreislauf aus Werden und Vergehen, das Miteinander von Leben und Sterben?«

»Nein, Herr Özkan. Für Ihre Gefühle.«

Sedat blickte sie über die Ränder seiner getönten Sonnenbrille hinweg an. Dann holte er aus einem hölzernen Kästchen eine Zigarre hervor, zündete sie an und blies genüsslich graue Rauchkringel in die Luft.

»Also, eigentlich ist Rauchen hier nicht …«, setzte Frau Schulze-Lehmann halbherzig an.

»Ich bin Baron Samedi«, erklärte Sedat, »der Herr des Totenreichs. Und ich habe keine Gefühle.«

»Das mag Ihnen vielleicht im Moment so vorkommen«, widersprach die Ergotherapeutin, »doch aus Ihrem Bild kann ich ganz deutlich herauslesen …«

»Der Tod«, fuhr Sedat fort, wobei er ihre Äußerung mit der Leichtigkeit eines Gottes, der Gehorsam und ein ordentliches Opfertier gewohnt ist, ignorierte, »ist ein wahres Fest.« Ein anzügliches Lächeln stahl sich auf seine Lippen. »Wenn die Lieder gesungen und die Tänze getanzt werden und die Geister sich um die Gräber scharen.«

»Ähm, vielleicht könnten Sie ein wenig leiser sprechen«, warf Frau Schulze-Lehmann ein. »Sie könnten Ihre Mitpatienten verstören.« Sie blickte unsicher in die Runde. Die anderen Patienten hatten ihre Pinsel und Bleistifte sinken lassen und beobachteten fasziniert das Geschehen.

»Ganz und gar nicht.« Sedat erhob sich. Der Zylinder saß auf seinem Kopf wie eine Krone. Etwas Dunkles, Unmenschliches haftete ihm an. »Viele Menschen machen sich vollkommen unnütze Gedanken über den Tod. Sie wollen ihn verdrängen, verbannen, ausschließen. Aber wir dürfen ihn nicht fürchten. Wir sollten ihn feiern. Wachstum, Sterblichkeit, Entstehen und Vergehen sind Teil des Lebens. Das eine kann nicht ohne das andere sein.« Er lachte. Es klang, als zerbrösele Friedhofslaub unter glänzenden, schwarzen Schuhen.

Die Ergotherapeutin konnte sich des Eindrucks nicht erwehren, dass die Luft schwer wurde von dem Geruch von Rum und feuchter Erde.

»Ich bin der Tod«, verkündete Baron Samedi. »Ich stehe auf der Mitte aller Straßen, die ins Jenseits führen. Mein Wissen ist unendlich.«

»Endlich hat mal einer den Mut, etwas zu sagen«, rief ein Patient aus, der sich vergeblich mit dem Bild eines Yorkshire-Terriers abmühte. Das arme Tier sah aus, als wäre es in einer Gemeinschaftsarbeit von Pablo Picasso und August Macke entstanden. »Immer wird uns erzählt, dass etwas mit uns nicht stimmt, dass wir an uns arbeiten müssen, dass wir unsere Gefühle ausdrücken und unsere Gedanken korrigieren müssen. Was, wenn wir dazu keine Lust haben? Was, wenn wir angeblich Kranken die einzig richtigen Gedanken haben?«

»Ja, genau«, rief eine Frau aus, die mehr Farbe auf ihrem Gesicht als ihrer Leinwand aufwies. »Ich finde mich überhaupt nicht dysfunktional.«

»Wenn wir Lust haben, Särge zu malen und komische Hüte zu tragen, dann malen wir eben Särge und tragen komische Hüte«, ereiferte sich der Mann mit dem Hundebild.

»Genau«, rief eine Frau aus der Ecke.

»Hört, hört!«, rief eine andere.

»Kommt«, forderte Baron Samedi die Anwesenden mit einer einladenden Geste auf. »Lasst uns rausgehen. Lasst uns die Sterblichkeit umarmen und den Tod feiern. Lasst uns singen und tanzen.«

»Ja«, stimmten die anderen mit ein. »Feiern wir.«

»Ich werde dazu ein Lied auf meiner Flöte spielen«, sagte die Frau, die den größten Teil ihres Lebens Beate Mitzkowski gewesen war, zog eine Zinnflöte aus den Tiefen ihres wallenden Kleides hervor und stimmte eine fröhliche Melodie an.

Einer nach dem anderen stürmte nach draußen. Mit einem Krachen fiel die Tür ins Schloss.

Sigrid Schulze-Lehmann blieb alleine zurück. Verwundert starrte sie auf das Bild mit dem Kreuz und den Särgen. Dann auf die leeren Stühle. Sie konnte einfach nicht genau sagen, was da schiefgelaufen war.

Nicholas atmete. Ein, aus-eins. Ein, aus-zwei. Ein, aus-drei. Das Bild von Isabella kreiste durch die visuellen Felder seines Gehirns. Ein, aus-fünf. Ein, aus-sechs. Ein, aus-sieben. Das Bild von Isabella lächelte ihm zu. Ihr braunes Haar hatte diese sanften Locken. Ein, aus-neun. Und dann diese niedliche kleine Nase. Und ihre Lippen … Ein, aus-zwölf.

Nicholas öffnete die Augen, streckte sich und versuchte es erneut. Ein, aus-eins. Ein, aus-zwei. Er dachte an Isabellas Füße, die grundsätzlich in zwei verschiedenfarbigen Socken steckten. Ein, aus-fünf. Dann dachte er an andere, weiter oben gelegene Teile ihres Körpers. Ein, aus-fünfzehn.

Konzentrier dich, schalt er sich selbst. Atme! Du weißt, wie das geht.

Das Bild von Isabella zwinkerte ihm zu.

Das wird wohl heute nichts mehr.

Seufzend stand er auf und begab sich auf seine Mission.

»Ich glaube, mit mir stimmt etwas nicht.«

Der neue osteuropäische Arzt wölbte eine dunkle Augenbraue. »Mit euch allen hier stimmt was nicht, deshalb seid ihr ja in Psychiatrie«, erklärte er.

»Ja … ähm …«, fuhr Richard fort. »Aber mit mir *stimmt* etwas nicht.« Er machte eine allumfassende Geste. Verwundert hielt er in der Bewegung inne. Er machte nie Gesten. Er benutze seine Hände lediglich, um Nahrung zu sich zu nehmen oder Türklinken herunterzudrücken. »Sehen Sie?«, schloss er hilflos.

»Kann ich nichts Ungewöhnliches erkennen«, sagte der neue osteuropäische Arzt.

»Aber ich … ähm«, Richard senkte seine Stimme zu einem Flüstern, »habe dieses seltsame Verlangen nach Alkohol – hochprozentigem Alkohol.«

»Also, wo ich herkomme, ist ganz normal.«

»Und dann bin ich ziemlich … ähm … wütend und würde gerne jemanden … ähm … zerschmettern.«

»Ist auch ganz normal.«

»Und ich möchte gerne … ähm … tanzen. Zum Klang der Trommeln meinen Körper wiegen, mich in wilder

Ekstase drehen, schneller und schneller, bis ich eins werde mit dem Rhythmus.«

»Also, das ist nicht normal.« Der osteuropäische Arzt maß Richard mit einem befremdeten Blick. »Da sollten Sie mit aufhören. Vielleicht Sie gehen mal vor die Tür. Frische Luft tut gut.«

»Ja … ähm … danke.«

»Guten Morgen.« Dr. Althea Keller ließ sich auf ihren Stuhl sinken und warf einen Blick in die Runde. »Beginnen wir doch heute damit, dass Sie Ihren Namen nennen, ein momentan vorherrschendes Gefühl und ob Sie ein Anliegen für die Gruppe haben. Wer möchte beginnen?«

Zunächst folgte Stille. Durch die ungeputzten Fenster drangen zaghafte Sonnenstrahlen, gepaart mit den unverkennbaren Geräuschen eines den Rasen mähenden Praktikanten. An diesem Tag wurde der Raum dominiert von einem großen Flechtkorb, über den sich jeder Ballonfahrer mit Sicherheit gefreut hätte. Altheas Blick fiel auf eine purpurne Leinwand, auf der ein Kreuz abgebildet war, umrahmt von zwei Särgen.

Eine in sich zusammengesunkene Frau mit hängenden Augenlidern ergriff leise das Wort. »Mein Name ist Edeltraud Brenner. Ich bin vollkommen verzweifelt und wünsche mir, dass ich bald tot bin. Ich habe kein Anliegen, danke.«

»Was hat sie gesagt?«, fragte Frau Mendel.

»Sie sagt, dass sie lieber tot wäre«, erklärte die Frau, die aussah wie Sophia Linkmeyer.

»Rot? Was ist rot?«

»Nein, *tot*. Sie wäre lieber tot!«

»Oh, das ist jetzt aber deprimierend.«

Die Dame im Rollstuhl, Frau Breitz, lehnte sich zu Frau Brenner hinüber. »Meine Liebe, tut Ihnen denn der Kuraufenthalt hier gar nicht gut? Also, ich denke darüber nach, am Nachmittag einen Ausflug zu den Thermalbädern zu machen.«

Althea nickte der alten Frau zu. »Danke, Frau Brei, ist das Ihr Anliegen für die Gruppe oder haben Sie noch ein anderes?«

»Was hat sie gesagt?«

»Gruppe?« Frau Breitz sah sich um. »Was denn für eine Gruppe?«

»Was hat sie gesagt?«

»Ja bitte, Herr Sägewerk.«

»Ich hätte jetzt gerne mein Essen.«

Sophia Linkmeyer hob die Hand.

»Ja, bitte«, erteilte Althea ihr das Wort.

»Nun, also ...« Sophia räusperte sich und nestelte an ihrem neuen hölzernen Gehstock herum. »Ich bin Legba, Hüter des Schlüssels und Herr der Tore.«

»Was hat sie gesagt?«, fragte Frau Mendel.

»Ich glaube, sie braucht einen Schlosser«, erklärte Frau Breitz.

»Und ich fühle mich momentan ... etwas verwirrt«, fuhr Sophia fort.

»Verwirrt ist kein Gefühl«, zischte ihr ihre Sitznachbarin zu. »Du musst schon ein echtes Gefühl nennen wie zum Beispiel traurig oder niedergedrückt oder ängstlich oder ...«

»Elende Sterbliche!« Papa Legba drängte Sophia in eine kleine Region im Zwischenhirn und übernahm den größten Teil des Frontalkortex. »Ich bin einer der höchsten Loas, Vermittler zwischen den Welten. Ich werde ja wohl wissen, wie es um mein momentanes Innenleben bestellt ist.«

Die kleine Frau sank tiefer in ihren Stuhl. »Ich wollte ja nur helfen.«

»Und das war auch sehr freundlich von Ihnen«, beeilte sich Althea zu sagen. »Möchten Sie auf das, was Frau Linkmüller gesagt hat …«

»Legba, ich heiße Legba.«

»Wie Sie meinen, Frau Linkmaier. Möchten Sie also auf das, was Frau … Legba gesagt hat, etwas erwidern?«

»Das, was du gerade gesagt hast, hat mich sehr verletzt«, nuschelte die kleine Frau.

»Sehr gut«, ermunterte Althea. »Machen Sie sich stark. Lassen Sie sich nicht unterdrücken.«

»Also, ich bin wütend. Richtig wütend. Scheißwütend«, zischte die kleine Frau. »Du kannst dir dein Angebergehabe sonst wohin schieben. Am besten dahin, wo die Sonne nicht scheint, du blöde, unverschämte …«

»Danke«, unterbrach Althea. »Das war sehr aufschlussreich.«

»Und im Übrigen ist wütend ein Gefühl. Im Vergleich zu verwirrt, du …«

»Vielen *Dank*.« Althea schnitt der kleinen Frau mit einer nachdrücklichen Geste das Wort ab. Dann wandte sie sich wieder Sophia zu. »Haben Sie denn ein Anliegen für die Gruppe, Frau … Linkba?«

»Also, ich würde gerne wissen, wie ich diesen menschlichen Körper wieder verlassen kann, um in die jenseitige Welt zurückzukehren.«

»Was hat sie gesagt?«, erkundigte sich Frau Mendel.

»Ich glaube«, sagte Frau Brenner und ihre Augenlider wanderten noch ein wenig weiter nach unten, »sie wäre auch lieber tot.«

Nicholas vertauschte Kugelschreiber mit Orchideenstäben. Er lagerte Akten im Kühlschrank von Station 2, füllte Tee in Kaffeedosen, steckte ein Gebiss in einen Stifthalter und hängte Liebesperlen anstelle der Schlüssel für die Mitarbeitertoiletten ans Schlüsselbrett. Doch es wollte sich nicht das übliche Weltverbesserungsgefühl einstellen.

Schließlich ging er in den Innenhof. Er schlenderte über die wackelige Holzbrücke und starrte auf das Biotop. Isabellas Bild kreiste durch seine Okzipitallappen, drehte ein paar Schleifen über den Temporallappen und lud dann einige Gefühle aus dem limbischen System ein, ihm Gesellschaft zu leisten. Am Ufer stand die steinerne Venus. Nicholas hängte ihr die Toilettenschlüssel um den Hals.

Die Sonne schien – ein Ereignis, das zu dieser Jahreszeit mehr als ungewöhnlich war. Ihre Strahlen glitzerten auf der Wasseroberfläche des Teiches. Die Venus hielt ihren Krug, aus dem sich ein Schwall klaren Wassers ergoss, ihr Körper glänzte wie aus reinem Marmor. Nicholas warf ihr eine Kusshand zu. Eine leise Melodie kitzelte seine Ohren. Ton um Ton sickerte sie in seinen

Kopf und weckte Assoziationen von unendlich weiten Meeren, von Wellen und weißer Gischt. Es roch nach Salz.

Die steinerne Venus lächelte.

Isabella, dachte Nicholas, hat ebenfalls ein schönes Lächeln.

Und er hatte das Gefühl, dass er sich an diese Sache mit den Computerspielen gewöhnen konnte.

Tief in seiner Behausung hatte das Büroklammermonster sich bereits alles einverleibt, was es in dem hölzernen Aktenschrank vorgefunden hatte. Münzen, Heftklammern, liegen gebliebene Stifte, Hefter, lose Blätter, all das hatte das Wesen in seinen Körper aufgenommen.

Und war gewachsen.

Nun spürte es, dass es bald an der Zeit war, sein Zuhause zu verlassen.

»Endlich ist es so weit!«

Die dunklen Zwillinge kreischten und jubelten. Sie erhoben sich aus den Schatten und ihr Gelächter erfüllte die verborgensten Winkel Dahomes.

»Wir sind frei! Niemand mehr, der uns zurückhält. Die Rada-Loas sind gebannt, die Zeit der Petro-Loas bricht an! Die Welt«, frohlockten sie, »gehört uns!«

Kapitel 16

»Jeder kann wütend werden, das ist einfach. Aber wütend auf den Richtigen zu sein, im richtigen Maß, zur richtigen Zeit, zum richtigen Zweck und auf die richtige Art, das ist schwer.«

Aristoteles

Abermals brach ein neuer Morgen in Castrop-Rauxel an. Abermals war er sich nicht sicher, ob das eine gute Idee war. Dunstige Nebelschleier hingen über den Feldern. Der Regen saß bereits in den Startlöchern. In den Bäumen schimpften die Vögel über das Wetter, auf den Straßen taten die Menschen das Gleiche.

Wie an vielen Morgen betrat Dr. John Campbell um acht Uhr sein Büro, setzte sich an den Schreibtisch und griff nach seiner Kaffeetasse.

»Großes Unheil steht bevor!«

John zuckte zusammen. Der Kaffee verteilte sich in einer gleichmäßigen braunen Pfütze über die Tischplatte.

»Musst du mich so erschrecken?«, fragte John.

Der Briefbeschwerer schnaubte und rief: »Großes Unheil steht bevor!«

»Ja, das sagtest du bereits.« John ging zum Waschbecken, rupfte Papier aus dem Handtuchspender und begann, die Tischplatte trocken zu wischen.

»Ich möchte dich ja nur warnen«, wisperte Granny in verschwörerischem Tonfall. »Denn der Welt steht eine große – wie sagt man? – Katastrophe bevor.«

»Kannst du das irgendwie präzisieren?«

»Stellst du etwa meine Worte infrage?«

John warf das Papier in den Mülleimer. »Nein, ich dachte nur, du könntest dich vielleicht etwas präziser ausdrücken.«

»Seit Jahrhunderten bedienen wir Ahnen-Loas uns dieses mystischen Tonfalls. Ein wenig kryptisch, ein wenig geheimnisvoll. Eine Prise unheilschwangere Andeutung. Das ist eine altbewährte Mischung. Möchtest du etwa eine altbewährte Mischung infrage stellen?«

John schüttelte vorsichtshalber den Kopf. »Ich denke nicht.«

»Das will ich dir auch nicht geraten haben, Sohn. Der alte Pierre hat es einmal gewagt, den unheilvollen Ton infrage zu stellen. Die Ahnen haben sich grausam an ihm gerächt.«

»Tot?«, fragte John.

»Schlimmer.« Granny Estelle machte eine bedeutungsschwere Pause. »Er wurde Steuerberater.«

Eine unangenehme Stille entstand.

Dann fragte John: »Und was tut man für gewöhnlich, wenn man eine derart mystische und unheilvolle Warnung erhält?«

»Nun, man stellt sich der Herausforderung und versucht im Großen und Ganzen, nicht zu sterben.«

John ließ sich in seinen Stuhl sinken. »Na, das ist ja wunderbar.« Er massierte sich die Schläfen.

Granny gluckste vergnügt. »Ich bin froh, dass du zufrieden bist. Keine Sorge, mein lieber Ururenkel, ich werde dir in diesen düsteren Zeiten zur Seite stehen.«

»Jetzt geht es mir bedeutend besser.«

Die ersten Regentropfen pochten gegen die Fensterscheibe.

Der Briefbeschwerer räusperte sich. »Und was machst du sonst so in deinem Leben?«

Unterdessen spielte sich in Dr. Kellers Büro eine gänzlich andere Szene ab: Dem wachsamen Blick Altheas verborgen – sie befand sich wie jeden Morgen noch immer auf der Autobahn und versuchte, den Cinquecento davon zu überzeugen, nicht auseinanderzufallen – begann der Aktenschrank zu vibrieren. Erst war es nur ein leichtes Rütteln. Dann steigerte es sich zu einem Rappeln und Ruckeln, die Rückseite schlug scheppernd gegen die Wand, bis die Tür aufsprang und das Büroklammermonster seinen massigen Körper ins Freie schob. Augenblicklich sog es die Empfindungen seiner neuen Umgebung ein, die Textur der Wand, die Bücher in den Regalen, die Stapel von Papieren, Kugelschreibern, Büroklammern, Bleistiften, Radiergummis und Heftern auf dem Schreibtisch. Nachdem es sich einen Teil davon einverleibt hatte, wankte es zur Tür. In seinem rudimentären Bewusstsein formte sich ein Gedanke. Und während es hinaus in den Flur trat, brummte es mit metallener Stimme: »Mama?«

Noch jemand hatte sich am frühen Morgen auf den Weg gemacht. Feuchte Hitze lag in der Luft und François begann, auf seinem kleinen Motorroller zu schwitzen. Das uralte Fahrzeug machte seltsame Geräusche, die er jedoch seit einigen Stunden geflissentlich ignorierte. Gedankenverloren wischte er sich mit der linken Hand über die Stirn. (In Haiti hielt man Helme für eine überflüssige Erfindung. Sie ruinierten einem bloß die Frisur und sorgten dafür, dass man noch mehr schwitzte.)

Er hatte bereits die Hälfte des Weges zurückgelegt, die Grenze zur Dominikanischen Republik lag seit einiger Zeit hinter ihm. Palmen, Kakteen und Akazien säumten den Rand der staubbedeckten Straße, die zwischen ihm und seinem Visum stand. Links und rechts erhoben sich majestätische Berge. Plötzlich ertönte ein Knall. Der Roller machte einen Satz nach vorne und blieb stehen. Dann stieg Rauch auf. François fluchte.

Bernhard Altenbried umkreiste das Biotop im Innenhof der Salvatis-Klinik. Eigentlich hätte er nach dem Frühstück zur Gruppentherapie gehen sollen, doch Bernhard hielt nicht viel vom Reden. Im Grunde hielt er nicht viel von allem. Der damit zusammenhängende Mangel an sinnstiftender Tätigkeit führte dazu, dass sich unter den neuronalen Netzwerken seines informationsverarbeitenden Systems eine chronische Unterforderung breitmachte. Sprich: Bernhard Altenbried langweilte sich.

Er hatte den Teich bereits dreimal umrundet, hatte relativ erfolglos mit Kieselsteinen nach diversen Insekten geworfen und plante nun, dem Wasserspeier mithilfe eines Grasbüschels einen neuen Haarschnitt zu verpassen.

Auf einmal erreichte seine Ohren eine leise Musik. Ein Lied, lieblich, betörend und geheimnisvoll zugleich. Mit ihm schwang eine Vision von zärtlichen Armen, die sich um seinen Körper schlangen, von Haaren, deren Duft er einatmete und Haut, die sich an seine presste. Misstrauisch beäugte er den Wasserspeier.

Die Venus blickte mit steinernen Augen auf ihn herab. Bernhard zuckte die Schultern. Vermutlich eine Nebenwirkung der Medikamente. So etwas konnte vorkommen. Man wusste ja, welch schreckliche Dinge im Beipackzettel standen, das heißt, man *wusste* es nicht im eigentlichen Sinne, da man den Beipackzettel selbstverständlich nicht las, aber man hatte eine ziemlich deutliche *Vorstellung*.

Bernhard blinzelte ein paarmal. Der Wasserspeier rührte sich nicht. Selbstverständlich nicht. Die Musik jedoch blieb. Flüsterte ihm verführerische Versprechen ins Ohr. Bernhard lauschte. Die Melodie wurde lauter, schraubte sich in sein Herz. Ein Gefühl der Zufriedenheit überkam ihn. Leichtigkeit breitete sich in seinen Gedanken aus. Hatte die steinerne Venus ihn eben angelächelt? Zögerlich trat er näher. Legte ihr eine Hand um den schlanken Körper. Vielleicht würde er einfach ein wenig hierbleiben. Es begann zu regnen, Wind zog auf, aber das störte ihn nicht. Hier, in den Armen der Venus, schien die Sonne.

»Ich fordere dich zum Duell, du Ungeziefer!«

»Nein, nein, Herr Wiskamp, so funktioniert das nicht.« Espen Sander holte seufzend Luft.

»Aber warum nicht?«, fauchte Ogoun, Gott des Feuers und des gerechten Zornes.

Das, was von Richard übrig war, kauerte sich in einem Winkel seines insulären Kortex zusammen und lugte angstvoll um die Ecke.

»Na, weil Sie sich nicht mit jedem schlagen können.«

»Ich will mich nicht mit ihm schlagen«, berichtigte Ogoun, »das wäre ja barbarisch. Ich will ihn mit meinem Säbel aufspießen!«

»Wie ich gerade sagte«, fuhr Espen in ausgewählt ruhigem Tonfall fort, »Sie können nicht jeden mit Ihrem Säbel aufspießen. Das hier ist das Soziale Kompetenztraining. Hier geht es, wie der Name schon sagt, um soziale Kompetenz. Ich-Botschaften formulieren. Selbstöffnungsaussagen. Empathie. Kommunikation. Gefühle und Bedürfnisse äußern. Sich selbst behaupten.«

»Na, ich behaupte mich doch selbst, zum Donnerwetter!«, verteidigte sich Ogoun. Richard zuckte zusammen und verkroch sich noch etwas tiefer in den Windungen seines Verstandes.

»Ist andere mit dem Säbel aufspießen denn eine sozial kompetente Art der Selbstbehauptung?«, fragte Espen in die Runde.

Eine Frau im Jogginganzug meldete sich.

»Ja?«, erteilte Espen ihr das Wort.

»Ist es nicht«, sagte die Frau.

»Sondern als was würden wir es bezeichnen?«

Die Frau meldete sich erneut.

»Ja?«

»Als aggressives Verhalten.«

»Ganz genau.« Espen wandte sich wieder an den Mann, der bis vor kurzem noch Richard Wiskamp gewesen war. »Es passiert schnell, dass wir sozial kompetentes Verhalten mit Aggression verwechseln. Das ist gar nicht weiter schlimm, denn wir sind ja hier, um das zu üben. Und das Rollenspiel bietet eine wunderbare Gelegenheit dazu. Herr Wiskamp, Herr Pöschke hat Sie in der Rolle eines alten Schulfreundes darum gebeten, ihm eine große Summe Geld zu leihen. Was macht das mit Ihnen? Bitte formulieren Sie ein Gefühl.«

»Also gut.« Ogoun dachte nach.

Der Mann, der ihm gegenüber in der Mitte des Stuhlkreises saß, begann zu zittern.

»Ich …«, begann Ogoun und schielte zu Espen hinüber, der zuversichtlich nickte, »… habe das Gefühl …«

»Ja, gut, weiter so, Herr Wiskamp. Sie machen das sehr gut.«

»… das Gefühl«, fuhr Ogoun fort, »… dass ich dich zum Duell herausfordern möchte, du Ungeziefer!«

Herr Pöschke zitterte noch stärker. »Kann den nicht einer aufhalten? Ich habe doch gar nichts gemacht!«

»Vielleicht möchten Sie Ihre Gefühle in einer Ich-Botschaft formulieren«, bot Espen an.

»Ja … also«, stotterte der Mann und schien um einige Zentimeter zu schrumpfen. »Ich fühle mich im Moment eingeschüchtert und frage mich, was ich dir getan habe.« Er wich vorsichtshalber mit seinem Stuhl vor seinem Kontrahenten zurück.

»Sehr gut«, lobte Espen. »Was könnten Sie darauf erwidern, Herr Wiskamp?«

»Du bist hinter meinem Geld her, du elender sterblicher Wurm!«, schimpfte Ogoun. Mit wenigen Schritten hatte er die Distanz zwischen sich und seinem Rollenspielpartner überbrückt und den anderen am Kragen gepackt.

»Aber das ist doch nur ein Spiel«, heulte dieser. »Du musst jetzt sagen, wie du dich fühlst und dann deine Bedürfnisse äußern.«

»Mein Bedürfnis ist, dich in kleine Stücke zu zerteilen und dann deine Einzelteile in alle Windrichtungen zu verstreuen.«

»Stopp, stopp, stopp«, unterbrach Espen. »Herr Wiskamp, würden Sie bitte Herrn Pöschke wieder absetzen? Vielen Dank. Das, was Sie gerade geäußert haben, Herr Wiskamp, nämlich die Befürchtung, Herr Pöschke könne hinter Ihrem Geld her sein, würden wir als einen dysfunktionalen oder maladaptiven Gedanken bezeichnen. Der Psychotherapeut Aaron T. Beck, einer der Begründer der kognitiven Verhaltenstherapie, sieht in maladaptiven Grundannahmen und damit verbundenen situativen automatischen Gedanken eine der Hauptursachen für psychische Störungen. Automatische negative Gedanken können uns beispielsweise tiefer in eine Depression hineinführen, anstatt uns herauszuhelfen.« Er ging an das Whiteboard und begann, Beispiele aufzulisten. »Vielleicht kennen das einige von Ihnen: Es steht eine Prüfung bevor und man macht sich Sorgen, ob man sie bestehen wird. Wenn ich durchfalle, wäre das eine Katastrophe; ich bin doch sowieso zu blöd; mir gelingt ja eh nichts. Das sind Gedanken, die einen in eine noch schlechtere Stimmung versetzen. Man traut sich weniger zu, besteht am Ende die Prüfung tatsächlich nicht. Das nennt man dann eine sich selbst erfüllende Prophezeiung.«

»Das kenne ich«, meldete sich die Frau im Jogginganzug zu Wort. »Früher habe ich mich immer mit allem verrückt gemacht, habe mir Sorgen gemacht und war mir unsicher.«

»Ja, weiter so«, ermutigte Espen sie.

»Und heute mache ich mir einfach keine Hoffnungen mehr. Ich gehe gleich vom Schlimmsten aus, dann kann man nicht mehr enttäuscht werden.«

»Ja, nun, das war nicht ganz das, was ich gemeint habe.« Espen räusperte sich. »Vielleicht sollten wir mit unserem Rollenspiel fortfahren. Wer möchte denn mal die Ehefrau von Herrn Wiskamp spielen, die zum Gespräch hinzukommt. Ja, bitte Frau Bertram.«

Die Angesprochene erhob sich und trat vor den Mann, der nun der Loa des Krieges und der Gerechtigkeit war. »Ludwig«, begann sie.

»Wer ist Ludwig?«, fragte Ogoun.

»Na, Sie, Herr Wiskamp«, erklärte Espen.

»Aber ich heiße Ogoun, ich bin der Herr des Feuers.«

»Ja, Herr Wiskamp, aber das hier ist Ihre Rolle, erinnern Sie sich?«

»Ach so.«

»Ludwig«, begann Frau Bertram erneut. »Wenn du so mit dem armen Mann sprichst, dann fühle ich mich nicht wohl.«

»Ja, gut, Frau Bertram«, lobte Espen.

»Es macht mir Angst. Denk doch an dein Herz. Die Ärztin hat gesagt, du leidest an einer schweren Herzinsuffizienz. Eine kleine Aufregung und, zack, das war's dann. Und ich bleibe als arme Witwe zurück und muss mich um alles alleine kümmern. Dabei opfere ich mich doch schon so für dich auf. Wie soll ich denn die Kinder alleine durchbringen? Ich habe doch schon drei Jobs. Und der kleine Jonas …«

»Frau Bertram, nicht das Ziel aus den Augen verlieren.«

»Ach ja.« Die Frau zwirbelte an einer mausfarbenen Haarsträhne herum. »Ich wollte sagen: Ich mag mich so, wie ich bin. Ich muss nicht immer etwas leisten, nur um dir zu gefallen. Diese Zeiten sind vorbei, mein Lieber, also erwarte nicht von mir, dass ich mich um deine Beerdigung kümmere, nur weil du hier dein Herz ruinierst.«

Ogoun blinzelte verwirrt. »Ja, also …«

»Sie sind dran, Herr Wiskamp«, flüsterte Espen.

»Also … ich …« Ogoun sammelte sich. »Ich fordere dich zum Duell, Frau!«

»Und es könnte dir nicht vielleicht gelingen, die Sache mit dem Unheil irgendwie zu konkretisieren?«, versuchte John es erneut und schob ein »allerwerteste Ururgroßmutter« hinterher.

Granny Estelle schnaubte. »Nun, vermutlich beinhaltet sie eine unvorhergesehene Entwicklung katastrophalen Ausmaßes, viel Geschrei, Panik und – wie sagt man? – den drohenden Untergang der Welt, so wie wir sie kennen.«

Der Regen war heftiger geworden. Eine Windböe warf kleine Zweige gegen das Fenster. John lehnte sich in seinem Stuhl zurück. »Na, das klingt ja einfach fabelhaft.«

Der Torre Piantini war ein weißer, rechteckiger, schnörkelloser Bau, der sich zwischen der Avenida Abraham Lincoln und der Avenida Winston Churchill in den blauen Himmel streckte. François stellte den Roller ab, der ihn dank eines freundlichen Lastwagenfahrers, seines Werkzeugkastens, einiger alter Gummibänder und einer guten Portion Gottvertrauen hierhergebracht hatte. Dann betrat er das Gebäude und fuhr mit dem Fahrstuhl in den siebzehnten Stock, wo sich die Konsularabteilung befand. Eine Beamtin in strengem Kostüm bat ihn herein. François nahm auf einem unbequemen Stuhl Platz.

»Und Sie wollen also nach Deutschland reisen«, erkundigte sie sich mit einem abschätzigen Blick. Sie sprach Englisch mit einem starken Akzent.

François nickte.

»Wen wollen Sie denn dort besuchen?«

»Niemanden, ich möchte Urlaub machen.«

»Urlaub, soso.« Ihr Blick wurde noch abschätziger. »Dann brauche ich von Ihnen die Vorlage Ihrer Hotelreservierung mit genauer Angabe der endgültigen Reiseplanung.«

»Aber ich habe noch kein Hotel reserviert«, erwiderte er ungeduldig. »Ich wollte erst einmal das Visum beantragen.«

»Tja, ohne Hotel kein Visum. Da könnte ja jeder kommen.« Sie schnalzte mit der Zunge und tippte etwas in ihre Tastatur. »Haben Sie denn die Anleitung zur Antragstellung nicht gelesen?«

»Die war auf Deutsch oder Spanisch.«

Sie blickte ihn pikiert an. »Ja, nun das ist ja wirklich nicht mein Problem.«

»Außerdem«, begehrte François mit wachsender Verzweiflung in der Stimme auf, »bin ich den ganzen Weg von Port-au-Prince hierhergefahren. Wissen Sie, wie schwer es war, den Tag frei zu bekommen?«

Sie zeigte sich gänzlich unbeeindruckt von seinem Leid – eine Fähigkeit, auf die Beamte in allen Ländern dieser Welt spezialisiert zu sein scheinen. »Ohne Hotel gibt es auf jeden Fall kein Visum. Außerdem muss ich Ihren legalen Aufenthaltszweck und die Rückkehrwahrscheinlichkeit prüfen.«

Er runzelte die Stirn. »Wie darf ich das verstehen?«

»Nun, Deutschland ist ein reiches Land.«

»Und?«

Sie rückte ihre Brille zurecht. »Haiti ist es nicht.«

»Ich weiß nicht, ob ich Ihnen folgen kann.«

»Die deutsche Regierung möchte sicher sein, dass Sie nach Ihrem … *Urlaub* … auch tatsächlich wieder ausreisen, Sie verstehen, Herr Rigaud?«

»Ich denke schon.«

»Dann sehen wir uns wieder, wenn Sie ein Hotel gebucht haben. Und vergessen Sie nicht, vorher einen Termin zu vereinbaren.«

Das Büroklammerwesen glitt langsam durch die Gänge der Salvatis-Klinik. Tackerfüße trugen es über den

Boden. Mit Stiftfingern tastete es sich an den Wänden entlang. Liegengelassene Tassen, Papierspender, Putzlappen, nichts war vor dem unstillbaren Hunger des Wesens sicher. Alles, was es auf seinem Weg fand, verleibte es sich ein, machte es zu einem Teil seines Körpers. Aber da war noch etwas.

»Mama?«

Das Büroklammermonster war auf der Suche.

Bob war immer ein zufriedener Goldfisch gewesen. Während andere Artgenossen gerne Spielzeugschiffswracks erkundeten oder sich mit Plastikmeerjungfrauen vergnügten, bevorzugte Bob die einfachen Dinge des Lebens: Sonnenstrahlen, die sich im Wasser brachen, den Geschmack von Kleinkrebsen oder Insektenlarven, ruhiges Im-Kreis-Schwimmen.

Als sich an diesem Tag ein gewaltiger Schatten über sein heimatliches Refugium senkte, wusste Bob, dass nichts mehr so sein würde wie früher. Er schwamm schneller und schneller, doch er konnte der Klaue nicht entgehen, die nach ihm griff und ihn in die Luft hob. Ein riesiger Schlund öffnete sich vor ihm. Bob zappelte.

»Mama?«, tönte das Büroklammermonster und verschlang den Goldfisch in einem Stück.

»Ich weiß nicht, ob das sein gutes Idee.«

»Aber Herr Doktor, ich bin mir ganz sicher, dass das eine *wunderbare* Idee ist.« Die Frau, die einmal Beate Mitzkowski gewesen war, ergriff die Hand des neuen osteuropäischen Arztes. Sie hatte sich ihr elegantestes Kleid angezogen, etwas Schminke aufgetragen, das Haar hochgesteckt und ihr bestes Parfum benutzt. Das Ergebnis hatte gewisse Ähnlichkeit mit einer explodierten Taube. Aber Beate fühlte sich so gut wie niemals zuvor. Diese übersinnliche Erfahrung erwies sich als unerwartet angenehm. Die Sache mit den Wunderheilungen konnte sie auch später noch in Angriff nehmen.

Ich bin eine Göttin, dachte sie.

Ja, das bin ich wirklich, fügte Ezulie Freda hinter ihrer Stirn hinzu.

Beate zwinkerte dem neuen osteuropäischen Arzt zu. »Ich habe da so ein Ziehen in einer ganz bestimmten Körpergegend.«

»Ich denke«, versuchte der Arzt erneut zu widersprechen, dann blieb ihm die Luft weg, als Beates Hand sich auf eine bestimmte Gegend *seines* Körpers legte. Sein Frontalkortex schickte noch eine vorsichtige Warnung an alle höheren Kontrollzentren, doch die hatten längst ihre Arbeit beendet und dem Stammhirn die Führung überlassen.

»Vielleicht sollten wir in mein Zimmer gehen«, schlug Beate vor.

»Ja … das … wir … oh«, war alles, was sein motorisches Sprachzentrum noch hervorbrachte, bevor es ebenfalls den Dienst quittierte.

Man sagt, alles hat zwei Seiten. Das stimmt natürlich so nicht, man denke nur an ein Dodekaeder. Aber die Geisterwelt zeichnet sich tatsächlich durch eine gewisse Dualität aus. Will man Unterstützung in Liebesdingen oder verlangt es einen nach einem Heilungszauber, so wendet man sich an die Rada-Loas mit ihrem sanftmütigen Temperament. Aber will man schwarze Magie im Dunkeln wirken, dann ruft man die Petro-Loas herbei, die Schattengänger, die dunklen Zwillinge. Sie sind die Nacht, während die Rada-Loas der Tag sind. Macht und Gier ziehen sie an und nicht selten wendet sich der Zauber des Bittstellers gegen ihn selbst. Listig sind sie, wild und ungezähmt. Ihr Temperament ist Feuer.

Rada- und Petro-Nation, nie haben sie ohne einander existiert. Stets hat die eine die andere gespiegelt, ergänzt, vervollständigt.

Wehe, wenn das Gleichgewicht aus den Fugen gerät.

»Dahome gehört uns«, fauchte Ezulie-Ge-Rouge.

»Niemand wird uns je wieder vertreiben«, zischte Met Carrefour. Wo Papa Legba der Herr der Tore war, da war er, Met Carrefour, der Herr des Scheidewegs. Wo Legba den Pfad wies, da führte Carrefour in die Irre.

Die Schatten wurden immer dichter. Sie flossen umeinander, verbanden sich, lösten sich wieder.

»Wir waren es, die unser Volk in den Kampf geführt haben«, kreischte Ezulie mit den roten Augen. »Damals, als auf den Plantagen Haitis Baumwolle, Tabak und Zuckerrohr wuchsen, als der Reichtum der Eroberer sich Tag für Tag mehrte, bezahlt mit dem Blut und dem Schweiß der Sklaven. Damals tief im *Bois Caiman*, im Wald der Krokodile, als der Hungan Boukman Dutty gerufen hat. Erinnert euch. Wir waren es, die ihnen beistanden im Kampf gegen die weißen Eroberer.«

Sie waberten und wogten. Und sie erinnerten sich.

An jene Zeremonie vor mehr als zwei Jahrhunderten.

Sturm hatte die Wipfel der Bäume geschüttelt. Männer und Frauen, Sklaven und Marrons – Geflohene –, sie alle hatten sich auf der Lichtung versammelt, um den Worten des Priesters zu lauschen.

»Er hat uns gerufen«, fauchte Ezulie-Ge-Rouge. »Als der Tag der Rebellion gekommen war, als das Feuer des Aufstands Hütten und Plantagen entzündete. Als das Vèvè gezogen wurde und die Trommeln erklangen. Petro-Trommeln waren es, die sie in den Kampf geführt haben, und es war unser Lied, das erklang, der Chant der Petro-Loas. Nicht Papa Legba, nicht Ezulie Freda, nicht Ogoun Feray, wir waren es, erinnert euch.«

»Ja, uns haben sie geehrt«, donnerte Ogoun Shango, der Schattengänger Ogoun Ferays, eine raue, wilde, ungezähmte Macht, Herrscher über die Urgewalten. »Uns haben sie angefleht.«

»Uns allein«, rief Labalenn, der schwarze Wal.

»Die Menschen waren nicht länger Sklaven in dieser denkwürdigen Nacht«, rief Met Carrefour, »Götter selbst sind sie geworden.«

Ogoun Shango hatte durch Blitz und Donner zu ihnen gesprochen, Ezulie, die rotäugige Göttin, hatte sie die Fäuste ballen und die Waffen erheben lassen.

»Und auf dem Höhepunkt der Zeremonie«, erinnerte Ezulie-Ge-Rouge, »als sie tanzten und sangen zum bitteren, feurigen, wilden Rhythmus der Trommeln, als die Mambo vortrat und ihre Stimme die Dunkelheit durchbrach, wem opferte sie da das schwarze Schwein?«

»Uns«, zischten Shango, Met Carrefour und Labalenn.

»In wessen Namen tranken sie das Blut?«

»In unserem.«

»Und auf wessen Namen besiegelten sie den Pakt des Schweigens?«

»Auf unseren.«

Die Schatten wurden dichter, ihre Stimmen lauter. Dahome erzitterte unter ihren Schreien.

»Wir«, sagte Ezulie-Ge-Rouge, »sind Petro-Loas. Wir haben unser Volk aus der Sklaverei befreit. Wir sind alles, was sie sind. Sie sollten uns nicht länger den nötigen Respekt verweigern. Wir werden wieder so mächtig werden, wie wir einst waren.«

»Ja!«, riefen sie. »Auf den wilden Tanz im *Bois Caiman*! Auf die Petro-Nation, die siegreich in die Schlacht führt! Auf die Schatten, die im Dunkeln lauern!«

Die ewigen Wasser begannen zu brodeln. Blasen bildeten sich auf den Wellen.

Ezulie-Ge-Rouge grinste. »Auf dass sie uns niemals vergessen mögen.«

Irgendetwas schien die Hühner zu beunruhigen. Sie flatterten im Büro umher, plusterten sich auf und scharrten mit den Füßen über den grauen Boden. Immer wieder hoben sie ihre Köpfe und starrten das Regal an. Oder vielmehr etwas, das sich in besagtem Regal befand: das Artefakt.

Unsinn, dachte Espen und rieb sich mit der Hand über die Augen. Es sind Hühner. Die schauen ständig irgendwo hin. Außerdem sind sie für ihr nervöses Temperament bekannt.

Henrietta gackerte. Espen beugte sich zu ihr hinunter und streichelte ihr braunes Gefieder. Unwillkürlich zuckte sein Blick zum Artefakt. Hatte es sich gerade bewegt?

Unsinn, wiederholte er, schüttelte den Kopf, ließ Henrietta los und fuhr mit der Dokumentation der Gruppentherapie fort.

Die Hühner fuhren ihrerseits damit fort, das Regal anzustarren. Außer ihnen bemerkte niemand das dämonische Kichern, das zwischen den Büchern widerhallte.

»Ich bin erledigt.« Gerald wischte sich mit dem Handrücken über das Gesicht.

»Frag mich mal«, sagte Jean-Baptiste. Er hangelte sich auf eine Plattform des Baugerüstes, griff nach einer Flasche Wasser und trank in hastigen Schlucken.

Ringsherum tobte der Baulärm. Bagger rollten, Kräne ragten über das unfertige Häuserskelett. Seit Wochen räumten sie Schutt beiseite, zogen Zäune auf, legten Fundamente. Schilder und Transparente mit computerkonstruierten Grafiken zeigten an, was hier entstehen sollte. Jean-Baptiste hatte sich nicht die Mühe gemacht, sie zu studieren. Jeden Tag entstand irgendwo eine neue Baustelle. Denn Bauen, so schien es Jean-Baptiste, war weitaus prestigeträchtiger als Trümmer wegzuräumen. Trümmer wegschaffen, das konnte jeder, dazu brauchte es nur ein paar Hände und eine Schubkarre. Aber Häuser bauen, dafür brauchte es Investoren.

Auf den Straßen in Port-au-Prince herrschte wie immer Stillstand. Autos hupten. Motorroller und Fahrräder schlängelten sich zwischen den stehenden Fahrzeugen hindurch. Ein paar »Cash for work«-Arbeiter liefen umher und sammelten weggeworfene Verpackungen, Dosen und Flaschen ein. Auf ihren T-Shirts stand in großen Buchstaben der Name der jeweiligen Hilfsorganisation, die ihnen hierfür Bargeld in die Hand drückte. Streunende Hunde wühlten in einem Müllhaufen. Auf einer bunt bemalten Steinmauer prangte ein politisches Werbeplakat, auf dem der Präsident vorbeigehenden Passanten zulächelte. »Haiti ap vanse« stand darunter – »Haiti kommt vorwärts«. Direkt daneben verschmierte Graffiti. »Glaubt Politikern kein Wort«, hieß es dort, »Wir sind müde« und »Der Wiederaufbau ist Heuchelei.«

Jean-Baptiste schnaubte. Alle sprachen sie von Wiederaufbau, von Fortschritt, von Investitionen. Über den baufälligen Straßen leuchteten neue rote Schilder – das Geschenk einer irischen Mobilfunkgesellschaft. Daneben standen von der UNO finanzierte Straßenlaternen. Auf dem Marsfeld, dort, wo vor dem Beben der Präsidentenpalast gestanden hatte, wuchs nun englischer Rasen. Überall erhoben sich Bauzäune mit den Logos ausländischer Firmen. Die Investoren übertrafen sich gegenseitig in der Zurschaustellung von Freundlichkeit, jeder wollte ein Stück vom Kuchen abhaben. Allerdings war man in der Wahl des betreffenden Kuchenstücks relativ anspruchsvoll. Drüben, im reichen Villenvorort Pétionville in den Bergen, da hatte man gerne Wiederaufbau geleistet. Da gab es Fünf-Sterne-Hotels, Supermärkte und geteerte Straßen. Das Armenviertel dahinter versank im Staub. Allerdings hatte man die Fassaden neu gestrichen. Mintgrün und violett, blassrosa und babyblau – ein pastellfarbener Regenbogen. Denn Farben, das war allgemein bekannt, hoben die Stimmung. Und wer schaute schon gerne von seinem Hotelzimmer aus auf einen grauen Slum?

Jean-Baptiste hatte erlebt, wie europäische Organisationen in einer Nachbarstadt den Bau mehrerer Häuser finanziert hatten. Die zukünftigen Bewohner hatten von einem lächelnden Minister Urkunden mit goldenen Schleifen bekommen, unzählige Fernsehkameras hatten den bedeutenden Moment festgehalten. Leider schien der Architekt besagter Häuser nie persönlich in Haiti gewesen zu sein. Ansonsten hätte er vermutlich auf eine Konstruktion verzichtet, die sich in den warmen Monaten auf die Temperatur einer finnischen Sauna aufheizte, zum Ausgleich dafür aber Fenster besaß, durch die es während der Sturmsaison hereinregnete. Inzwischen waren viele der Häuser verfallen, das Gelände verwildert, die Menschen hatte neue Wellblechhütten errichtet.

Aber, so verkündete der Präsident immer und immer wieder, Haiti hatte Pläne. Die große neue Zukunft wartete, irgendwo hinter den Ruinen und Zeltlagern, da wartete sie. Ein großer Getränkehersteller beispielsweise hatte seine Bereitschaft signalisiert, in haitianische Mangos zu investieren, um neue Geschmacksrichtungen zu kreieren. Jean-Baptiste konnte sich zwar nicht vorstellen, wie die geplante Mango-Cola schmecken sollte, aber es war ein tröstlicher Gedanke, dass es zumindest den haitianischen Mangos bald besser gehen würde.

Müde kletterte er über das Gerüst. Die Sonne brannte. Noch ein paar Stunden, dann war Feierabend, das bedeutete Prestigebier und eine Partie Oware mit seinen Freunden. Eigentlich war er bei seiner Cousine Charlotte zum Essen eingeladen. Aber für seinen Geschmack redete sie zu viel, der Süßkartoffel-Pie war grundsätzlich angebrannt und ihr Mann François verhielt sich ein wenig, nun, seltsam. Außerdem hegte Jean-Baptiste den Verdacht, dass sie gar nicht miteinander verwandt waren.

»Achtung, Hammer!«, erklang es von oben.

»Wo?« Jean-Baptiste blickte hinauf. Das sollte das Dümmste sein, was er jemals in seinem Leben getan hatte.

Etwas Hartes traf ihn am Kopf, er strauchelte, dann kippte die Welt und das Letzte, was er wahrnahm, war Gerald, der fluchte: »Verdammt, ich hab doch gesagt: Achtung, Hammer!«

Kapitel 17

»Umwege erhöhen die Ortskenntnis.«

Kurt Tucholsky

Dr. Althea Keller stand vor einer weißen Wand und runzelte verwundert die Stirn. Sie hätte schwören können, dass sich vor ihrer Mittagspause an genau dieser Stelle die Tür zu ihrem Büro befunden hatte. Versuchsweise klopfte sie gegen die Wand. Es gab ein hohles Geräusch.

»Also, das ist seltsam« murmelte Althea und wanderte mit ihrem Blick hinauf bis zur Decke, doch auch diese zeichnete sich durch einen eklatanten Mangel an Bürotüren aus. Schließlich ging sie zum Treppenhaus. Wie hieß es noch so schön: Wenn man etwas verloren hatte, sollte man den Weg noch einmal zurückgehen. Althea wusste nicht, ob sich dieser Hinweis auch auf verlorengegangene Büros bezog, aber schaden konnte es wohl nicht. Als sie wenige Minuten später erneut vor ihrem Büro stand, war es genau dort, wo sie es zurückgelassen hatte.

»Seltsam.« Althea trat ein, kochte sich einen Matetee und setzte sich an den Computer. »Äußerst seltsam.«

Jenseits der Tiefen des ewigen Wassers kicherte Met Carrefour, der Herr der Irrwege, im Dunkeln.

Jean-Baptiste öffnete die Augen, besser gesagt, er öffnete das jenseitige Analogon seiner Augen. Er versuchte aufzustehen und es gelang ihm mühelos. Um ihn herum tobte der Verkehrslärm von Port-au-Prince. Ein Motorroller hupte, während sich ein Fahrrad, beladen mit drei Leuten, mehreren Ballen Stoff und einer Kiste frischer Meeresfrüchte, zwischen den stehenden Autos hindurchschlängelte.

Jean-Baptiste war sich ziemlich sicher, tot zu sein. Diese Erkenntnis fußte zu einem nicht unerheblichen Teil auf der Tatsache, dass er mehrere Zentimeter über seinem Körper schwebte. Und zum anderen ... nun ja, man musste schon über eine unglaublich robuste Konstitution verfügen, um mit einem zertrümmerten Schädel nicht tot zu sein. Die aufgeregten Rufe seiner Kollegen übertönten den Verkehr.

Jean-Baptiste wusste, was nun geschehen würde. Er war zu achtzig Prozent ein treuer Katholik und zu hundert Prozent Voodoonsi. Er nahm es mit der Religion sehr ernst. Seine unsterbliche Seele würde hinabsinken in die Ahnenwelt jenseits der ewigen Wasser und dort für ein Jahr und einen Tag verweilen. Anschließend würden die Loas entscheiden, ob er würdig war, als einer der ihren zu leben, oder ob er zu einer erneuten Existenz auf die Erde zurückkehren musste.

Jean-Baptiste hoffte inständig, zum Loa aufzusteigen, Vermittler zu werden zwischen Bondieu, dem einen Gott, und seiner Schöpfung. Was er zuallererst ändern würde, wäre das Wetter. Er hasste diesen ganzen Regen und die schwüle, klebrige Hitze. Natürlich könnte er sich auch damit abfinden, als Mensch wiedergeboren zu werden – vorausgesetzt dieser Mensch lebte in den gemäßigten Breiten und nannte ein schickes Haus mit Vorgarten, Plasmafernseher und Pool sowie eine vollbusige Ehefrau sein Eigen.

Während er über das Leben nach dem Tod sinnierte, stellte Jean-Baptiste fest, dass irgendetwas nicht stimmte. Da war keine gleißende Helligkeit, keine Ahnen, die ihn begrüßten, kein majestätisches Rauschen unergründlicher Wasser. Genau genommen passierte überhaupt nichts. Und er hatte das untrügliche Gefühl, dass inzwischen längst etwas hätte passieren *müssen.*

Seufzend stützte Jean-Baptiste das jenseitige Analogon seines Kinns in die Hände und wartete.

»Wo ist die rote Farbe, zum Donnerwetter?«, rief Richard Wiskamp – oder besser gesagt der Gott in ihm. Richard selbst hockte irgendwo in der hintersten Ecke seines eigenen Bewusstseins und beobachtete mit stummer Verwunderung, wie diese andere Präsenz in ihm frei über seinen motorischen Kortex und die damit assoziierten Gliedmaßen verfügte.

Vor ihm lag eine Leinwand, auf der ein Messer und rote Flaggen abgebildet waren. Auch der Hintergrund leuchtete in den verschiedensten Rotschattierungen, bis auf eine kleine Ecke am linken unteren Rand. Dort war ihm die Farbe ausgegangen.

»Bitte, Herr Wiskamp«, sagte Ergotherapeutin Sigrid Schulze-Lehmann, »wir wollen hier doch alle höflich miteinander umgehen.«

»Kann mir vielleicht jemand die rote Farbe geben?«, versuchte es Ogoun, der Loa des Kampfes, erneut.

»Hier, bitte.«

Beate Mitzkowski reichte ihm eine Tube. Ihr Haar war heute mit bunten Schleifen geschmückt und sie trug ein kräftiges Rosa auf ihren Lippen.

Sie lächelte ihn an. Hätte Richard gewusst, wodurch sich ein solches auszeichnete, er hätte es als anzügliches Lächeln beschrieben. Unter normalen Umständen hätte er sich in einer derartigen Situation unter dem Tisch versteckt oder zumindest so getan, als gehöre er zum Inventar, aber diese Präsenz in seinem Kopf ließ ihn Dinge tun, die … nun, Dinge waren, die er normalerweise niemals tat. Die Hand einer Frau zu ergreifen beispielsweise und sie zu einem gehauchten Kuss an die Lippen zu führen.

»Vielen Dank, ehrenwerte Dame«, hörte er sich sagen.

Die Frau, die Beate und zugleich nicht Beate war, lächelte erneut. Irgendwo in Richards limbischem System begannen die Neuronen, wie wild zu feuern. Auch seine Amygdala war ziemlich aufgeregt.

»Wir haben uns doch schon einmal getroffen«, flötete Beate. »Aber vermutlich erinnern Sie sich nicht.«

»Oh, wie könnte ich ein liebreizendes Antlitz wie das Ihre vergessen? Sie sind eine Zierde für diese trostlosen Hallen.«

»Ich danke Ihnen.« Sie zwinkerte und Richard spürte, wie sein Herz davongaloppierte.

Sie deutete auf die Skulptur aus Speckstein, an der sie gerade arbeitete. »Das ist ein Penis.«

Die göttliche Präsenz in Richard entgegnete ohne zu zögern: »Möchten Sie mich auf mein Zimmer begleiten?«

»Ich dachte schon, Sie fragen nie.« Beate sprang auf und zog ihn hinter sich her zur Tür hinaus.

Wenig später versanken sie eng umschlungen in den weißen Laken eines unbequemen Krankenhausbettes. Richard hatte bisher niemals Leidenschaft verspürt, doch in diesem Moment war ihm, als lodere in seinem Inneren ein Vulkan, dessen Feuer sich in seinen Adern ausbreitete. Und sie war wie eine Flamme, die ihn wieder und wieder entzündete.

»Ezulie«, seufzte er.

Etwas in ihr antwortete ihm: »Ogoun.«

Als das Feuer schließlich erloschen war, hielt er sie in seinen Armen. Lange sagten sie nichts. Irgendwann löste sich Beate von ihm und setzte sich auf. Das Haar hing ihr in wirren schwarz-grauen Strähnen über die Schultern. »Also, das können wir gerne wiederholen.«

»Sicher«, stammelte Richard, während sein Großhirn sich verzweifelt daran zu erinnern versuchte, *was* er gemacht hatte und vor allem: *wie*. »Sicher können wir das.«

Pflegeschülerin Stefanie kam mehr und mehr zu der Überzeugung, dass heute nicht ihr Tag war. Vorhin hatte sie eine halbe Stunde lang nach einem Kugelschreiber gesucht, stattdessen aber nur Strohhalme gefunden. Die Kaffeefilter schienen sich ebenfalls in Luft aufgelöst zu haben. Dafür gab es jede Menge Müsliriegel mit Papaya-Geschmack. Was mit dem Nachtisch von Zimmer 603 passiert war, verstand sie immer noch nicht. Zu allem Überfluss befand sich auch noch ein Gartenzwerg mit heruntergelassener Hose im Medikamentenschrank. Stefanie fotografierte ihn mit ihrem Smartphone und schickte das Bild an ihre Freundinnen. Auf der Fensterbank drehte Bob, der Fisch, munter seine Runden. Zu ihrer Verwunderung musste sie feststellen, dass die Arzneimittelverpackungen nicht länger nach Name, sondern nach Farbe sortiert waren (was Stefanie insgeheim schon immer für die einzig sinnvolle Art gehalten hatte, etwas zu sortieren – wer konnte schon ernsthaft wollen, dass eine blaue Schachtel neben einer magentafarbenen stand?). Abermals fiel ihr Blick auf das Fischglas. Endlich entschied sich ihr Okzipitallappen dazu, die von der Sehbahn eintreffenden Informationen korrekt zu analysieren.

Pflegeschülerin Stefanie Hildebrecht stutzte.

»Moment mal.« Wütend stemmte sie die Hände in die Hüften. »Wo ist Bob?«

Abermals war es ein lauer Abend in Port-au-Prince. Der Mond stand hoch am Himmel und abermals tauchte das Feuer unzähliger Kerzen den Voodootempel in ein gespenstisches Licht. Schatten tanzten über den Altar. Der scharfe Geruch von Räucherwerk verwob sich mit dem kraftvollen Dröhnen der Trommeln und dem Klang ritueller Gesänge.

Die Société hatte sich versammelt.

Mama Cècile saß auf ihrem reich verzierten Thron.

Sie trug ein rotes Kleid, das über und über mit Rüschen bedeckt war. In ihrer Hand ruhte die heilige Rassel. Über den Boden wand sich das komplizierte Symbol der Göttin Ezulie Freda, auf deren Ankunft man gebannt wartete.

Die Tänzer umkreisten den Poteau-mitan. Wild und ekstatisch zuckten ihre Glieder im Takt der Trommeln. Und als ein Mann schreiend zu Boden stürzte, lächelte Mama Cècile zufrieden. Sie eilte zu dem Besessenen und schüttelte ihre Asson. Die Gemeinde stimmte einen Gesang zu Ehren der Göttin an. Der alte Zeremonienmeister schlurfte herbei und brachte den Schmuck der Göttin und die Schüssel mit den Opfergaben.

Doch anstatt sich mit bunten Kämmen zu schmücken oder sich an Prosecco und Kuchen zu laben, schüttelte sich der Besessene und schwankte hin und her. Sein Mund klappte auf, schloss sich wieder und öffnete sich erneut. Mit einer Stimme wie berstendes Laub flüsterte er: »Pfui, ich kann Kuchen nicht ausstehen!«

Die Mambo räusperte sich. »Ich grüße dich, Ezulie, Göttin der Schönheit und der Liebe, bitte gewähre uns deine Gunst!«

»Aber ich bin nicht Ezulie«, krächzte der Loa.

»Nicht?«

»Nein.«

»Oh, verzeih, großer Loa, wer bist du dann?«

»Ich bin Badessy, Herrscher des Himmels und Bezwinger der Winde.«

Mama Cècile runzelte die Stirn. »Ich glaube nicht, dass ich schon einmal von dir gehört habe.«

Badessy zischte gekränkt. »Ich herrsche über den Wind.«

»Das sagtest du bereits.«

Der Loa schwieg und der kraftvolle Rhythmus der Trommeln erfüllte die Luft.

Mama Cècile atmete geräuschvoll ein. »Sieh mal, es lag nicht in meiner Absicht, dich zu beleidigen, o Badessy.«

Der Loa starrte sie erwartungsvoll an.

»Es ist nur«, fuhr die Mambo fort. »Wir haben einen … nun … *anderen* Loa erwartet. Wir haben uns wirklich viel Mühe mit unserem Trommeln und Singen gegeben.«

Badessy ruckte mit dem Kopf. »Ja, nun, das habe ich gesehen. Wirklich sehr schön. Vor allem das Tanzen. Das Tanzen hat mir gefallen.«

»Und da haben wir angenommen, dass – wie soll ich sagen? – unsere Mühen belohnt werden.«

»Ja, nun, man erwartet so viel, nicht wahr?« Badessy hustete.

»Das mag ja sein, aber …«

»Kein *Aber*«, wehrte Badessy ab und drehte sich um. »Also, habt ihr noch andere Opfergaben?«

Die Mambo dachte nach. Irgendetwas schien hier grundlegend schiefzulaufen, aber sie konnte den Finger nicht darauflegen.

»Was ist denn jetzt mit meinem Liebeszauber?«, meldete sich eine Frau aus der Gemeinde zu Wort.

»Ach, halt den Mund, Marie«, wetterte eine andere Frau. »Der würde dir eh nicht mehr helfen.«

»Sagt wer?«

»Sage ich.«

»Du hast doch noch nicht einmal einen Mann!«

»Und du hast bald auch keinen mehr!«

Die Voodoopriesterin heftete ihren Blick auf den Loa, der begonnen hatte, den Raum nach weiteren Opfergaben abzusuchen, und sich gerade über eine Flasche Zuckerrohrschnaps hermachte. »Großer Badessy, Marie bittet dich, ihrer Ehe mit einem Liebeszauber neue Kraft zu verleihen.«

»Immer kommt mein Mann zu spät nach Hause«, keifte Marie. »Und ansehen tut er mich schon lange nicht mehr. Und im Bett …«

»Ja, danke, Marie«, schnitt die Mambo ihr das Wort ab. Sie sah den Loa erwartungsvoll an.

Dieser zuckte mit den Schultern. »Mit Liebeszaubern hab ich's nicht so.«

»Welches Zeichen deiner Gunst könntest du uns denn gewähren, mächtiger Geist?«, erkundigte sich Mama Cècile, wobei sich ein erschöpfter Unterton in ihre Stimme schlich.

Badessy blähte seine Brust mit einem stolzen Lächeln. »Ich kann dafür sorgen, dass der Wind bläst.« Er machte eine bedeutungsvolle Pause. Schließlich fragte er: »Möchte jemand eine steife Brise?«

Die Anwesenden schüttelten den Kopf.

»Ja … nun … das ist schade.« Er sackte ein wenig in sich zusammen. »Nicht einmal eine kleine Böe?«, hakte er nach. »Auf Schiffen kommen meine Dienste immer sehr gut an.«

»Ja, also, du könntest dafür sorgen, dass die Glut in den Räucherschalen nicht erlischt«, bot die Priesterin an und fügte ein leises »Bitte« hinzu.

»Dein Wunsch sei dir gewährt.« Der Loa plusterte sich auf. Sein menschliches Pferd zuckte und wand sich, die Augen traten weiß hervor.

Ein Pfeifen erklang. Es war, als stülpe sich die Luft von innen nach außen. Die Gemeindemitglieder hielten sich die Ohren zu.

Dann fegte ein Windzug durch den Tempel. Die Kerzen erloschen. Okkulte Gegenstände wurden durcheinandergewirbelt, Räucherschalen kippten um. Steine lösten sich aus dem baufälligen Mauerwerk. Ein Mann schrie auf und umklammerte wimmernd seinen Fuß. Der Windstoß erfasste das rote Kopftuch der Mambo und wehte es davon. Der Zeremonienmeister beeilte sich, dem wirbelnden Kleidungsstück hinterherzueilen. Er erzielte damit einen ähnlichen Effekt wie eine Schnecke, die einen Schmetterling verfolgt.

»Danke, großer Badessy«, intonierte die Mambo.

Eine Kerze fiel ihr vor die Füße. Die arthritischen Glieder des Zeremonienmeisters verrenkten sich in unmöglichen Winkeln, doch das Kopftuch entglitt immer wieder seinen Fingern. Die Flaggenträger stemmten sich mühsam gegen den Sturmwind, der an den Fahnen zerrte.

»Das reicht!«, schrie die Mambo.

Der Wind verebbte.

Die Trommeln wurden leiser.

Nach und nach hörte die Gemeinde auf zu singen und zu tanzen. Marie brach in Tränen aus.

»Und?«, fragte der Loa in die entstandene Stille hinein und blickte die Priesterin an, die damit beschäftigt war, ihre Kopfbedeckung wieder zu richten. »Kann ich sonst noch etwas für euch tun?«

Mondlicht floss in das Zimmer 404 der psychiatrischen Abteilung der Salvatis-Klinik Castrop-Rauxel. Es schlich über den grauen Linoleumboden, zupfte probeweise an Bettpfosten und Stuhlbeinen und erhellte schließlich ein ganz bestimmtes Gesicht. Auch wenn man gut ausgeprägte imaginative Fähigkeiten brauchte, um die wahllose Ansammlung von Stoff, Nähten und Knöpfen als Gesicht zu bezeichnen.

Babette drehte den Kopf. Ein unheilvolles Glühen lag in ihren Knopfaugen. Man konnte nicht behaupten, dass sie Zorn empfand – für eine solche Regung brauchte es gewisse Hirnstrukturen und die richtige Portion Neurotransmitter. Aber sie empfand *etwas*. Und dieses Etwas war dunkel und roh und gierig. Babette sprang vom Regal.

Beate Mitzkowski schlief. Die Göttin in ihr schlief ebenfalls. Sie träumte von Trommeln, Gesängen, Opferschalen und dem Jenseits hinter den ewigen Wassern. Daher bemerkte sie nicht das Trippeln kleiner Puppenfüße, die sich langsam ihrem Bett näherten, Zentimeter für Zentimeter.

Tip-tap. Tip-tap.

Babette grinste.

Die Zimmertür schwang auf.

»Mama?«

Was folgte, war das Geräusch unzähliger Büroklammern, die sich bemühten, ein Konglomerat alter Topflappen zu verdauen.

»Boa, Alter, du bist echt voll so seltsam geworden«, sagte Christos. Mehmet nickte und beobachtete Sedat dabei vorsichtig.

Der Mann, der einmal Sedat Özkan gewesen war, tippte sich an den Zylinder. »Meine Freunde«, sagte er. »Ich weiß, wie wir diesen Abend verbringen werden.« Er machte eine bedeutungsvolle Pause und sah über die Ränder seiner Sonnenbrille hinweg in die Runde. In seiner Stimme schien der Staub Jahrhunderte alter Gräber zu liegen, als er verkündete: »Wir gehen zu einer Gothic-Party.«

Morbidität war ein Wort, das in Sedats mentalem Lexikon nicht vorkam, und bei dem Begriff Gotik dachte er allenfalls an einen ausnehmend langweiligen Schulausflug zum Kölner Dom. Entsprechend rangierte sein Musikgeschmack irgendwo zwischen Hip-Hop, Pop und dem einen oder anderen RnB-Stück. Aber sein Ich hatte längst eine untergeordnete Rolle auf der Bühne seines Bewusstseins eingenommen.

Und so fand er sich fünfundvierzig Minuten später an der Bar einer Lokalität namens »Schattenkeller« wieder, ein Glas Wein in der Hand, neben ihm eine junge Frau, deren spinnennetzartiges Kleid jedem Totengeist die Show gestohlen hätte.

»Eigentlich wollte ich ja Bestatterin werden. Aber kannst du dir das vorstellen? Die meinten, ich wäre zu dunkel gekleidet, das wäre respektlos den Kunden gegenüber. Echt jetzt? Ich meine, die Kunden sind *tot.*«

Sie nippte an ihrem Rotwein, der dieselbe Farbe hatte wie ihr Haar.

Im Hintergrund wurden hämmernde Elektrobeats von mittelalterlichen Dudelsäcken und Flöten abgelöst. Nebel waberte über die Tanzfläche.

»Na ja, jetzt studiere ich Germanistik und Philosophie«, schloss sie seufzend. Ihre Lippen hinterließen schwarze Abdrücke auf dem Weinglas.

»Der Tod ist notwendiger Bestandteil des Lebens«, sagte das Menschenpferd, das den Namen Sedat Özkan trug. »Nichts währt ewig. Aber gerade das macht das Leben doch so kostbar. Das Wissen um seine Endlichkeit, die Notwendigkeit, jeden Moment wirklich zu *leben*, nicht bloß passieren zu lassen. Wirklich hier zu sein. Nichts führt uns das deutlicher vor Augen als die allgegenwärtige Präsenz des Todes.«

»Du sagst es.« Ihre schwarz umrandeten Augen leuchteten. »Aber erzähl das mal denen da draußen.« Sie gestikulierte vage in eine Richtung. »Die kennen nur Gier und Hass und Macht und Konsum. Haben wollen und immer mehr haben wollen. Sich das Glück kaufen wollen. Dabei hat uns doch niemand eine Garantie dafür gegeben, dass man im Leben glücklich wird. Die wollen jeden Schmerz ausschließen, aber das Leiden gehört nun mal zum Leben dazu. Und mit ihrer dekadenten Art steuern sie unaufhaltsam auf das Ende dieses Planeten zu. *Fin de Siècle.*« Sie seufzte erneut.

»Ey, Alter.«

Christos und Mehmet tauchten aus der Menge schwarz gekleideter Gestalten auf. Sie wirkten dabei wie zwei Smarties, die in einer Tasse Espresso schwimmen.

»Das war die beste Idee, die du je hattest.« Mehmet schlug Sedat auf die Schulter. »Ey, die Perlen hier haben fast nichts an. Ich glaube, ich habe da gerade einen Nippel gesehen.«

Die große Schlange wandte den Kopf.

»Was suchst du?«, fragte sie mit zischender Stimme, die Espen wie ein Schauer durch den Körper fuhr.

»Antworten.«

Die Schlange musterte ihn aus großen, gelben Augen. Ihre Schuppen glänzten wie Smaragde. Schließlich sagte sie: »Schau nicht nach außen. Sieh nach innen.«

Aber Espen drehte sich um. Und erblickte die Anderen. Schattengestalten. Eine von ihnen trug einen großen Hut, der ihr Gesicht verbarg, eine weitere hatte rot glühende Augen, eine dritte war schwarz wie die Tiefe des Meeres, wieder eine andere war Flamme und Blitz.

»Wir«, sagten sie, »können dir etwas viel Besseres bieten.«

Ihr Lachen bohrte sich in seinen Schädel. Ein summender Chor, der lauter und lauter wurde.

»Wir bieten dir die Welt.«

»Triff deine Wahl«, zischte die Schlange.

Und Espen erwachte.

Kapitel 18

»Auch die besessensten Vegetarier beißen nicht gern ins Gras.«

Joachim Ringelnatz

»Ich dachte immer, ihr Psychologen kennt euch aus mit Träumen.« Janusz, Espens Teilzeit-Lebensabschnittsgefährte, schmierte Butter und Orangenmarmelade auf sein Croissant. Er nahm es mit den Fruchtaufstrichen sehr genau. Als Pianist, so fand er, war es unumgänglich, auf das eigene seelische Gleichgewicht zu achten. Erdbeermarmelade beispielsweise leistete diesbezüglich nur mangelhafte Dienste.

»Das sind die Analytiker«, erklärte Espen. »Wir Verhaltenstherapeuten halten uns eher an das Konkrete.«

»Dann verstehe ich dein Problem nicht.« Janusz biss in das Hörnchen. Marmelade tropfte auf den Teller. Durch das Küchenfenster fielen die ersten Sonnenstrahlen. Der Wind wehte einige Blätter von den Bäumen und trieb sie vor sich her.

Espen drehte unschlüssig seine Kaffeetasse in den Händen. »Na ja, da sind eben diese … *Träume*. Und die Hühner benehmen sich komisch und das Artefakt …«

»Du weißt, dass ich von dieser Voodoosache nichts halte«, unterbrach ihn Janusz. »Da kriege ich Gänsehaut.

Hier siehst du?« Er hielt dem Psychologen seinen Arm unter die Nase.

Janusz hielt Espen für absolut wahnsinnig. Aber da er über ausgezeichnete Liebhaberqualitäten, eine geräumige Wohnung und ausreichend Orangenmarmelade verfügte, war er bereit, in dieser Sache ein Auge zuzudrücken.

»Ich habe heute Abend übrigens ein Konzert. Nichts Großes. Irgend so ein Altherrenverein«, erzählte er.

»Ich meine«, fuhr Espen fort, »Hühner spüren doch bestimmt, wenn etwas nicht in Ordnung ist.«

»Ich kann solche Veranstaltungen nicht leiden«, seufzte Janusz. »Wenn mich noch mal jemand fragt, ob ich *Für Elise* spielen kann, dann werde ich ihm wohl ins Gesicht springen.«

Espen sah von seinem Kaffee auf. »Immerhin sind es *Hühner*, oder?«

»Aber die Bezahlung ist okay und von irgendetwas muss man ja leben, nicht wahr?«

»Wie?«, fragte Espen.

»Was?«, machte Janusz.

Espen sah auf die Uhr. »Ich muss zur Arbeit.« Er stand auf, räumte die Tasse in die Spülmaschine und verschwand im Flur, um sich die Schuhe anzuziehen. »Bis nachher.«

Im Türrahmen drehte er sich um. »Spiel doch einfach *Für Elise*, so was mögen alte Herren.«

Jean-Baptiste wusste nicht, woher der Nebel gekommen war. Und er wusste nicht, wie lange er sich schon hier befand. Dahintrieb. In diesem Zustand, der nicht Leben und nicht Tod war. Um ihn herum tosten die pechschwarzen Wasser der jenseitigen Welt. Darüber hinaus war da nichts. Kein Geräusch. Kein Geruch. Keine Farben. Nur Dunkelheit und Nebel und tosende Wellen. Jeder Moment glich dem anderen. In den Legenden, so schien ihm, war alles einfacher. In den Legenden war man tot, wenn man tot war.

Mit einem Mal verstummte das Tosen. Die Nebel lichteten sich.

Eine Stimme zerriss die Finsternis.

»Ich glaube, hier ist noch einer.«

»Noch einer?«

Ein Seufzen erklang. Dann sagte die zweite Stimme: »Ich meine, wie viele Seelen kann es denn in den unendlichen Wassern geben?«

»Nun, ähm …«, erwiderte die erste Stimme, »immerhin heißen sie *unendliche* Wasser, oder?«

Geisterhafte Finger streckten sich tastend nach ihm aus. Jean-Baptiste spürte, wie er ergriffen wurde. Etwas zog ihn mit sich.

»Bring ihn einfach zu den anderen«, sagte die zweite Stimme.

Er wurde herumgewirbelt. Das Meer verschwand und Jean-Baptiste dachte erneut, dass er sich das alles anders vorgestellt hatte. Ganz anders.

Langsam aber sicher beschlich Isabella die untrügliche Gewissheit, dass sie sich verlaufen hatte. Das war an sich nichts Ungewöhnliches. Nur dass sie sich dieses Mal nicht von der Stelle gerührt hatte. Ihr Gehirn beharrte darauf, dass sich an die Eingangstür der Salvatis-Klinik eine, nun, *Klinik* anschloss, aber ihre Augen lieferten ihrem visuellen Kortex ein gänzlich anderes Bild: Dort, wo sich Foyer, Aufzüge und Gänge befinden sollten, klaffte ein metertiefer Abgrund.

Verwirrt betrachtete Isabella die Schiebetür, die sich vor ihr in gleichmäßigem Rhythmus öffnete und schloss. Wände, so fand sie, sollten nicht einfach so ins Nichts verschwinden. Und Eingangstüren besaßen im Allgemeinen die Angewohnheit, irgendwohin zu führen. Isabella war sich bewusst, dass sie bezüglich dieser Thematik eine außerordentlich konservative Meinung vertrat. In manchen Situationen mochte sich ein solcher Abgrund durchaus als nützlich erweisen. Beim Bungeespringen beispielsweise. Oder wenn man ein international anerkannter Parkourkünstler war. Jedoch nicht, wenn sich anstelle dieses Abgrunds eigentlich ein Krankenhaus befinden sollte. Isabella rieb sich die Augen. Fünf Meter unter ihr spazierten zwei Hühner entlang.

Nachdem Isabella eine Runde durch den Park gegangen war und sich dabei nur minimal verlaufen hatte, stand die Salvatis-Klinik dort, wo sie immer gestanden hatte.

Isabella trat durch die Schiebetür. Die Klinik tat ihr Bestes, um sich den Anschein vollkommener Normalität zu geben. An den Eingang schloss sich das Foyer an, dann kamen die Fahrstühle, auf der linken Seite der Flur mit den Büros der Klinikverwaltung, auf der rechten Seite der Gang, der zur Cafeteria führte. Als sie das

Treppenhaus betrat, kam ihr ein Huhn entgegen. Isabella grüßte freundlich und machte sich auf den Weg zur IT.

Das Büroklammermonster war weitergewachsen. Schwerfällig wankte es durch die Gänge der psychiatrischen Abteilung. Es fühlte sich träge und langsam von all den Dingen, die es sich einverleibt hatte. Mit jedem Schritt verlor es Heftklammern, Büroklammern und kleine Papierschnipsel, die wie die Spuren einer seltsamen Schnitzeljagd seinen Weg markierten.

»Mama?«, brummte das Monster, während es unaufhaltsam vorwärts schlurfte.

Da hörte es plötzlich einen Klang. Eine Stimme, die sich über das geschäftige Treiben des Krankenhauses hinweg erhob. Und diese Stimme war das Schönste, was das Büroklammerwesen je vernommen hatte. Zielstrebig wankte es auf die Quelle dieser Melodie zu. Irgendwo im hintersten Winkel seines rudimentären Bewusstseins wusste es, dass es gefunden hatte, wonach es suchte.

»Am 23.06. lädt der Taubenzüchterverein *Glückliche Heimkehr* zum diesjährigen Sonntagsflohmarkt ein. Spenden sind herzlich willkommen. Höhepunkt wird diesmal das Schaufliegen der Jungbrieftauben sein. ›Hauptsache es gibt Bier‹, sagt Otto H., der mit seiner Frau bereits seit fünfzig Jahren erfolgreich Tauben züchtet.«

»Sehr gut, Frau Breitz.«

Sigrid Schulze-Lehmann klatschte aufmunternd in die Hände. Sie wusste, dass Aufmunterung ein wichtiger

Bestandteil der Ergotherapie für ältere Menschen war. Aufmunterung und eine wohldosierte Portion Realität – allerdings nur die schöne Realität, nicht die deprimierende.

»Hat noch jemand einen netten Artikel in der Zeitung gefunden, den er gerne vorlesen möchte?«

»Wann gehen wir denn zu den Thermalquellen?«, erkundigte sich Frau Breitz vorsichtig.

»Das machen wir später, Frau Breitz.« Sigrid lächelte auf eine positive und gewinnende Art und Weise. »Nun lesen wir erstmal ein wenig in der Zeitung. Wir wollen doch informiert bleiben, nicht wahr?«

»Hier steht gar nichts über Pferde«, beschwerte sich Herr Sägebrecht. »Ich mag Pferde. Außerdem hätte ich jetzt gerne mein Essen.«

»Ich habe da noch einen Artikel.«

»Ja, Frau Linkmeyer?« Sigrids Strahlen wurde noch breiter. Frau Linkmeyer war ein älterer Mensch, der besonders viel Aufmunterung brauchte.

»Der Deutsche Wetterdienst warnt weiterhin vor Stürmen und orkanartigen Böen«, las Sophia. »Es könne darüber hinaus an den Küsten zu Überflutungen kommen. Auch das Hochwasser an Rhein, Donau, Elbe, Oder und diversen anderen deutschen Flüssen habe nun ein beunruhigendes Ausmaß angenommen. Die Rettungskräfte sind vielerorts überfordert, die Bevölkerung sei zur Mithilfe aufgerufen. ›Wir werden alle ertrinken‹, sagte hierzu ein Kleinbauer vom Niederrhein …«

»Ähm, danke, Frau Linkmeyer, ich glaube, das reicht erstmal.«

»Aber der Artikel ist noch gar nicht zu Ende. Ich habe ja noch nichts von dem Tsunami im Pazifik und den starken Regenfällen in der Wüste Gobi erzählt.«

»Ich denke, es reicht trotzdem, Frau Linkmeyer.« Sigrids Lächeln wirkte ein wenig eingefroren.

»Was gibt es bei OBI?«, erkundigte sich Frau Mendel. »Ich könnte ein neues Vogelhäuschen für den Garten gebrauchen.«

»Wie wäre es mit Pferden?«, sagte Herr Sägebrecht.

»Ich denke nicht, dass die in ein Vogelhäuschen passen«, mutmaßte Frau Breitz.

Die Frau, die aussah wie Sophia Linkmeyer – wenn man von dem antiquierten Gehstock und dem Schlapphut einmal absah –, knallte die Zeitung auf den Tisch. »Der Untergang rückt näher«, sagte sie und deutete auf einen Artikel. »Karawane von Starkregen erfasst; brauchen Kamele künftig Schwimmwesten? Wisst ihr, was das bedeutet?«

»Kamele sind ein wenig wie Pferde«, sinnierte Herr Sägebrecht.

»Dafür ist Ogoun Shango verantwortlich, der Herr der Unwetter«, ereiferte sich Sophia, beziehungsweise der Loa in ihr. »Und hier: Wunde Füße statt Sightseeing; Touristengruppe irrt drei Tage durch Pisa. ›Und ich dachte immer, so einen schiefen Turm kann man gar nicht übersehen‹, sagt Lotte E., bevor sie vor Erschöpfung zusammenbricht. Das trägt eindeutig Met Carrefours Handschrift, er hatte schon immer seine Freude daran, Menschen vom Weg abzubringen. Pah!« Sie spuckte aus.

Sigrid Schulze-Lehmann zog missbilligend die Augenbrauen nach oben. »Danke, Frau Linkmeyer, das reicht nun wirklich.«

Doch die Frau, die einmal Sophia gewesen war, deutete bereits auf den nächsten Artikel. Ihre Augen blitzten vor Zorn.

»Hier!«, schrie sie. »Albtraum in Weiß – Hochzeitsfeier endet im Chaos; Pfarrer von Braut mit Blumenstrauß niedergestreckt, Brautjungfern und Bräutigam müssen von der Polizei getrennt werden. Das war Ezulie-Ge-Rouge, bitter und rachsüchtig wie immer. Und da: Seeungeheuer in der Ruhr? Wo ist Hannah R.? Die Ruderin verschwand am gestrigen Tage spurlos, Zeugen berichten von einem schwarzen Riesenfisch. Eindeutig Labalenn, der Schatten der tiefen Wasser.« Sophia wedelte mit der Zeitung hin und her. »Das ist erst der Anfang. Wir müssen die dunklen Zwillinge aufhalten, bevor es zu spät ist!«

»Heißt das, wir gehen nicht in die Thermalbäder?«, fragte Frau Breitz enttäuscht.

»Vielleicht sollten wir jetzt ein Lied singen.« Sigrid klatschte aufmunternd in die Hände und zwang ihre Mundwinkel nach oben. »Wie wäre es mit dem deutschen Klassiker *Alle Vögel sind schon da*?«

Herr Sägebrecht hob die Hand.

»Ja, bitte.«

»Kommen da auch Pferde drin vor?«

Ingeborg Bertram hielt nicht viel von Gartenbau. Ihre bevorzugte Bepflanzung waren Steine. Aber sie musste feststellen, dass das Biotop im Innenhof der Salvatis-Klinik eine einzigartige Faszination auf sie ausübte. Sie hätte stundenlang dort auf der Brücke stehen können, den Blick auf den Wasserspeier gerichtet, eine liebliche Melodie in den Ohren. In der Ferne klatschten Wellen an eine ihr unbekannte Küste. Ein warmes Gefühl durchströmte sie.

Das muss diese Selbstakzeptanz sein, von der immer alle reden, dachte sie.

Lasiren sang ihr Lied.

»Ich habe überall gesucht, ich schwöre«, beteuerte Pflegeschülerin Stefanie Hildebrecht. »Aber das Gebiss ist verschwunden.«

»Gebisse verschwinden nicht einfach.« Die Stationsleiterin stemmte die Hände in die Hüften.

»Wenn ich's doch sage.« Stefanie schaute betreten zu Boden. »Als die Patientin auf der Inneren war, hatte sie ihre Zähne noch. Aber bei uns ist sie bereits ohne Zähne angekommen.« Sie senkte die Stimme zu einem Flüstern. »Irgendetwas geht hier nicht mit rechten Dingen zu. Bob ist auch weg.«

»Bob?«, fragte Monika Holthausen misstrauisch. »Wer ist Bob?«

»Na, mein Goldfisch. Er stand immer hier auf der Fensterbank und nun ist er nicht mehr da.«

Stationsleiterin Monika runzelte die Stirn. »Erst das Gebiss und nun ein Goldfisch. Mädchen, du verlierst wirklich alles.«

»Aber ich …«

»Dann musst du eine Verlustanzeige schreiben«, kommandierte Monika, »damit es hinterher nicht wieder heißt, wir hätten das verbockt. Los, worauf wartest du?«

»Für den Goldfisch?«

»Nein, für das Gebiss natürlich. Was interessiert mich ein Goldfisch? Ich glaube nicht, dass die Haltung von Fischen den Hygienevorschriften entspricht.«

»Aber … »

Monika setzte ihren zweitstrengsten Blick auf.

»Ja, sofort«, murmelte Stefanie und stahl sich davon.

Diese Jugend!, dachte Stationsleiterin Monika. Lernen die denn heutzutage in der Schule überhaupt nichts mehr? Zu meiner Zeit hätte es das nie gegeben. Da wusste man noch, wie man sich zu benehmen hat.

Kopfschüttelnd öffnete sie die Tür zum Abstellraum, um neue Mullbinden herauszunehmen. Vor ihr stand ein ein Meter achtzig großes Ungeheuer, das aussah wie eine Mischung aus dem unglaublichen Hulk und einem Fachhandel für Bürobedarf. Aus seinem Körper ragten Büroklammern, Scheren, Stifte, Radiergummis, ein Gebiss und andere, undefinierbare Gegenstände hervor.

»Mama!«, brummte das Ungeheuer.

Monika Holthausen knallte den Schrank wieder zu.

»Ähm …«

Baron Lacroix sah die menschliche Seele an, die vor ihm stand – beziehungsweise waberte oder wie immer man das nannte.

Er seufzte. Alles war so kompliziert geworden, seit sein Bruder Baron Samedi, Herrscher über die Guede, die Familie der Totengeister, aus unerklärlichen Gründen verschwunden war. Bisher hatte dieser sich immer um die Verstorbenen gekümmert, hatte den Durchgang zwischen der Welt der Lebenden und der Welt der Toten gesteuert, während er, Baron Lacroix, die Gräber gehütet hatte. Das war eine gute Arbeitsteilung gewesen, sie hatte seit Jahrhunderten funktioniert. Lacroix mochte es, die Gräber zu hüten. Es war einfach und ruhig und erforderte keinerlei soziale Kompetenzen. Aber Maman Brigitte, Samedis temperamentvolle Frau, hatte ihm gesagt, dass er nun für die Toten zuständig war, solange sein Bruder verschwunden blieb. Und was Maman Brigitte sagte, das musste getan werden. Baron Lacroix hoffte nur, dass sein Bruder bald zurückkehren würde. Er vermisste die Gräber.

Der Geist vor ihm räusperte sich ungeduldig.

»Ähm …«, sagte Baron Lacroix erneut. Und fügte dann ein »Und du bist?« hinzu.

»Allem Anschein nach soeben verstorben«, mutmaßte die Seele, die einmal Jean-Baptiste gewesen war.

»Verstorben, hm, soso.« Lacroix wiegte nachdenklich den Kopf.

Jean-Baptiste wartete einen Moment, dann fragte er vorsichtig: »Und was geschieht nun?«

»Ja, gute Frage.« Lacroix dachte angestrengt nach.

»Müsste nicht meine unsterbliche Seele in Dahome ihren Frieden finden, wo sie nach einem Jahr und einem Tag wiedergeboren wird oder zum Loa aufsteigt?«

»Ja, nun, das klingt im Grunde ganz plausibel.« Baron Lacroix rieb sich das metaphysische Äquivalent eines

Kinns. »Hast du denn irgendwelche Qualitäten, die dich dafür prädestinieren, zum Loa aufzusteigen?«

Jean-Baptiste dachte einen Moment nach. »Ich weiß nicht. Was meinst du genau?«

»Nun, äh, Qualitäten eben.«

»Ich bin gut im Oware spielen.«

»Wie?«

»Oware. Das ist ein Strategiespiel. Man hat da dieses Spielbrett mit zweimal sechs Mulden und dann nimmt man getrocknete Molukkenbohnensamen. Das Ziel ist es …«

»Jaja«, unterbrach Baron Lacroix, »das klingt schon mal recht vielversprechend.«

Eine unangenehme Stille entstand.

Jean-Baptiste trat ungeduldig von einem Fuß auf den anderen, zumindest hätte er das getan, hätte er Füße besessen. Schließlich fragte er: »Und?«

»Und was?«

»Werde ich nun zum Loa aufsteigen?«

Baron Lacroix rieb sich das jenseitige Pendant einer Stirn. »Ja, also, da muss ich nachfragen, ähm, ich meine natürlich: Da muss ich mich zunächst mit den anderen Guede in einer göttlichen Runde beraten. So eine Entscheidung trifft man ja nicht einfach aus dem Bauch heraus. Da müssen Referenzen geprüft, Lebensläufe studiert werden und so. Das kann eine Weile dauern. Ich werde dich dann von dem Ergebnis in Kenntnis setzen.« Er vollführte eine vage Handbewegung. »Und nun, ähm, geh und tue, was unsterbliche Seelen auch immer tun.« Mit diesen Worten wandte er sich um und schritt hinfort.

Eigentlich schritt er nicht, sondern glitt vielmehr, aber das tut hier nichts zur Sache.

Jean-Baptiste räusperte sich erneut.

»Ja, was gibt es denn noch?« Baron Lacroix hielt in der Bewegung inne.

»Was wäre denn das?«, erkundigte sich Jean-Baptiste.

»Was?«

»Was unsterbliche Seelen so tun. Was wäre das? Ich meine, ich war noch nie tot.«

»Ja, ähm, also, das bringt uns jetzt irgendwie in eine unangenehme Situation, nicht wahr?« Baron Lacroix lächelte gewinnend, wie er hoffte. »Also, ich, ähm, ich würde sagen …«

»Ja?«

»Na, tu eben Dinge.«

»Dinge?«

»Ja, Dinge. Unsterbliche Seelen tun doch dauernd irgendwelche Dinge und Sachen, die zu anderen Dingen führen und … nun … herumschweben und … *andere* Dinge …« Er schloss mit einem verlegenen Husten.

»Aha.«

Sie sahen sich an.

»Tja, also, dann werde ich mal gehen und *Dinge* tun«, sagte Jean-Baptiste.

»Ja, nun, ähm, viel Spaß«, wünschte Baron Lacroix. Als er hinfort eilte, wünschte er sich, er hätte mehr Interesse an der Arbeit seines Bruders gezeigt.

Nicholas betrachtete die Tür, die sich zwischen den Regalen des Archivs erhob. Sie sah aus wie eine …

nun … Tür. Wenn man einmal davon absah, dass sie weder einen Rahmen noch Angeln besaß – und dass es im Allgemeinen der Eigenschaft von Türen widersprach, mitten in einem Raum zu schweben. Er war sich ziemlich sicher, dass diese Tür am vorangegangenen Tag noch nicht dort gestanden – beziehungsweise geschwebt – hatte. Nun drängte sich seinem Frontalkortex eine ganz bestimmte Frage auf: Wo mochte diese Tür hinführen? Genau genommen drängte sich natürlich eine ganze Palette von Fragen und Überlegungen auf, angefangen bei dem Umstand, dass die Tür scheinbar aus dem Nichts aufgetaucht war, bis hin zu diversen Vermutungen darüber, weshalb sie nicht einfach umfiel.

Nicholas schwor sich, all diesen Dingen zu gegebener Zeit nachzugehen – *nachdem* er durch die Tür gegangen war. Nur um zu sehen, was auf der anderen Seite lag. Natürlich lag auf der anderen Seite das Archiv. Oder etwa nicht?

Raus aus deiner kognitiven Badewanne, sagte er zu sich selbst. Überwinde die Gewohnheit.

Eine Tür zu relokalisieren war ihm noch nie gelungen. Schon gar nicht auf *diese* Weise. Nicholas' Hand lag auf der Klinke. Sie war aus geschwungenem Messing.

Was soll schon passieren? Es ist ja nur eine Tür, nicht wahr? Türen sind gemeinhin für ihr ruhiges Temperament bekannt.

Entschlossen drückte er die Klinke nach unten.

Dunkelheit schlug ihm entgegen. Nebel waberte über die Schwelle und in der Ferne rauschte ein Meer.

Also gut, das hier ist nicht das Archiv.

»Ich hab einen.«

Eine geisterhafte Hand tauchte aus dem Nebel auf. Nicholas wollte zur Seite springen, doch bevor sein motorischer Kortex einen entsprechenden Befehl an seine Muskeln senden konnte, hatte die Hand ihn auch schon gepackt. Hilflos ruderte er mit den Armen, während er hinabgezogen wurde in ein Loch aus Finsternis.

Schwarze Schatten wirbelten um ihn herum. Er fiel. Oder schwebte er? Ein Flüstern und Wispern hüllte ihn ein. Er sah Kreuze und Grabsteine, roch den staubigen Geruch der Jahrhunderte, spürte Spinnweben auf der Haut. Die Schatten kicherten.

»Ist er tot?«, flüsterte eine Stimme, die klang wie berstendes Laub.

»Er muss tot sein, sonst wäre er nicht hier«, antwortete eine zweite Stimme, die ebenso unheimlich klang.

»Noch einer?«, fragte eine dritte Stimme mit genervtem Unterton. »Ich weiß nicht mehr, wo wir die alle unterbringen sollen.«

Nicholas strampelte und schlug um sich, aber seine Hände glitten geradewegs durch die hauchdünnen Nebelschwaden hindurch.

»Komm mit uns«, hauchte die erste Geisterstimme. »Wir zeigen dir den Weg ins Totenreich.«

»Aber ich bin nicht tot!«

»Das sagen sie alle.«

Nicholas versuchte zu rennen, aber es gab kein Vorne und Hinten, kein Oben oder Unten mehr. Die Schatten umschwärmten ihn, ihre Geisterhände zogen ihn hinab und hinab. Die Dunkelheit drohte ihn zu verschlucken.

Vermutlich wäre Schreien jetzt angebracht, dachte er.
Nicholas schrie aus Leibeskräften.

Kapitel 19

»Sicher ist, dass nichts sicher ist. Selbst das nicht.«

Joachim Ringelnatz

Es klopfte an der Tür der IT.

Als Isabella öffnete, stand dort eine Frau in blauer Arbeitskleidung. Die dunklen Dreadlocks waren zu einem Zopf zusammengebunden. Um die Hüften trug sie einen Gürtel mit Werkzeugen, die besser in das Labor eines verrückten Wissenschaftlers zu passen schienen. An ihrer Brusttasche haftete ein Firmenlogo: Gris-Gris-Installationen.

»Ja, bitte?«, fragte Isabella.

»Wir führen gerade einige Arbeiten zur Überprüfung der Tauglichkeit gewisser Räumlichkeiten für eine alternative Nutzung durch«, erklärte die Frau und tippte auf ihren Notizblock. »Aktuell geht es um die Erschließung neuer Konferenzräume in den Örtlichkeiten des Archivs. Ich würde Sie bitten zu überprüfen, ob dort die notwendigen technischen Voraussetzungen gegeben sind.«

»Sie meinen, ob es dort Steckdosen gibt?«

»Bitte?«

»Das war ein Scherz«, sagte Isabella. Die Frau blinzelte nicht. Isabella zuckte die Schultern. »Gut, ich werde es mir ansehen. Ich muss nur eben …« Aber da war die Frau bereits verschwunden. »Diese Arbeiter sind wirklich schnell«, murmelte Isabella.

Martin warf ihr einen fragenden Blick zu.

»Sonderauftrag«, teilte Isabella ihm mit und machte sich auf den Weg. Sie war bereits kurz vor dem Archiv, als sie die Schreie hörte.

Sofort stieß sie die Tür auf.

»Nick?«

Sie rannte in den dunklen Raum hinein und blieb abrupt stehen. Da war eine Tür mitten im Raum. Sie stand offen. Entsetzt starrte Isabella auf den Nebel, der daraus hervorquoll, während ihre neuronalen Netzwerke auf Hochtouren liefen, um dem Ganzen einen Sinn abzugewinnen. Der Frontalkortex plädierte für spontan aufsteigende Feuchtigkeit. Der Amygdala war es ziemlich egal, was hier vor sich ging, sie wollte nur so schnell wie möglich verschwinden. Dichte, zähflüssige Schwaden wanden sich um Isabellas Beine.

»*Maledizione!*« Isabella wich zurück. Dann hörte sie erneut die Schreie. Nicholas musste irgendwo da drin sein. Sie ignorierte die Warnungen ihrer Amygdala und tastete sich einen Schritt vor. Schemen huschten durch die Dunkelheit. Sie vernahm ein gespenstisches Flüstern. Wunderbar. Warum konnte Nicholas nicht durch eine normale Tür gehen wie jeder andere Mensch? Warum musste es das Tor zur Hölle sein? Ihre Nonna pflegte in solchen Situationen zu sagen: Und wenn es Pasta regnen würde, ihm würde ein Teller auf den Kopf fallen. Seufzend trat Isabella näher an die Tür heran. Feuchter Dunst quoll ihr ins Gesicht.

»Nicholas?« Ein Schatten streifte ihre Wange. »Nick?«

»Isabella?« Die Stimme kam aus der Finsternis hinter der Tür. »Hilf mir!«

»Wie?«

»Ein Seil!«

Isabella schnaubte. »Das hier ist ein Archiv und kein Fachhandel für Survivalausrüstungen. Wo, verflucht noch mal, soll ich denn hier ein scheißverdammtes Seil herbekommen?«

Seine Stimme erklang wie aus weiter Ferne. »Dann irgendetwas anderes. Schnell, beeil dich, ich kann mich nicht mehr lange halten!«

Isabella sah sich um. Ihr Blick fiel auf den Schreibtisch. Das war zwar kein Seil, aber vielleicht … In Windeseile löste sie das Stromkabel vom Computer.

»Ich habe hier ein Kabel.«

»Ein Kabel?«

»Frag nicht, nimm es einfach.« Isabella beugte sich über die Türschwelle. Die Schatten griffen mit gierigen Fingern nach ihr.

»Komm mit uns«, flüsterten sie. »Komm, komm.« Ihre Stimmen klangen wie Knochen, die aneinanderrieben.

Isabella fröstelte. Mit beiden Händen umklammerte sie das Kabel und warf das andere Ende über die Schwelle.

»Er gehört uns«, flüsterten die Schatten.

»Nimm das Kabel!«, rief Isabella.

»Ich kann es nicht sehen!«

»Es muss direkt vor dir sein.«

Die Schatten verdichteten sich. Schwärze umschloss Isabellas Füße. Das Kabel wurde rutschig in ihren Händen. »Schnell!«

»Ich habe es!«

Isabella spürte einen Ruck am anderen Ende des Stromkabels. Dann begann sie, aus Leibeskräften zu ziehen. Sie zog und zog, als hinge ihr Leben davon ab – oder Nicholas' –, was es im Grunde auch tat.

»Zieh fester!«, rief Nicholas.

Isabella warf sich nach hinten und mit einem *Plopp* rutschte Nicholas über die Türschwelle. Beide verloren das Gleichgewicht und landeten in einem Durcheinander aus Armen, Beinen und Computerzubehör auf dem Boden. Die Tür drehte sich beleidigt um und verschwand ins Nichts. Zurück blieben faserige Nebelfetzen, die sich langsam auflösten.

»Danke.« Nicholas lächelte zu Isabella herab.

»Gern geschehen.« Zu ihrer Verwunderung musste Isabella feststellen, dass sie ebenfalls lächelte. Dann besann sie sich eines Besseren und funkelte ihn böse an. »*Porca miseria!* Warum, verdammt, bist du durch diese Tür gegangen?«

Nicholas zog die Augenbrauen nach oben. Was Isabella zu der viel drängenderen Frage brachte, warum seine Augen so wunderbar blau sein mussten.

»Sie war da«, erklärte Nicholas.

»Mehr fällt dir dazu nicht ein?«

»Isa, es war eine Tür. Mitten im Raum. Was hättest du getan?«

»Einen großen Bogen darum gemacht?«

Er grinste schief. »Na ja, das wäre wahrscheinlich auch eine Option gewesen.«

»Nick?«

»Ja?«

»Könntest du bitte von mir runter gehen?«

»Oh, ja, natürlich.«

Irgendwo in den Windungen ihres insulären Kortex, gleich neben der Propriozeption, hockte ein Stück von Sophia. Ein anderes Stück hatte sich in den Basalganglien in Sicherheit gebracht. Dennoch konnte sie den Bildern nicht vollständig entfliehen. Szenen von Göttern und Zwischenwelten und uralten Mächten, die miteinander rangen. Und dass Frau Mendel in einer Lautstärke fernsah, die in etwa dem Trommelcrescendo auf dem Höhepunkt einer rituellen Trance entsprach, trug nicht gerade zur Besserung ihrer Laune bei. Diesmal war »Handwerker sucht Lebensgefährtin« an der Reihe.

»Also, ich hasse diesen Kerl«, sagte in dem Moment eine dralle Kellnerin und potentielle neue Lebensgefährtin für besagten Handwerker in die Kamera. Daneben wurde das Bild eines geknickten Mannes im karierten Hemd eingeblendet. »Männer wie der sind echt das Letzte. Und Ikea-Regale zusammenbauen kann der auch nicht. Ich meine, welcher Idiot kann denn keine Ikea-Regale zusammenbauen. Das steht doch alles in diesen kleinen Bildchen in der Anleitung.« Sie rümpfte die gepuderte Nase. Der Mann im karierten Hemd wurde immer geknickter. »Am liebsten würde ich den mit seinem schiefen Regal so lange vermöbeln, bis …«

»Danke, das war es auch schon wieder für heute«, unterbrach die fröhlich grinsende, blonde Moderatorin und erklärte dann, an das imaginäre Publikum gewandt: »Das wird wohl ganz schön schwierig werden für Erwin, das Herz seiner geliebten Roswitha zurückzuerobern. Wir sind alle ganz gespannt, ob …«

»Die Serien sind auch nicht mehr das, was sie mal waren«, sagte Frau Mendel und schaltete um auf »Frisch verliebt in Fallingbostel«, wo gerade eine stark geschminkte junge Frau auf einen sichtlich verwirrt dreinblickenden Mann im Trainingsanzug einschlug.

Es klopfte an der Tür.

»Tretet ein«, sagte Papa Legba.

»Was wollt ihr denn hier?«, fragte Sophia.

Armin räusperte sich. »Wir wollten mit dir reden, Mutti.« Hinter ihm stahl sich seine Frau Gudrun mit einem gezwungen fröhlichen Lächeln in das Zimmer.

Tief in den Windungen von Sophias Geist stellte Papa Legba sich die Frage, wer dieses Paar war, das es wagte, seine Ruhe zu stören. Vielleicht treue Diener, mutmaßte er.

Treue Diener, von wegen!, meldete sich Sophia aus ihrem Versteck heraus zu Wort. Das sind mein Sohn und meine Schwiegertochter.

Sohn, soso. Papa Legba dachte eine Weile darüber nach. Und er hat bestimmt ein paar Opfergaben mitgebracht, nicht wahr? Ich meine, man muss doch seine Ahnen ehren.

Der Tag, an dem mein Sohn für mich ein Opfer bringt, muss erst noch kommen, knurrte Sophia. Unter Schmerzen habe ich ihn geboren, ich habe ihm das Leben geschenkt und ihn großgezogen. Und alles, was er will, ist, mich in ein Heim zu stecken.

Eine mentale Stille folgte, während Papa Legba darüber sinnierte, welche Form von Tempel so ein Heim wohl sein mochte.

»Worüber wollt ihr mit mir reden?«, fragte die Person, die zum Teil Sophia Linkmeyer war, und richtete sich in ihrem Bett auf. Mit veränderter Stimme fügte sie hinzu: »Ich bin gerade ziemlich beschäftigt. Ich muss einen Weg finden, diese menschliche Hülle zu verlassen und wieder in die unergründlichen Wasser der jenseitigen Welt einzukehren.«

»Wie bitte?« Armin hustete verlegen.

»Aber es ist doch noch keine Zeit für dich zu gehen, Mutti.« Besänftigend tätschelte Gudrun Sophias Arm. »Das Leben kann so viel für dich bereithalten.«

»Was?«

»Das Leben«, wiederholte Gudrun. »Du solltest es nicht aufgeben.«

»Wer hat denn davon gesprochen?«

»Na, ich dachte …«, begann Gudrun unsicher.

»Worüber wolltet ihr mit mir reden?«, schnitt Sophia ihr das Wort ab.

»Das Haus«, begann Armin.

»Was ist damit?«

»Es ist groß.«

»Und?«

Er räusperte sich erneut. »Zu groß für dich alleine, Mutti.«

»Armin und ich machen uns doch nur Sorgen«, sagte Gudrun sanft und bekam wieder diesen Gesichtsausdruck, der Sophia immer an einen Hirtenhund erinnerte. »Du ganz allein in diesem großen Haus. Da kann so viel passieren. Man hört immer wieder Geschichten.«

»Ihr glaubt also, ich kann meinen Haushalt nicht mehr alleine führen?«, keifte Sophia. »Elende Menschen!«, sagte der Gott in ihr. »Derart respektlos mit einem Loa zu sprechen. Und dann habt ihr nicht einmal ein wenig Zuckerrohrschnaps mitgebracht.«

»Wie?«, fragte Armin.

»Ich dachte, hier wäre Alkohol verboten«, sagte Gudrun. »Ich meine, immerhin ist es ein Krankenhaus.«

»Wir haben ja gar nicht gesagt, dass du deinen Haushalt nicht mehr führen kannst«, versuchte Armin, sich zu verteidigen.

»Das braucht ihr auch nicht, das ist ja offensichtlich.« Sophia rutschte auf dem Bett weiter nach hinten, um ein wenig an Größe zu gewinnen. »Wenn ich nicht in diesem armseligen Körper gefangen wäre, ich würde euch …«

»Bitte, reg dich doch nicht auf, Mutti.« Gudrun tätschelte weiterhin Sophias Arm. »Es ist doch nur zu deinem Besten. Wir hätten auch schon einen Käufer für dein Haus gefunden. Ein wirklich nettes Ehepaar. Dann wäre das Haus auch in guten Händen. Und mit dem Geld könntest du dir etwas Schönes leisten. Armin hat da ein paar nette Einrichtungen rausgesucht.«

»Ach, jetzt soll ich also in ein Heim? Na wunderbar! Erst verfrachtet ihr mich in dieses Krankenhaus und von da aus soll ich wohl direkt in so einen Seniorensarg ziehen. Ohne mich!« Sophia schüttelte Gudruns Hand ab und verschränkte die Arme vor der Brust.

Ich habe meine eigene Mutter und meine Schwiegermutter gepflegt, dachte sie. Niemand hat gefragt, ob ich das wollte oder ob ich Zeit dafür habe. Es wurde einfach vorausgesetzt. Und jetzt, wo ich alt bin, werde ich abgeschoben.

Ein dicker Klumpen lag in ihrer Kehle. Sie fühlte sich nutzlos. Wie etwas, das niemand mehr haben wollte.

Mit gepresster Stimme sagte sie: »Ich möchte, dass ihr jetzt geht. Oder ich zerquetsche euch wie kleine Käfer!«

»Denk einfach darüber nach, ja, Mutti?« Armin schob Gudrun vor sich her zur Tür hinaus. »Da gibt es ein paar wirklich schöne Anlagen. Die haben auch …«

»Raus!«

»… gut gepflegte Grünanlagen.«

»Raus!«

»Aber Mutti!«

»Raus!« Sophia tastete nach dem Tablett auf ihrem Nachttisch, fand eine Banane und warf sie Richtung Tür. Sie zerplatzte an der Wand.

»Raus«, flüsterte Sophia, während Tränen ihr über die Wangen rannen.

Was Ordentliches zu beißen hilft gegen jeden Kummer, pflegte Nonna immer zu sagen. Daher standen Isabella und Nicholas in der langen Schlange der Cafeteria und warteten darauf, dass sie an der Reihe waren.

»Was darf es sein?«, fragte die Frau hinter der Theke. Lange Dreadlocks fielen ihr über die Schulter.

»Was gibt es denn heute?«, erkundigte sich Isabella.

Die Frau blickte sie durchdringend an. Irgendetwas an ihr kam Isabella vage bekannt vor. In ihren Augen schien die Weisheit der Jahrhunderte zu liegen. »Du solltest den Schaschlikspieß nehmen«, sagte sie mit einer dunklen, vollen Stimme. Ihr Akzent erinnerte an altes Französisch.

Ohne eine Antwort abzuwarten, klatschte eine gelangweilt dreinschauende junge Frau zwei Spieße, ein Brötchen und Ketchup auf einen Teller und reichte ihn Isabella.

Wenige Minuten später saßen Isabella und Nicholas an einem Tisch in der hinteren Ecke des Raumes und aßen. Aus den Lautsprechern rieselten Fetzen einer Nachrichtensendung in den Raum. »... zeigen sich viele Menschen empört und erschüttert über das, was hier gerade vorgefallen ist«, sagte die Radiomoderatorin. »Eine Schlägerei unter Politikern kommt wahrlich nicht alle Tage vor.«

»Also, ich werde aus allem nicht mehr schlau«, begann Nicholas, wobei er sich gleichermaßen auf das Essen, die Radiosendung und die neusten Ereignisse bezog. »Was hat das zu bedeuten?«

»Mutanten?«, mutmaßte Isabella. »In Superheldencomics stecken hinter solchen Dingen immer irgendwelche Supermutanten, die die Weltherrschaft an sich reißen wollen.« Sie schälte Fleisch von ihrem Spieß.

»... woraufhin der Präsident der Vereinigten Staaten unserer Bundeskanzlerin einen Kinnhaken versetzte«, sagte die Nachrichtensprecherin.

Nicholas kaute auf seiner Grießschnitte herum. »Dann sind wir also auf der Suche nach ein paar Mutanten, die ihr ultrageheimes Weltherrschaftslabor mitten in unserer Klinik untergebracht haben und ihre Freizeit damit verbringen, schwebende Türen im Archiv aufzustellen, die geradewegs in die Unterwelt führen?«

»Wenn du das so sagst, klingt es irgendwie unwahrscheinlich«, gab Isabella zu. Sie schälte weiteres Fleisch von ihrem Spieß, schob Zucchini dazu und ertränkte das Ganze in Ketchup, bevor sie es aß. Ihr autonomes Nervensystem war noch immer damit beschäftigt, die ausgelöste Stressreaktion herunterzuregulieren, aber Essen machte es tatsächlich besser. Hinzu kam, dass Nicholas wirklich gut aussah, wie er so Salat auf seine Gabel spießte.

»Die Kanzlerin konterte mit einem gezielten Tritt, der den Präsidenten zu Boden gehen ließ«, sagte die Moderatorin.

»Irgendwelche anderen Ideen?«, fragte Nicholas hoffnungsvoll und lenkte Isabellas Aufmerksamkeit wieder auf das Mutantenproblem.

»... Gefährdung der internationalen Beziehungen«, sagte die Nachrichtensprecherin.

Isabella stocherte mit dem leeren Spieß in ihrem Brötchen herum. »Killerameisen«, überlegte sie halbherzig. Der Spieß durchbohrte das Brötchen wie eine lange Nadel einen Puppenkörper. Isabella stach auch den zweiten Spieß hindurch.

»... schalten wir live nach Japan«, sagte die Sprecherin, »wo gerade die *Godzilla Maru*, ein«, sie räusperte sich, »Walforschungsschiff, spurlos verschwunden ist. Die Besatzung eines Fischerbootes berichtet von einem gewaltigen schwarzen Meeresungeheuer …«

Nicholas seufzte. »Also, das klingt mir irgendwie alles zu sehr nach Voodoo«, murmelte er.

»Du willst *was*?«

»*Muss*«, wiederholte François, »nicht will. Ich *muss* nach Deutschland. Im Auftrag des Chefs. Mit den dortigen Kunden sprechen. Ein wenig Werbung für die Firma machen. Das Übliche.«

»Das Übliche, hm.« Charlotte wandte ihm den Rücken zu und fuhr fort, den Kaffee zuzubereiten. »Und das auch noch in Deutschland.«

François rutschte unruhig auf seinem Stuhl hin und her. Von draußen sickerte schwülwarme Luft in die Küche. Es roch nach feuchter Erde. Die Reste des Abendessens lagen noch immer vor ihm auf dem Teller. Es hatte Griot gegeben, dazu Riz et Pois Colles, Kochbananen und eine scharfe Chilisoße mit Limetten. Abwesend stocherte er in ein paar übrig gebliebenen Stücken gebratenen Schweinefleisches herum. Er wünschte sich einen Schluck Barbancourt. Der Rum würde ihm dieses Gespräch mit Sicherheit erleichtern. Genauso wie den Anblick seiner wütenden Frau.

»Was hast du gegen Deutschland?«, fragte er schließlich.

»Dort ist es kalt. Und alle sind immer so *pünktlich.*« Sie rührte in ihrem Kaffee herum. »Außerdem gibt es da Nazis.«

»Ich glaube, die wurden schon vor einiger Zeit abgeschafft.«

Charlotte drehte sich wieder zu ihm um und kniff die Augen zusammen. »Hast du Lemaire gefragt, ob es da, wo du hinmusst, Nazis gibt?«, hakte sie nach. »Ich will nicht, dass du umgebracht wirst.«

Er seufzte. »Nein, ich habe nicht nach Nazis gefragt. Arbeit ist nun mal Arbeit. Ich kann es mir leider nicht aussuchen. In Deutschland sitzen einige wichtige Kunden. Die sind dort ganz begeistert von ätherischen Ölen.«

»Warum sollten sie ausgerechnet *dich* dorthin schicken?« Charlotte deutete anklagend mit der Kaffeetasse auf ihn.

François spießte einen Fleischrest auf, tunkte ihn in die Soße und schob ihn sich in den Mund. »Ich leiste gute Arbeit«, erklärte er kauend.

»Aber du sprichst kein Deutsch«, wandte sie ein. »Und wenn ich mich recht erinnere, warst *du* nicht derjenige, der die Beförderung bekommen hat. Sollen sie doch Christophe hinschicken.«

Christophe, Christophe, echote François in Gedanken. Stattdessen sagte er: »Jetzt stell doch mal den Kaffee hin.«

Charlottes Stimme schraubte sich um mehrere Nuancen nach oben. »Ich stelle den Kaffee hin, wenn ich ihn hinstellen will, verstanden?«

François nickte ergeben.

Charlotte knallte die Tasse so fest auf den Tisch, dass sich eine dunkelbraune Lache über das Holz verteilte. »Und überhaupt.« Wütend stemmte sie die Hände in die

Hüften. »Warum zahlen die dir dann nicht den Flug und die Unterkunft? Das wäre ja wohl das Mindeste, wenn sie dich schon zu den Nazis schicken.«

»Ja, nun, Firmenpolitik, du weißt schon.« François zuckte hilflos die Schultern. »Sparmaßnahmen. Rochelle musste letzte Woche ihren eigenen Bürostuhl mitbringen.«

»Und wie sollen wir uns das leisten?«, fragte Charlotte scharf. »Hat dein Chef sich dazu auch mal geäußert?«

»Wir haben doch Ersparnisse.«

»Ach? Und ich dachte, davon würden wir irgendwann Urlaub machen, nur wir zwei. Jetzt, da die Kinder aus dem Haus sind. Du hast immer versprochen, dass wir mal in die Dominikanische Republik fahren.«

»So schön soll es da gar nicht sein«, sagte François.

»Bist du etwa plötzlich zum Experten geworden? Da verliere ich meinen Mann an die Nazis und dann möchte er nicht einmal mit mir wegfahren.«

Als François sah, wie Charlotte erneut zur Kaffeetasse griff, beeilte er sich zu versichern: »Aber natürlich werden wir Urlaub machen, ich verspreche es dir. Wenn ich wieder da bin, werde ich dir jeden Traum erfüllen und jeden Wunsch von den Augen ablesen.«

Nun huschte ein kleines Lächeln über ihr Gesicht. »Versprichst du mir das?«

»Hoch und heilig.«

Charlotte räumte seinen Teller weg. »Bringst du mir eine dieser Kuckucksuhren mit?«

»Ich glaube nicht, dass es im Ruhrgebiet …«, setzte François an, doch dann begegnete er dem Blick seiner

Frau. Es war ein Blick, der keine Widerrede duldete. »Aber natürlich, *Chérie*.«

»Im Übrigen frage ich mich, wo mein Cousin Jean-Baptiste ist. Es sieht ihm gar nicht ähnlich, eine Einladung zu vergessen.«

»Ich habe keine Ahnung, *Chérie*.«

Charlotte stellte eine Schüssel mit Nachtisch auf den Tisch. Süßkartoffelpudding.

François seufzte. Er verabscheute Süßkartoffelpudding.

Dunkelheit lag über der Salvatis-Klinik. Doch in einem gewissen Gruppen- und Ergotherapieraum brannte noch Licht.

»Willkommen zur ersten Ratsversammlung der Loas.« Papa Legba breitete in einer jovialen Geste die Arme aus. Sophia hatte sich noch tiefer in die verborgenen Winkel ihres eigenen Selbst zurückgezogen und beobachtete verärgert das Geschehen. Sie hasste es, wenn Dinge ohne ihre Zustimmung geschahen.

Ezulie, Göttin der Schönheit und des guten Geschmacks, rümpfte die Nase. »Sollte die Stätte unserer göttlichen Zusammenkunft nicht ein wenig … nun … *göttlicher* sein?«

»Was gibt es an dieser Stätte auszusetzen?«, erkundigte sich Legba.

»Die Farbgebung lässt etwas zu wünschen übrig.« Baron Samedi betrachtete die Blümchen, Elefanten und Katzen an den Wänden.

»Die Stühle sind unbequem«, bemängelte Ogoun.

»Es hat einfach kein Flair.« Ezulie ging im Raum umher, zupfte hier ein wenig, rückte dort etwas zurecht. Die glutäugige Schönheit ... ähm ... blassäugige Frau schien nicht zufrieden. »Es ist eine Zumutung, dass ich mich überhaupt in so unwürdigen Hallen aufhalten muss. Mir gebührt ein Tempel, mir gebühren Opfergaben, Schmuck und Champagner. Wo ist der Champagner?«

Sie musterte eingängig das Poster an der Wand mit der Aufschrift: »Denkt an eure Mitpatienten: jeder nur eine Leinwand.«

»Vielleicht mit ein paar roten Gardinen, hier und da ein Blumenstrauß, Tischdecken, Bordüren und ein kleines ...«

»Ich denke, der Raum tut nichts weiter zur Sache.« Papa Legba trat einen Schritt nach vorne, stolperte über einen herumstehenden Bastkorb und stützte sich gerade noch rechtzeitig an der Skulptur einer verunglückten Giraffe ab. »Lasst uns mit der Versammlung beginnen.«

»Wer hat dich eigentlich zum Wortführer dieses Rates ernannt?«, fragte Ezulie spitz. »Ich dachte, wir haben hier demokratische Strukturen.«

»Also, *ich* dachte da eher an eine parlamentarische Monarchie«, begann Legba.

»Das Recht des Stärkeren«, warf Ogoun ein.

»Aristokratie«, sagte Baron Samedi.

»Ja, nun, das sind sicherlich alles sehr vielversprechende Konzepte«, lenkte Legba ein, der spürte, wie ihm die Situation entglitt. Zudem meldete sich sein schlimmes Knie. Das Stehen fiel ihm schwer. Jedes Gelenk in seinem Körper schmerzte und die Schwerkraft gewann mit jeder Minute an Macht.

Ja, Altwerden ist kein Zuckerschlecken, sagte Sophia von ihrem Versteck aus.

Papa Legba stütze sich schwerer auf seinen Gehstock. »Ich biete mich lediglich an, diese«, er warf einen Blick auf die anderen Loas, »basisdemokratisch-aristokratisch-darwinistische Diskussionsrunde zu moderieren. Alle Beiträge werden selbstverständlich gleich gewichtet.«

»Wunderbar.« Ezulie verschränkte die Arme vor der Brust und sah sich im Raum um. »Also, ein paar Gardinen könnten wirklich Wunder bewirken.«

»Können wir jetzt weitermachen?«, knurrte Ogoun wütend.

»Selbstverständlich.« Legba verlagerte sein Gewicht auf das gute Bein. »Meine Freunde, wie ihr sicherlich alle bemerkt habt, stecken wir in menschlichen Pferden fest, die wir nicht selbst erwählt haben.«

»Hört, hört«, bemerkte Ogoun.

»Was ist mit uns geschehen?«, fragte Baron Samedi. »In einem Moment betreue ich noch die Seelen der Verstorbenen, im nächsten finde ich mich in diesem Körper wieder.«

Papa Legba verlagerte sein Gewicht wieder auf das andere Bein, verzog schmerzerfüllt das Gesicht und entschied sich schließlich dazu, auf einem der unbequemen Stühle Platz zu nehmen. »Hierfür kann nur ein böser Zauberer verantwortlich sein. Irgendwie schafft er es …«

»Oder sie«, ergänzte Ezulie.

»Irgendwie schafft er oder sie es, uns hier festzuhalten.«

»Er muss Unterstützung von einem Baka gehabt haben«, mutmaßte Samedi.

»Oder sie.«

»Oh, ich hasse diese elenden Kreaturen«, fuhr Samedi fort. »Mischen sich überall ein. Und immer müssen sie so ein Durcheinander anrichten. Wenn ihr wüsstet, wie viele astrale Zombies es ihretwegen gibt. Denn die Leute lesen niemals das Kleingedruckte, wenn sie mit ihnen Verträge machen. Aber man muss *immer* das Kleingedruckte lesen.«

»Die Frage ist doch«, donnerte Ogoun, »wie kommen wir wieder zurück?«

»Zum Glück«, ergriff Legba das Wort, »bin ich der Herr der Wege, der Hüter der Tore. Es wäre doch gelacht, wenn es mir nicht gelänge, einen Weg zurück ins jenseitige Reich zu finden.« Ein seltsames Grummeln und Knurren erfüllte den Raum. Papa Legba sah an sich herunter. Das Knurren wurde lauter. »Wie nennt man dieses flaue Gefühl in der Magengegend, das so ist, als würde sich alles zusammenziehen, und einen ganz zittrig macht?«

»Gerechter Zorn?«, bot Ogoun an.

»Liebe?«, fragte Ezulie.

»Tot?«, war der wenig hilfreiche Kommentar von Baron Samedi.

»Ah, jetzt weiß ich: Hunger.« Legba legte die Hand auf seinen Bauch. »Ja, ich glaube, ich bin hungrig. Was macht man gewöhnlich dagegen?«

»Jemanden umbringen?«
»Mit jemandem flirten?«
»Sterben?«
»Also gut, so kommen wir nicht weiter.« Papa Legba bemühte sich, das Rumoren in seinem mittleren Körperbereich zu ignorieren. Seine Hüfte schmerzte und er rutschte ein wenig auf dem Stuhl hin und her. »Wo war ich?«
»Der Weg zurück nach Dahome«, bot Ezulie hilfreich an.
»Ah, ja, ich bin mir sicher, dass ich ihn finden kann. Immerhin bin ich der Herr der Kreuzungen, der Vermittler zwischen den Welten, der …«
»Jaja«, unterbrach Ezulie. »Wir wissen, wer du bist. Könntest du jetzt bitte …?«
»Selbstverständlich.« Legba nickte würdevoll. Was nicht so leicht ist, wenn man ein Meter fünfundfünfzig groß war, Stützstrümpfe trug und die Dauerwelle langsam herauswuchs. Dann begann er, sich zu konzentrieren. Sein Bewusstsein strömte aus, suchte die Verbindung, die schmale Kreuzung zwischen der diesseitigen und der jenseitigen Welt. »Moment noch … gleich hab ich's … es muss doch hier irgendwo …« Er schickte sein Bewusstsein weiter, doch wo immer sein Geist sich tastend ausbreitete, schien ein unsichtbarer Sog ihn wieder zurückzuziehen. »Also, das verstehe ich nicht … sonst war es doch immer …«
»Was ist nun?«, hakte Ezulie nach.
Papa Legba schien auf einmal ein großes Interesse an seinen Gesundheitsschuhen zu entwickeln. »Wie es

scheint, gelingt es mir nicht, das … ähm … Tor zur jenseitigen Welt zu öffnen.«

»Und was bedeutet das?«

Ogoun brachte es auf den Punkt: »Jetzt stecken wir, verflucht noch mal, knietief in der Scheiße!«

Ein pechschwarzes Firmament. Daran glitzerten unzählige Sterne wie Diamanten am Grund eines Sees.

Im Traum schwebte er über den ewigen Wassern. Die spiegelglatte Oberfläche war undurchsichtig. Doch er wusste, dass darunter etwas lauerte.

Das Artefakt pulsierte in seinen Händen. Er konnte seine Macht spüren. Wie Strom floss sie durch seinen Körper, warm, kraftvoll, einladend. Sie lockte ihn. Sprach zu ihm. Seine Hände umschlossen das Artefakt fester. Und, ja, es fühlte sich gut an.

Zwei Schlangen wanden sich umeinander. Ihre schuppigen, schillernden Körper waren groß genug, die Welt zu umschließen. Erde und Himmel. Himmel und Erde.

Die Schlangen wandten ihre Köpfe. Ihre Stimmen waren wie tausend Donnerschläge: »Sieh, was du getan hast!«

Er blickte unter sich. Die Wasser gerieten in Bewegung. Wellen formten sich, türmten sich auf, sanken wieder in sich zusammen. Das Wasser begann zu brodeln. Ein Strudel bildete sich. Und aus den schwarzen Fluten erhob sich ein Schatten, größer, immer größer. Wie ein grotesk verzerrtes Spiegelbild schälten sich seine Umrisse aus den Wassern. Und wo der Schatten es berührte, da wurden die Wellen schwarz.

Ein Gesicht erschien.

Mit Erschrecken erkannte Espen, dass es sein eigenes war.

Die Augen in den dunklen Höhlen waren blutrot.

Kapitel 20

»Hakuna Matata.« (Keine Sorgen.)

Afrikanisches Sprichwort

Sir Thaddeus hatte gewusst, dass seine Zeit irgendwann kommen würde. All die Jahrhunderte, die er an dem Ort potentieller Plagen zugebracht hatte, hatte er gewusst, dass es eines Tages geschehen würde: Es würde Kröten regnen. Und nun war es so weit. Ogoun Shango tobte durch die Weiten des Himmels, beschwor Blitz und Donner und allerlei anderes Unwetter. Und Sir Thaddeus erwachte. Es war Dienstagmorgen und er war bereit. Bereit, seine Bestimmung zu erfüllen. Von allen Kröten, die es regnen konnte, war Sir Thaddeus mit Abstand das größte und dickste Exemplar. Ja, er konnte sich sehen lassen. Als ein Funke umherirrender Magie ihn traf, stürzte er sich mit Freuden aus dem Himmel auf die Erde nieder. Geradewegs auf die Windschutzscheibe eines kleinen, roten Autos.

»Seltsamer Regen«, murmelte Dr. Althea Keller, schaltete die Scheibenwischer ein und widmete sich wieder dem neusten neuropsychologischen Artikel.

»So, jetzt alle mal herhören!«, brüllte Baron Lacroix. »Schluss mit Faulenzen. Wir haben hier ein kleines Problem. Es gilt, die jenseitige Welt in Schuss zu halten, die Gräber zu pflegen, den reibungslosen Übergang der Verstorbenen zu überwachen. Und um das zu erreichen, müssen wir alle zusammenarbeiten. Jeder von euch wird eine Aufgabe bekommen, für die er von nun an zuständig ist.«

Die Seelen, die er zusammengetrommelt hatte, tuschelten und flüsterten.

»Ruhe!«, befahl Lacroix. »Oder habt ihr mir etwas zu sagen?«

Die Seelen schwiegen und sahen sich betreten um. Einige von ihnen starrten auf ihre metaphorischen Schnürsenkel. Schließlich schoben sie eine schemenhafte Gestalt nach vorne.

»Ja?« Baron Lacroix zog das jenseitige Äquivalent buschiger Augenbrauen nach oben.

»Wir … ähm …«, begann die Seele, die einmal Jean-Baptiste gewesen war, zögerlich.

»Ja?«, sagte Lacroix erneut.

»Nun, wir fragen uns, warum wir hier alle schuften müssen. Ich meine, wir waren gute Voodoonsi, wir haben an den Ritualen teilgenommen, wir haben den Loas geopfert, wir haben gesungen und getanzt. Nicht wahr, Leute?« Er sah sich um.

Die anderen Seelen nickten bekräftigend. Einige von ihnen murmelten ein verhaltenes »Ja.«

Eine Seele räusperte sich. »Ich … ähm … kann nicht tanzen.«

»Wir haben den Loas geopfert«, korrigierte Jean-Baptiste, »wir haben gesungen …«

»Ich kann auch nicht besonders gut singen«, ergänzte die Seele.

»Also gut. *Einige* von uns haben getanzt und gesungen. Der Punkt ist: Sollten wir nicht in Dahome unseren ewigen Frieden finden oder so etwas in der Art, anstatt Grabkreuze zu reinigen und nach verloren gegangenen Seelen zu suchen? Tja, das fragen wir uns«, schloss er ein wenig ungelenk.

Die anderen nickten erneut.

Baron Lacroix straffte seine Gestalt. »Nun, ihr seid hier und verrichtet all diese … *ehrenhaften* Aufgaben, weil es eine … nun … Ehre ist.« Er hatte das Gefühl, noch etwas sagen zu müssen, also fügte er nach einer kurzen Pause hinzu: »Und weil ich es so will.«

»Aber sollte uns nicht Baron Samedi empfangen?«, bohrte Jean-Baptiste nach. »Wir haben ihn noch immer nicht zu Gesicht bekommen.«

»Nun … ja … jetzt bin eben ich hier. An die Arbeit! Los, los! Wir werden damit beginnen, dass ihr die Gräber in Ordnung bringt.«

Murrend und zeternd schritten die Seelen von dannen.

Baron Lacroix kratzte sich die nicht vorhandene Stirn. Das war doch für den Anfang ganz gut gelaufen.

Isabella Calabrese glaubte nicht ans Autofahren. Oder genauer gesagt, das Autofahren glaubte nicht an Isabella. Es war nicht so, als hätten sie es nicht miteinander versucht. Es hatte diverse zaghafte Annäherungen gegeben. Aber Isabellas Fahrlehrer hatte schnell die Angewohnheit entwickelt, die Augen zuzukneifen und unverständliche Gebete zu murmeln, sobald sie hinter dem Steuer saß. Nachdem er eine Autobahnfahrt lang nichts anderes getan hatte, als lange spitze Schreie auszustoßen, waren sie darin übereingekommen, dass es für Isabella selbst, den Berufsstand des Fahrlehrers sowie alle anderen Verkehrsteilnehmer das Beste war, wenn sie in Zukunft die öffentlichen Verkehrsmittel nutzte.

Es war sieben Uhr dreißig und Isabella saß gerade in der S2 auf dem Weg von Herne zum Castroper Bahnhof, als ein ohrenbetäubendes Quietschen ertönte und die S-Bahn ruckartig zum Stehen kam. Wütendes Grummeln erhob sich aus den Reihen der Passagiere. Schließlich drang aus dem Lautsprecher eine knarzige Stimme: »Verehrte Fahrgäste, leider müssen wir aufgrund unvorhersehbarer … Witterungsverhältnisse unsere Fahrt unterbrechen. Sobald die Schienen wieder … amphibienfrei sind, werden wir weiterfahren. Wir bitten um Ihr Verständnis. Danke.«

Isabella sah aus dem Fenster. Eine dicke Kröte klatschte gegen die Scheibe.

Er war Verhaltenstherapeut, kein Psychoanalytiker, er glaubte nicht, dass es sich bei Träumen um Reflexionen des Unbewussten handelte, geschaffen, um Es-Impulse zu kontrollieren. Im Schlaf geschah eine Konsolidierung des Gedächtnisses, nichts weiter. Träume hatten keine prophetische Macht. Dennoch … Es hatte sich wirklich real angefühlt.

»Manchmal glaube ich, Sie verstehen mich auch nicht, Herr Psychologe.«

Espen Sander tauchte aus dem Kartoffelkeller seiner eigenen Gedanken auf und konzentrierte sich wieder auf den Patienten, der zusammengesunken in seinem Stuhl saß.

»Nein, nein, Herr Miewald«, beeilte er sich zu versichern und sah den Mann über sein Klemmbrett hinweg verständnisvoll an. »Ich kann durchaus nachvollziehen, dass es Sie beunruhigt, dass Sie denken, Ihre Beine würden verfaulen.« Der Blick unsichtbarer Augen kitzelte ihn im Nacken.

»Ja, wenn ich es Ihnen doch sage, Herr Doktor.« Der Mann schielte immer wieder unauffällig auf seine unteren Extremitäten. »Ganz faulig werden die und dann fangen sie an zu stinken.« Er schnüffelte. »Davor habe ich die meiste Angst, wissen Sie, dass meine Frau den Geruch bemerkt.«

Espen beugte sich nach vorne. Der unsichtbare Blick kroch seinen Rücken hinab. Seine Haut begann zu kribbeln. Wie zufällig sah er sich um. Das Artefakt stand an seinem Platz im Regal und wirkte ähnlich harmlos wie der böse Wolf, der den sieben Geißlein versichert, er sei zurzeit auf Diät. »Wissen Sie noch, was wir besprochen haben, Herr Miewald?«

»Das mit den Gedanken und Gefühlen?«

Espen nickte.

»Sie meinen, ich soll meine Gedanken hinterfragen?«, fragte der Mann zögerlich.

»Ganz genau, Herr Miewald.«

»Aber wenn ich doch *weiß*, dass meine Beine verfaulen.«

Die Temperatur im Raum schien anzusteigen. Espen begann zu schwitzen. Erinnerungen an seine Träume kehrten zurück. An unergründliche Wasser. Und Schatten. Er sah auf die Uhr. »Leider ist unsere Stunde auch schon vorbei, Herr Miewald. Vielleicht machen Sie mir bis zum nächsten Mal eine Liste, welche Argumente dafür und welche dagegen sprechen, dass der Gedanke, Ihre Beine würden verfaulen, der Realität entspricht.« Er erhob sich von seinem Stuhl.

Der Patient stand ebenfalls auf. »Na, wenn Sie meinen, Herr Psychologe, aber viel nützen wird das nicht. Ich hoffe nur, dass keiner den Geruch bemerkt.« Murmelnd verließ er den Raum.

Espen hastete zum Fenster und riss es auf. Die Hitze im Büro blieb. Es roch nach wilden Pflanzen und salziger Meeresluft. Misstrauisch beäugte er das Artefakt. Das Artefakt starrte zurück.

Und Espen sah Bilder.

Von Macht und Einfluss. Vom Bezwingen der Geister und der Herrschaft über die Götter. Es zog an ihm mit aller Kraft. Das Vibrieren der Macht, das bis in sein Innerstes drang. Espens Atmung beschleunigte sich. Ohne es zu bemerken, war er vor das Regal getreten. Langsam streckte er die Hand aus. Das Artefakt hieß ihn willkommen. Voodoopriester, Liebling der Götter. Was er alles tun könnte in diesem Krankenhaus. Nicht nur in diesem Krankenhaus, auf der ganzen Welt!

Es klingelte.

Seufzend ließ Espen die Hand sinken und griff nach dem Mobiltelefon in seiner Hosentasche.

»Sander?«

»Ja, Holthausen hier«, erklang die Stimme am anderen Ende. »Kommen Sie bitte auf Station 3. Herr Miewald lässt alle Mitpatienten an seinen Beinen riechen.«

»Ich bin gleich da.«

Espen steckte das Telefon zurück in seine Tasche. Beim Rausgehen verabschiedete er sich von seinen Hühnern.

Er bemerkte nicht, dass Henrietta fehlte.

»Bei rezidivierender depressiver Verstimmtheit mit intermittierenden Panikattacken ...«

Wenn es etwas gab, das Dr. John Campbell hasste, dann waren es Entlassungsberichte.

»... konnte während des stationären Aufenthaltes eine Teilstabilisierung erzielt werden ...«

Bis ein solches Dokument vollständig diktiert, von den Schreibkräften abgetippt, von allen Verantwortlichen korrigiert, nochmals abgetippt, schließlich unterschrieben und per Post versandt worden war, konnten zuweilen Wochen bis Monate vergehen. Ursprünglich sollte auf diesem Weg die Kommunikation zwischen Krankenhaus und weiterbehandelnden Ärzten verbessert werden. John hielt es für ziemlich überflüssig, etwas zu verbessern, das es nicht gab.

»... wird daher eine weiterführende ambulante psychotherapeutische Behandlung empfohlen ...«

Er brauchte dringend einen Kaffee. Weitere Zeilen diktierend, ging er zur Tür.

»Großes Unheil!«

Vor Schreck ließ John das Diktiergerät fallen. Es landete mit einem unschönen *Klong* auf dem Boden.

»Großes Unheil!«, wiederholte Granny Estelle. »Geh da nicht raus, mein Sohn!«

»Ich habe keine Lust mehr, dir zuzuhören«, entgegnete John. »Du bist lediglich ein Konstrukt der auditiven Felder meiner Temporallappen.« Er bückte sich nach dem Diktiergerät, hob es auf und streckte dann die Hand nach der Türklinke aus.

»Wie du meinst, Mister Neurologe«, entgegnete der Briefbeschwerer pikiert. »Ich wollte dich nur darauf hinweisen, dass du in dein – wie sagt man? – Verderben läufst, wenn du jetzt zu dieser Tür hinausgehst.«

»Ich kann dich nicht hören«, flötete John.

»Dein Begräbnis«, sagte Granny Estelle.

John drückte die Türklinke herunter, verharrte in der Bewegung und seufzte.

Ich werde das bestimmt bereuen, dachte er. Langsam drehte er sich um. Der Briefbeschwerer stand auf dem Schreibtisch, als hätte er nie etwas anderes getan. »Also gut«, sagte John. »Was wird passieren, wenn ich die Tür aufmache?«

In diesem Moment hörte er es. Ein Geräusch wie die Schritte eines gewaltigen Tieres.

Tok. Tok.

Eines Tieres, das beim Gehen diverse scheppernde Gegenstände mit sich zu führen schien.

Tok. Tok. Tok. Tok.

Das Geräusch kam näher. Johns Sympathikus bereitete sich auf eine ausgewachsene Kampf-oder-Flucht-

Reaktion vor und erhöhte vorsichtshalber Herzschlag und Muskelspannung. Sein Frontalhirn war jedoch noch voll und ganz mit Verleugnung beschäftigt.

Das ist unmöglich, dachte John. Eine weitere akustische Halluzination, das wird es sein. Ich sollte vielleicht mal eine Zeit lang weniger arbeiten.

Er legte seine Hand erneut auf die Türklinke. Sie zitterte. Nein, der Boden vibrierte.

Sei nicht albern, schalt er sich.

Tok. Tok.

Das Etwas kam den Flur entlang. Vorsichtig öffnete John die Tür einen Spaltbreit und spähte hinaus. In Sekundenschnelle erfassten seine Augen ein Bild und schickten es zur weiteren Analyse an seine Okzipitallappen. Diese weigerten sich jedoch, das Ergebnis einer bereits bekannten Kategorie zuzuordnen. Ein *Ding* glitt über den Flur, eine unmögliche Konstruktion aus einer gallertartigen Masse und unzähligen Schreibtischutensilien. Es bebte und waberte bei jedem seiner schwerfälligen Schritte. John keuchte auf. Das Ding drehte einen unförmigen Kopf in seine Richtung. John erstarrte.

Und dann stieß das Ding einen markerschütternden Ruf aus. »Hunger!«

Johns Muskeln weigerten sich, den Befehlen seines motorischen Kortex Folge zu leisten, Kälte kroch seine Glieder empor. Das Wesen geriet in Bewegung. John hielt den Atem an – eine, wie er später zugeben musste, nicht gerade kluge Reaktion.

Henrietta, das Huhn, wählte genau diesen Moment, um gackernd über den Flur zu stolzieren. Es hatte sich in einem unbeobachteten Moment aus Espens Büro geschlichen und erfreute sich seiner neu gewonnenen Freiheit.

»Hunger!« Das Büroklammermonster waberte auf das unschuldige Huhn zu. Eine tackerbewehrte Pranke griff nach dem Tier, das Reißzweckenmaul öffnete sich und Henrietta war verschwunden.

John schlug mit einem lauten Knall die Tür zu und drehte den Schlüssel um. Zitternd lehnte er sich mit dem Rücken gegen das Holz. Von draußen hörte er, wie sich das Wesen mit dumpfen Schritten entfernte.

Tok. Tok.

»Hab ich's dir nicht gesagt?« Die selbstzufriedene Stimme des Briefbeschwerers ließ ihn zusammenfahren. »Du solltest in Zukunft besser auf deine Ururururgroßmutter hören.«

»Also gut«, murmelte John. »Jetzt reicht's!« Er griff nach dem Briefbeschwerer.

»Was tust du da, Sohn?«, verlangte Granny Estelle zu wissen.

John stapfte wütend zur Tür hinaus. »Ich beweise dir ein für alle Mal, dass es dich nicht gibt.«

»Was ist denn nun los?« Baron Lacroix seufzte.

»Ja … die Seelen«, begann Guede Nibo.

»Was ist mit ihnen?«, wollte Lacroix wissen.

»Sie streiken.«

»Sie streiken?!?«

»Ähm … ja, ich denke, so kann man es nennen. Sie wollen nicht mehr arbeiten. Sagen, sie hätten ein Recht auf die Ewigkeit. Würde irgendwo stehen. In einem Vertrag der Gläubigen oder so. Nie davon gehört.«

»Sie haben eine Gewerkschaft gegründet«, ergänzte Guede Fouye.

»Eine was?«, wunderte sich Lacroix.

»Gewerkschaft«, wiederholte Fouye. »Scheint eine Art paramilitärische Einheit zu sein.«

»Wer soll denn jetzt die Grabstätten fegen?«, erkundigte sich Baron Cimetière. »Und was ist mit den Begräbnissen?«

»Dürfen die das?«, fragte Guede Nibo.

Baron Lacroix zuckte die nicht vorhandenen Schultern. Er hatte noch nie Erfahrungen mit Gewerkschaften oder anderen paramilitärischen Einheiten gemacht. Ihm schien, als wäre die Welt früher um einiges einfacher gewesen. »Ja … nun … Ich glaube … also …« Er unterbrach sich. Was er nun aussprechen würde, kostete ihn große Überwindung. »Wenn die Lage so ist, dann müssen wir zum Äußersten greifen. Wir müssen tun, was ich eigentlich nie … ähm … tun wollte. Wir …«

»Wir rufen Maman Brigitte, oder?«, fiel ihm Nibo ins Wort.

»Ähm, ja, genau. Wir rufen Brigitte.«

»Also, so funktioniert das nicht!« Pflegeleiterin Monika stemmte entschlossen die Hände in die Hüften und starrte das Büroklammermonster im Abstellraum finster an.

»Mama?«, tönte das Wesen mit einem hoffnungsvollen Unterton in der tiefen Stimme.

»Mama ist sehr böse«, entgegnete Monika. »Wenn das hier mit uns beiden etwas werden soll, dann musst du dich schon an gewisse Regeln halten.« Sie bedachte das Monster mit einem Blick, den sie sich sonst nur für sehr unfähige Auszubildende aufbewahrte: eine Mischung aus mütterlicher Nachsicht und kalter Verachtung. »Zuallererst: Es werden keine Gegenstände mehr verschlungen! Absolut nichts! Unter keinen Umständen! Keine Stethoskope, keine Klemmbretter, keine Spritzen, keine Akten, keine Einweghandschuhe, und erst recht keine Verbände oder Medikamente, kapiert?« Sie hob drohend den Zeigefinger.

Das Büroklammerwesen tat etwas, das einem Nicken gleichkam.

»Dann hätte ich jetzt gerne die Medikamente für Zimmer 310 zurück.« Monika streckte die Hand aus.

Das Büroklammermonster würgte geräuschvoll und aus seinem Schlund purzelten verschiedene Medikamentenpackungen hervor. Irgendetwas gackerte. Monika hob die Packungen auf und wischte sie an ihrem Kittel sauber. Die Hygienebeauftragte musste ja nicht unbedingt hiervon erfahren.

Dann wandte sie sich wieder ihrem Schützling zu. »Ich wiederhole: Es werden keine Gegenstände verschlungen, nicht mal ein winziger Kugelschreiber.«

Das Büroklammerwesen hustete. Eine Patientenakte landete vor Monikas Füßen. Wieder erklang dieses seltsame Gackern. Seufzend hob Monika das Dokument auf, das mit einem gelblichen Sekret überzogen war. Zum Glück schaute ohnehin niemand in die Akten.

»Also.« Sie fixierte das Monster mit strengem Blick. »Ich muss jetzt weiterarbeiten. Und du bleibst hier und rührst dich nicht von der Stelle. Haben wir uns verstanden?«

Das Büroklammerwesen gab ein Geräusch von sich, das man mit viel Fantasie als zustimmendes Brummen bezeichnen konnte.

»Gut.« Monika sah an sich herunter. »Wo zum Teufel ist mein Klemmbrett?«

Das Büroklammermonster rülpste und senkte schuldbewusst den Kopf.

Die Hühner in Espen Sanders Büro waren in Aufruhr. Sie gackerten und schlugen mit den Flügeln. Ihre Augen rollten wild hin und her, die Füße scharrten über den Boden.

Henrietta!, riefen sie (was sich für den ungeübten Zuhörer allerdings anhörte wie Gack-Gaack-Gack-Gaaa-ack und somit gewisse Ähnlichkeit mit Gaack-Gaack-Gaaaaack-Gack – wo bleibt das Futter? – aufwies).

Henrietta, wo bist du?

Doch Henrietta antwortete nicht.

Kapitel 21

»Ein Verliebter betrachtet eine Blume mit anderen Augen als ein Kamel.«

Afrikanisches Sprichwort

»Ich komme ja schon.« Althea stellte ihre halbvolle Teetasse auf einem Stapel alter Notizen ab und ging zur Tür. Das Klopfen hatte vor ein paar Sekunden begonnen und sich binnen dieser Zeitspanne zu einer Kakophonie der Ungeduld gesteigert.

»Sie müssen mir helfen.« Dr. John Campbell stürmte in ihr Büro und knallte etwas auf den Tisch, das wie ein ausnehmend hässlicher Briefbeschwerer aussah. »Da!«, sagte er und wich vor dem Gegenstand zurück, als fürchte er, dass er ihm ins Gesicht springen könnte.

»Wie?« Althea runzelte die Stirn.

»Na, da!«, wiederholte John und gestikulierte wild. »Dieses Ding da. Es treibt mich in den Wahnsinn.«

»Nun ja, schön ist es nicht«, setzte Althea an. »Aber ich habe schon weitaus scheußlichere …«

»Es spricht!«, schrie John.

»Es spricht?«

»Ja, es *spricht.*« Nun wirkte er verzweifelt. Die Brille saß schief auf seiner Nase und sein sonst so ordentliches Hemd war zerknittert. »Dauernd höre ich diese Stimme meiner Ururgroßmutter, die mich vor irgendetwas warnen will.«

»Aha«, begann Althea gedehnt. »Und was soll ich daran ändern, Jim?«

»John«, verbesserte John. »John Campbell. Ich will, dass Sie mich testen. Machen Sie irgendetwas Neuropsychologisches mit mir. Schließen Sie mich an Ihre Geräte an. Sagen Sie mir, ob ich langsam den Verstand verliere.«

»Der Briefbeschwerer spricht also.« Althea griff nach ihrem Matetee. Die Tasse hatte einen kreisförmigen, nassen Abdruck auf dem Papier hinterlassen.

»Das sage ich Ihnen doch.«

»Zumindest singt er nicht, nicht wahr?«

»Finden Sie das etwa lustig?«, fragte John aufgebracht.

Althea nippte an ihrem Tee. »Also ehrlich gesagt: ja, eigentlich schon.«

»Großes Unheil steht bevor!«, krächzte der Briefbeschwerer.

Althea ließ ihre Tasse fallen.

John setzte eine triumphierende Miene auf. »Sehen Sie, was ich meine?«

Althea starrte auf den Briefbeschwerer. »Ich glaube, ich verstehe nur zu gut, was du meinst.« Sie ignorierte die Teepfütze auf dem Boden, ging zum Tisch und klopfte gegen die hölzerne Statue.

»Würdest du das bitte lassen?«, schnappte der Briefbeschwerer.

»Entschuldigung.« Althea zog die Hand wieder zurück.

»Ist das etwa eine Behandlung, die einer alten Dame würdig ist?«, empörte sich Granny Estelle. »Also zu meinen Zeiten wäre so etwas niemals vorgekommen. Zu meinen Zeiten hatte man noch – wie sagt man? – Respekt vor dem Alter, jawohl, Respekt!«

»Stimmt irgendetwas mit meinem Frontalkortex nicht?«, erkundigte sich John vorsichtig. »Sie können es mir ruhig sagen.«

»Nun, ich fürchte, mit deinem Frontalkortex ist alles in Ordnung, John Campton.«

»Campbell.«

»Wie es aussieht, ist dein Briefbeschwerer besessen von deiner Ururururgroßmutter.«

»Estelle«, sagte der Briefbeschwerer. »Mein Name ist Estelle.«

»Gibt es da nicht irgendeine Behandlungsmöglichkeit?« Johns Stimme klang vage hoffnungsvoll. »Vielleicht Elektroschocks. Sie arbeiten doch mit Elektroschocks, oder?«

»Biofeedback, Cameron, Biofeedback.«

»Campbell.«

»Wie bitte?«

»Ich heiße Campbell.«

»Und ich arbeite mit Biofeedback, nicht mit Elektroschocks.« Althea betrachtete den Briefbeschwerer.

»Und?«, hakte John nach.

»Und was?«

»Können Sie jetzt etwas dagegen unternehmen?«

»Gegen Ururururgroßmütter in hässlichen Briefbeschwerern?«

»Ja.«

»Nun, ich fürchte nicht.«

Unglücklich ließ John die Schultern hängen.

»Kann ich dir vielleicht etwas anbieten? Tee?«, fragte Althea aufmunternd. »Leider ist gerade meine beste Tasse zu Bruch gegangen.« Sie wühlte in einem Papierstapel herum. »Aber ich bin mir sicher, dass ich hier gestern noch einen Becher gesehen habe … ah …« Sie zog zwischen zwei Aktenordnern ein Gebäckstück hervor, das wohl mit viel Fantasie einmal ein Hörnchen gewesen sein konnte. »Keks?«

Hätte es in der Salvatis-Klinik Castrop-Rauxel einen Gärtner gegeben, der für die Pflege des Innenhofs zuständig gewesen wäre, und hätte besagter Gärtner sich an diesem Tag der Reinigung des Teiches widmen wollen, so hätte sich ihm ein interessantes Bild geboten: Ärztinnen und Ärzte, Pflegekräfte, Patienten und Patientinnen, sogar ein paar Besucher drängten sich auf der knarzenden Brücke oder den ausgetretenen Wegen zusammen, um den Teich zu umrunden oder einfach nur ein wenig in der Nähe des Wasserspeiers zu verweilen. Sie alle waren dem Ruf Lasirens gefolgt, der Nixe, die mit betörender Stimme sang.

Selbst die Tiere eilten in Scharen herbei, um in ihr Lied mit einzustimmen – unter ihnen auch ein paar Kröten, die bis vor kurzem noch eine meteorologische Anomalie gewesen waren.

Niemals hatte sich das Biotop größerer Beliebtheit erfreut.

Und wenn es sich um einen sehr aufmerksamen Gärtner gehandelt hätte, so hätte er noch etwas anderes bemerken können: Die steinerne Venus lächelte.

»Voodoo«, sagte Althea und kaute auf ihrem Keks herum.

»Ja, Voodoo«, bestätigte John.

Althea sah ihren Kollegen an, dann den Briefbeschwerer auf dem Schreibtisch. Schließlich ging sie hinüber zu ihrem Schrank und öffnete die Tür. Büroexperiment Nr. 72 war verschwunden.

Nachdenklich rieb sie sich das Kinn. »Also, das ist seltsam.«

Olga Wassiljew schlich durch die Gänge der Salvatis-Klinik. Sie war auf der Suche nach Verstößen gegen die Hygienevorschriften. Sie wusste: Wenn man nur wachsam war und leise genug schlich, fand man immer irgendetwas. Einen liegengelassenen Latexhandschuh, Pflegekräfte, die sich nicht sachgemäß desinfizierten. Die Welt war voll von Hygieneverstößen. Und Olga hatte es sich zum Ziel gemacht, sie alle auszumerzen. Sie durchquerte gerade Flur 3B, als ihr ein Gackern zu Ohren kam. Hühner! Sie hatte doch geahnt, dass dieser Sander seltsame Dinge in seinem Büro trieb. Vorsichtig, um ihn nicht bei seinen unhygienischen Machenschaften zu stören, schlich sie näher an den Raum heran. Das Gackern wurde lauter. Hinzu gesellte sich ein weiteres Geräusch.

Tok. Tok. Tok.

Olga blieb verwundert stehen. Sie konnte sich nicht erklären, was einen solchen Klang verursachen konnte. Es war, als ziehe jemand einen schweren Sack, randvoll gefüllt mit Büroklammern, über den Flur. Was tat dieser Psychologe dort?

Tok. Tok. Tok.

Olga erstarrte, als vor ihr auf dem Flur ein … *Ding* auftauchte. Eine wabernde Masse, in deren durchscheinendem Körper unzählige Büro- und Medizinartikel eingeschlossen waren.

Das Monster riss sein gewaltiges Maul auf. Aus seiner Kehle drang ein Gackern. Geifer tropfte auf den Boden und vermischte sich mit herabgefallenen Kugelschreibern und Mullbinden.

Also das verstößt definitiv gegen die Hygienevorschriften, war Olgas letzter Gedanke, bevor das Ungeheuer sie verschlang.

»Du hast eine sehr … schöne Wohnung.« Isabella sah sich vorsichtig um. Sie war sich nicht sicher, ob der Begriff Wohnung das, was sie sah, treffend beschrieb. Es schien sich vielmehr um eine Art Biotop zu handeln, in das sich gelegentlich Möbelstücke verirrt hatten. Der Flur glich einem tropischen Urwald mit Kletterpflanzen und Ranken.

Wie Nicholas hier den Überblick behielt, war ihr ein Rätsel. Sie vermutete, dass er sich jeden Morgen mit der Machete auf den Weg zum Bad machte.

»Danke.« Nicholas kämpfte sich durch das Wohnzimmer, das von eingetopften Palmen dominiert wurde.

Aus dem Radio tönte die Stimme einer offensichtlich überforderten Reporterin: »... schlug das Model vor versammeltem Publikum mit einem Schminkkoffer auf seinen fassungslosen Lebensgefährten, einen lokal bekannten Rapper, ein. Dieser scheint mit einer leichten Gehirnerschütterung davongekommen zu sein. Der Hund des Starletts hat jedoch einen traumatischen Schock erlitten. Er befindet sich zurzeit in tierärztlicher Betreuung.«

»Wollen wir uns auf den Balkon setzen?«, fragte Nicholas.

Isabella nickte.

Nicholas lebte in Recklinghausen, einer Stadt, die in Isabellas Augen in keiner Hinsicht sonderlich bemerkenswert war, abgesehen von dem Umstand, dass ihre Bewohner einmal im Jahr das Zentrum mit bunten Lichtern bestrahlten.

Aber als Operationsbasis für den Feldzug gegen das Böse war Recklinghausen so gut wie jede andere Stadt und Nicholas' Wohnung so gut wie Isabellas, in der sich an diesem Abend Karos Gruppe für experimentelle Aktionskunst traf – was bedeutete, dass man aufpassen musste, nicht von herumfliegenden Styroporkugeln, Getränkedosen, Farbeimern oder anderen Haushaltsutensilien getroffen zu werden.

Der Balkon sah aus wie etwas, das tapfer den Gesetzen der Schwerkraft sowie allen Geboten der Vernunft trotzte. Auf unregelmäßig zusammengezimmerten Holzplanken tummelten sich Pflanzen aller Art. Sie wuchsen aus tönernen Kübeln, zwängten sich zwischen

Rissen hindurch, krochen die Wände empor und schlängelten sich an der Brüstung entlang.

»Spontane Vegetation«, erklärte Nicholas. »Den Balkon hat ein Freund von mir gebaut. Toll, oder?«

Isabella zog die Augenbrauen nach oben. »Wenn *toll* die Aussicht darauf bezeichnet, sich bei einem falschen Schritt ein Stockwerk tiefer wiederzufinden …«

Nicholas deutete auf einen roten Sitzsack. »Mach's dir schon mal bequem, ich hole uns was zu trinken.«

Isabella ließ sich auf das Sitzkissen fallen. Neben ihr lag ein bunt marmorierter großer Stein.

»Schöner Stein«, murmelte sie. Der Stein hob den Kopf, starrte sie aus tief liegenden Augen an und wackelte gemächlich von dannen. »Wie ungewöhnlich.«

»Was ist ungewöhnlich?«, fragte Nicholas, der gerade mit zwei Gläsern Biolimonade aus der Küche zurückkehrte.

»Dein Stein. Er bewegt sich.«

Ein Lächeln huschte über Nicholas' Gesicht. Es war eines jener Lächeln, die bewirkten, dass Isabellas Magen sich irgendwo zwischen ihren Kniekehlen wiederfand.

»Das ist Isis.« Er stellte die Gläser auf einen kleinen, unaufgeräumten Tisch. Dann hob er den Stein hoch und Isabella erkannte, dass es sich um eine Schildkröte handelte. Der Panzer erinnerte vage an einen späten Picasso.

»Isis mag moderne Kunst«, kam Nicholas ihrer Frage zuvor. »Deshalb habe ich sie bemalt.«

»Aha«, machte Isabella.

Von drinnen drang die Stimme eines anderen, nicht minder überfordert wirkenden Reporters aus dem Radio:

»Wir sind jetzt hier bei Jonas W. und seinem Vater, die angeben, beim Angeln nur knapp dem, wie der Junge sagt, Angriff eines riesigen Killerfischs entkommen zu sein.«

Nicholas setzte sich auf ein zweites Sitzkissen. »Bleibst du immer noch bei deiner Mutantentheorie?«

»Ich mag die Mutantentheorie.« Isabella trank einen Schluck Limonade. »Es sei denn, du hast eine bessere Idee.«

Nicholas lehnte sich zurück und blickte in den Himmel. Der Wind frischte auf und schob faserige Wolken vor sich her. »Ich denke da eher an einen Riss im Raum-Zeit-Gefüge. Du weißt schon: Kerkerdimension, Wurmlöcher, diese Dinge. Vermutlich haben wir ein ernstzunehmendes Loch in der Realität, das es zu stopfen gilt.«

Isabella stellte ihr Glas zurück auf den Tisch. »Und wie sollen wir das anstellen?«

»Wir könnten die Klinik noch einmal ganz genau durchsuchen«, schlug Nicholas vor. »Vielleicht finden wir irgendeinen Hinweis. Etwas, das uns weiterbringt.«

»Killerameisen zum Beispiel«, überlegte Isabella.

»Oder ein Sternentor.« Nicholas dachte einen Moment nach. »Zur Not fragen wir Espen Sander.«

»Wen?«

»Ach, das ist einer von den Psychologen. Ein esoterischer Weltverbesserer. Kennt sich mit allerlei seltsamen Dingen aus. Hat dauernd Ärger mit der Hygienebeauftragten, weil er angeblich Hühner in seinem Büro hält oder so was.«

»Hühner?«, echote Isabella.

»Verrückt, oder?«

»Und was bringt dich auf die Idee, dass ein verrückter Hühnerliebhaber uns weiterbringen kann?«

»War nur so ein Gedanke.« Er nahm Isis, die sich seit geraumer Zeit mit dem Versuch abmühte, über eine Ranke zu klettern, auf den Arm und kraulte ihren Panzer. »Hast du einen anderen Vorschlag?«

»Wir könnten kündigen.«

»Streik, wie?«

Maman Brigitte, Beschützerin der Gräber und Frau von Baron Samedi, musterte die versammelten Seelen streng. Diese schienen auf einmal sehr damit beschäftigt, die Schönheit der Umgebung zu würdigen.

»Wer ist dafür verantwortlich?«, verlangte Brigitte zu wissen.

Kollektives Räuspern erklang.

Schließlich murmelte jemand: »Wir … wir haben eine Gewerkschaft gegründet.«

»Eine Gewerkschaft, so?« Maman Brigitte zog missbilligend die Augenbrauen zusammen und die Seelen wichen vorsichtshalber einen Schritt zurück. »Und wie kommt ihr darauf, eine Gewerkschaft zu gründen?«

Weiteres Räuspern. »Wir … ähm … hielten es für eine gute Idee?«

»Soso.«

»Na, weil wir geknechtet werden und all das. Zu unseren Lebzeiten haben wir gesungen und getanzt und …«

»Ich nicht.«

»*Einige* von uns haben gesungen und getanzt und als Dank müssen wir jetzt hier schuften.«

Brigitte begann, auf und ab zu schreiten. »Ihr glaubt also, dass ihr geknechtet werdet?«

Einige sehr mutige Seelen nickten.

»Ihr haltet es also für eine gute Idee, uns, den höchsten der Loas, den Boten Gottes, eure Dienste zu verweigern?«

Das Nicken wurde unsicherer.

»Ihr glaubt also, zu streiken wäre ein angemessener Dank dafür, dass wir dafür gesorgt haben, dass eure Seelen in die jenseitige Welt einziehen, dass wir euch durch die ewigen Wasser geleitet haben, dass wir euch die Ehre zuteilwerden lassen, ein Teil des Ganzen zu sein, euren Zweck im großen göttlichen Plan einzunehmen? Glaubt ihr das?«

Das Nicken erstarb.

»Habe ich es mir doch gedacht.« Brigitte nickte zufrieden.

»Das habe ich ihnen auch schon erklärt«, meldete sich Baron Lacroix zu Wort.

»Und hat es geholfen?«, fragte Brigitte.

»Nein«, sagte Lacroix kleinlaut.

»Siehst du.« Maman Brigitte klatschte auffordernd in die Hände. »Also gut, von nun an hört alles auf mein Kommando. Als Erstes werden wir Folgendes machen …«

»Nick, was tust du da?«

»Ich starre dich an.«

»Das sehe ich.«

Schweigen.

»Und besteht eine Möglichkeit, dass du in nächster Zeit damit aufhören wirst?«

»Nein, ich vermute nicht.«

Allmählich ging die Sonne unter und tauchte den Himmel in leuchtende Feuerfarben.

»Es sei denn … « Nicholas zog Isabella näher zu sich heran. Ihre Lippen trafen sich. »Es sei denn, wir tun etwas, das über bloßes Anstarren hinausgeht.«

Isabella atmete seinen Duft ein. Menthol, Salbei und ein Hauch Patschuli. Wie von selbst fanden ihre Hände seinen Körper.

»Das«, sagte sie lächelnd, »ist eine viel bessere Idee als die Sache mit den Wurmlöchern.«

Es hatte zu regnen begonnen. Das war an sich nichts Neues. Neu hingegen war, dass anstelle der zu erwartenden Wassertropfen kleine Pelzknäule vom Himmel fielen. Dutzende Katzen- und Hundewelpen segelten zu Boden, landeten zielsicher auf ihren Pfoten, schüttelten sich und tapsten sichtlich verwirrt davon.

Isabella und Nicholas bemerkten nichts von diesem Schauspiel, sie waren zu sehr mit etwas beschäftigt, das über bloßes Anstarren weit hinausging.

Das Licht des Mondes fiel durch die matten Scheiben des Gruppenraums. Stühle wurden quietschend verrückt. Ein Stift kratzte über das Whiteboard.

»Willkommen zur zweiten Versammlung der Loas.« Papa Legba umfasste den Marker fester und schrieb, während er sprach, Notizen auf die Tafel. »So wie es aussieht, sitzen wir hier fest. Wir können unsere Gefäße nicht verlassen.« Er umkreiste das Wort Gefäße. »Wir können keinen Kontakt zur jenseitigen Welt aufnehmen und …« Er hielt inne. »Samedi?«

Baron Samedi schreckte von seinem Stuhl auf. »Ja.«

»Ist alles mit dir in Ordnung?«

»Bitte?«

»Ich fragte, ob alles in Ordnung ist.«

»Oh, jaja, alles ist bestens«, beeilte sich Samedi zu versichern. »Warum fragst du?«

Legba sah an sich herab. »Nun, mir war so, als würdest du mein Kleid bestaunen.«

»Das tue ich auch.«

»Aber warum?«

»Es hat so schöne Farben. Ist dir das noch nie aufgefallen? Die Blumen sind wirklich schön. Farbenfroh und … habe ich gesagt, dass es schöne Farben hat?«

»Ist mit dir *wirklich* alles in Ordnung?«

»Oh, entschuldige, das muss wohl an den kleinen, runden Dingern liegen, die man hier dauernd bekommt. Sie nennen es Benzodiazepine. Ist meine Bedarfsmedikation. Zusätzlich zu den Neuroleptika. Ich leide nämlich unter einem schwerwiegenden Wahn, müsst ihr wissen. Die Benzodiazepine helfen zwar nicht dagegen, aber man wird angenehm ruhig und zufrieden.« Er lächelte wie jemand, der soeben das Geheimnis des Universums ergründet hat.

Papa Legba verschob sein Gewicht auf das andere Bein. Sein Knie machte ihm wieder zu schaffen. »Das ist höchst interessant. Ich kriege immer nur diese Tabletten zur Entwässerung. Fürchterlich. Man rennt dauernd aufs stille Örtchen. Und dann hat man immer dieses trockene Gefühl in der Kehle.« Er hielt einen Moment inne und suchte nach den richtigen Worten. »Wie nennt man das noch? Dieses Gefühl, das so ist, als hätte man Sand geschluckt, und bewirkt, dass die Stimme sich ganz belegt anfühlt?«

»Ohnmächtige Wut?«, bot Ogoun an.

»Leidenschaft?«, mutmaßte Ezulie.

»Blümchenkleid?«, fragte Baron Samedi.

»Ah, jetzt weiß ich: Durst.« Legba runzelte die Stirn. »Ja, ich glaube, so nennt man das. Andauernd bin ich durstig. Was macht man gewöhnlich dagegen?«

»Zum Säbel greifen und den Unhold köpfen?«

»Ein neues Parfüm auflegen?«

»Blümchenkleid?«

»Diese Benzodiazepine scheinen ja über eine gewaltige Potenz zu verfügen«, wandte sich Ezulie Freda an Baron Samedi, der verträumt auf seinem Stuhl saß und abwechselnd die wackelige Skulptur eines Embryos und Papa Lebgas Kleid anstarrte. »Könnte ich die auch einmal probieren?«

»Da musst du die Ärzte fragen. Die sind diesbezüglich sehr freigiebig.«

»Aber die sind doch alle nach Hause gefahren. Bis auf diesen osteuropäischen Arzt, aber der stößt immer nur obszöne Pfiffe aus, wenn ich in seine Nähe komme. Kannst du mir nicht welche abgeben?« Sie zwinkerte kokett mit den Wimpern und schob ihr üppiges Dekolleté ein wenig weiter nach oben. Was Ogoun Feray dazu veranlasste, ihr eifersüchtige Blicke zuzuwerfen. Dummerweise hatte er es immer noch nicht geschafft, an einen Säbel zu kommen.

»Also gut.« Baron Samedi kramte in seiner Tasche und förderte zwei Tabletten zutage, die er Ezulie überreichte. »Hier für dich.«

»Danke.« Ezulie nahm die Tabletten und schluckte sie herunter.

»Du musst sie eigentlich mit ausreichend Flüssigkeit einnehmen«, erklärte Samedi.

»Ich bin die Göttin der Weiblichkeit«, gab Ezulie zurück. »Ich muss gar nichts.«

»Können wir jetzt weitermachen?«, fauchte Ogoun. »Wir haben da nämlich immer noch das äußerst schwerwiegende Problem, dass wir hier festsitzen.«

»Trinken«, sagte Papa Legba. »Ja, genau, sie nennen es trinken. Das könnte gegen diese Durstsache helfen.«

»Du …« Ezulie hielt kichernd inne. »Du …«, setzte sie erneut an und zeigte mit dem Finger auf Baron Samedi. »Du hast recht. Diese Benzodiazepine sind wirklich gut. Ist das da vorne eine Giraffe?« Sie deutete auf die Skulptur des Embryos. »Ab jetzt will ich bei jedem Ritual Benzodiazepine auf meinem Altar sehen.« Sie lächelte zufrieden. »Was denkst du, Ogoun?«

»Ich denke, ihr seid alle wahnsinnig geworden!«

»Nun, das scheint mir doch eine recht drastische Formulierung«, begann Papa Legba. Er kreiste die Wörter Benzodiazepine, Ritual und Blümchenkleid auf dem Whiteboard ein.

»Versteht doch!« Ogoun sprang auf und begann, unruhig im Raum auf und ab zu gehen. »Was wird passieren, wenn wir unsere Gefäße nie wieder verlassen können? Das Gleichgewicht in Dahome wird unwiederbringlich zerstört. Die Welt wird im Chaos versinken. Die Petro-Loas werden mächtiger werden. Sie werden unseren Platz einnehmen und die Welt verdrehen und verkehren, während wir hier festsitzen und in Gruppentherapien über unsere Gefühle sprechen!«

»Also, ich finde diese Psychotherapie gar nicht schlecht«, gestand Samedi. »Ich habe schon viel über den Einfluss von Gedanken auf unser Fühlen und Handeln gelernt. Ich wusste ja vorher gar nicht, wie viel diese maladaptiven Kognitionen anrichten können.«

»Und dann die Ergotherapie«, meldete sich Legba zu Wort. »Gestern habe ich einen Teddybären genäht.«

»Ich habe darüber nachgedacht, professionell Puppen anzufertigen«, erklärte Ezulie. »Jeder mag Puppen.«

»Wunderbar!«, brüllte Ogoun. »Einfach wunderbar! Und was machst du, wenn die Welt zugrunde geht? Bekämpfst du den Untergang dann mit einem Stoffbären und einer Puppe?!«

»Du klingst fast so, als hättest du Angst, mein Lieber«, säuselte Ezulie.

»Natürlich habe ich Angst!«, schrie Ogoun, beziehungsweise der Mensch in ihm. »Ich hatte mein ganzes Leben lang Angst. Da werde ich doch jetzt nicht damit aufhören, bloß weil ich zufällig ein Gott bin.«

»Du solltest wirklich ein paar von diesen Benzodiazepinen einnehmen«, riet ihm Baron Samedi und lehnte sich zurück. »Die helfen auch wunderbar gegen Angstzustände.«

»Möchtest du noch Wein?«

»Vielleicht handelt es sich um ein kollektives wahnhaftes Phänomen«, überlegte Althea.

»Wie?«, fragte Janusz.

Althea schwenkte nachdenklich das leere Weinglas in den Händen. Vor der Terrasse ihres kleinen Hauses erstreckte sich der Garten in seiner kreativ chaotischen Pracht. Ein paar Kornblumen hatten sich mit dem Klatschmohn verbündet und versuchten nun, sich gemeinsam gegen eine recht aggressive Distel durchzusetzen. Schrödinger, Altheas schwarzer Kater, tappte umher auf der Suche nach Ungeziefer, das er zur Strecke bringen konnte. In der Ferne konnte man die Flugzeuge hören, die am Dortmunder Flughafen starteten und landeten.

»Ein kollektiver Wahn«, erklärte Althea. »So etwas kann unter gewissen Umständen auftreten, zum Beispiel unter dem Einfluss von Psychotropika. Das würde auch den sprechenden Briefbeschwerer erklären. Vielleicht sollte die Bausubstanz des Krankenhauses einmal näher untersucht werden.« Sie sah auf. »Was hast du gerade gesagt?«

»Möchtest du noch Wein?«

Althea nickte und Janusz schenkte ihr nach.

Althea hatte es mit dem Heiraten nie versucht. Es gab einfach immer zu viel zu tun. In den Sechzigern hatte sie einmal in einer freien Beziehung mit drei Männern, einer Frau und einer Dänischen Dogge gelebt. Aber das war auf die Dauer zu anstrengend gewesen. Irgendwann waren ihr die Orgien, die ständige Selbstverwirklichung und die Tatsache, dass die Milch immer leer war, auf die Nerven gegangen. Außerdem hatte die Dogge die wohngemeinschaftseigene Marihuanazucht aufgefressen.

»Ich spiele morgen beim Sommerfest in der *Schattigen Pinie*. Das ist eine Seniorenresidenz in Witten«, erzählte Janusz.

»Hmhm«, machte Althea, die in Gedanken bereits einen Artikel zu kollektiven substanzinduzierten Wahnphänomenen in städtischen Krankenhäusern schrieb.

»Ich habe erst darüber nachgedacht abzusagen«, fuhr Janusz fort. »Ich meine, ein Seniorenheim. Die eine Hälfte ist schwerhörig und die andere schläft über ihrem Abendessen ein.«

Janusz Pavlovic war ein pragmatischer Mensch. Was ihn in den Augen der Welt zu einem seltenen Exemplar seiner Gattung machte, denn nach der landläufigen Meinung zeichneten sich Musiker durch einen Mangel an alltagspraktischen Fähigkeiten aus. Janusz hingegen hatte schon früh ein Talent dafür entwickelt, die Nähe von Personen zu suchen, deren finanzielle Möglichkeiten seine eigenen überstiegen. Er bezeichnete es als pekuniäre Akkumulation.

Althea Keller wusste nichts von seiner akkumulativen Beziehung zu einem gewissen anderen Psychologen mit einer Vorliebe für Voodooartefakte. Und das war auch gut so. Janusz legte großen Wert darauf, dass seine Affären möglichst wenig voneinander erfuhren. Das hatte sich im Laufe der Zeit als mit dem Leben deutlich besser vereinbar herausgestellt.

»Einen hohen künstlerischen Anspruch kann ich da wohl nicht erwarten.« Janusz seufzte.

»Hmhm.« Althea spähte in den orange-roten Himmel. »Vielleicht sollten wir reingehen. Es sieht nach Regen aus.« Sie nahm ihr Glas und die Flasche Spätburgunder und erhob sich aus dem Gartenstuhl. »Spiel doch einfach *Für Elise*, das mögen Senioren sicherlich gerne.«

Nicholas erwachte. Die ersten zaghaften Sonnenstrahlen des neuen Morgens bahnten sich ihren Weg über einen trüben Himmel, und kurz gab er sich der Frage hin, was ihn dazu bewogen haben mochte, auf dem Balkon zu schlafen – bekleidet mit der Hälfte seiner Boxershorts, einer bemalten Schildkröte und etwas, das vermutlich ein Büstenhalter war. Dann schaltete sich sein Langzeitspeicher ein. Nicholas sah die letzte Nacht in eindrücklichen Bildern an sich vorüberziehen. Neben ihm auf dem Sitzsack lag Isabella. Sie hatte ihre Bluse wie eine Decke über sich gezogen. Ihr linker Turnschuh hing lose an ihrem Fuß. Nicholas berührte sanft ihr Haar. »Guten Morgen.«

Es war ein ähnlicher Effekt, als würde man bei einem dieser quadratischen Kinderspielzeuge an der Kurbel drehen.

Isabella sprang auf. »Ich muss weg!«

Kapitel 22

»Was mich nicht umbringt, macht mich stärker.«

Friedrich Nietzsche

Als die Gebrüder Wright davon träumten, dass sich der Mensch in die Lüfte erhebt, hatten sie dabei sicherlich nicht an einen Flug mit einer Billigairline gedacht. Anstatt das romantisch erhebende Gefühl zu genießen, die Schwerkraft überwunden zu haben, war man hier mit dem Versuch beschäftigt, ohne seine Schuhe möglichst schnell zum Flieger zu humpeln, um noch einen Sitzplatz zu ergattern, der sich nicht direkt vor der Toilette befand.

François Rigaud schwor sich, das nächste Mal auf Schuhe mit Schürsenkeln zu verzichten, als er in seinem viel zu engen Sitz hin und her rutschte. Von der Bordtoilette aus drang ein unangenehmer Geruch in die Kabine. Nach einem mehr als unbequemen Flug vom Flughafen Toussaint Louverture in Port-au-Prince nach New York neben einer älteren Dame, die unaufhörlich aus der Bibel zitiert und dabei in ihr Taschentuch geniest hatte, zeichnete sich die Atlantiküberquerung durch eine beunruhigende Holprigkeit aus. Der Kapitän murmelte etwas von unvorhersehbaren Turbulenzen. Kein Grund zur Aufregung. Ganz normal. Müssten unseren Zielflughafen planmäßig in einer Stunde erreichen. Bitte bewahren Sie Ruhe.

François drehte seinen Glücksbringer, einen heiligen Stein, in den Händen, schloss die Augen und betete zu den Loas. Sie antworteten nicht.

»Sollen wir nicht darüber reden?«

Darüber reden, darüber reden.

Isabella zerstückelte einen weiteren Goblin. Warum konnte man Probleme nicht einfach lösen wie bei Fantasmoria?

Indem man sie tötete.

»Also, ich denke wirklich, dass wir darüber sprechen sollten«, setzte Nicholas erneut an, während er vergeblich versuchte, Isabellas Aufmerksamkeit zu erregen. Das tat er schon den ganzen Morgen. Aber Isabella machte nicht die geringsten Anstalten, ihr Spiel zu unterbrechen.

Oder mit ihm zu reden.

»Ich wüsste nicht, worüber wir uns unterhalten sollten«, sagte sie brüsk.

»Über gestern Abend.«

»Du meinst den spontanen Austausch von Körperflüssigkeiten?«

Nicholas zuckte die Achseln. »Wenn du es unbedingt so nennen willst.«

»Nein.« Isabella jagte einem Goblin die Axt ins Genick. Blut spritzte, als das Monster zu Boden ging.

»Wie, nein?«

»Nein, ich finde, wir sollten nicht darüber reden.«

Konzentriert starrte Isabella auf den Bildschirm.

»Gib dem Jungen doch eine Chance«, forderte Martin. Auf seinem T-Shirt stand »Das kannste schon so machen, aber dann isses halt kacke«.

»Zappeln lassen«, meldete sich Rebekka zu Wort, die gerade eine neue Ladung Tiger im Wombatgehege untergebracht hatte. »Ist eine Strategie, die sich immer auszahlt. So habe ich auch meinen Mann rumgekriegt.«

»Also, mir ist eigentlich ziemlich egal, was ihr beide tut«, sagte Hanno vom hinteren Schreibtisch aus, »nur tut es bitte leise.«

Isabella ließ ihren Ork weitere Gegner vierteilen. Sie hatten noch immer keine Lösung für das Mutantenproblem gefunden, aber im Moment war ihr nicht danach, die oberbösen Superschurken von der Erde zu vertreiben. Im Moment war ihr eher nach einem Cappuccino und einer Portion von Nonnas bester Bolognesesoße. Kündigen war noch immer eine Option. Ein kurzes Schreiben und schon würde sie dieser Klinik mit all ihren verrückten Geschehnissen den Rücken kehren. Kassieren oder Taxifahren waren bei genauerer Betrachtung gar keine so üblen Tätigkeiten – wenn man von der Nichtexistenz ihres Führerscheins einmal absah. Besser, als sich mit einer Horde Mutanten herumzuschlagen, die Räume verschwinden ließen und Löcher in die Realität rissen.

Vielleicht sind es nicht die Mutanten, vor denen du wegläufst, erklärte eine innere Stimme, die ein wenig wie Sigmund Freud klang. Vielleicht sind es deine Gefühle für Nicholas.

Ich zerhacke dich gleich genauso wie diesen Goblin, bot Isabella an.

Du hast recht, es sind die Mutanten, lenkte die innere Stimme ein. Vergiss, was ich gesagt habe.

»Aber …« Nicholas hielt inne, ordnete seine Gedanken und wechselte dann die Taktik. »Was ist mit dem Raum-Zeit-Kontinuum?«

»Was soll damit sein?«

»Wollten wir nicht die Klinik nach nützlichen Hinweisen durchsuchen?«

»Wollten wir?«

»Wirst du ab jetzt jede Frage mit einer Gegenfrage beantworten?«

»Hast du ein Problem damit?«

Isabellas Avatar durchquerte einen niedrigen Fluss und drang tiefer in das Goblingebiet ein. Hinter einem Baum regte sich eine Gestalt. Der Ork holte aus und rammte die Doppelaxt in etwas, das sich bei näherer Betrachtung als ein hilfreicher Wichtel herausstellte. »*Che merda!*«, fluchte Isabella leise vor sich hin. »Den hätte ich noch gebrauchen können.«

»Isa, das ist doch albern. Lass uns darüber reden.«

Nicholas berührte ihre Schulter. Ihr informationsverarbeitendes System reagierte sofort, indem es Bilder der vergangenen Nacht abspulte. Ein wohlig warmes Gefühl, das vermutlich nichts mit einem grippalen Infekt zu tun hatte, breitete sich in Isabellas Bauchgegend aus.

Was habe ich gesagt?, stichelte die innere Stimme.

Ach, halt die Klappe!

»Es ist passiert«, sagte Isabella mit einer wegwerfenden Handbewegung. »Jetzt ist es vorbei. Mehr gibt es dazu nicht zu sagen.«

In diesem Moment sprang die Tür auf und Althea Keller stand im Raum.

»Äußerst seltsam.« Sie rückte ihre Brille zurecht. »Alle Parameter sprechen dafür, dass das hier eigentlich mein Büro sein sollte.«

»Siehst du? «, sagte Nicholas zu Isabella gewandt. »Ein Loch im Raum-Zeit-Gefüge.«

Isabella schnaubte.

»Also, hier ist definitiv eine Krisenintervention angesagt«, beschloss Althea. „Klarabella, Nikolaus, wir treffen uns in der Mittagspause in meinem Büro – sofern es sich dann wieder da befindet, wo es sein sollte. Ich hole John Camptown und seine Ururgroßmutter, damit wir eine aufschlussreiche Unterhaltung führen können. Wäre doch gelacht, wenn sich hier nicht eine neuropsychologische Erklärung finden ließe.«

Zwei Stunden später starrten Isabella und Nicholas ungläubig auf einen sprechenden Briefbeschwerer.

»Voodoo?«, fragten sie.

»Voodoo«, bestätigte der Briefbeschwerer.

Isabella brachte es auf den Punkt: »*Porca miseria!*«

»Zu Gate B16? Also, das ist ganz einfach.«

Der Mann am Transferschalter vom Flughafen Amsterdam Schiphol kaute geräuschvoll auf seinem Kaugummi herum, das nur unzureichend den Geruch von gewissen getrockneten Pflanzenteilen überdeckte, der ihn umgab. »Erklärt sich im Grunde von selbst der Weg. Sie gehen jetzt da lang.« Er deutete vage in eine Richtung. Seine Dreadlocks waren zu einem dicken Pferdeschwanz zusammengebunden. »Und dann durch die Halle E hindurch, am Duty-Free-Shop schräg rechts, also nicht das rechte Rechts, sondern das etwas linkere Rechts, verstanden?«

François nickte, schüttelte den Kopf und nickte wieder.

»Ja, und dann …« Der Mann strich sich über den kurz gestutzten Bart. »Wo war ich?«

»Schräg rechts«, soufflierte François.

»Ja, genau, schräg rechts. Danach gehen Sie dann durch Halle D. Moment mal … oder war es C? Auf jeden Fall links … nein, rechts. Warten Sie, nein, es war links, mein Gedächtnis lässt mich nie im Stich.« Er tippte sich an den Kopf. »Nahezu fotografisch. Wenn ich mir einmal was gemerkt habe, vergesse ich es nie wieder. Wo war ich?«

»Links oder rechts …«

»Ja, genau«, fuhr der Mann fort. »Sie laufen dann noch eine Weile geradeaus, einfach der Beschilderung folgen, und dann sehen Sie eigentlich auch schon die entsprechende Anzeige. Alles klar?«

François seufzte und marschierte los.

Fünfzehn Minuten später hatte er sich hoffnungslos verlaufen.

»Achtet darauf, dass die Grabsteine richtig schön glänzen.«

»Ja, Maman Brigitte.«

»Und die Kreuze müssen anständig poliert werden.«

»Ja, Maman Brigitte.«

»Du da hinten!«

»Ich heiße Hannah.«

»Hannah«, wiederholte Brigitte. »Was tust du da, Herzchen? Man könnte ja meinen, du hättest von Voodoo keine Ahnung.«

»Ich glaube nicht an Voodoo.«

»Also, diese Ausrede habe ich noch nie gehört. Versuch es einfach noch einmal, Herzchen.« Brigitte klatschte in die immateriellen Hände. »Und ihr anderen arbeitet weiter, verstanden?«

Unter ihrem strengen Blick wagte es keine Seele, aus der Reihe zu tanzen.

Auch Jean-Baptiste fügte sich ihren Anweisungen. Es war nicht unbedingt schlecht, etwas zu tun zu haben. Erinnerte ihn ein bisschen an seine Arbeit auf dem Bau – nur ohne Feierabendbier.

»Sie ist gut, oder?«

»Ja, das ist sie.«

»Wirklich gut.«

»Nun ja, ich finde, ich habe mich auch ganz passabel geschlagen. Konnte ja nicht wissen, dass die Seelen eine Gewerkschaft gründen, nicht wahr?«

Baron Lacroix, Guede Fouye, Guede Nibo und Baron Cimetière beobachteten Brigittes Regime aus einiger Entfernung. Maman Brigitte war jemand, dem man lieber nicht zu nahe kam.

»Und was steht ihr hier herum?«

Die Loas fuhren zusammen.

»Es ist so, Maman Brigitte …«, setzte Cimetière an.

»Wir … «, stotterte Nibo.

»Wir bemerkten gerade, welch ausgezeichnete Arbeit du leistest«, erklärte Baron Lacroix.

»Wirklich gut«, ergänzte Fouye.

»Ich erwarte von euch, dass ihr mit anpackt, hört ihr?« Brigittes Tonfall duldete keine Widerrede.

»Ja«, sagten die Totengeister wie aus einem Munde und trotteten hinter ihr her.

»Hier steht, du musst einen Kreis ziehen.«

»Was denn für einen Kreis?«, gab Isabella zurück.

Nicholas blätterte weiter durch das Buch. »Das steht hier nicht. Hier steht nur: Ziehen Sie einen magischen Kreis.«

»Hm.«

»Du wirst doch wohl einen Kreis ziehen können.«

»Entschuldige. Ich war noch nie eine Hexe. Außerdem komme ich mir ziemlich bescheuert vor.« Isabella zupfte an der Knochenkette, die sie im Scherzartikelladen gekauft hatte. »Meinst du, dieses ganze Theater ist notwendig?«

»Hier steht es zumindest so«, sagte Nicholas.

»Wo kommt das Buch überhaupt her?«, fragte Isabella.

»Ich habe recherchiert«, erklärte Althea stolz.

»*Fräulein Walpurgas schwarzes Hexeneinmaleins*?«, las Isabella ungläubig vor.

»Wenn man mit bisherigen wissenschaftlichen Modellen nicht weiterkommt, ist es durchaus legitim, einen Paradigmenwechsel in Betracht zu ziehen«, dozierte Althea. »Außerdem«, gestand sie, »konnte ich auf die

Schnelle nichts Besseres finden. Das stammt noch aus meiner Jugend. Hat uns damals viele gespenstische Nächte beschert. Ich kann mich noch erinnern, als wir einmal einen Geist aus dem achtzehnten Jahrhundert beschworen haben. Alistair. Seltsame erotische Vorstellung hatte der Mann. Aber Gedichte konnte er rezitieren …«

»Ich denke, wir sollten jetzt weitermachen«, mischte sich John ein. Auch er fühlte sich in der schwarzen Robe alles andere als wohl – zumal es sich genau genommen um einen Bademantel handelte. Und dann war da noch die unbedeutende Tatsache, dass er nach Feierabend mit einer verrückten Neuropsychologin, einem Archivar und einer Computerspezialistin mit einer Vorliebe für italienische Kraftausdrücke im Archiv seiner Klinik stand und ein magisches Ritual durchführte, weil ihn sein Briefbeschwerer vor der baldigen Apokalypse gewarnt hatte. Er musste dringend an seiner Work-Life-Balance arbeiten.

»Also dann.« Althea klatschte in die Hände. »Worauf warten wir noch? Lasst uns diesen Spuk beenden.« Ihr Gesichtsausdruck wurde nachdenklich. »Und wenn wir damit fertig sind, haben wir vielleicht noch Zeit, diesen Geist aus dem achtzehnten Jahrhundert …«

»Ich mache jetzt erstmal die Sache mit dem Kreis«, verkündete Isabella. Sie nahm ein Stück Kreide, das sie aus dem Bestand ihrer Mitbewohnerin entwendet hatte – gefringst würde Nicholas sagen – und malte damit etwas auf den Boden, das man mit viel Liebe als unebene Ellipse bezeichnen konnte.

»Denn Alistair hatte einen wirklich beeindruckenden …«

»Das nennst du einen Kreis?«, fragte Nicholas.

»Na ja, er würde sicherlich besser aussehen, wenn hier nicht überall Akten rumliegen würden«, schoss Isabella zurück.

Nicholas zuckte die Schultern. »Wir sind im Archiv, was erwartest du?«

»Was macht das Zauberelixier?«, fragte John.

»Ist fast fertig.« Althea rührte die trübe Flüssigkeit noch einmal um. Dann schnupperte sie daran. Ein Geruch von alten Socken und verbrannten Autoreifen schlug ihr entgegen. Aber jahrelange Erfahrung im Bereich der Büroexperimente ließen sie zuversichtlich sein.

»Und jetzt?«, fragte Isabella.

»Wir müssen das Elixier in alle vier Himmelsrichtungen versprühen und dabei die bösen Geister vertreiben«, las Nicholas.

»Woher weiß ich, wo die vier Himmelsrichtungen sind?«

»Wir könnten schätzen.«

»Schätzen?«

»Nun, wie schwer kann das sein?« Nicholas deutete vage in eine Richtung. »Also dort geht die Sonne auf. Was bedeutet, dass da Osten sein muss.«

»Woher weißt du, wo die Sonne aufgeht? Dieser Raum hat nicht mal Fenster.«

»Kannst du uns nicht irgendwie helfen, Granny?«, erkundigte sich John.

»Melfen?«, krächzte der Briefbeschwerer, den er in die Tasche seines Bademantels gesteckt hatte. »Was bitte sind Melfen? Ist das so ein altnordisches Göttergeschlecht? Oder diese kleinen Dinger, die in Matratzen und Polstermöbeln leben – wie sagt man? – Milben? Was willst du mit Milben, mein lieber Ururenkel?«

»Helfen«, wiederholte John, wobei er jedes Wort betonte. »Ich habe dich gefragt, ob du uns helfen kannst.«

»Ich bin nur für kryptische Warnungen zuständig. Aktive Hilfeleistung fällt nicht in meinen Aufgabenbereich.«

»Wunderbar«, murmelte John.

»Wer hat Wunden da?«, fragte Granny. »Ich höre hier drinnen so schlecht.«

»Wie auch immer«, unterbrach Althea das Gespräch. »Sagen wir einfach, dort ist Osten.« Sie zeigte in eine Richtung.

Isabella verteilte das Elixier in den vier Ecken des Raumes. Der Gestank breitete sich gleichmäßig zwischen den Regalen aus und sorgte zumindest für einen gewissen olfaktorischen Effekt.

»Und jetzt die rituellen Worte.«

»Müssen wir wirklich?«, erkundigte sich Isabella unglücklich.

»So steht es geschrieben!« Nicholas wedelte mit dem Buch auf und ab. »Und Fräulein Walpurga wird es ja wohl wissen.«

»Also gut.« Isabella seufzte und zupfte ihr Gewand zurecht, bei dem es sich streng genommen um ein abgelegtes Karnevalskostüm ihres jüngeren Bruders

Marcello handelte. Weshalb sie ein wenig wie Batman aussah.

Althea steckte in einem alten Bettlaken, in das sie einen Halsschlitz geschnitten hatte.

Nicholas war der Einzige von ihnen, der halbwegs Ähnlichkeit mit einem menschlichen Wesen aufwies. Er trug etwas, das er als sein altes Gothic-Outfit bezeichnete und das jede Menge Nieten, Schnallen und Netzeinsätze beinhaltete. Isabella musste sich eingestehen, dass er damit einfach umwerfend aussah. Aber das sagte sie ihm natürlich nicht. Hinterher würde er wieder mit dem Reden anfangen.

Gemeinsam sprachen sie: »Bei Norden, Süden, Osten, Westen. Bei den vier Elementen und den Mächten der Zeit. Wir befehlen, dass alles Böse sich hinforthebe aus diesen Räumen und dorthin zurückkehre, wo es seinen Ursprung habet.«

»Ist das überhaupt ein Wort?«, fragte Isabella. »Habet? Noch nie davon gehört.«

»Es soll eben alt klingen«, mutmaßte Nicholas.

»Solange es die Geister beeindruckt«, fügte John hinzu.

»Wer hat Kleister gedruckt?«, krächzte der Briefbeschwerer.

»Jetzt die Kette«, erinnerte Nicholas.

»Muss ich?«

»Ja.«

Widerwillig nahm Isabella die Knochenkette ab und wedelte damit noch einmal in jede Himmelsrichtung.

»Und der Besen.«

»Bin schon da.« Althea fegte mit dem Besen, den sie sich von einer Reinigungskraft geliehen hatte – dem Multi-Brush 739 in Signalrot – einmal in jede Ecke des Raumes.

»Und der heilige Schädel.«

John nahm den Briefbeschwerer aus seiner Tasche und schwenkte ihn ebenfalls in jede Ecke des Raumes.

»He, untersteh dich, davon wird einem ja ganz schwindelig«, keifte Granny.

Dann sprachen sie gemeinsam erneut die Beschwörungsformel.

»Bei Norden, Süden, Osten, Westen. Bei den vier Elementen und den Mächten der Zeit. Wir befehlen, dass alles Böse sich hinforthebe aus diesen Räumen und dorthin zurückkehre, wo es seinen Ursprung habet.«

»So, das wäre erledigt.« Althea wischte sich mit dem Handrücken über die Stirn.

»Woran merken wir, dass es gewirkt hat?«, erkundigte sich Isabella. »Ich meine, wird es einen großen Knall geben, tut die Erde sich auf oder etwas Derartiges?«

»Darüber steht hier nichts«, sagte Nicholas blätternd.

»Wir müssen wohl nachsehen. Empirische Beobachtung.« Althea ging zur Tür, öffnete sie einen Spaltbreit und spähte hinaus.

»Und?«, fragte Isabella ungeduldig. »Hat es funktioniert?«

»Kommt darauf an, was man darunter versteht«, entgegnete Althea. »Zumindest führt das Archiv nun geradewegs in den Innenhof. Hallo, Herr Altenbrot.« Sie winkte zur Tür hinaus.

»Bried«, erklang es von draußen. »Ich heiße Altenbried.«

»Ich weiß, Herr Altenbernd. Aber Sie sollten nicht zu lange den Wasserspeier umarmen. Hinterher holen Sie sich noch eine Erkältung.« Althea schloss die Tür wieder und lehnte sich dagegen. »Hat jemand zufälligerweise noch eine andere Idee?«

François beschlich das leise Gefühl, dass das Universum sich gegen ihn verschworen hatte. Nun, um der Wahrheit Genüge zu tun: Das Universum hatte sich keineswegs gegen ihn verschworen, er war ihm schlicht und einfach so gleichgültig wie Sternenstaub, der in der Atmosphäre verglühte. Aber jeder, der am Düsseldorfer Flughafen an überfüllten Laufbändern auf sein Gepäck wartete, wurde früher oder später von diesem Gefühl kosmischer Ungerechtigkeit ergriffen. Insbesondere wenn man sich mit einem missmutig und gelangweilt dreinschauenden Angestellten konfrontiert sah.

»Kann man nichts machen«, erklärte eben dieser Angestellte, wobei er die englischen Worte nach deutscher Manier mit diversen harten Konsonanten versah – die Deutschen schienen eine Vorliebe dafür zu besitzen, Konsonanten an Stellen zu verwenden, an denen man sie nicht erwarten würde. »Ist Ihr Pech, wenn Sie den falschen Flug genommen haben.«

»Nicht den falschen, einen späteren, das habe ich Ihnen doch erläutert.« François gestikulierte hilflos.

»Unfähige Mitarbeiter des Amsterdamer Flughafens und deren mangelhafte Wegbeschreibungen sind nun wirklich nicht unser Problem«, sagte der Mann. »Wir sind immer zuverlässig.«

»Aber dann müsste mein Gepäck ja bereits hier sein.«

Der Mann verzog die Mundwinkel. »Kann ich Ihnen nicht sagen. Am besten, Sie warten noch ein wenig. Wenn's dann nicht kommt, schicken wir's Ihnen hinterher.«

Also wartete François.

Und wartete.

Irgendwann war er des Wartens überdrüssig. Draußen regnete es. Es war bereits dunkel, eindeutig zu kalt für diese Jahreszeit und er war müde. Also beschloss er, erst einmal zu seinem Hotel zu fahren.

Ein junger Mann stieß ihn an.

»Können Sie nicht aufpassen?«, zischte François.

»Sorry, Mann«, nuschelte der Junge. »Warten Sie, ich helfe Ihnen.« Er begann, an François herumzuklopfen. »So, jetzt sieht die Jacke doch wieder wie neu aus.«

»Lassen Sie das!«

»Wollte nur höflich sein.« Der Mann grinste wie eine Hyäne beim Anblick eines überfahrenen Gnus, wandte sich ab und war in Sekundenschnelle verschwunden.

»Höflich sein«, murmelte François und setzte seinen Weg fort. »Höflich wäre, andere Leute nicht anzurempeln.« In den Axonen und Synapsen seines informationsverarbeitenden Systems reifte ein Gedanke heran. Zunächst war er so klein, dass er von den anderen Gedanken übersehen wurde. Aber er gebrauchte die metaphorischen Ellenbogen und kämpfte sich bis zur Bewusstseinsschwelle vor. François blieb stehen. Die

Erkenntnis rieselte ihm wie Schuppen von einem schlecht zubereiteten Fisch: Der Junge hatte ihm das Portemonnaie gestohlen.

»*Triff deine Wahl!*«

Schreiend fuhr Espen in die Höhe. Nach einem kurzen, aussichtslosen Kampf mit der Bettdecke erinnerte er sich wieder daran, wo er sich befand. Das blaue Leuchten der LED-Anzeige an seinem Wecker teilte ihm mit, dass es drei Uhr morgens war. Sein Kopfkissen lag auf dem Boden. Schwer atmend hob Espen es auf und knipste die Lampe an.

»Was'n los?«, nuschelte Janusz neben ihm.

»Ich muss dieses Artefakt loswerden.«

»*Was*?«

»Das Artefakt«, wiederholte Espen. »Ich muss es loswerden.« Sein Sympathikus war noch immer damit beschäftigt, seinen Körper in Alarmbereitschaft zu versetzen, aber allmählich erinnerte sich der Parasympathikus daran einzugreifen.

Janusz gähnte. »Habe ich dir nicht gesagt, dass ich von diesem Voodoozeug Gänsehaut bekomme?«

»Es ist böse«, flüsterte Espen.

»Nun wirst du aber pathetisch.« Janusz rollte sich demonstrativ auf die andere Seite und zog sich die Decke über den Kopf.

»Willst du jetzt einfach schlafen?«, entrüstete sich Espen. »Während die Mächte des Bösen da draußen umhergeistern und mich mit Albträumen quälen?«

»Hmmm?«

»Die Mächte des Bösen!«

»Ich dachte, du hältst nichts von Träumen.«

»Das tut jetzt nichts zur Sache.«

»Dann leide doch bitte leiser. Ich habe morgen ein wichtiges Konzert. Patentreffen im Tierheim. Vielleicht werde ich Rachmaninow spielen.« Er gähnte erneut.

»Morgen bin ich vielleicht tot«, entgegnete Espen.

»Ja, das ist schön für dich«, murmelte Janusz, schloss die Augen und schlief ein.

Kapitel 23

»Die wahren Optimisten sind nicht überzeugt, dass alles gut gehen wird, aber sie sind überzeugt, dass nicht alles schief gehen kann.«

Friedrich Schiller

»Rigaud?«

»Ja, hallo, *Chérie*.«

»François, bist du es?«, erklang undeutlich die Stimme seiner Frau am anderen Ende der Leitung.

»Ja, *Chérie*.«

»Weißt du, wie spät es hier ist?«

»Ja, *Chérie*.«

»Du hast mich mitten aus dem Schlaf gerissen. Ich hatte gerade so einen Traum … Wo bist du überhaupt? Ich kann dich kaum verstehen.«

»Ich stehe an einem öffentlichen Telefon, *Chérie*.«

»So etwas gibt es noch?«

»Ja, *Chérie*.«

»Wirklich erstaunlich, ich dachte immer, mit der digitalen Revolution hätten sie …«

»Ich habe leider nicht so viel Kleingeld, *Chérie*«, sagte François ungeduldig.

»Warum stehst du an einem öffentlichen Telefon?«, fragte sie.

»Mir wurden das Portemonnaie und das Handy gestohlen.«

»Was?«

»Das Mobiltelefon«, wiederholte er seufzend.

Die Stimme seiner Frau nahm einen tadelnden Ton an: »Und ich sage noch: Pass gut auf deine Sachen auf. Überall laufen Diebe herum, sage ich. Aber hörst du einmal auf mich?«

»Du hast ja recht, *Chérie*. Jetzt bräuchte ich aber dringend unsere Kontodaten.«

»Wozu?«

François holte tief Luft. »Mir wurde das Portemonnaie gestohlen.«

»Das hast du bereits gesagt.«

»Ich habe kein Geld, *Chérie*. Ich habe kein Handy. Ich habe nicht einmal einen Regenschirm.«

»Warum hast du keinen Regenschirm?«

»Weil der Koffer noch nicht da ist.«

»Regnet es etwa bei dir?«

»Das tut jetzt nichts zur Sache.«

»Ich meine ja nur. Wenn es nämlich regnet, dann …«

»*Chérie*, ich bräuchte jetzt wirklich unsere Kontodaten, damit ich unsere Bank anrufen und die Karte sperren lassen kann. Und dann müsstest du zu einem Geldtransferdienst gehen und mir schnellstens per Blitzüberweisung …«

»Kauf dir einen Schirm«, unterbrach Charlotte ihn.

»Bitte?«

»Wenn du das Geld hast, dann kauf dir einen Regenschirm. Mit dem Wetter im Ausland ist nicht zu spaßen.«

»Ja, *Chérie*. Was ist nun mit den Daten?«

»Moment, ich muss erst mein Portemonnaie suchen. Bleib dran, François.«

»Was bleibt mir anderes übrig?«

Er hörte, wie Charlotte geräuschvoll das Zimmer durchsuchte.

»Irgendwo muss ich es doch haben. Nein, hier nicht. Vielleicht hier?«

»Sieh in deiner Handtasche nach.«

»Was?«

»In deiner Handtasche!«

»Ich denke nicht …«

»Sieh einfach nach!«

»Komm mir nicht in diesem Ton!«

»Entschuldigung.« François atmete tief durch. »Würdest du bitte in deiner Handtasche nachsehen, *Chérie*?« Er klemmte sich den Hörer ans Ohr und kramte mit der Hand aus seiner Jackentasche Bleistift und Notizblock hervor.

»Wenn du unbedingt willst …«, erklang die Stimme seiner Frau am anderen Ende. »Was ist mit deinem Ausweis? Ich hoffe doch, du hast …«

»Der ist in meiner Jacke, *Chérie*.«

»Da hast du ja noch mal Glück gehabt. Es wäre nämlich sehr schwer, dir Geld ins Ausland zu überweisen, wenn du deinen Ausweis …«

»Die Daten, *Chérie*, die Daten.« François trommelte mit den Fingern auf das silberne Telefon. Hinter ihm hatte sich bereits eine Schlange gebildet. Ein großer, stämmiger Mann in Lederhosen sah ihn grimmig an.

»Ach ja, hier habe ich es«, murmelte Charlotte. »Also, hör gut zu, François, die Sperrnotrufnummer lautet …«

Klick.

Fassungslos starrte François Rigaud auf das Telefon.

Das Gerät zeigte sich hiervon gänzlich unbeeindruckt und meldete ihm, dass das Guthaben verbraucht war.

Wütend schlug François auf den Apparat ein.

Der Mann in Lederhosen machte eine obszöne Geste.

Die Hühner waren nicht glücklich. Den ganzen Morgen schon hatte Espen versucht, sie zu beruhigen.

Das ist der Beweis, dachte er. Die Tiere spüren das Böse, so etwas liest man überall. Und wo ist überhaupt Henrietta?

Unwillkürlich zuckte sein Blick zum Artefakt. Es stand auf dem Schreibtisch.

Ich könnte schwören, dass ich es ins Regal gestellt habe.

Espen streckte die Hand nach dem bündelförmigen Gegenstand aus. Und hielt inne. Da war es wieder: das Singen der Macht. Verführerisch. Unbezähmbar. Furchterregend. Wie die Schläge uralter Trommeln. Ja, er wollte diese Macht besitzen. Er wollte fühlen, wie sie ihn durchdrang, erproben, was sie ihm schenken konnte. Bezwinger der Geister. Herrscher über die Götter. Retter der Welt. Espens Hand begann zu zittern. Er wollte es. Wollte, dass alle ihm zu Füßen lagen, Menschen wie Götter, wollte die Welt nach seinem Ermessen gestalten. Wollte …

»Jetzt reicht es!«

Wütend griff Espen Sander nach dem Artefakt, stopfte es in eine Plastiktüte und verließ sein Büro.

Pflegeschülerin Stefanie Hildebrecht war ebenfalls nicht glücklich. Auf einer Skala von eins bis zehn bewegte sich ihre Stimmung irgendwo zwischen null und minus zwei. Sie hatte eine anstrengende Frühschicht hinter sich. Frau Linkmeyer von Zimmer 601 erzählte andauernd etwas von der Herrschaft der Schatten und irgendeiner Tür zwischen den Welten. Auf dem Tisch im Aufenthaltsraum hatte das Buch irgendeines toten Philosophen gelegen. Sie hatte versuchsweise darin geblättert, aber es kamen darin viel mehr komplizierte Wörter und viel weniger Sex vor als in »Rubinrote Leidenschaft« – es sei denn, es handelte sich bei einem *präreflexiven cogito* um irgendeine ihr unbekannte Stellung. Zu allem Überfluss war ihr auch noch ein Fingernagel abgebrochen. Jetzt wollte sie nur noch nach Hause.

Tok. Tok.

Stefanie zuckte zusammen. Das Geräusch klang wie die Schritte eines großen Tieres, das langsam über den Flur stapfte.

Tok. Tok. Tok.

Eines Tieres, das verschiedene scheppernde und klackernde Utensilien mit sich führte.

Tok. Tok. Tok. Tok.

Und das näher kam.

Tok. Tok. Tok.

Stefanie sah sich um. Ein gewaltiges Ungeheuer ragte hinter ihr auf. Sein gallertartiger Körper wobbelte und wackelte. Darin schwammen Mullbinden, Einwegspritzen, Büroklammern, Stifte, Notizblöcke, diverse Akten und ein ihr wohlbekannter Roman mit zweifelhaftem Inhalt. Die Kreatur öffnete das Maul. Ein gackernder Laut ertönte.

»Hunger!«

Irgendwo in den Tiefen von Stefanies Amygdala formte sich ein uralter Impuls. Unzählige Beutetiere auf der ganzen Welt empfinden beim Anblick des Jägers exakt dasselbe: Vergiss den Kampf, fange lieber gleich mit der Flucht an! Stefanie rannte.

Tok. Tok.

Vor ihr tauchten die blinkenden Anzeigen der Fahrstühle auf. Daneben lag das Treppenhaus. Stefanie riss die Tür auf und hastete die Stufen hinab. Schneller!

Tok. Tok. Toktoktoktok.

Schneller, schneller! Stefanie sprang. Endlich: das Erdgeschoss. Hier gab es eine Pforte. Personal. Menschen. Hier würde man ihr helfen.

Immerhin befinde ich mich in einem Krankenhaus, dachte sie. Hier wird man ja wohl Hilfe bekommen, wenn man von einem blutrünstigen Ungeheuer verfolgt wird.

Toktoktoktoktok.

Sie warf sich gegen die Tür. Doch anstelle der Eingangshalle befand sie sich auf einmal auf dem Parkplatz. Die Scheinwerfer eines Autos blendeten sie.

Stefanie erstarrte.

Etwas berührte sie am Arm. Sie spürte einen Ruck. Dann wurde sie in die Luft gerissen. Der Rachen des

Monsters war ein endloser Schlund, aus dem es kein Entkommen gab, und er verschluckte Stefanie mit Haut und Haaren.

Espens Weg führte ihn schnurstracks zur Entsorgungsstelle. Er würde sich ein für alle Mal von diesem teuflischen Ding trennen. Es wegwerfen und keinen Gedanken mehr daran verschwenden. Keine Versuchung, keine wilden Träume, keine seltsamen Geschehnisse. Schluss damit! Er musste eben etwas anderes finden, das er seiner Gruppe präsentieren konnte.

Bei der letzten Videokonferenz der Internet-Société *Les Mystères* hatte Sabine Müller behauptet, Morle habe auf einmal rote Augen bekommen und angefangen, mit erstaunlichem Enthusiasmus jeden zu attackieren, der die Wohnung betrat. Inzwischen schließe sie sich aus Angst vor ihrer eigenen Katze immer im Badezimmer ein, was zu gewissen Engpässen in der Nahrungsversorgung führe. Papa Kajombo hatte etwas von Räude gemurmelt und ihr den Besuch bei einem Tierarzt nahegelegt. Dann hatte er auf das nächste Webinar zum Thema Unfallgefahr in der Trance hingewiesen und die Gruppe beendet.

Das war, bevor Espen die Gelegenheit erhielt, über das seltsame Gebaren des Artefaktes zu berichten, das bisher erstaunlich wenig Einfluss auf seinen Haarwuchs genommen hatte.

Vor der Tür zur Entsorgungsstelle im Untergeschoss stand eine Frau in blauer Arbeitskleidung. Unzählige dunkle Zöpfe umrahmten ihr Gesicht.

»Kann ich Ihnen helfen?« Ihre Stimme war wie grauer Samt und sie sprach mit einem ihm unbekannten Akzent.

»Ich möchte etwas entsorgen«, erklärte Espen überflüssigerweise.

»Entsorgen, ja.« Sie zupfte an den Trägern ihrer Latzhose. Aus ihrer Brusttasche ragten Federn und eine getönte Sonnenbrille. »Das geht im Moment nicht.«

»Aber das hier ist doch die Entsorgungsstelle?«

»Das ist richtig.«

Er hielt ihr die Plastiktüte unter die Nase. »Und ich kann das hier nicht entsorgen?«

»Das ist wiederum richtig.« Sie sah ihn an. Ihre Augen waren beinah schwarz. »Probleme mit den Maschinen.«

»Aha, ja, sicher.« Espen nickte verstehend. Von Maschinen hatte er nicht die geringste Ahnung.

»Vielleicht versuchen Sie es in ein paar Wochen noch mal. Dann müssten wir die Sache im Griff haben.«

»Ja, klar. Danke.« Espen umklammerte die Tüte fester und ging davon.

»Also gut, erneute Krisenintervention«, sagte Dr. Althea Keller. Sie saß auf ihrem Bürostuhl. Vor ihr auf dem Tisch, zwischen mehreren Papierstapeln, stand eine Teetasse.

»Vielleicht weiß Fräulein Walpurga doch nicht so genau, wie man ein Krankenhaus von den Mächten des Bösen reinigt«, vermutete Isabella, die an einem Cappuccino nippte.

John hatte sich ebenfalls in einen Stuhl sinken lassen. Er drehte den Briefbeschwerer in seinen Händen, aber

Granny Estelle weigerte sich weiterhin beständig, ihre kryptischen Vorausdeutungen mit konkretem Inhalt zu füllen.

»Möglicherweise bräuchten wir einen Exorzisten«, überlegte Nicholas.

»Gibt es sowas noch?«, fragte Isabella.

Nicholas deutete ein Nicken an. »Exorzismen erfreuen sich in vielen Ländern nach wie vor großer Beliebtheit.«

»Ist da nicht mal ein Mädchen gestorben?«, erkundigte sich John.

»Ich glaube, das war dieser Film.« Isabella pustete in ihre Tasse. »Aber wird ein Exorzismus nicht an einem Besessenen vollzogen? Kann man auch ganze Krankenhäuser exorzieren?«

»Ich bin mir sicher, das war kein Film, das war irgendwann in den Siebzigern in Bayern.«

»Und wo nehmen wir einen Exorzisten her? Ich meine, gibt es da eine Hotline oder so was?«

»Vermutlich war die Art des Rituals, wie wir es durchgeführt haben, nicht dazu geeignet, den gewünschten Effekt zu erzeugen«, sinnierte Althea. »Vielleicht sollte das Ganze, nun, voodooesker sein.«

»Ich dachte gleich, dass wir das mit den Himmelsrichtungen nicht richtig gemacht haben«, sagte Isabella mit einem Seitenblick zu Nicholas.

»Dein Kreis hätte aber auch bei keinem Geometriewettbewerb gewonnen«, gab er zurück.

»Ja, ich denke, es war in Bayern.«

»Tanzen«, sagte Althea, die einmal eine Arte-Reportage über synkretistische Religionen in kreolischen

Gesellschaften des atlantischen Raums gesehen hatte. »Ich glaube, beim Voodoo spielt Tanzen eine zentrale Rolle.«

»Und Zombies«, ergänzte Isabella.

»Ich weiß nicht, ob Zombies ein notwendiger Bestandteil sind«, widersprach Nicholas.

»Tieropfer scheinen auf jeden Fall großen Anklang zu finden«, erinnerte sich Althea. »Hühner, Ziegen, Schweine und dergleichen.«

Isabella schlug sich vor die Stirn. »Aber natürlich: Hühner!«

»Was habe ich dir über das Verschlingen von Dingen gesagt?«, fragte Stationsleiterin Monika streng.

Das Büroklammermonster zuckte mit etwas, das man mit viel Fantasie als Schultern bezeichnen konnte.

»Und was hattest du überhaupt auf dem Parkplatz zu suchen? «, fuhr Monika fort. »Du solltest doch hier im Abstellraum bleiben. Du kannst von Glück reden, dass ich dich gefunden habe.«

»Mama?«, sagte das Büroklammermonster vorsichtig.

»Komm mir nicht mit Mama.« Monika zog die Augenbrauen zusammen, stemmte die linke Hand in die Hüfte und hob drohend den rechten Zeigefinger – eine universelle Geste, die Kinder auf der ganzen Welt dazu bringt, den Blick zu senken und halbherzige Entschuldigungen zu murmeln. »Wegen dir komme ich zu spät nach Hause. Ab sofort hältst du dich an die Regeln! Und wenn so etwas noch einmal passiert, bringe ich dich zur Entsorgungsstelle. Haben wir uns verstanden? «

Das Büroklammermonster senkte schuldbewusst den Kopf und würgte etwas hoch, das wie der Ärmel eines weißen Kittels aussah.

Espen Sander saß an seinem Schreibtisch und dachte über verschiedene Möglichkeiten nach, ein magisches Artefakt zu entsorgen, als es an der Tür klopfte.

»Ja, bitte?«

Isabella, Nicholas, Althea und John stürzten in sein Büro.

»Wir … ähm«, begann Isabella, »bräuchten Ihre Hühner.«

»Es handelt sich um ein metaphysisches Problem ungeahnten Ausmaßes«, erklärte Althea.

»Großes Unheil!«, krächzte Granny. Triumphierend fügte sie hinzu: »Und diesmal kann ich es sogar spezifizieren.« Sie räusperte sich und sagte dann mit einer Stimme, die klang wie die Posaunen des Jüngsten Gerichts: »Diesen Gegenstand dort umgibt die Aura des Bösen. Er ist die Wurzel allen Übels. Ihr müsst ihn vernichten.«

»Diesen da?« John deutete auf das Artefakt, das auf dem Schreibtisch stand.

»Unheil!«, rief der Briefbeschwerer erneut.

»Ich glaube, wir haben das fehlende Glied in der Kette gefunden«, sagte John. Er griff nach dem Artefakt. Es schien in seiner Hand zu pulsieren. »Wo haben Sie das her?«

»Ist eine lange Geschichte«, erklärte Espen. »Hat mir nur Unglück gebracht. Ich wollte es gerade entsorgen.«

»Wissen Sie, was dieser Gegenstand angerichtet hat?«, fragte Althea. »Das Gleichgewicht der Welt ist aus den Fugen geraten. Die Realität verkommt zu einem rein subjektiven Phänomen. Nichts ist mehr, wie es scheint. Räume verschwinden. *Dinge* erscheinen. Frösche.« Sie gestikulierte wild.

»Abgründe«, fügte Isabella hinzu.

»Türen«, sagte Nicholas. »Mitten in der Luft.«

»Büroklammern«, ergänzte John.

»Und ich dachte, es lässt Haare wachsen«, murmelte Espen.

»Haare?!«, entrüstete sich Granny. »Das hier trägt die Aura des Bösen!«

»Das sagtest du bereits«, wandte John ein.

»Ach, lass mir doch meinen Spaß, lieber Urururenkel«, grummelte Granny beleidigt. »Ich habe so selten Gelegenheit, auf die Aura des Bösen hinzuweisen.«

»Also gut.«

»Die Aura des Bösen!«

»Bist du nun zufrieden?«, fragte John.

»Ja, danke, ihr könnt weitermachen.«

»Wir müssen es zerstören«, sagte John, »es unschädlich machen, seine Macht brechen, damit es kein weiteres Unglück verursacht.«

»Und wie sollen wir das anstellen?« Isabella kratzte sich am Kopf. »Sollen wir vielleicht mit ihm sprechen: Böses, magisches Dingsbums, geh dahin, wo du hergekommen bist. Oder sollen wir lieber gleich mit einer Axt draufhauen? Mit Äxten bin ich wirklich gut. Zumindest im virtuellen Raum.«

»Keine Sorge«, sagte Espen. »Ich weiß, was zu tun ist. Ich bin Absolvent des Internetkurses ›Voodoo für Fortgeschrittene‹. Ich besitze Zuckerrohrschnaps, kenne die Vèvès auswendig und habe genug Hühner in meinem Büro für mehrere Zeremonien.«

Althea klatschte in die Hände. »Dann schlage ich vor, Aspen gibt uns eine Liste mit Dingen, die wir für dieses Unterfangen benötigen. Und morgen treffen wir uns hier wieder und bereiten dem Spuk ein für alle Mal ein Ende.«

»Espen, ich heiße Espen.«

»Worauf warten wir noch?«, rief Isabella, »Lasst uns in die Schlacht ziehen!« Sie reckte ihre Faust in die Höhe.

Espen räusperte sich. »Eine Frage hätte ich noch.«

»Ja?«

»Hat der Briefbeschwerer gerade *gesprochen*?«

Papa Zuka warf einen vorsichtigen Blick in Richtung des Rauchmelders, dann zündete er die Kerzen an und stellte sie auf den kleinen Nachttisch, auf dem sich bereits der heilige Stein und die Glasperlen befanden. Die Sache mit dem Opfertier hatte sich als schwierig erwiesen. Als er das Hotelpersonal um die Überreste eines weißen Hahns gebeten hatte, hatte das für gewisse Irritationen gesorgt. Schließlich hatte man ihm ein nahe gelegenes Fast-Food-Restaurant empfohlen. Die Chickenwings schienen ihm zwar ein wenig respektlos, aber sie mussten wohl ihren Zweck erfüllen. Er strich seine Schärpe aus Leopardenfell(imitat) zurecht. Unwillkürlich glitten seine Finger zu der Halskette aus Hühnerschädeln. Zu seinem Glück hatte sich seine magische Ausrüstung im Handgepäck befunden.

Mit dem Geld in der Tasche, das seine Frau ihm überwiesen hatte, hatte er sich am Vormittag auf den Weg zu seinem Hotel in der Innenstadt Castrop-Rauxels gemacht. Das Ruhrgebiet, so stellte er fest, war grau. Ein graues Stück Land, auf dem so viele Menschen lebten, dass sie sich andauernd auf die Füße traten. Zumindest gab es hier ein – ansatzweise – funktionierendes öffentliches Verkehrsnetz. Und mit den unzähligen Baustellen, Baugerüsten und Ruinen fühlte er sich ein wenig wie zu Hause.

Papa Zuka schüttelte die sieben Kaurimuscheln und öffnete die Hand. Die Muscheln fielen in einem komplizierten Muster auf das Tischchen. Papa Zuka beugte sich über sie und bemühte sich, die verborgene Botschaft zu deuten. Wo war das Artefakt? Es konnte nicht weit sein. Er spürte seine Macht. Sie rief nach ihm. Er schwenkte eine Hahnenfeder über dem Rauch der Kerzen.

Bilder begannen sich vor seinem geistigen Auge zu formen. Ein großes Gebäude. Ein Rathaus oder Regierungspalast? Nein, ein Krankenhaus. Und da war ein Schriftzug: Salvatis-Klinik Castrop-Rauxel.

Endlich. Papa Zuka lächelte. Er würde zurückholen, was ihm gehörte. Und diesmal würde ihn niemand mehr aufhalten. Ein durchdringendes Piepen erklang.

Hastig blies Papa Zuka die Kerzen aus.

»Voodooritual?«, fragte Janusz ungläubig.

Althea wiegte das Rotweinglas zwischen den Fingern.

»Ja, morgen werden wir einen erneuten Durchlauf starten. Alle Parameter sprechen dafür, dass es dieses Mal erfolgreich sein wird. Natürlich kann man nicht jede Variable kontrollieren, aber …« Sie hielt inne und sah ihn an. »Du besitzt nicht zufällig eine Trommel?«

»Was?«

»Eine Trommel. So etwas scheint bei dieser Art von Ritualen unabdingbar zu sein.«

»Ich bin Pianist«, entrüstete sich Janusz.

Schrödinger tappte heran, sprang mit einem beherzten Satz aufs Bett und ließ sich direkt auf dem Bauch des Pianisten nieder. Als dieser versuchte, das Tier vorsichtig zu entfernen, fauchte Schrödinger warnend. Kater und Musiker führten eine Beziehung, die auf gesunder Antipathie beruhte. Allerdings hatten sie eine stillschweigende Vereinbarung, die in etwa lautete: Wenn du mich nicht kratzt, verzichte ich darauf, dich im nächstbesten Fluss zu ertränken. Bisher funktionierte das Abkommen tadellos.

»Ein repetitiver Trommelrhythmus dient dem Auslösen eines veränderten Bewusstseinszustandes«, erklärte Althea und nippte an ihrem Rotwein. »Die Trance ist ein interessantes neuropsychologisches Phänomen. Wusstest du, dass es hierbei zu einer Verlangsamung der gesamten elektrischen Aktivität im menschlichen Kortex kommt?«

Janusz schüttelte vage den Kopf.

»Die Ich-Wahrnehmung ist deutlich eingeschränkt. Außerdem können visuelle, akustische oder somatische Halluzinationen auftreten, die von den betroffenen

Personen, je nach kulturellem oder religiösem Hintergrund, höchst verschieden interpretiert werden. Das Singen und Tanzen dient vermutlich einer Verstärkung des Trance-induzierenden Effektes.« Sie kraulte Schrödinger gedankenverloren hinter den Ohren. »Allerdings kommt mir die Sache mit dem Hühneropfer doch ein wenig archaisch vor.«

»Mir reicht's!« Janusz sprang aus dem Bett. Schrödinger fauchte und verkrallte sich in der Unterhose des Pianisten. Damit war der Waffenstillstand gebrochen. Janusz schlug um sich. Einen kurzen Moment lang vollführte der Musiker einen schmerzerfüllten Tanz, dann gelang es ihm, dem Kater gewisse empfindliche Körperteile zu entreißen. Fluchend und humpelnd lief er zur Zimmertür.

»Wo gehst du hin?«, rief Althea ihm hinterher.

»Ich such mir einen zweiten Job. Ihr Psychologen seid doch alle verrückt!«

»Da.«

»Wo?«

»Na da.«

»Du meinst dieses Ding, das aussieht wie der abgetrennte Schwanz einer Eidechse?«

»Nein, das *ist* der abgetrennte Schwanz einer Eidechse. Ich meine das dort. Dieses Muster.« Lilane Navarre deutete mit dem Finger darauf.

Kim kniff die Augen zusammen. Blinzelte. Legte den Kopf schief. »Also ich seh nichts«, sagte sie schließlich. Ihr Haar hatte die Farbe von Vergissmeinnicht.

Die Mambo schnippte mit den Fingern. »Dann mach weiter mit dem Trommeln. Und denk daran: polyphone Rhythmen, Kind, polyphon. Vorhin habe ich eindeutig einen Vier-Viertel-Takt gehört.«

Kim murrte, was man als Zustimmung, Ablehnung oder Resignation deuten konnte.

»Und was ist überhaupt mit deinem Gesicht passiert?«

»Das nennt man Smokey Eyes.«

»Du solltest wirklich mehr Vitamine zu dir nehmen, Kind, hörst du?«

Lilane beugte sich über die Orakelschale und betrachtete die Grenze zum Jenseits. Da war ein Riss zwischen den Welten. Und dieser Riss dehnte sich aus, wurde von Sekunde zu Sekunde größer. Was bewirkte, dass verschiedenartige Dinge hindurchsickerten und in die materielle Realität herüberquollen. Das Gefüge war instabil geworden. Es strebte danach, einen neuen Gleichgewichtszustand herzustellen, egal wie er aussehen würde.

»Das ist schon wieder ein Vier-Viertel-Takt.«

»'Tschuldigung.«

Draußen drückte der Wind gegen die Fenster des kleinen Hauses. Lilane spürte, dass das Unheil nun ganz nah war. Es summte in jeder Faser ihres Körpers. Sie hatte nicht mehr viel Zeit. Alles lief auf diesen einen Punkt zu. Das Schicksal der Loas und der dunklen Zwillinge würde sich entscheiden.

Die Voodoopriesterin warf einen letzten Blick auf die Schale. Ja, jetzt konnte sie es klar und deutlich vor sich sehen. Sie wusste, was zu tun war.

»Christian, hol mir meine Tasche.«

Kapitel 24

» Ich bin nicht gescheitert – ich habe zehntausend Wege entdeckt, die nicht funktioniert haben.«

Thomas Alva Edison

»Ich bin mir nicht sicher, ob das so richtig ist.«

»Na, wie sollte es denn Ihrer Meinung nach aussehen?«

»Weniger wie etwas, das meine Mitbewohnerin im ersten Semester fabriziert hat«, sagte Isabella skeptisch. »Und Sie haben das wirklich schon mal gemacht?«

»Nun … ähm … nicht direkt«, gab Espen zu, »aber ich habe schon verschiedene virtuelle Messen besucht.«

»*Virtuelle* Messen?«, keuchte Isabella.

»Und ich habe diese Ritualbeschreibung aus dem Downloadbereich der Homepage von *Les Mystères* gefunden.« Triumphierend hielt er ein Blatt Papier in die Höhe. »Das ist meine Internet-Société«, fügte er schließlich etwas leiser hinzu. Und noch leiser: »Es ist schwierig, außerhalb von Afrika oder Haiti eine vernünftige Voodoogemeinde zu finden.«

Er fuhr fort, mit der Kreide die Vèvès auf den Boden des Archivs zu zeichnen. Das Flackern der LED-Kerzen spendete nur unzureichend Licht – Nicholas hatte zu bedenken gegeben, dass das Archiv größtenteils aus

Papier bestand, was den Gebrauch echter Kerzen eher ungünstig erscheinen ließ; zudem sollte man, wenn man schon ein geheimes Voodooritual zur Rettung der Welt abhielt, nicht gegen die Brandschutzvorschriften verstoßen.

John füllte Zuckerrohrschnaps, Chilipulver, rote Bohnen, Parfum und Champagner in die Ritualschalen. Da das Archiv noch immer von einem milden Geruch alter Socken erfüllt war, hatten sie sich dazu entschieden, auf weitere olfaktorische Experimente zu verzichten – bis auf ein Vanille-Duftbäumchen, das Nicholas relokalisiert hatte. In der Mitte des Raumes stand das Artefakt und pulsierte in einem gleichmäßigen Rhythmus.

»Habt ihr die zusätzlichen Trommeln?«, fragte Espen.

Isabella und Althea sahen sich an.

»Nun«, begann Althea. »Es stellte sich doch als schwieriger heraus als gedacht. Die Bewegungstherapeutin scheint entgegen unserer Vermutung doch eher mit elektronischen Hilfsmitteln zu arbeiten. Aber wir haben das hier.« Sie hielt einen Gegenstand hoch, der aussah wie eine Kreuzung aus Keksdose und Origami.

»Was ist das?«, fragte Espen.

»Eine Trommel.«

»Eine Trommel?«

»Zumindest so etwas Ähnliches«, sagte Isabella. »Hat uns die Ergotherapeutin zur Verfügung gestellt. Aber nicht kaputt machen. Die braucht sie noch für die Gedächtnisgruppe.«

»Was bitte machen die in der Gedächtnisgruppe mit Trommeln?«, fragte Nicholas.

»Ich bin mir nicht sicher, ob das wirklich eine Trommel ist«, entgegnete Althea nachdenklich.

Er hatte hart daran gearbeitet. Hatte allen Widrigkeiten getrotzt. Er hatte den bürokratischen Dschungel überlebt, war über den Ozean gereist und Opfer eines Überfalls geworden. Er hatte sein gesamtes Gepäck verloren, war mehrfach in den falschen Bus gestiegen, ja, er hatte sogar deutsches Brot gegessen. Und nun, nun würde sich niemand mehr zwischen ihn und sein Artefakt stellen. Ein Lachen entrang sich Papa Zukas Kehle. Unwillkürlich zuckte seine Hand zu der Tasche mit den schwarzen Zaubern, die er in der Nacht vorbereitet hatte. Er lachte erneut. Ja, niemand.

»Kann ich Ihnen helfen?« Ein großer, stämmiger Mann, dessen Namensschild ihn als Krankenpfleger Jansen auswies, baute sich vor Papa Zuka auf.

Papa Zuka zuckte die Schultern. Er verstand kein Wort.

»Kann ich Ihnen helfen?«, versuchte es der Mann erneut, diesmal auf Englisch.

»Nein, danke, ich weiß genau, was zu tun ist.«

»Ich kann Sie zu Ihrer Station zurückbringen«, bot Krankenpfleger Jansen hilfreich an.

»Ich bin auf keiner Station, ich komme aus Haiti.«

»Und was führt Sie von Haiti in unser schönes Krankenhaus?«

»Das ist ja wohl meine Angelegenheit.«

Krankenpfleger Jansen musterte Papa Zuka eingehend, von seinem Gewand mit den Muscheln, Knochen und Federn, über Schärpe und Kappe aus Leopardenfell(imitat) bis hin zur Kette aus Hühnerschädeln. Ein betont freundliches Lächeln breitete sich auf seinem Gesicht aus und wanderte langsam bis zu seinen Ohren. »Ich denke, Sie sollten jetzt mit mir mitkommen.« Er ergriff den Bokor am Arm.

Papa Zuka holte aus, schlug Krankenpfleger Jansen mit dem heiligen Stein nieder, rieb sich die schmerzende Hand und rannte, so schnell er konnte.

»Ayizan, Schutzpatronin der … ähm … Priesterschaft … ähm …« Espen starrte auf seinen Notizzettel, während er mit einem Palmblatt über den LED-Kerzen wedelte. Das Blatt stammte von einer der geleasten Pflanzen, aber Espen hatte entschieden, dass außergewöhnliche Situationen außergewöhnliche Maßnahmen erforderten. »Wir bitten dich … ähm … gewähre uns deine … ähm Gunst. Auf dass … He, Sie müssen schon im Takt bleiben.«

»Entschuldigung.« Isabella schlug weiter auf die Keksdose ein. »Das ist nicht so einfach, wie es aussieht.«

»Im Moment sieht es ganz danach aus, als würden Sie die Ohren der Loas so lange mit einem Vier-Viertel-Takt quälen, bis sie sich freiwillig dazu entscheiden, uns zu helfen.«

»Passen Sie lieber auf Ihre Hühner auf«, entgegnete Isabella.

»Also, ich muss mich entschieden gegen jede Art von Tieropferung wehren«, warf Nicholas zum wiederholten Mal ein. Er schlug auf die afrikanische Trommel und entlockte ihr erstaunliche Rhythmen. »Das widerspricht meinen ethischen Grundsätzen.«

»Wir werden sie ja nicht wirklich opfern«, erklärte Espen. »Es reicht, wenn wir ihnen lediglich ein paar Federn ausrupfen. Symbolisch sozusagen.«

»Gegen die symbolische Folterung fühlender Wesen muss ich mich ebenfalls zu Wehr setzen«, erklärte Nicholas. »Wie wäre es stattdessen mit Blumengirlanden?«

»Ich ehre die Loas doch nicht mit Blumengirlanden. Nein, es muss schon ein richtiges Opfer sein: Zuckerrohrschnaps, Blut, Federn, Fleisch, diese Dinge.« Espen deutete auf eine Ecke des Raumes, in der die Ritualschalen auf einem als Altar umfunktionierten Tisch standen. Was er nicht wusste, war, dass die drei Opferhühner Jolanthe, Amalia und Abigail inzwischen den Zuckerrohrschnaps und den Champagner beinah ausgetrunken hatten und sich nun in einem höchst deliranten und gefährlichen Zustand befanden. Laut gackernd flatterten sie umher, umkreisten einander und stießen mit ihren Schnäbeln in die Luft, wobei sie sich mehr als einmal auf ihren gefiederten Hinterteilen wiederfanden.

»Auf dass wir …«, fuhr Espen fort, »die bösen Mächte bannen und … Warum tanzen Sie nicht?«, fuhr er Althea und John an.

»Zu welchem Rhythmus denn?«, beschwerte sich Althea.

»Ich tanze grundsätzlich nicht«, verkündete John.

»*Maledizione!*«, murrte Isabella. »Also, wenn hier jeder scheubeklappte Universaldilettant meine Trommelkünste kritisiert, dann macht es doch selbst.«

»Ich wollte noch mal über die Sache mit der Tieropferung sprechen«, setzte Nicholas an.

Aber Espen fiel ihm ins Wort: »Sie spielen jetzt auf dieser Trommel. Sie«, er deutete auf Isabella, »spielen auf der Keksdose. Und Sie beide tanzen!«

Er atmete tief durch, besann sich auf die Vèvès, beschrieb eine elegante Bewegung mit dem Palmblatt und begann erneut: »Auf dass wir … die bösen Mächte bannen und das Unheil … Ahhhh!«

Das Opferhuhn Jolanthe sprang ihm ins Gesicht.

Espen schlug wie wild um sich, doch das Huhn mobilisierte all seine schnapsgetränkten Kräfte und krallte sich in seinen Haaren fest. Espen wedelte mit den Armen, drehte sich im Kreis und schaffte es irgendwie, das zappelnde Federvieh von sich zu stoßen, das sich sodann auf Isabella stürzte. Die hob unwillkürlich die Hand mit der Trommel, Verzeihung, Keksdose. Ein unschönes *Plopp* ertönte, als Huhn und Dose kollidierten.

»Fangt das Huhn wieder ein!«, schrie Espen.

»Ich versuch's ja.« Isabella trug einen kurzen und heftigen Kampf mit Huhn und Keksdose aus, aus dem die Keksdose als klarer Sieger hervorging. Das Huhn versuchte davonzuflattern, verfing sich aber dabei mit seinem Fuß in der improvisierten Trommel und hüpfte scheppernd durch den Raum.

»Haltet die Trommel!« Nicholas versuchte nun seinerseits, sich auf Huhn und Schlaginstrument zu stürzen. An der Tür hatte er beide eingeholt. Er wollte gerade nach dem verwirrten Vogel greifen, als auf einmal ein Mann das Archiv betrat. Er lächelte Nicholas boshaft an. Dann trat er zu und die Trommel schlug gegen den Türrahmen. Das Huhn flatterte aufgeregt zur Tür hinaus. Der Mann kam näher. Mit einer schnellen Handbewegung fegte er die rituellen Utensilien vom Tisch. Alle Anwesenden verstummten.

Papa Zuka grinste. »Und nun«, sagte er und streckte eine Hand aus, »hätte ich gerne mein Artefakt zurück.«

Die Loas spürten, dass etwas geschah. Es war wie ein Zittern, das durch die Luft ging. Als hielte die Welt den Atem an. Die dunklen Zwillinge horchten auf.

Auch Schrödinger, der Kater horchte auf. Er hatte gerade die Thunfischdose auf Altheas Küchentisch eingehend betrachtet und war zu folgender Schlussfolgerung gekommen: Solange sie verschlossen war, konnte man unmöglich sagen, ob sich Thunfisch darin befand oder nicht. Man konnte also so weit gehen zu behaupten, dass sich gleichzeitig Thunfisch und kein Thunfisch darin befand. Eine der beiden Realitäten würde erst dann eintreten, wenn seine Dosenöffnerin nach Hause kam, um die Dose für ihn zu öffnen. Die Realität knisterte. Schrödingers Schnurhaare zuckten. Sein Nackenfell richtete sich auf. Doch da war noch etwas anderes. Ein zartes Miauen. Schrödinger sprang vom Küchentisch, schlüpfte durch das halb geöffnete Fenster und lief in den Garten. Unter der Hecke saß ein Dutzend kleiner Kätzchen, die vor wenigen Tagen nicht mehr gewesen waren als Wasserdampf, der sich darauf vorbereitete, in einer Wolke zu kondensieren. Das seltsame Wetterphänomen sah Schrödinger flehentlich an. Fürsorglichkeit war keine von Schrödingers herausragenden Eigenschaften, er stellte jeder Kätzin nach, die gut roch, und kümmerte sich wenig um die Konsequenzen. Aber der geballten emotionalen Wirkung von zwei Dutzend leuchtender Kätzchenaugen konnte auch er nicht widerstehen. Er schüttelte sich und kroch zu den Winzlingen unter den Holunder. Das Knistern in der Realität verstärkte sich. Schrödingers Kätzchen maunzten und der Kater rollte sich schützend um sie zusammen.

In Dahome hielten die unsterblichen Seelen in ihrer Arbeit inne. Sie hörten auf, die Gräber zu pflegen und die Kreuze zu reinigen. Wie gebannt starrten sie auf die Wellen des ewigen Wassers, die höher schlugen als jemals zuvor.

»Was«, fragte Baron Lacroix und rieb sich die metaphysische Stirn, »ist nun schon wieder los?«

Nicholas, John, Althea, Isabella und Espen erstarrten in der Bewegung. Ihre Blicke hefteten sich auf den Eindringling. Er trug ein imposantes Gewand, das entfernt afrikanisch wirkte. An seinem Hals baumelte eine Kette aus Vogelschädeln. Seine dunklen Augen sprühten vor Zorn. Er hob drohend die Hand und rief etwas.

»Was hat er gesagt?«, erkundigte sich Isabella.

»Nun, ich denke, er möchte etwas von uns haben«, mutmaßte Espen.

»Sie denken?«

»Ja. Genau kann ich es nicht sagen.«

»Ich nahm an, dass Sie Französisch sprechen, Herr Sander«, sagte John.

»Das tue ich auch«, entgegnete Espen verärgert, »aber was er spricht, ist definitiv kein Französisch.«

»Er scheint sich auf jeden Fall in einem äußerst negativen Gefühlszustand zu befinden«, stellte Althea fest.

Der Mann rief erneut etwas.

»Was hat er gesagt?«, fragte Isabella.

»Lass mich raten«, ergriff Nicholas das Wort. »Er will uns alle auf grausame Art töten.«

»Ich glaube nicht, dass er *das* gesagt hat«, sagte Espen langsam.

Amalia gackerte unzufrieden.

»Gebt mir zurück, was mir gehört!« Der Fremde sprach nun Englisch. Er schritt in die Mitte des Raumes und streckte seine Hand nach dem Artefakt aus. Die Schädel an seiner Halskette stießen klappernd aneinander.

Isabellas neuronale Zentren arbeiteten auf Hochtouren. »Er darf das Artefakt nicht bekommen!«, rief sie, wobei sie auf das kollektive Unbewusste aller Fantasmoriaspieler zurückgriff. »In seinen Händen wird es nur Schlechtes anrichten.« Sie stellte sich dem Mann entgegen, doch er fegte sie mit einer wütenden Handbewegung zur Seite.

»Ich habe diesen Gegenstand rechtmäßig erworben.« Espen umklammerte das Artefakt.

Der Bokor holte aus seiner Tasche ein grotesk verdrehtes, organisch anmutendes Bündel hervor und berührte damit Espens Arm. Der Psychologe schrie auf, als sich ein scharfer Schmerz durch seine Adern fraß, und brach zusammen.

Faszinierend, dachte ein Teil seines Gehirns. Das hier ist ein Wanga, ein Schadenszauber. Ich habe das seltene Glück, einen Schadenszauber in Aktion zu sehen.

Ein anderer Teil dachte: Aua, aua, verdammt, tut das weh!

Der Fremde riss ihm das Artefakt aus der Hand. Ein zufriedenes Lachen entrang sich seiner Kehle.

Dann sprang ihm ein Huhn ins Gesicht.

»He, wer sind Sie?«, rief Krankenpfleger Jansen, doch die Frau mit den Rastazöpfen schritt zielstrebig an ihm vorbei den Flur entlang.

Papa Zuka taumelte. Wütend schlug er nach dem Federvieh. Abigail krakeelte, flatterte und überschüttete ihn mit Federn. Papa Zuka hustete. Es gelang ihm dennoch, seine Hand um das Artefakt zu schließen. Hitze durchströmte ihn. Es fühlte sich so lebendig an und, *Bondieu*, es tat *gut*.

Die Macht gehörte ihm.

Nach all der Zeit. Er sah die anderen: unwissende Menschen, die hier ein dilettantisches Ritual aufgeführt hatten. Sie konnten ihm unmöglich das Wasser reichen. Er würde die Magie des Artefakts hier und jetzt entfesseln.

Und die Loas würden ihm dienen. Sie würden ihn lieben.

Er griff nach dem Huhn, das ihn noch immer umkreiste. Es musste Blut vergossen werden. Blut zu Ehren der Götter. Das Opfermesser blitzte in seiner

Hand – genau genommen handelte es sich um ein Obstmesser, aber der Verkäufer hatte ihm versichert, dass man damit in Windeseile einen schmackhaften Melonensalat zubereiten konnte.

Mit einem Schrei warf sich ihm ein junger Mann in höchst befremdlicher schwarzer Kleidung entgegen, doch Papa Zuka berührte ihn mit dem Wanga und der Mann sackte augenblicklich in sich zusammen. Zufrieden lächelnd setzte Papa Zuka die Klinge an.

»Halt!«

In diesem Moment betrat eine Frau das Archiv. Sie trug einen Zylinder und ein seltsam antiquiert wirkendes Kleid. Unzählige Zöpfe umrahmten ihr Gesicht wie eine Löwenmähne. Ihre Arme waren mit Voodoozeichen übersät. Aus dunklen Augen starrte sie dem Bokor entgegen.

»Wage es nicht, mich zu stören«, zischte Papa Zuka. Die verschreckte Abigail nutzte die Gelegenheit, sich aus seinem Griff zu befreien und gackernd zur Tür hinauszuflattern.

»Ich bin Lilane Navarre«, sagte die Frau mit fester Stimme, während sie durch den Raum schritt. »Ich bin die ewige Priesterin, Nachfahrin von Ayizan, der ersten Mambo.« Sie ging an Espen und Nicholas vorbei, die sich schmerzerfüllt am Boden wanden. Flüchtig berührte die Voodoopriesterin sie am Arm und der Zauber war gebrochen.

»Du bist niemand«, rief Papa Zuka. »Ich bin es, der den Loas gebieten wird. Mein Wort wird die Welt verändern.«

Die Mambo stand nun unmittelbar vor ihm. Der Bokor warf einen Schadenszauber, aber die Priesterin wehrte ihn mit einem Schutzamulett ab. Licht hüllte ihren Körper ein. Langsam streckte sie die Hände aus und entwand Papa Zuka das Artefakt.

Der Zauberer heulte auf. »Gib es mir zurück!«

»Es gehört dir nicht!«, sagte die Mambo.

»Ich habe es erschaffen und es steht mir zu. Mir allein!«

Seine Lippen formten Worte, Beschwörungsformeln. Er rief die wilden, dunklen Geister herbei, um ihm beizustehen. Die Erde zitterte. Lilane spürte, wie das Artefakt in ihrer Hand heißer und heißer wurde.

»Schlagt die Trommel!«, rief sie.

Isabella wusste nicht, warum, aber sie tat, wie ihr geheißen. Sie schlug die Trommel, Verzeihung, Keksdose. Wie von selbst fanden ihre Hände einen Rhythmus. Auch Nicholas' Finger bewegten sich wie von selbst, als er in den Takt mit einstimmte. Das Hämmern der Trommeln verband sich zu einem polyphonen Klangteppich. Nach und nach fielen auch John, Espen und Althea mit ein, die in Ermangelung weiterer Schlaginstrumente mit den Händen klatschten.

»Schlagt die Trommel«, befahl die Mambo erneut. »Singt den Chant. Weist mir den Weg auf die andere Seite.«

Plötzlich begann die Luft um sie herum zu knistern und zu vibrieren. Das ganze Archiv war erfüllt von dem rasenden Stakkato der Trommeln. Der Rhythmus wuchs, wurde lauter, schien sich über sie zu erheben.

»Nein!«, schrie Papa Zuka. Doch der Rhythmus erfasste auch ihn und trug ihn fort.

»Und ich dachte, diese Frau arbeitet in der Cafeteria«, murmelte Isabella, während die Welt um sie herum sich immer mehr auflöste und die Pforten zur anderen Seite sich öffneten.

Kapitel 25

»Der Mensch ist der Anfang der Religion, der Mensch ist die Mitte der Religion, der Mensch ist das Ende der Religion.«

Ludwig Feuerbach

Lilane Navarre streckte ihre Hand aus und griff durch den Schleier der stofflichen Welt hindurch. Eine Welle jenseitiger Energie erfasste sie. Langsam schälte sich ihr Körper aus seiner weltlichen Hülle und trat aus der subjektiven Realität hinaus in den immerwahren Raum, der Urgrund und Anfang und Ende zugleich war. Hier hatte alles eine Bedeutung und bedeutete doch nichts. Sie sah Vergangenheit, Gegenwart, Zukunft, sah alle Lebewesen als Manifestation des Einen, des Größten, das man *Bondieu* oder Universum oder Leben nennen konnte. Ihre Existenzen waren wie glühende Fäden aus Licht. Es gab keine Trennung. Nur verbundene Einzigartigkeit. Ursache, Wirkung, Berührung, Transformation. Sich stetig wiederholende Prozesse und doch niemals dasselbe.

Lilane umfasste das Artefakt. Es hatte hier in dieser Welt, die keine war, nicht länger seine Form, vielmehr glich es einem Bündel purer Energie. Energie, die danach dürstete, weitere Energie zu absorbieren. Der Klang der Trommeln war ihr Anker. Lilane Navarre hielt sich daran fest, während ihr Geist die jenseitige Welt durchquerte. Sie musste nicht lange suchen.

»Gib es mir zurück!«, fauchte der Bokor.

»Es ist nicht an dir, diese Mächte zu kontrollieren«, antwortete die Mambo ruhig.

»Was weißt du schon?«

Ein Feuerschwall toste ihr entgegen. Lilane hob die Hände und die Flammen zerstoben in unzählige Funken. »Du begehrst«, sagte sie mit ruhiger Stimme. »Das macht dich schwach.«

»Gib mir das Artefakt!« Seine Stimme war ein bösartiges Zischen.

»Die Loas werden dir ihre Gunst entziehen.«

»Sie werden mir gehorchen!«

Feuer hüllte die Voodoopriesterin ein. Mit lodernden Fingern griffen die Flammen nach ihr. Hinter Papa Zuka erhoben sich die dunklen Zwillinge. Ihr Hass machte ihn stark.

»Wir sind die Petro-Nation«, wisperten sie. »Lange genug standen wir im Schatten der Rada-Loas. Nun sind wir an der Reihe. Nun gehört die Welt uns.«

Lilane taumelte.

Enger schlossen sich die Flammen um sie. Ezulie-Ge-Rouge starrte sie aus roten Augen an. Lilane fühlte Hass, Verbitterung und schwarzen Ärger, der sich wie Galle über die Welt ergoss. Sie sah Met Carrefour, den Verursacher der Dunkelheit, und merkte, wie sie ihren Weg verlor. Bittere Wut füllte ihre Kehle. Lilane irrte in der Dunkelheit umher.

»Komm zu mir«, lockte Labalenn, der schwarze Wal.

»Komm zu mir in die Tiefe.«

Es wäre so einfach nachzugeben. So leicht, sich fallenzulassen in die unaussprechlichen Abgründe. Sich zu verlieren in Hass und Wut und Gram und Kummer. Was bedeutete ihr die Welt, die so viel Leid bereitete?

»Nichts«, flüsterte Ezulie mit den roten Augen.

Was bedeutete ihr der Weg, den zu gehen ihr einst vorherbestimmt war? War es nicht einfacher, sich im dunklen Wald zu verlieren?

»Ja«, flüsterte Met Carrefour.

»Komm zu mir«, sang Labalenn, während Ogoun Shango ihren Geist mit wilden Flammen füllte.

Papa Zuka lachte.

Die Trommeln. Wo waren die Trommeln? Inmitten des Loderns und Zischens suchte Lilane nach dem Rhythmus der Trommeln. Und da. Ja, da war er. Schwach, aber sie konnte ihn hören. Irgendwo aus der Tiefe ihres Bewusstseins tauchte eine Melodie auf. Ein Lied zu Ehren Ayizans, der ersten Priesterin.

»Gib mir das Artefakt!«, kreischte der Bokor. Mit Händen, die wie Klauen waren, griff er nach ihr.

Lilane sang.

»Ayizan, steh mir bei!
Ayizan, hilf mir!
Deine Tochter ruft dich!
Ayizan, zeige deine Macht!
Ayizan, deine Tochter ruft dich!
Steh mir bei!«

Isabella begann zu singen. Sie wusste nicht, woher die Worte kamen. Sie manifestierten sich einfach in ihrem

Geist. Formten sich zu einer Melodie, die sich durch ihren Mund einen Weg nach draußen bahnte.

»Ayizan, steh uns bei!
Rada-Loas, steht uns bei!
Eure Kinder rufen euch!
Rada-Loas, helft uns!
Ayizan, hilf uns!«

Nach und nach stimmten Nicholas, Althea, Espen und auch John mit ein.

Der Klang der Trommeln vermischte sich mit ihren Stimmen. Wieder und wieder sangen sie.

Papa Legba hörte den Ruf. Er nahm seinen Stock und machte sich langsam auf den Weg.

»Ayizan, steh uns bei!
Rada-Loas, steht uns bei!
Eure Kinder rufen euch!
Rada-Loas, helft uns!
Ayizan, hilf uns!«

Ezulie Freda hörte den Ruf ebenfalls. Sie erhob sich aus ihrem Bett. Ogoun Feray schlug die Augen auf. Ezulie sagte nichts, sondern deutete in die Richtung, aus der sie den Gesang vernahm. Ogoun lauschte. Auch er hörte es. Gemeinsam verließen sie das Zimmer.

Baron Samedi zog seinen Zylinder tiefer in die Stirn und stand auf.

»Wo wollen Sie hin, Herr Özkan?«, fragte Frau Schulze-Lehmann, doch Samedi rückte nur die verspiegelte Sonnenbrille zurecht und ging.

Tief in ihrem steinernen Gefängnis hörte Lasiren eine sanfte Melodie und stimmte mit ein. Sie sang, wie nur eine Sirene singen konnte. Und mit ihr sangen alle, die es zum Teich gezogen hatte.

»Nein!«, kreischte Ezulie-Ge-Rouge, als sie die Melodie vernahm. »Nein!«

Papa Legba sang.

Ezulie Freda sang.

Ogoun Feray sang.

Baron Samedi sang.

Lasiren sang.

Dr. Maifelder blickte von ihrem Schreibtisch auf. Es war ihr, als hätte sie etwas gespürt, etwas Seltsames, etwas, das … Sie schüttelte den Kopf und rieb sich die Augen. Was sollte schon sein? Vermutlich litt ihr Gehirn einfach an Nährstoffmangel. Sie öffnete die oberste Schublade ihres Schreibtisches, holte einen Vitalriegel mit Papaya-Geschmack hervor und biss hinein.

Das Lied wogte durch die Salvatis-Klinik Castrop-Rauxel. Die Melodie schwoll an, wurde lauter und lauter. Das Gebäude tanzte zum Rhythmus der fremden Klänge.

Lilane Navarre spürte die Macht des Gesangs. Das Artefakt leuchtete und pulsierte in ihren Händen, als wolle es zerspringen. Und in den Schatten sah sie die Silhouette einer weißgekleideten Frau. Ayizan. Große Mutter, erste Priesterin, Hüterin der Gemeinde. Die Jahre hatten unzählige Falten in ihrem Gesicht hinterlassen, aber ihr Lächeln war das einer jungen Frau, als sie die Hand ausstreckte und Lilanes Stirn berührte.

Die Mambo spürte, wie ihre Kraft wuchs. Sie war Ayizan und sie war es nicht. Sie war alle Priesterinnen zugleich. Die Magie sang in ihr. Und Lilane wusste, was zu tun war. Wasser, dachte sie, besiegt das Feuer.

»Auf in die Schlacht!«, rief Isabella.

»Auf in die Schlacht!«, stimmten Nicholas, Althea, John und Espen mit ein.

Wie eine gewaltige Welle kam die Voodoopriesterin über den Bokor. Die Flammen wichen zurück.

»Das darf nicht passieren«, kreischte Papa Zuka, als die Flutwelle ihn zurückwarf in die diesseitige Welt. »Ich habe so viel gegeben, um dieses Artefakt zu erschaffen. Ich bin durch die Hölle gegangen, um es zurückzuholen. Ich habe ein Visum beantragt, verdammt noch mal! Es gehört mir!« Verzweifelt streckte er seine Hände aus, doch da hatten sich die Vorhänge der jenseitigen Welt bereits vor ihm geschlossen.

Eine Asson materialisierte sich in Lilanes Hand. Die erste heilige Rassel, Werkzeug von Ayizan. Schwer lag sie in ihren Fingern. Lilane schüttelte die Rassel.

Die Welt erbebte.

Das Artefakt zersprang. Ein Wirbel aus tausend Lichtpunkten erhob sich, stieg empor und die Überreste kehrten in die heilige Asson zurück.

Lilane schüttelte die Rassel ein zweites Mal.

Die Welt kam wieder zum Stillstand.

Das Artefakt war verschwunden.

Irgendwo gackerte ein Huhn.

Kapitel 26

»Was lange währt, wird auch nicht besser.«

Ricarda Huch

Man sagt, es gibt Momente im Leben, da steht die Welt für einen Augenblick still, und wenn sie sich dann weiterdreht, wird nichts mehr so sein wie zuvor.

Dies hier war einer davon.

Ein Beben erfasste die Kreuzung zwischen Diesseits und Jenseits. Wie ein kosmisches Seufzen entlud sich die aufgestaute Energie in die Unendlichkeit. Die Wellen der unendlichen Wasser wurden sanfter, bis die Oberfläche ruhig und friedlich war. Befreit von ihren sterblichen Gefäßen kehrten die Rada-Loas heim nach Dahome. Die dunklen Zwillinge wichen zurück und Tag- und Nachtseite verschmolzen wieder zu einem Ganzen.

Als Spiegelung kehrte auch in der realen Welt wieder, nun, *Realität* ein. Wetterphänomene passten sich den lokalen Gegebenheiten an, Naturgewalten zogen sich zurück, um sich von nun an auf gelegentliche Besuche zu beschränken, die Erde erneuerte sich.

Im Archiv der Salvatis-Klinik Castrop-Rauxel verhallten die Trommeln und verstummte der Gesang. Die Mambo war fort und mit ihr das Artefakt. LED-Kerzen flackerten in ihren Gläsern, das Opferhuhn Amalia machte sich an den Resten des auf dem Altar verschütteten Champagners zu schaffen. In die Stille hinein hörte man einen Mann namens François Rigaud lauthals fluchen.

Ein Zittern durchfuhr den massigen Körper des Büroklammermonsters, das gerade im Begriff war, sich einen besonders appetitlich aussehenden Kaffeeautomaten einzuverleiben. Es hielt inne. Seine Partikel gerieten in Bewegung, lösten sich voneinander, als versage mit einem Mal der kosmische Klebstoff, der sie zusammengehalten hatte, und begannen, sich in einem spiralförmigen Strudel zu drehen. Mit einem erleichterten Ächzen kehrte der göttliche Funke zurück in das Reich potentieller Dinge.

Zurück blieben ein unordentlicher Haufen Büro- und Krankenhausutensilien, ein verwirrt dreiblickendes Huhn, ein Roman mit zweifelhaftem Inhalt, eine zerzauste Pflegeschülerin, eine desolate Hygienebeauftragte und ein Gartenzwerg mit heruntergelassenen Hosen.

Angewidert strich sich Olga Wassiljew Bleistiftminen, Teebeutel und zerbrochene Kugelschreiber aus dem aschfarbenen Haarknoten.

»Ich wusste doch, dass da ein Huhn war«, murmelte sie und zog etwas aus ihrem Ausschnitt, das wie der Kopf einer reichlich ramponierten Puppe aussah. »Ich wusste es. Das wird dieser Sander mir büßen.«

Henrietta gackerte und stolzierte davon.

Stefanie Hildebrecht rappelte sich auf und klopfte den Staub von ihrer Hose. Sie strich ihre Haare glatt, entfernte einige Heftklammern aus den Falten ihrer Kleidung und vergewisserte sich, dass ihr Smartphone noch da war. Irgendetwas kitzelte sie an der Haut. Als sie unter ihren Kittel griff, hielt sie einen zappelnden Fisch in der Hand.

»Hier bist du, Steffi.« Die strenge Stimme von Stationsleiterin Monika hallte über den Flur. »Ich habe dich bereits überall gesucht.«

»Ich war …«, setzte Stefanie an. »Ich meine, es ist … also da hat …« Sie hielt inne und zuckte hilflos die Schultern.

Monika stemmte die Hände in die Hüften. »Was stehst du hier so herum?« Sie sah Stefanie durch zusammengekniffene Augen missbilligend an. »Los, an die Arbeit. Herr Sägebrecht von Zimmer 603 hätte gerne sein Essen.«

Die neurologischen Netzwerke in Stefanies Großhirn bemühten sich vergeblich, das soeben Erlebte in ein bereits bekanntes Schema einzuordnen, und entschieden sich schließlich für das beste Heilmittel gegen unerklärliche Ereignisse: die tägliche Routine. Bereitwillig überließen die assoziativen Bereiche ihres Neokortex den Basalganglien das Feld. »Ich bin schon dabei.« Stefanie presste Bob, den Fisch, an ihre Brust und eilte davon.

»Und zieh dir vorher etwas anderes an!«, rief Stationsleiterin Monika ihr hinterher. »Du siehst ja aus, als hättest du in einer Schleimpfütze gebadet.«

Jean-Baptiste spürte, dass sich etwas verändert hatte. Das Totsein fühlte sich auf einmal … *richtig* an. Von

Ferne winkten die Ahnen ihm zu. Eine Woge der Leichtigkeit erfüllte ihn. Er ließ die Schaufel sinken und warf sich in ihre Arme.

Die Welt roch nicht länger seltsam. Schrödinger hielt prüfend seine Nase in den Wind. Seine Schwanzspitze zuckte. Er wusste, dass seine kleinen Begleiter fort waren.

Ein Miauen erklang und als Schrödinger sich umwandte, bemerkte er ein einzelnes Kätzchen, das noch immer unter der Hecke saß und ihn aus großen Augen anblickte. Es hatte Gefallen am stofflichen Dasein gefunden und weigerte sich, zurück in seine ursprüngliche Form der Nichtexistenz zu kehren.

Schrödinger hielt sich nicht lange mit den daraus resultierenden physikalischen und metaphysischen Problemen auf. Er war seit jeher ein pragmatischer Kater. Er kroch unter dem Holunder hervor, streckte sich ausgiebig und machte sich auf die Suche nach einem sonnigen Ort für ein Nickerchen.

Schrödingers Kätzchen folgte ihm.

Beate Mitzkowski und Richard Wiskamp schauten sich an.

»Was war das?«, fragte er und es schien ihm, als würde er aus einem langen und sehr verwirrenden Traum erwachen.

»Ich weiß es nicht«, gestand Beate. »Aber was immer es war, es war die beste Erfahrung, die ich seit langem gemacht habe.« Sie lachte.

Richard bemerkte, dass sie wunderschön aussah – auch wenn ihr Haar gewisse Ähnlichkeiten mit einem Vogelnest aufwies.

Isabella und Nicholas sahen sich ebenfalls an. Und dann taten sie, was Menschen häufig in einer derartigen Situation tun: Sie küssten sich. Lang und innig und von ganzem Herzen.

John Campbell tat etwas gänzlich anderes. Er dachte nicht lange nach. Mit beiden Händen umklammerte er den Briefbeschwerer und zog dem Bokor gehörig eins über den Schädel.

Und am Grund der unaussprechlichen Tiefe Dahomes streckten Aida-Wedo, die Himmelsschlange, und Danbala-Wedo, die Erdschlange, ihre langen, schillernden Körper, gähnten verschlafen und schlossen langsam die Augen.

Kapitel 27

»Als Gott den Menschen erschuf, war er bereits müde; das erklärt manches.«

Mark Twain

Als Althea Keller an diesem Morgen zur Arbeit fuhr, regnete es keine Frösche. Sie fand auf Anhieb ihr Büro und alle Türen führten dorthin, wo sie hinführen sollten. Fast war sie ein wenig enttäuscht, als sich weder die Erde auftat, um ihren Computer zu verschlingen, noch irgendeine Abscheulichkeit aus ihrem Aktenschrank kroch. Sie kochte sich einen Matetee und widmete sich Büroexperiment Nr. 73: die Auswirkung von Staubmäusen und altem Blumenwasser auf die Farbe blauer Kugelschreiberminen. Dann bestellte sie Frau Mitzkowski zur neuropsychologischen Testung.

»Also Frau …«

»Calabrese.«

»Wie auch immer.« Dr. Maifelder rutschte auf ihrem Gymnastikball herum und starrte dabei auf ihren Bildschirm. »Wie haben Sie sich denn bei uns eingelebt?«

»Die Arbeit gefällt mir sehr gut.« Das war nur zur Hälfte gelogen. Was bedeutete, dass es auch zur Hälfte der Wahrheit entsprach.

»Wunderbar.« Petra Maifelder wühlte in ihrer Schreibtischschublade und förderte mehrere Müsliriegel zu Tage. »Möchten Sie einen?«

»Nein, danke«, sagte Isabella. »Obwohl«, sie kratzte sich am Kopf, »warum eigentlich nicht? Probieren kann ich ja mal, mens sahnig und so weiter.«

»Sehr richtig.« Maifelder nickte zufrieden. »Ihr Körper wird es Ihnen danken. Mango oder Papaya?«

Isabella dachte kurz darüber nach. »Mango.«

»Gute Wahl.« Die Chefärztin reichte ihr den Riegel und Isabella biss hinein.

Er schmeckte scheußlich.

»Aber kommen wir zum Sinn und Zweck unseres Treffens.« Dr. Maifelder zog ein Blatt Papier von einem Stapel und starrte stirnrunzelnd darauf. »Unsere Qualitätsbeauftragte hat mich dazu verdonnert, diesen Bewertungsbogen mit Ihnen auszufüllen.« Ihr Blick huschte über die Zeilen. »Erfüllung der festgesetzten Ziele … Beurteilen Sie die Kompetenzen der Mitarbeiterin / des Mitarbeiters auf den zehn verschiedenen Kompetenzebenen … Beurteilen Sie das Sozialverhalten der Mitarbeiterin / des Mitarbeiters auf der beiliegenden Skala zur Erfassung berufsrelevanter Social Skills.« Sie ließ das Blatt wieder sinken. »Also, wenn Sie mich fragen, Frau …«

»Calabrese.«

»Ich habe nicht die geringste Ahnung, was dieses Kauderwelsch bedeuten soll. Hier.« Sie drückte Isabella den Fragebogen in die Hand. »Ich denke, Sie können sich ja selbst am besten beurteilen. Füllen Sie das aus und geben Sie es dann meinem Sekretär. Kriegen Sie das hin?«

Isabella kaute auf ihrem Riegel herum. Es war, als würde man versuchen, eine Handvoll Erde zu verzehren, die mit Sand und Pappe versetzt war. »Ich denke schon.«

»Dann hätten wir das ja erledigt.« Dr. Maifelder klatschte in die Hände. »Gibt es sonst noch etwas, worüber Sie gerne mit mir sprechen würden, Frau …«

»Calabrese.«

»Wie auch immer.«

Isabella würgte ein Stück getrockneter Mango herunter. »Ich habe die IT-Abteilung für das Fortbildungswochenende ›Grundlagen der Krankenhaus-Software und Netzwerksicherheit‹ angemeldet«, erklärte sie, »damit sie sich mit den neusten Entwicklungen in Sachen Datenschutz und Netzwerke vertraut machen.«

»Sehr schön.« Die Chefärztin nickte gedankenverloren, während ihr Gehirn nach einer geeigneten Assoziation zu den Wörtern Datensicherheit und Netzwerke suchte.

»Außerdem habe ich die Systeme von Dr. Keller auf die neuste Version gebracht und mich um einen ordentlichen Virenschutz gekümmert.« Dass besagter Rechner nun vergessen in einer Ecke von Altheas Büro stand und als Papierablage diente, während die Neuropsychologin weiterhin die alte Testbatterie nutzte, musste ja nicht unbedingt erwähnt werden. Isabella vertrat die Meinung, dass in diesem Zusammenhang der gute Wille zählte, und begnügte sich damit, Althea die Vorzüge von USB-Sticks gegenüber Disketten zu erläutern und das eine oder andere Gebäckstück zu verzehren. »Und dann habe ich einen kostengünstigen Diebstahlschutz für Computermäuse gefunden«, fuhr sie fort, »den ich mit Ihrem Einverständnis gerne für alle PCs bestellen würde. Irgendwie scheinen diese Hardware-Komponenten hier schnell abhandenzukommen.«

»Sehr schön«, wiederholte Dr. Mailfelder. »Ich schätze es, wenn Mitarbeiter A) mitdenken und sehen, was zu tun ist, und zweitens die nötige Eigeninitiative besitzen, es auch umzusetzen. Sie haben mein vollstes Vertrauen, Frau …«

»Calabrese.«

Sie streckte Isabella die Hand entgegen. »Sie sind wirklich eine Bereicherung für die psychiatrische Abteilung.«

»Dürfen wir stören, Mutter?«

»Das tut ihr doch gerade.«

Zögerlich betraten Armin und Gudrun Zimmer 601. Sie verhielten sich dabei ähnlich wie Wüstenforscher, die sich zum ersten Mal in das Gebiet des aggressiven und äußerst giftigen roten Togoskorpions wagen. Sophia Linkmeyer saß auf dem Bett.

»Wie geht es dir?«, fragte Armin.

»Ich lebe noch«, sagte Sophia schroff. »Und das habe ich nicht unbedingt dir zu verdanken.« Seit die seltsame Präsenz aus ihrem Kopf verschwunden war, war sie wieder mit sich selbst alleine – und stellte verwundert fest, dass ihr das gar nicht gefiel.

»Mutter«, sagte Armin entrüstet.

»Mutter, Mutter. Ein schöner Sohn bist du. Lässt mich einfach hier zurück in diesem … *Krankenhaus*.«

»Wir wollten mit dir sprechen«, begann Gudrun. »Über die Zukunft.«

»Genau.« Armin räusperte sich. »Ich habe dir ein paar Prospekte mitgebracht.« Er wedelte damit vor ihrer Nase herum. »Sieh sie dir doch wenigstens einmal an.«

»Da gibt es auch Freizeitangebote«, ergänzte Gudrun in einem Tonfall, als handle es sich dabei um einen Fünf-Sterne-Wellnesspalast. »Und du hättest Gesellschaft.«

»Du hast recht«, sagte Sophia.

»Was?« Armin starrte sie ungläubig an. Langsam, ganz langsam breitete sich ein triumphierendes Lächeln auf seinem Gesicht aus. Er wirkte wie eine Hyäne, die einen Schmorbraten witterte.

»Ich sollte das Haus wirklich verkaufen. Es ist zu groß für mich alleine«, erklärte Sophia.

»Meine Rede, Mutter, meine Rede.« Armin breitete einen seiner Prospekte auf dem Tisch aus. »Hier zum Beispiel, in der *Schattigen Pinie* hättest du zwei Zimmer für dich allein.« Er blätterte wie wild durch die Seiten.

»Ach, Mutti, das sieht aber schön aus«, flötete Gudrun. »Guck mal, der kleine Teich da. Und der Aufenthaltsraum, nein, sind das hübsche Gardinen. Schau doch mal!«

Sophia schaute auf und sah sofort wieder weg. »Das heißt noch lange nicht, dass ich in eines eurer Kellerlöcher ziehe.«

»Aber …« Armin hielt im Blättern inne. Er und Gudrun sahen sich verwirrt an. »Du willst doch nicht …«, stammelte er und zwang sich zu einem Lächeln. »Ich meine, so gerne wir dich auch bei uns hätten, nicht wahr, Guddi?«

Gudrun nickte ein wenig zu heftig.

»Aber du weißt ja, wir haben auch nur begrenzten Platz und wo Sonja gerade ihren neuen Freund hat. Der ist dauernd bei uns, musst du wissen, und belegt stundenlang das Bad. Außerdem hat er diese Allergie. Und solange Sonja studiert, ist an Ausziehen natürlich gar nicht zu denken. Ich glaube nicht, dass dir das gefallen würde«, schloss er etwas holprig.

»Zu euch?« Sophia lachte. »Wie kommst du denn darauf?«

Armin hüstelte erleichtert. »Ja, ich dachte, ich meine … du hast gesagt …«

»Ich dachte da an ein Mehrgenerationenhaus«, erklärte Sophia. »Alt und Jung unter einem Dach.« In den vergangenen Wochen hatte sie das Alter der Jahrtausende gespürt. Sie hatte erfahren, was Unendlichkeit bedeutete, und begriffen, dass jegliche Bemühungen, die Veränderungen des Lebens aufzuhalten, dem Versuch gleichkamen, einem Bulldozer mit bloßen Händen Einhalt zu gebieten. Sie konnte die Zeit nicht aufhalten, aber sie konnte sie gestalten. Als sie den Blick ihres Sohnes sah, fügte sie hinzu: »Ich will ja nicht einrosten. Und da könnte ich mich nützlich machen. Auf Kinder aufpassen und dergleichen.«

»Auf Kinder aufpassen? Du?«, keuchte Armin. »Als Sonja klein war, hast du doch nie …« Gudrun legte ihm bedächtig die Hand auf die Schulter. »Ich meine, das klingt nach einer guten Idee«, verbesserte er sich. »So ein Mehrgenerationending.«

»Haus«, korrigierte Sophia. »Es heißt Mehrgenerationenhaus. In Essen hat gerade eines eröffnet. Da sind noch Zimmer frei, ich habe mich bereits erkundigt.«

»Ja, wenn du das wirklich willst«, sagte Gudrun diplomatisch. »Dann unterstützen wir dich natürlich dabei.«

»Ja, das will ich«, sagte Sophia und verschränkte die Arme vor der Brust. »Aber jetzt muss ich euch beide bitten zu gehen. Gleich fängt meine Gruppentherapie an.«

Als ihr Sohn und ihre Schwiegertochter das Krankenzimmer verließen, sah Sophia ihnen zufrieden hinterher. Die Zukunft, dachte sie, wird großartig. Und: Ich glaube, ich sollte mir einen Stock kaufen, ja, das sollte ich.

»So, Frau Mitzkowski, da bin ich wieder.« Althea stieß die Tür zu ihrem Büro auf, eine zerknitterte Ausgabe der Zeitschrift »The Brain« in der Hand. »Sie haben das kognitive Training wunderbar hinter sich gebracht.« Sie hielt inne. Irgendetwas stimmte nicht. »Frau Mitzkowski?«, rief sie in den leeren Raum hinein.

Keine Antwort.

Seufzend legte sie das Magazin auf den Schreibtisch. »Ich glaube, ich werde langsam zu alt für so etwas«, murmelte Althea und rannte zur Tür hinaus.

In Dahome, hinter den ewigen Wassern, kehrte wieder Ordnung ein. Wenn sie den wilden Rhythmus der Trommeln vernahmen, wenn das Vèvè gezogen wurde und die heilige Rassel erklang, dann machten sich die Loas auf, die Grenze zwischen diesseitiger und jenseitiger Welt zu durchqueren, ihre menschlichen Pferde zu reiten und die Geschicke der Welt zu lenken.

Etwas jedoch war anders geworden.

»Kakao«, sagte Papa Legba.

»Was?« Ezulie Freda, Göttin der Schönheit, hörte auf, ihr Gesicht im jenseitigen Äquivalent eines Spiegels zu betrachten, und zog fragend die metaphysischen Augenbrauen empor. Sie liebte es, sich anzusehen. Insbesondere nachdem sie erfahren hatte, was es bedeutete, sterblich zu sein, gefangen in einer einzigen Form. Wie wunderbar war es doch, Geist zu sein, viele zu sein und eine zugleich, unveränderlich, ewig.

»Kakao«, wiederholte Legba.

»Dieses wohlschmeckende Heißgetränk?«, erkundigte sich Ogoun Feray, der probeweise mit seinem Säbel rasselte.

»Eben dieses«, bestätigte Legba.

»Was ist damit?«

»Ich verspüre wieder diese seltsame Empfindung«, führte Legba aus. »Wenn man etwas unbedingt in sich aufnehmen will und nicht länger warten kann.«

»Eifersucht?«, mutmaßte Ezulie.

»Zerstörerischer Zorn?«, fragte Ogoun.

»Appetit.« Legba wiegte nachdenklich etwas, das in Ermangelung eines besseren Begriffs als Kopf bezeichnet werden soll. »Ich habe Appetit auf Kakao. Und zwar nicht auf die symbolische Art. Ich möchte nicht die unstoffliche Energie eines auf den Altar gestellten

Trankopfers, nein, ich will das Getränk selbst, diesen schokoladigen Geschmack auf der Zunge, süß und cremig zugleich.« Er hielt inne und ergänzte dann: »Am besten aus einem dieser Automaten.«

»Ich vermisse den Kaffeeautomaten«, sagte Ogoun sehnsüchtig.

»Mal sehen …«, überlegte Ezulie. »Heute Abend wird sicherlich in Port-au-Prince die Société von Mama Cècile ein Ritual abhalten. Die Trommeln dort gefallen mir immer besonders gut.«

»Ja, das sind wirklich eindrucksvolle Trommeln«, pflichtete ihr Ogoun bei. »Und das Tanzen ist auch nicht zu verachten.«

»Und Mama Cècile war immer eine gute Mambo«, überlegte Ezulie weiter. »Mit einem exzellenten Gespür für die Bedürfnisse der unsterblichen Abgesandten *Bondieus*.« Sie lächelte.

»Du meinst …«, begann Papa Legba und seine Miene hellte sich auf.

»Ich meine«, bestätigte Ezulie.

Später sollte Mama Cècile sich darüber wundern, dass die in Trance gefallenen Tänzer neuerdings ein unstillbares Verlangen nach Kakao, Kaffee und Hühnerbrühe verspürten.

Es war der älteste Trick der Welt. Trotzdem fiel er darauf herein. Jemand tippte ihm von hinten auf die Schulter. Als er sich umdrehte, war da nichts – bis auf das Geräusch sich hastig entfernender Schritte. Doch zu seinen Füßen lag etwas, das er schon sehnlichst vermisst hatte.

»Ich wusste, dass du zu mir zurückkommst«, sagte Bruno, der Akkordeonspieler von Castrop-Rauxel, und setzte sich den ramponierten Zylinder auf den Kopf. Fröhlich stimmte er ein nicht ganz jugendfreies Seemannslied an. Hau-ab-du-Köter fiel jaulend ein.

»Wie sieht es denn hier aus?«

»Und wo bitte bist *du* die ganze Zeit gewesen?« Maman Brigitte warf ihrem Gatten einen warnenden Blick zu.

»Ich war, nun«, Baron Samedi suchte nach den richtigen Worten, »temporär indisponiert.«

Sie schnaubte. »Ah ja, und während du indisponiert warst, mussten wir uns hier alleine um das Totenreich kümmern. Das war kein Kinderspiel, kann ich dir sagen.«

Die Guede fluteten um sie herum, dunkle Schemen, die unaufhörlich lachten und kicherten.

»Wo kommt denn dieser Grabstein her?«, fragte Samedi. »Der gehört doch ganz woanders hin.«

»Ich habe ein wenig umgeräumt«, erklärte Brigitte.

»Und was ist das da drüben?«

»Man nennt so etwas Dekorationselement.«

»Wo ist mein begriffsstutziger Bruder?«, verlangte Baron Samedi zu wissen. »Lacroix, komm heraus, du kannst dich nicht für immer vor mir verstecken.«

»Ich kann es zumindest versuchen«, ertönte eine Stimme in den Schatten.

»Jetzt sag bloß, es gefällt dir nicht«, entrüstete sich

Maman Brigitte.

»Ab sofort kehren hier wieder Ruhe und Ordnung ein!«, befahl Samedi. »Haben mich alle verstanden?«

Die Totengeister stimmten ein schauriges Lied an. Samedi deutete dies als Zustimmung.

»Und jetzt los«, sagte er, »an die Arbeit. Worauf wartet ihr noch?«

»Ähm.« Baron Lacroix räusperte sich.

»Was ist denn?«

»Hast du schon mal von einer Institution namens Gewerkschaft gehört?«

Richard Wiskamp sah seine Begleiterin an. Das Gras kitzelte seine nackten Füße, Zweige verfingen sich in seinem Haar und er hegte den ernsthaften Verdacht, dass ihn soeben etwas gestochen hatte. »Was genau tun wir hier?«

»Uns verstecken.«

Beate Mitzkowski lächelte schelmisch. Sie war ihm immer noch ein wenig unheimlich. Aber die Furcht war nicht länger ein großer, kalter Klumpen in seiner Kehle, sondern hatte sich in ein kleines Frösteln verwandelt wie die Gänsehaut nach einem Windstoß.

Sie zog ihn tiefer in das Gebüsch hinein. »Hast du als Kind nicht auch gerne Verstecken gespielt?«

»Nein, eigentlich nicht.«

Sie lauschten auf die Geräusche der Natur. Irgendwo in der Ferne riefen besorgte Pflegekräfte ihre Namen.

»Weißt du«, sagte Beate unvermittelt, »ich war mal Lehrerin, aber das ist schon lange her. Jetzt nähe ich

Puppen. Die werden doch immer gebraucht, nicht wahr? Also Puppen, nicht Lehrer, von denen haben wir ja momentan eher zu viele, aber in ein paar Jahren, da heißt es dann wieder Lehrermangel, warte nur ab. Ich meine, jeder mag Puppen, frag nur all die Kinder. Ich habe übrigens keine, also Kinder. Kam irgendwie nie dazu. Zu viel zu tun und dann war es zu spät. Na ja, ich denke, das werde ich wohl im nächsten Leben nachholen. Neues Spiel, neues Glück. Und was machst du so?«

»Ich bin bei der Stadt.« Richard wusste, es würde nicht lange dauern, dann würde er gar keine Angst mehr vor ihr haben. Es war ein verdammt gutes Gefühl.

Beate holte eine Zinnflöte aus einer Falte ihres sackartigen Kleides hervor und begann zu spielen.

»Ist es so gut?«

»Gut? *Gut*? So scheint mir ja die ganze Zeit die Sonne ins Gesicht.«

»Und so?«

»Viel zu zugig. Ich vertrage keinen Zug.«

»Das ist Doppelverglasung.«

»Und wenn es Panzerglas wäre. Mir zieht es.«

»Also gut. Wie du meinst, Granny. Wie ist es so?«

»Jetzt stehe ich völlig im Schatten. Dunkelheit ist nicht gut fürs Gemüt. Willst du, dass ich eine – wie sagt man? – Depression bekomme, Mr. Neurologe?«

»Nein, natürlich nicht.«

Missmutig beäugte John Campbell den Briefbeschwerer auf seinem Schreibtisch. Seit einer geschlagenen Stunde versuchte er nun schon, einen Platz zu finden, der seiner Urururgroßmutter würdig war, aber Granny Estelle schien diesbezüglich sehr eigene Vorstellungen zu haben.

»Mit so einer Depression ist nämlich nicht zu spaßen«, fuhr sie fort. »Deine Ururururgroßtante, *Bondieu* sei ihr gnädig, hat mal eine gehabt. Hat den ganzen Tag nichts anderes getan, als aus dem Fenster zu starren und rote Bohnen zu essen. Hat kein Wort gesprochen. Zwei Jahre lang. Am Ende haben sich die leeren Konservendosen bis zur Decke gestapelt. Bei einem Unwetter ist dann der ganze Stapel umgefallen und hat sie unter sich begraben. Armes Ding. Es war kein schöner Anblick. Aber bis zuletzt hat sie den Mund gehalten.«

»Ich wünschte, du würdest auch endlich mal den Mund halten«, murmelte John.

»Wie bitte?«

»Ich sagte, ich überlege, ob ich einen Hund halten soll.« John stellte den Briefbeschwerer in sein Regal neben die »Abhandlungen über Neuroanatomie und psychiatrische Diagnostik«. »Wie wäre es mit diesem Platz?«

»Ist das dein Ernst?«, schnaubte Granny entrüstet. »Hier ist es staubig und eng und … habe ich da unten gerade eine Maus gesehen?«

»Das hier ist ein Krankenhaus, Granny, hier gibt es keine Mäuse.«

»Papperlapapp, Krankenhaus! Ich kann dir Geschichten von Krankenhäusern erzählen … Damals, als ich jung war, da herrschten Zustände in Krankenhäusern, sage ich dir. Da war man froh, wenn man lebend wieder herauskam und noch alle seine – wie sagt man? – Gliedmaßen besaß. Mäuse waren da das geringste Problem. Der einbeinige Claude zum Beispiel …«

Nicholas Ahrendts warf einen prüfenden Blick über die Schulter, drückte die Klinke herunter und betrat den Aufenthaltsraum der Pflegekräfte von Station 3. Erwartungsvoll ließ er die Fingerknöchel knacken, während er sich umsah. Zunächst nahm er einen Kaffeebecher mit eingetrockneten Rändern und Lippenstiftspuren vom Tisch und stellte ihn auf die Fensterbank. Dann siedelte er eine offensichtlich vernachlässigte Grünlilie, die in ihrem Topf dahinwelkte, in den Kaffeebecher um und steckte den verwaisten Blumentopf in seine Tasche. Anschließend ersetzte er die Schokolade mit Cappuccino-Geschmack durch eine Tüte Biohaferkekse. Zum Schluss ging er zu dem alten, röchelnden Kühlschrank und öffnete die Tür. Draußen erklangen Schritte.

Nicholas knallte die Tür wieder zu und gab sich große Mühe, optisch mit dem Mobiliar zu verschmelzen, als eine Frau den Raum betrat.

»Hier«. Isabella hielt einen Roman mit dem zweifelhaften Titel »Rubinrote Leidenschaft« in die Höhe. »Den habe ich im Flur gefunden. Ich dachte, du hättest vielleicht Verwendung dafür.«

»Danke.« Grinsend legte Nicholas das Buch in den Kühlschrank neben einen Joghurt mit der Aufschrift »megacremig megalecker«. »Und?«, fragte er, während er Isabella in seine Arme schloss. »Wie geht es dir?«

»Ich glaube, so langsam gewöhne ich mich an den Job hier.« Sie küsste ihn. »Wie es aussieht, muss ich mir allerdings bald eine neue Wohnung suchen. Meine Mitbewohnerin hat sich in ihr Aktmodell verliebt.«

Nicholas erwiderte ihren Kuss. »Na, wenn das unser größtes Problem ist …«

In der Salvatis-Klinik Castrop-Rauxel ging alles seinen gewohnten Gang. Die Umbaumaßnahmen schritten voran. Pflegekräfte eilten durch sterile, weiße Flure, Ärzte starrten stirnrunzelnd auf ihre Klemmbretter, Patienten wurden durch hastig aufgestellte Wegweiser in die Irre geführt und die Computer weigerten sich weiterhin, die aktuellen Therapiepläne auszuspucken.

»Kommst du, Alter?«, fragte Mehmet. »Wir wollen los. Ist schon drei Uhr morgens.«

»Ey, mach hier nicht so'n Stress«, entgegnete Christos. »Alles ganz chillig.«

»Isch mach keinen Stress. Isch bin voll so ruhig. Aber wenn wir nicht gleich abhauen, schlaf isch auf der Tanzfläche ein.« Mehmet gähnte demonstrativ.

Nebel kroch die schwarz gestrichenen Wände empor. Im Hintergrund erklangen hämmernde E-Gitarren, begleitet von einer weinenden Geige und einer männlichen Stimme, die über irgendetwas sehr traurig zu sein schien.

»Ich bin gleich da, Alter«, winkte Sedat ab. Dann wandte er sich wieder seiner Gesprächspartnerin zu. Die Wirklichkeit, das hatte er begriffen, war keine gemeine Bestie, die aus einer unverständlichen Laune heraus beschlossen hatte, ihn auszuschließen. Im Grunde war sie nicht einmal etwas, das außerhalb des eigenen Kopfes existierte. Und Sedat Özkan hatte zum ersten Mal seit Wochen wieder das Gefühl, in diesem Kopf das Sagen zu haben – oder zumindest gleichberechtigter Partner in einem demokratisch-anarchistischen Kollektiv zu sein.

»Germanistik und Philosophie also.« Er nippte an seinem Rotwein. »Und, wie ist das so?«

»Todlangweilig, Alter.« Sie lächelte und strich sich das blutrote Haar aus der Stirn. »Todlangweilig.«

»François, bist du das?«

François Rigaud stieß einen langen Seufzer aus, bevor er antwortete: »Ja, *Chérie*.«

»Wo warst du denn? Ich konnte dich nicht erreichen. Ich habe mir Sorgen gemacht! Wage es ja nicht, mir noch einmal solch einen Schrecken einzujagen!«

»Ja, *Chérie*. Ich meine, nein, *Chérie*.«

»Und steh hier nicht vor der Haustür herum wie eine Baumratte im Regen, komm endlich rein«, wetterte seine Frau.

»Ja, *Chérie*.« Schweren Schrittes betrat François die Wohnung. Es roch nach Kaffee, Riz et Pois Colles und scharfer Soße.

Seine Frau stand in der Küche. Auf dem Herd kochte der Reis.

»Wo ist dein Gepäck?«

»Das ist eine lange Geschichte.«

»Dein Chef hat übrigens angerufen. Mehrfach. Er hat nach dir gefragt.« Charlotte verschränkte die Arme vor der Brust und musterte ihn mit einem dieser Blicke, die in der Lage schienen, eine überreife Mango in zwei

Hälften zu zerteilen. »Er wusste gar nichts davon, dass du nach Deutschland gereist bist.«

»Hmm?«, machte François vorsichtig.

»Ich erzählte ihm von den Kunden, die du dort betreuen solltest, und, stell dir vor, er hat nur gelacht. Gelacht, François. Dein Chef hat mich ausgelacht.«

»Hmm.«

»Und nachdem er damit fertig war«, fuhr Charlotte ungerührt fort, »teilte er mir mit, dass du gar nicht erst wiederzukommen brauchst.« Nun hätte ihr Blick noch ganz andere Dinge in zwei Hälften teilen können. »Was hast du dir nur dabei gedacht?«

François zog es vor zu schweigen. Er wusste, dass es auf derlei Fragen keine Antwort gab.

Charlotte rührte im Reistopf herum. »Du wirst dir natürlich gleich morgen eine neue Stelle suchen.«

»Ja, *Chérie*.«

»Übrigens kommen nächste Woche meine Eltern zu Besuch. Wie, bitte schön, soll ich meiner Mutter erklären, dass du deine Arbeit verloren hast?«

»Ich weiß es nicht, *Chérie*.«

»Dann hoffe ich, dass dir bis nächste Woche etwas einfällt.«

»Ja, *Chérie*.«

»Ach ja.« Charlotte lehnte sich gegen den Türrahmen, den Reislöffel in der Hand. »Gestern Abend stand ein überaus scheußlicher und dazu recht übel gelaunter Baka vor meinem Bett und sagte, ich solle dir mitteilen, dass du ihm noch drei unschuldige Seelen schuldest … und … ähm … eine Thunfischpizza?!«

Seufzend ließ François Rigaud sich auf das Sofa sinken. Er rieb sich die Beule an seinem Hinterkopf und fühlte sich auf einmal sehr, sehr alt.

Der Pfad zu dem kleinen Bergkloster in der Nähe von Kathmandu war steil und steinig. Oft musste der Wanderer eine Pause einlegen, um wieder zu Atem zu kommen. Die Sonne brannte auf seinem Kopf und die Kleidung klebte ihm schweißnass am Körper. Lange schon hatte er seine Wasserflasche bis auf den letzten Tropfen geleert.

Schließlich erklomm er die schmalen Stufen zum Eingang des Klosters. Als er an die Tür klopfte, öffnete ihm ein alter Mönch. Er trug eine orangefarbene Robe. Sein glattrasierter Schädel glänzte im Sonnenlicht. Mit einem durchdringenden Blick musterte er den Wanderer. Dann lächelte er.

»Und du möchtest bei uns die Lehren des Buddha studieren?«

Espen Sander lächelte zurück. »Nichts lieber als das, ehrenwerter Meister, nichts lieber als das.«

Am Ende …

Sturmwind heulte durch die menschenleeren Straßen. Blitze flackerten jäh auf und vom Himmel prasselte der Regen herab. Die Nacht war finster wie die Tiefen der jenseitigen Wasser. Unbarmherzig rüttelte das Unwetter an den Fensterläden des alten Hauses. Kerzenlicht fiel auf die Gesichter der drei Gestalten im Inneren. Aus tönernen Gefäßen stiegen Rauchschwaden empor, die Luft war erfüllt von Gesängen und dem hypnotisierenden Rhythmus der Trommel.

»Ich sehe Tag, wo zuvor Nacht herrschte«, erklang die samtgraue Stimme der Voodoopriesterin. »Wo Schatten war, regiert nun das Licht.« Ihr Blick glitt über die wirbelnde Flüssigkeit, die sich unaufhörlich trennte und wieder verband. Zu neuen Formen, neuen Mustern.

Neuen Schicksalsfäden.

Die Mambo ließ ihre Hand über der Orakelschale kreisen. »Hell und dunkel. Rada und Petro. Zwei Seiten. Und doch ist die eine stets Spiegelung der anderen, untrennbar mit ihr verwoben.«

Allmählich verebbte der Gesang. Das Donnern der Trommel wurde leiser, bis es schließlich ganz verstummte.

»Das Gleichgewicht in Dahome ist wiederhergestellt. Die Welt kann aufatmen.« Ein zufriedenes Lächeln umspielte die Lippen der Priesterin. »Unsere Arbeit ist getan.«

Sie schnipste mit den Fingern und nach und nach erloschen die Kerzen. Mit einem leisen Rascheln raffte sie ihre Röcke. Im Vorbeigehen hielt sie der türkishaarigen Trommlerin die Orakelschale hin.

»Hier trink das, Kind, das ist reich an Mineralien und Spurenelementen. Du siehst schrecklich aus.«

Hinter ihr erstarb die letzte Flamme.

Was ist Was

Asson
Heilige Rassel zur Anrufung der Loas – ob sie antworten, ist eine andere Sache.

Baka
(böser) Dämon

Banda
Obszöner Tanz der Guede-Loas. Tango Argentino ist nichts dagegen.

Bokor
(böser) Zauberer

Bondieu
Höchster Gott, universeller Ursprung. Da es im Voodoo als anmaßend gilt, sich an den »Chef« persönlich zu wenden, sind für die Sorgen und Anliegen der Gläubigen die »Abteilungsleiter« (Loas) zuständig.

Castrop-Rauxel
Stadt im Ruhrgebiet. Es soll Menschen geben, die freiwillig dort leben.

Chant
Religiöses Lied

Compas
Haitianische Musikrichtung, die französische und

spanische Musikelemente mit afrikanischen Rhythmen und kreolischen Gesängen verbindet. Einen Vier-Viertel-Takt sucht man hier vergebens.

Dahome

Das voodooistische Jenseits (auch altes westafrikanisches Königreich)

Goudou Goudou

Haitianisches Wort für das Erdbeben, das 2010 das Land erschütterte. Wenn man das Wort mehrmals schnell hintereinander sagt, soll es dem Geräusch von bebender Erde und einstürzenden Gebäuden ähneln.

Griot

Gebratenes Schweinefleisch. Beliebtes haitianisches Gericht – ein wenig pikanter als die deutsche Variante.

Guede

Loas der Toten und Herrinnen/Herren der Friedhöfe mit einer Vorliebe für schwarze Kleidung und morbiden Humor. Außerdem Beherrscherinnen/ Beherrscher der Libido. An den psychoanalytischen Implikationen hätte Sigmund Freud seine Freude gehabt.

Loa

Mächtiges Geistwesen, göttlicher Botschafter. Eine Art W-LAN-Verbindung zu Bondieu – funktioniert in etwa genauso zuverlässig; statt den Strom an- und auszuschalten, hilft allerdings eine Opfergabe besser. Loas werden in verschiedene »Familien« eingeteilt und bewohnen sowohl die natürliche als auch die von Menschen geschaffene Welt; jeder Loa hat seinen eigenen Wirkungsbereich. Während einer Voodoozeremonie können die Geister durch Besessenheit in die Körper der Anrufenden eindringen (man sagt, sie reiten ihre Menschenpferde).

Mambo

Voodoopriesterin. Nicht zu verwechseln mit dem gleichnamigen kubanischen Tanz.

Mens sana in corpore sano.

Lateinische Redewendung (»ein gesunder Geist in einem gesunden Körper«), die entgegen der Annahme von Dr. Maifelder rein gar nichts mit Sahne zu tun hat.

Hungan

Voodoopriester

Marron

Entflohener Sklave

Nonna

Italienisch für Großmutter

Oware

Ein Strategiespiel. Quasi das Schach der Karibik.

Petro

Familie von heißblütigen, aggressiven Loas, auch als »dunkle Zwillinge« der Rada-Loas angesehen. Mit ihnen ist nicht gut Kirschen essen.

Porca miseria; Maledizione; Maledetto; Vai a quel paese

So geht Fluchen auf Italienisch (in etwa: Elender Mist; verdammt; verflucht; geh zum Teufel).

Port-au-Prince

Hauptstadt von Haiti. Dort soll es sehr heiß sein.

Poteau-mitan

Mittelsäule eines Voodootempels. Symbolisiert die

Achse zwischen den Welten – und sieht einfach schick aus.

Psychiatrie-Enquete

In den 70er Jahren gab es die Idee, die Situation psychisch Kranker zu verbessern, z.B. durch die Umstrukturierung großer Krankenhäuser und die Etablierung einer gemeindenahen Versorgung – verrückt.

Rada

Familie von sanftmütigen, beschützenden Loas. Mit ihnen könnte man gut Kirschen essen – obwohl sie wahrscheinlich einen ordentlichen Schluck Rum bevorzugen würden.

Riz et Pois Colles

Haitianisches Gericht (Reis mit Kidneybohnen), kann man als Beilage zu Griot essen.

Société

Voodoogemeinde – mit allen Vor- und Nachteilen, die eine Großfamilie bietet.

Tap-Tap

Farbenfroher Bus, der in Haiti als eine Art Sammeltaxi verwendet wird. Das Wort bedeutet auf Kreolisch »schnell-schnell« – damit ist im Grunde schon alles gesagt.

Vetiver-Öl

Ätherisches Öl, das aus einer tropischen Grasart gewonnen und in der Parfümherstellung, Aromatherapie und Naturheilkunde verwendet wird. Der Exportschlager aus Haiti.

Vèvè

Heiliges Symbol, das in Voodoozeremonien zur Anrufung verwendet wird. So etwas wie die IP-Adresse eines Loa.

Wanga

Schadenszauber. Von einem Bokor hergestelltes Objekt, das einem anderen Schaden zufügen oder Unglück bringen soll.

Who is Who

Übernatürliche Wesen

Papa Legba
Hüter des Schlüssels und Herr der Wege, ein Loa

Met Carrefour
Herr des Scheideweges und Verursacher der Dunkelheit, ein Loa

Ezulie Freda
Herrin der Liebe und Schönheit, ein Loa

Ezulie-Ge-Rouge
Herrin der Rache und der Eifersucht, ein Loa

Ogoun Feray
Herr des Krieges, der Gerechtigkeit und Ordnung, ein Loa

Ogoun Shango
Herr über Gewitter und Naturgewalten, ein Loa

Baron Samedi
Herr der Friedhöfe, ein Loa

Maman Brigitte
Beschützerin der Gräber, Samedis Frau

Baron Lacroix
Loa des Kreuzes, Samedis begriffsstutziger Bruder

Lasiren
Königin der Meere, ein Loa

Labalenn
dunkle Herrin der Untiefen, ein Loa

Danbala-Wedo
die Erdschlange

Aida-Wedo
die Himmelsschlange

Ayizan
Schutzpatronin der Priesterinnen

Mystische Gestalten

Papa Zuka aka François Rigaud
böser Zauberer [abends und am Wochenende] und unzufriedener Angestellter

Lilane Navarre
eine Voodoopriesterin

Mitarbeiter der Salvatis-Klinik Castrop-Rauxel

Isabella Calabrese
IT-Spezialistin und Stufe-75-Ork

Nicholas Arendts
ein Archivar mit einer Mission

Dr. Althea Keller
Neuropsychologin [keine Elektroschocks] und subversive Nonkonformistin

Espen Sander
Psychologischer Psychotherapeut, Sinnsucher und Absolvent des Internetkurses »Voodoo für Anfänger«

Dr. John Campbell
Facharzt für Neurologie und Erbe eines okkulten Briefbeschwerers

Prof. Dr. Petra Maifelder
Chefärztin und Gesundheitsfanatikerin

Stefanie Hildebrecht
Auszubildende in der Gesundheits- und Krankenpflege

Monika Holthausen
eine energische Gesundheits- und Krankenpflegerin, Stationsleitung

Olga Wassiljew
Fachärztin für Gynäkologie, Hygienebeauftragte, Qualitätsbeauftragte

Patienten der Salvatis-Klink Castrop-Rauxel

Beate Mitzkowski
ehemalige Lehrerin und zukünftige Puppenherstellerin [möglicherweise erst im nächsten Leben]

Sophia Linkmeyer
eine alte Frau

Richard Wiskamp
ein ängstlicher Mann

Sedat Özkan
ein junger Mann mit einem Realitätsproblem